JN301054

Sarah's Key

Tatiana de Rosnay

サラの鍵

タチアナ・ド・ロネ

高見 浩 訳

CREST BOOKS
Shinchosha

母ステラと、わたしの美しい反抗的な娘シャルロットに
祖母ナターシャ（一九一四―二〇〇五）の懐かしい思い出と共に

SARAH'S KEY
by
Tatiana de ROSNAY

Copyright © 2006 by Editions Héloïse d'Ormesson
First Japanese edition published in 2010 by Shinchosha Company
Japanese translation rights arranged with EDITIONS HÉLOÏSE D'ORMESSON,
through le Bureau des Copyrights Français, Tokyo.

Paintings by Vilhelm Hammershøi/"Open Doors" © AKG/PPS
Design by Shinchosha Book Design Division

まえがき

この小説の登場人物はすべて虚構の存在だが、作中に描かれた出来事のいくつかは事実である。とりわけ、一九四二年の夏にドイツ軍占領下のフランスで起きた出来事、なかんずく〝ヴェロドローム・ディヴェール（冬季自転車競技場）〟の一斉検挙はまぎれもない事実である。この事件は一九四二年七月十六日、ほかでもない、パリの中心部で起きたのだった。

本書は歴史書ではなく、歴史書を意図して書かれたものでもない。これは〝ヴェルディヴ〟の子供たち、あの、ついに生還することのなかった子供たちと、辛うじて生き残ってすべてを証言した子供たちに対する私の供花である。

なんということか！　この国はなんという仕打ちを私に加えるのだろう？

この国に拒絶されたからには、こちらも冷静に対処して、この国が名誉と生命を失ってゆくさまを見守っていこう。

——イレーヌ・ネミロフスキー、『フランス組曲』（一九四二）

虎よ！　虎よ！
夜の森で燃えるように輝ける
如何なる不死の手、不死の目が
汝《なれ》の恐るべき均斉美を造り得たのか？
——ウィリアム・ブレイク、『経験の歌』

サラの鍵

パリ、一九四二年七月

ドアを大きく叩く音に最初に気づいたのは少女だった。アパルトマンの玄関にいちばん近いのが、少女の部屋だったからだ。最初はまだ寝ぼけていたので、地下室に隠れている父親が上がってきたのかと思った。きっと玄関の鍵を忘れてしまったのだろう。で、そっとドアをノックしたのにだれも気づかないものだから、あせっているのかもしれない。少女はそう思った。が、次の瞬間、夜の静寂《しじま》を破って荒々しい声が大きく響きわたった。あんな声。父親のはずがない。「警察だ！　あけろ！　早く！」

またしても、一段と大きく、ドアを叩く音。それは少女の骨の髄にまで響いた。隣りのベッドで寝ている弟がもぞもぞと動いた。「警察だ！　あけろ！　早くドアをあけないか！」いま何時なのだろう？　少女はカーテンの隙間から外を覗《のぞ》いた。まだ暗かった。

急に怖くなった。つい最近、夜遅く立ち聞きした両親の会話の内容を思いだした。あのとき、自分がもう寝入ったと思った両親は、声をひそめて語り合っていた。少女はそっと居間のドアに忍び寄り、細い隙間から中を覗きながら聞き耳を立てたのだった。あのときの父親の心配そうな声。母親の不安そうな表情。二人は母国語で話していて、少女はその言葉を両親のように流暢に話すことはできなかったが、意味は理解できた。父親が小声で言った、これからは万事難しくなる、慎重に、勇気を持って行動しないと。父親の話の中には、よく意味のわからない言葉がいくつも出てきた――〝収容所〟、〝検挙、大規模な一斉検挙〟、〝早朝の逮捕〟。いったいどういう意味なんだろう、とそのとき少女は思った。父親はなおもつぶやくように言った、危ないのは男だけだ、女子供は大丈夫。だからわたしは外の地下室に隠れて寝るようにするよ。

　翌朝父親は、自分が地下室で寝たほうが安全なんだ、と少女に語った。しばらくのあいだ。〝事態が好転するまで〟。〝事態〟ってどういうことなんだろう、と少女は思った。〝好転〟って、どういうことなのかしら？　事態が〝好転〟するって、何のこと？　〝収容所〟とか〝検挙〟という言葉の意味も、少女は知りたかった。けれども、それを訊《き》くと、自分が両親の会話を何度か盗み聞きしたことを認めてしまうことになる。それがいやで、父親にはどうしても訊けなかったのだ。

「あけろ！　警察だ！」

　ひょっとして、地下室にひそんでいる父親のことを警察が嗅ぎつけてしまったのだろうか？　だから、やってきたのだろうか？　あのひそひそ話の中で父親が口にしていた〝収容所〟とかいうところ。街から遠く離れたその場所に父親を連行するために、警察はやってきたのだろうか？

　少女は音もたてずに廊下の先の母親の部屋まで急いだ。少女の手を肩先に感じた瞬間、母親は目を覚ました。

「警察よ、お母さん」少女はささやいた。「さっきから玄関のドアを叩いているの」

　母親は寝具の下から床に足を下ろし、顔にかかった髪を掻きあげた。なんだかすごく老けて疲れているように見える。実際の三十という歳よりずっと老けて見える、と少女は思った。

「ねえ、お父さんをつれにきたの？」少女は両手を母親の腕にかけてたずねた。「お父さんを探しにやってきたの、あの人たち？」

　母親は答えなかった。またしても玄関のほうで大きな声がする。素早くパジャマの上にガウンをはおると、母親は少女の手を引いて玄関に歩み寄った。母親の手は火照《ほて》ってじめついていた。子供の手みたい、と少女は思った。

「ご用件は？」ドアの掛け金をかけたまま、母親はおずおずとたずねた。

　男の声。それは母親の名を叫んだ。

「はい、わたしですけど」母親は答えた。強い訛りのある、ひきつった声だった。

「ここをあけろ。すぐにだ。われわれは警察の者だ」

　母親は片手を喉《のど》にあてた。その顔が、すっかり蒼ざめているのに少女は気づいた。凍りついたように、血の気が引いている。身動きもできないようだった。そんな恐怖にこわばった母親の顔を、少女は初めて見た。心配で、口の中が渇いてきた。

　またしてもドアを乱暴に叩く音。母親は震える指先で、ぎごちなくドアをひらいた。てっきり目の前にドイツ軍の暗緑色の軍服が現われるのだろうと思って、少女は身をすくめた。

　二人の男が目の前には立っていた。一人は巡査で、膝まで届く濃紺のマントをまとい、筒型の帽子をかぶっていた。もう一人はベージュ色のレインコートを着ていた。手に人名のリストを持っている。その男はもう一度母親の名前を言い放った。それから、父親の名前も。完璧なフランス語だった。ならば、きっと大丈夫だわ、と少女は思った。この人たちがドイツ人じゃなくフランス人なら、怖がらなくて大丈夫。フランス人なら、危害を加えたりしないはずだから。

　母親はひしと少女を抱き寄せた。ガウンを通して、母親の心臓の鼓動が感じられた。少女は母親を押しのけたかった。母親には、姿勢を正して堂々と男たちを睨《にら》み返してほしかったのだ。まるで怯《おび》えた動物のように心臓をドキドキ言わせないでほしい。母親にはもっと勇敢になってほしかった。

「夫は……ここにはいません」つっかえつっかえ母親は言った。「どこにいるのか、わからないんです。本当にわからないんです」

ベージュ色のレインコートを着た男が、母親を押しのけて家の中に踏み込んだ。

「さあ、急ぐんだ。十分間で用意しろ。二、三日分の着替えの服を鞄につめるといい」

母親はその場に立ち尽くして、制服の巡査のほうの顔を見つめた。彼は玄関に背を向けて踊り場に立っている。退屈したような、無表情な顔。母親は巡査の青い袖に手をかけた。

「あの、お願いですから――」

相手はさっと振り返って、母親の手を払いのけた。冷酷な険しい目つきで巡査は言った。

「何度言わせるんだ。早くしろ。一緒にくるんだ。その娘もな。さあ、言われたとおりにしろ」

パリ、二〇〇二年五月

例によって、夫のベルトランは遅刻。気にすまいと思うのだが、やっぱり気にかかる。娘のゾーイが退屈して、だらしなく壁にもたれかかった。この子はあまりに父親そっくりなので、ときどき笑ってしまう。でも、きょうは笑う気にはなれなかった。目の前の古びた高い建物を、私は見あげた。マメの住まい。夫の祖母マメの、古いアパルトマン。私たち一家はここに移り住むことになっているのだ。そう、モンパルナス大通り――あの騒々しい往来、近所に病院が三つあるためしょっちゅう往き来している救急車の音や、あの大通りならではのカフェやレストランの賑わい――に別れを告げて、セーヌ右岸の、この閑静な狭い通りに引っ越すことになっているのである。

ここマレ地区には特に精通している私ではないけれど、そこに漂う古風な、滅びゆく美には魅かれている。この引越し、私は本当に満足しているのだろうか？　わからない。ベルトランはほとんどこちらの意見を聞こうとしなかったのだ。実際、二人で十分に話し合うこともなかった。いつもの癖で、夫はすべて独断で決めてしまったのである。私の意向などそっちのけで。

「あ、きたよ」ゾーイが言った。「すごい、たった三十分の遅刻だもんね」

独特の、男臭さを放つ足どりで悠然と歩いてくるベルトランを、私たちは見守った。男の色気がにじむ浅黒い顔立ち、均整のとれた体軀。絵に描いたようなフランス男だ。例によって、携帯で何か話しながらやってくる。その後についてくるのが夫のビジネス・パートナー、顎ひげを生やしたピンク色の顔のアントワーヌだ。二人のオフィスはマドレーヌ寺院のすぐ後ろ、アルカード通りにある。ベルトランは私と結婚する前から、長いあいだ、ある建築会社に勤めていた。その後、いまから五年前に、アントワーヌを引き連れて独立したのである。

私たちに手を振ってから、ベルトランは携帯を指さし、眉を下げて顔をしかめてみせた。

「相手がしつこいんだって、言ってるみたいだね、パパは」ゾーイが口をとがらせる。「まったくもう」

ゾーイはまだ十一歳なのに、もうティーンエイジャーなのではと思わされることがときどきある。一つには同い年の女の子たちと比べても抜きん出て背が高いし――足も大きいんだよね、と本人は不満そうにつけ加えるだろう――それに、早熟な洞察力を備えていて、ついハッとさせられることが何度もあるからだ。金褐色の目でじっとこちらを見つめる眼差しや、反射的に顎をぐっと突き出す仕草にはどこか大人っぽい雰囲気がある。まだ幼かった頃からゾーイはそんなふうだった。物静かで大人っぽい子。ときどき、あの年にしては大人っぽすぎるんじゃないかと思うこともあるのだけれど。

アントワーヌが挨拶をしに近寄ってきた。夫のベルトランは相変わらず携帯で話している。周囲のだれにも聞こえるような大声で、片手を振りまわし、ときどきこちらを振り返っては私たちの耳にもすべて聞こえているかどうか確かめる。

「別の建築家と問題が生じましてね」控えめな笑みを浮かべてアントワーヌが説明する。

「パパのライヴァル?」ゾーイが訊いた。

「そう、まさしくライヴァルなんだよ」アントワーヌが答える。

ゾーイは溜息をついた。

「じゃあ、あたしたち一日中ここにいなきゃならないのかも」

いい考えが浮かんだ。

「ねえ、アントワーヌ、ひょっとしてあなた、祖母のアパルトマンの鍵を持ってない？」

「ああ、持ってますよ、ジュリア」微笑《ほほえ》みながらアントワーヌは答えた。私がフランス語で話しかけても、彼はいつも英語で答えてくる。親切のつもりでそうしてくれるのだろうが、こちらは心中おだやかではない。これだけ長くフランスで暮らしているのに、私のフランス語はまださまになっていないような気にさせられるからだ。

アントワーヌが鍵をとりだした。私たち三人で、先に部屋まで上がることにした。ゾーイが入口のオートロックの呼び出しボタンを器用な指先で叩く。青葉の繁る涼しい中庭を通り抜けてエレベーターの前に立った。

「このエレベーター、大嫌い」ゾーイが言った。「パパがどうにかすればいいのに」

「でも、ゾーイ、パパが改装しようとしているのは、あなたのひいお祖母さんの部屋だけなんだから」私は指摘した。「この建物全体じゃなくって」

「どうせなら、全部直しちゃえばいいのに」

エレベーターを待っている間に、私の携帯が『スター・ウォーズ』のダース・ヴェーダーのテーマを鳴らした。ディスプレイにひらめく数字に目を走らせる。仕事の上司のジョシュアだった。

「もしもし？」私は応じた。

ジョシュアの答えはストレートだった。いつものように。

「三時までにもどってくれ。七月最終号の追い込みだ。以上」

「もう最悪」私はそっけなく言った。電話線の向こうで、ふっ、ふという含み笑いがしたと思うと電話は切れた。私が〝もう最悪〟と言うと、ジョシュアはいつも機嫌がいいようだ。案外、ジョシュア自身、そういう言葉を聞くと、自分の若かりし頃を思いだすのかもしれない。私がときどき口にする、そういう古臭いアメリカ的な表現に接すると、アントワーヌも嬉しがっている。アントワーヌはたぶん、その種のフレーズをせっせと頭の中に貯めこんで、ここぞというときにフランス語訛りの英語で口に出すのだろう。

エレベーターは例の、だれにも真似のできない、パリ独特の形式のやつだった。手動式の鉄のゲート、狭苦しいキャビン、避けようもなくこちらの鼻先で閉まる木造の二重扉。ゾーイとアントワーヌのあいだに挟まって——彼のヴェティヴェールの香りがちょっと鼻についたが——上がってゆく途中、鏡に映った自分の顔にちらっと目がいった。苦しげに呻《うめ》いているエレベーターに劣らず年代ものに見えた。いったい、ボストン出身の、あの若々しい顔立ちの美女はどこに消えてしまったのだろう？ 鏡の中で私を見返した女は、四十五から五十にまたがるあの恐ろしい年配で、迫りくる皺《しわ》とたるみに逆らうこともできず、更年期のひそやかな訪れをなす術もなく待ちかまえているようだった。

「わたしも嫌いだわ、このエレベーター」

沈んだ気持で言うと、ゾーイがにこっと笑って私の頬をつねった。

「大丈夫だよママ、グウィネス・パルトロウだってあの鏡に映ったらブスに見えるんだから」

つい笑ってしまった。いかにもゾーイらしい慰めようだったから。

母親がすすり泣きはじめた。最初は抑えていた泣き声が、しだいに大きくなってゆく。少女はびっくりして母親の顔を見た。生まれて十年たつ間に、母親のそんな姿を見たことは一度もなかった。血の気のない、くしゃっと歪んだ母親の頰を伝い落ちる涙を、少女は愕然として見守った。泣くのをやめて、と母親に言いたかった。この見知らぬ男たちの前でむせび泣く母親の姿を見るのは、恥ずかしくてたまらなかったのだ。が、男たちは母親の涙など気にも留めていない。さあ、急げ、と男たちは言った。ぐずぐずしている暇はないんだ。

寝室では男の子が眠りつづけていた。

「でも、どこにつれていこうというんです？」母親は涙ながらにたずねた。「娘はわたしたち夫婦とちがって、このパリで生まれたフランス人です。その娘まで、どうしてつれていくんですか？ わたしたちを、どこにつれていく気なんです？」

男たちはもう口をきかなかった。ただ巨体で威嚇するように、母親の前に立ちはだかっている。恐怖のあまり、母親の目は色を失っていた。自分の部屋にもどると、母親はベッドにへたりこんだ。数秒ほどして背筋を伸ばし、少女のほうを向くと、感情のない仮面のように顔をひきつらせて声を絞りだした。

「あの子を起こしなさい。二人とも、服を着るの。着替えの服も二人分用意して。さあ！ 急いで！」

少女の弟は、ドアの隙間から男たちの姿を見たときから、怖くて声も出せずにいた。髪を振り乱した母親が、すすり泣きながら荷物をまとめようとしている姿に、少年はじっと見入った。四歳の体の持てる力をすべて振り絞って、少年は動くのを拒んだ。少女が、さあと促しても、聞こうとしない。小さな腕を胸に組んで、じっと立っていた。

少女はパジャマを脱いで、コットンのブラウスとスカートを手にとった。それから、靴をはく。その姿を、少年はじっと見守っていた。母親のすすり泣く声が寝室のほうで聞こえた。

「ぼく、秘密の場所にいくよ」少年はささやいた。

「だめ！」少女はせっついた。「一緒にいくのよ。こなきゃだめ」

弟をつかまえようとした。が、少年は体をくねらせて逃れると、寝室の壁の裏に設けられた、奥行きのある納戸の中にもぐりこんだ。そこはいつも二人が隠れんぼをして遊ぶ場所だった。鍵をかけてそこに閉じこもると、まるで二人だけの小さな家のように感じられるのだ。両親は知っていたが、いつも気づかないふりをした。大きな、朗らかな声で両親は語り合う。「あれ、あの子たち、どこにいってしまったんだろう？　不思議だな、ついさっきまでこの部屋にいたのに」すると、少女と弟は嬉しくなって、くすくす笑うのが常だった。

その秘密の部屋には懐中電灯、クッション、おもちゃや何冊かの本が置いてあった。水差しまであって、母親が毎日水をいっぱい入れておいてくれた。弟はまだ文字が読めないので、少女が『善い小悪魔』を声に出して読んで聞かせてやる。みなし子のシャルルが残酷なマダム・マクミシュに仕返しをする話が、弟は大好きだった。で、少女はその話を何度も何度も読んでやるのだった。

秘密の部屋の闇の奥から、じっとこっちを覗いている小さな弟の顔が見える。いまはお気に入りの熊の縫いぐるみをしっかり胸に抱いていて、もう怖がっているようには見えない。もしかすると弟はここにいたほうが安全かもしれない、と少女は思った。ここには水や懐中電灯もあるし。それに、セギュール夫人の本の挿絵を見て楽しむことだってできるのだ。弟が好きなのは、みなし子のシャルルが痛快な仕返しをする場面だった。そうだ、とりあえず弟はここに残したほうがいいかもしれない、と少女は思った。ここなら、あの男たちにも見つからないだろう。あとで、きょうのうちに帰宅が許されたら、もどってきて弟を出してやればいいのだ。まだ外の地下室に隠れているお父さんも、ここに上がってくれれば、弟がどこに隠れているか、すぐにわかるはずだ。

「ねえ、そこにいて怖くない？」男たちの呼ぶ声を聞きながら、少女は声をひそめて訊いた。

「うん」弟は答えた。「怖くない。鍵をかけてくれれば、絶対につかまらないよ、ぼく」

弟の小さな白い顔を目の前から隠すように、少女は戸を閉めた。鍵を鍵穴に差し込んでひねってから、その鍵をポケットにすべりこませる。鍵穴は、振り子式の、電灯のスイッチに似せた装置の下に隠されていた。外部の人間には、この壁の裏に納戸があるなどと見抜けないはずだ。弟はここにいたほうが安全だ。間違いない、と少女は思った。

低い声で弟の名をささやくと、壁板を掌で撫でた。

「じゃ、あとでもどってきて、出してあげるからね。絶対に」

私たちはアパルトマンに入って、電灯のスイッチをいじくった。明かりはつかない。アントワーヌが鎧戸《よろいど》を二枚あけると、陽光が注ぎ込んだ。がらんとして埃《ほこり》っぽい部屋だった。家具のないリビングはやたらとだだっ広く見える。縦長の埃まみれのガラス窓を通して黄金色の陽光が斜めに注ぎ込んで、焦げ茶色の床板にまだら模様を描く。

私は室内を見まわした。何ものっていない書棚。一段と濃い色の四角形の模様が壁に残っているのは、かつてそこに美しい絵がかけてあった跡だ。大理石の暖炉では、冬になるとあかあかと火が燃えさかっていたことを思いだす。祖母のマメはあの細い青白い手をよく暖かい火にかざしていたっけ。

窓の前に立って、静かな緑の中庭を見下ろした。このがらんとした室内を見ないままマメが老人ホームに移って、つくづくよかったと思う。このありさまを見たら、マメはきっと落胆したことだろう。私もいま、がっかりしている。

「まだマメの匂いがするね」ゾーイが言った。「香水のシャリマールの匂い」

「それと、あの、あつかましいミネットの匂いね」私は鼻をうごめかした。ミネットとはマメの最後のペットだった、わがまま放題のシャム猫のことだ。

アントワーヌがちらっと、怪訝《けげん》そうにこちらを見た。

「キャットよ」と、私は言い添えた。こんどは英語で言った。フランス語で雌猫を指す言葉が女性形の〝ラ・シャット〟であることはもちろん知っている。ただ、その言葉はまた英語の〝プッシー〟をも意味するのだ。どうかと思う二重の意味を持つ言葉を口にして、アントワーヌから笑われたりするのだけはご免だった。

アントワーヌはプロの目で室内を見まわしていた。

「電気システムは時代遅れだな」旧式の白い陶器のヒューズを指さして言う。「暖房システムもね」

馬鹿でかいラジエーターの表面は埃で黒く汚れ、蛇の鱗《うろこ》を思わせた。

「キッチンと浴室は、こんなもんじゃないわよ」と、私。

するとゾーイが、「バスタブには四本の脚がついてるんだもんね。あれ、きっと恋しくなると思うな」

アントワーヌは壁をこつこつと叩いて調べていた。

「ベルトランとあなたは、ここを完全にリフォームしたいんでしょうね?」こちらを見て訊いた。

私は肩をすくめた。

「ベルトランの望みが何なのか、まだよくわからないのよ。ここに移り住もうと最初に言いだしたのはあの人だから。わたしはあまり乗り気じゃなかったの。どうせなら、もっと……住みやすいところに移りたかったし。もっと新しい住まいに」

アントワーヌはにやっと笑った。

「でも、リフォームがすめば新築同然になりますよ」

「かもね。でも、わたしの心の中では、ここはいつまでもマメのアパルトマンなのよ」

マメが老人ホームに移ってから九ヶ月たつというのに、このアパルトマンにはまだ彼女の刻印が残されている。それまでずいぶん長いあいだ、夫の祖母はここで暮らしていたのだ。十六年前、マメと初めて会ったときの記憶が甦《よみがえ》ってきた。あのとき、私はこの部屋のたたずまいに強い印象を受けたのだった。古い名画の数々。大理石の暖炉にのっている、装飾的な銀のフレームにおさまった家族の写真。一見シンプルな、それでいて、とても優雅な椅子やテーブル。図書室の棚に並ぶ多くの書物。そして、つややかな赤いビロードの掛け布に覆《おお》われたグランドピアノ。日当たりのいいリビングは静かな中庭に面していて、向かい側の壁には蔦《つた》がみっしりと這っていた。そう、ここで初めて私はマメと顔を合わせたのだ。わが妹チャーラの言う〝あのべとついたフランス人のキスの習慣〟にまだ慣れていなかった私は、片手をぎごちなく差し出したのだった。

でも、ここパリでは、たとえ相手が初対面の女性でも、握手は交わさないものなのだ。握手の代わりに、相手の頬にかわるがわるキスをする。

そのことを、私はまだ知らなかったのである。

ベージュ色のレインコートを着た男がまた人名リストに目を走らせた。

「待った。もう一人子供がいるはずだぞ。男児が」

男は少女の弟の名前を読みあげた。

少女はドキッとした。母親がこちらを盗み見る。少女は素早く指を唇に押し当てた。その動きは男たちに気づかれなかった。

「この男児はどこにいる?」レインコートの男が訊いた。

少女は一歩前に進みでて、両手を揉み合わせた。

「弟はここにはいません、ムッシュー」少女は完璧なフランス語、フランスで生まれ育った者のフランス語で言った。「今月のはじめにお友だちと出かけたんです。田舎のほうに」

レインコートの男は考え込むような表情で少女の顔を見た。それから、巡査のほうに素早く顎をしゃくった。「家の中を探してみろ。急いで。父親も隠れているかもしれんからな」

巡査は荒々しくドアをあけ、次から次に部屋を探しまわった。ベッドの下を覗き、食器庫の中に目を走らせた。

部屋から部屋へ、巡査が騒々しく動きまわっているあいだ、レインコートの男は玄関ホールを往きつ戻りつしていた。彼がこちらに背を向けたとき、少女は素早く母親に鍵を見せた。お父さんがあの子を出してくれるわよ、あとでもどってきたら。少女は声に出さずに、口の動きで伝えた。母親はうなずいた。わかったわ、と言っているようだった。あそこにいるのね、あの子は。が、母親はすぐに眉をひそめて鍵を示す仕草をした。その鍵はどうやってお父さんに渡すの? 鍵の置き場所を、お父さんにどうやって伝えるの? そのとき、レインコートの男がさっと振り返って二人を見た。母親はその場に凍りついた。恐怖に襲われて、少女の体は小刻みに震えた。

　二人をしばらく眺めていたと思うと、男は急に窓を閉めた。

「あけておいてください」母親が言った。「とても蒸し暑いので」

　男はにやっと笑った。あんなにいやらしい笑顔は見たことがない、と少女は思った。

「閉めておいたほうがいいんだよ、奥さん」男は言った。「けさ早く、窓から子供を放り投げた女性がいたんだ。その女はあとで自分も飛び降りたんだがね。そういうことは二度とあっちゃならんからな」

　母親はぞくっとして、何も言わなかった。少女は男を睨みつけた。そいつが憎らしかった。そいつのすべてが憎らしかった。そいつの赤ら顔も、ぬめっとした唇も。死人のような冷たい目つきも。両足をひらいて立っている、そいつの姿勢まで憎らしかった。太い腕を背中に組み、フェルトの帽子を前に傾けたあの姿勢。

　自分の全身全霊をあげて、これまでに憎んだだれよりも激しく、少女はその男を憎んだ。あのけがらわしい同級生のダニエル、少女の母親の訛りや父親の訛りについてぞっとするようなことをささやいたあのダニエルよりも、いま目の前にいる男のほうが憎らしかった。

　巡査が依然として手荒な家捜しをつづけている音に、少女は耳を傾けた。弟は見つからないはずだ。あの納戸はすごく巧妙に隠されているのだから。弟は大丈夫。絶対に見つからないだろう。絶対に。

　巡査がもどってきて肩をすくめ、首を振った。

「だれもいないようですな」

レインコートの男が母親をドアのほうに押しやった。部屋の鍵をもらおうか、と言う。母親は無言で鍵を手渡した。一行は縦一列になって階段を降りはじめた。母親の持つ鞄や包みが、降りる速度を鈍らせた。少女は懸命に考えていた。どうすれば鍵を父親に渡せるだろう？　どこに置いておけばいいだろう？　いっそ、このアパルトマンの女の管理人に預かってもらおうか？　でも、こんな早い時間に管理人は起きているだろうか？

意外なことに管理人はもう起きていて、管理人室の入り口で待っていた。その顔には奇妙な、満足そうな表情が浮かんでいるのに少女は気づいた。どうしてあんな表情を浮かべているのだろう。不思議だった。どうして母親や自分のほうは見ないで、男たちのほうばかり見ているのだろう。まるで自分や母親の顔は見たくもない、自分たちは他人だと思っているかのように。だが、少女の母親はそれまで、その女管理人にとても親切に接してきたのだ。シュザンヌという小さな娘がその女管理人にはいて、少女の母親は折りに触れその子の面倒を見てやっていた。シュザンヌはおなかが痛くてむずかることがよくあったが、少女の母親は忍耐強くその子をあやし、自分の母国語でいつまでも子守唄をうたってやる。その子はその歌が気に入って、すぐにすやすやと寝入ったものだった。

「この一家の父親と息子の居場所を知ってるか？」巡査が訊いて、少女の家の鍵を女管理人に手渡した。彼女はさっと鍵をポケットにしまいこんだ。貪欲そうな、素早いその仕草に、少女は嫌悪を催した。

「いいえ」女管理人は巡査に答えた。「最近、ご主人のほうはあまり見かけませんでしたね。ちっちゃな坊やとどっかに隠れているんじゃないですか。地下室や屋上の物置を調べてみたらどうです？　案内してさしあげますよ」

背後の小部屋でシュザンヌがむずかりだした。女管理人は首をよじってそっちを見た。

「いまは時間がないんだ」レインコートの男が言った。「もういかんとな。必要なら、またもどってくるから」

女管理人は泣いているシュザンヌのところにもどって、胸に抱きかかえた。隣りのアパルトマンにも何家族かいますよ、と彼女は言った。その家族の名前を口にしたときの女管理人の口調には、まるで悪態を口にするような、ふだん口にするのもはばかられる汚らわしい言葉を吐きだすときの嫌悪感がにじんでいるように、少女には思えた。

ベルトランがようやく携帯をポケットにしまって、こちらを向いた。と同時に、あの、どんな不満も溶かしてしまうような笑みを浮かべる。こんなに抗《あらが》いがたい魅力の主を、どうして私は夫に持てたのだろう？　もう何度目になるかわからない自問に、またしても誘われた。ずっと以前、フランス・アルプスのクルシュヴェルのスキー場で初めて出会ったときのベルトランは、ほっそりとした少年のようなタイプだった。それが、四十七歳になったいまは体重も増えてずっと逞しくなり、男っぽさと、〝フランス風の小粋さ〟と、独特の風格を漂わせている。年を重ねるにつれて優雅さと芳醇さを増してゆく高級なワインみたいだ。それに比べて私はといえば、アメリカのチャールズ川とここセーヌ川のあいだのどこかで若さを失ってしまい、中年になってもいっこうに優美に花ひらいてはいない。銀髪と顔の皺がベルトランの魅力をむしろきわだたせているとしたら、それは私の容色をただ衰えさせているにすぎないような気がする。

「どうだい、ご感想は？」仕事仲間と私たちの娘が見ている前だというのに、ベルトランは人もなげな、独占欲丸出しの手で私のお尻をかかえてくる。「素晴らしいだろう？」

「うん、素晴らしいよね」ゾーイがすぐに切り返した。「何もかも変える必要があるって、いまアントワーヌに聞かされたばっかりなんだから。っていうことは、あと一年もしなきゃ引越しできないわけじゃない」

ベルトランは笑い声をあげた。こちらもついつられて笑ってしまいそうな笑い。ハイエナの声とサキソフォンの音色の中間のような声。そこが夫の問題点なのだ。人をたぶらかしてしまうような色気を持っていて、いつもそれをフルに発散したがる点が。この人はいったいだれからそれを受け継いだのだろう、と思う。両親のコレットとエドゥアールからだろうか？　とても知的で、洗練されていて、該博な知識を持っているコレットとエドゥアール。でも、二人には人を酔わせるような魅力はない。では、彼の妹のセシルとロールからだろうか？　育ちがよく、聡明で、非の打ちどころのない行儀作法をわきまえているセシルとロール。でも、あの二人は笑うのが礼儀にかなうと判断したときしか笑わない。やっぱり夫はあの魅力を祖母のマメから受け継いだのだろう。そう、だれにも順応しない、好戦的なマメから。

「アントワーヌはすごい悲観主義者だからな」ベルトランは笑った。「なあに、ここにはすぐに移れるさ。だいぶ手間がかかるだろうが、最良のチームを組んでやらせるから」

みんなで夫の後から長い廊下を進んでいった。床板をきしませながら、大通りに面した寝室にたどりついた。

「こいつはとっぱらったほうがいいな」壁を指してベルトランが言うと、アントワーヌはうなずいた。「キッチンをもっと近くにもってこなきゃ。さもないと、こちらのミス・ジャーモンドは〝実用的〟だとは思わないだろうしさ」

〝実用的〟という言葉を、夫はわざと英語で言った。指先で宙に小さな引用符を描き、悪戯《いたずら》っぽく私にウィンクしてみせる。

「かなり広いアパルトマンですよね」と、アントワーヌ。「豪邸と言ってもいいくらいだな」

「いまはね。でも、昔はもっと狭かったんだ。ずっと質素な感じで」ベルトランが言った。「当時は祖父母にとってもとても厳しい時代でね。祖父がなんとか財を成したのは、一九六〇年代に入ってからだったんだから。その頃祖父は廊下の向かい側の居住区も買いとって、一つにしたんだよ」

「じゃあ、パパのお父さんなんかは、まだ狭いところで子供時代を送ったわけね？」ゾーイが訊いた。

「そういうこと」夫は答えた。「こっちの部分でね。あそこは父の両親、つまり祖父母の部屋だったのさ。父はここで寝ていたんだ。いまよりもっと狭いところでね」

アントワーヌが、何か念頭にあるような顔で壁を叩いてまわっている。

「ああ、何を考えているのかわかるぞ」ベルトランは微笑した。「この二つの部屋を合体させたいんだろう？」

「そのとおり！」アントワーヌは認めた。

「アイデアとしては悪くない。ただし、かなり手間がかかるぜ。この壁がちょっと曲者なんだ、あとで見せてやるけれども。壁板が分厚いんだな。中にパイプや何かが通っていて。見かけほど簡単じゃないんだ」

私は腕時計を見た。二時半。

「そろそろいかなきゃ。ジョシュアと会わなきゃならないので」

「じゃあ、ゾーイはどうする？」ベルトランが訊いた。

ゾーイがぐるっと目をまわしてみせる。

「あたしなら、バスでモンパルナスまで帰れるよ」

「学校はどうなんだ？」ベルトランが訊いた。

ゾーイはまた目をまわしてみせる。

「パパったら！　きょうは水曜日だよ。水曜日の午後は授業はないんだってば。忘れたの？」

ベルトランは頭を掻いた。

「パパが子供だった頃は――」

「木曜日だったんだよね、授業がなかったのは」歌うような口調でゾーイが言う。

「とにかく、妙ちくりんだわよね、フランスの教育制度は。土曜日の午前中に授業があるんだから！」吐息まじりに私は言った。

　同感ですね、とアントワーヌも言う。彼の息子たちが通っている私立学校では、土曜日の午前に授業がないのだ。が、ベルトランは――両親と同じく――フランスの学校制度に揺るぎない信頼を抱いている。私自身はゾーイを、パリにもいくつかあるインターナショナル・スクールに通わせたかった。が、テザック家の人々はそれを認めなかっただろう。ゾーイはフランス生まれの生粋のフランス人なのだから、フランスの学校に通うのが当然だ、という理由で。現在、ゾーイはリュクサンブール庭園の近くの学校、リセ・モンテーニュに通っている。テザック家の人々は、ゾーイの母親、つまり私がアメリカ人だという事実を考慮に入れようとしないのだ。幸い、いまのところゾーイは非の打ちどころのない英語をしゃべることができる。私は英語でしかゾーイとは話さないし、ゾーイ自身しょっちゅうボストンに住む私の両親を訪ねていることもプラスに働いているのだろう。毎年夏になると、ゾーイはたいていロング・アイランドに出かけて、私の妹のチャーラの家族と一緒にすごしている。

　ベルトランが私のほうを向いた。目が妙な輝きを帯びている。こういうときは用心しなければ。夫の目がああいう輝きを帯びたときは、何か滑稽なことを言いだすか、辛辣なことを言いだすか、あるいはその両方だからだ。アントワーヌが目を落として、エナメル革の、飾りひものついた靴を控えめに眺めはじめたところを見ると、彼もそれに気づいているのだろう。

「さあ、はじまり、はじまり。とにかく厳しいからな、ミス・ジャーモンドのフランス批判は。フランスの学校制度に対しても、フランスの病院に対しても、フランスの絶え間ないストライキに対しても、フランスの長いヴァカンスに対しても。フランスの下水システムや郵便制度に対しても。フランスのテレビや政治に対しても。それと、そう、犬の糞だらけのフランスの歩道に対しても」真っ白い歯を私にひらめかせて、夫はつづけた。「彼女のご高説をわれわれはもう何度聞かされたかな？〝わたしはアメリカが好き。アメリカでは何もかも清潔だし、みんなが犬の糞を始末するんですもの！〟」

「パパ、やめてよ、大人げないよ！」ゾーイが言って、私の手をとった。

外に出ると、パジャマ姿の近所の男性が窓から身をのりだしているのが見えた。音楽の教師をしている、感じのいい男性だった。ヴァイオリンが上手で、その音色に耳を傾けるのが少女は好きだった。ちょうど中庭の向かい側から、少女と弟のためによく弾いてくれたものだった。〝アヴィニヨンの橋の上で〟とか〝清らかな泉のほとりを〟といった古い歌ばかりでなく、少女の両親の祖国の歌まで弾いてくれることもあった。それを聞くと両親は陽気に踊りだし、母親のスリッパがかろやかに床をすべって、父親はくるくると、何度も何度も母親を回転させ、しまいには二人とも目がまわってしまうのだった。

「おい、何をしてるんだ？　その人たちをどこにつれていこうというんだ？」音楽の教師が大声で叫んだ。

その声は女管理人の赤子の泣き声を圧して、中庭じゅうに響きわたった。レインコートの男は答えなかった。

「そんなことをしていいのか」音楽の教師はつづけた。「正直で善良な市民なんだぞ、その人たちは！　そんなことをしていいのか！」

その声を聞いてあちこちの鎧戸がひらきはじめ、カーテンの陰から顔が覗いた。

が、行動を起こす者がだれもいないのを少女は見てとった。みな黙りこくったまま、ただ事態を見守っているだけだった。

母親が急に歩を止めると、背中を震わせてむせび泣いた。二人の男がその背中を小突いて先を急がせる。

アパルトマンの住人たちは無言で眺めていた。音楽の教師ですら、いまは声もなく見守っていた。

と、突然母親が背後を振り返り、あらん限りの声で叫んだ。夫の名を、一度、二度、三度。男たちが両側から腕をつかんで、荒々しく母親を揺すぶった。彼女は鞄と包みをとり落とした。男たちを止めようとして、少女は押しのけられた。

そのとき、アパルトマンの戸口に男が一人現れた。皺くちゃの服を着た痩せた男で、顎のひげがのび、疲れて血走った目をしていた。胸を昂然と反らせると、中庭を横切って歩いてくる。警官たちの前に歩み寄ると、男は自分の正体を明かした。その口調には、少女の母親とそっくりの強い訛りがあった。

「わたしも、家族と一緒につれていってくれ」

少女は父親の手を握りしめた。

これでもう大丈夫、と少女は思った。あたしもお母さんも安全だわ、お父さんがきてくれたんだもの。こんなことがいつまでもつづくはずがない、と少女は思った。だって、この人たちはドイツの占領軍じゃなく、フランスの警察なんだから。あたしたちにひどいことをするはずがない。みんなですぐ家にもどって、お母さんが朝食をこしらえてくれるだろう。弟もあの隠れ場所から出てくるはずだ。そうしたらお父さんは職人頭として働いている、この先の工場にもどって、また仲間の職人たちとベルトや鞄をつくりはじめるだろう。すべては元通りになるに決まっている。そして再び安全な暮らしがもどってくるのだ。そう少女は思った。

いつのまにか夜が明けていた。狭い道路は閑散としていた。少女は振り返って、じっと見た。わが家のあるアパルトマンを。無言で窓からこっちを眺めている人たちの顔を。小さなシュザンヌを抱きかかえている女管理人を。

音楽の教師が別れを告げるようにゆっくりと手をあげた。

少女は微笑みながら手を振り返した。きっと何もかもうまくいく。自分はすぐにもどってくるんだ。家族みんなでもどってくるんだ、と少女は思った。

だが、音楽の教師は打ちのめされたような顔をしていた。その頬を、涙が静かに伝い落ちている。それは、いまの少女には理解できない、無力感と自責の念がないまぜになった涙だった。

シェリ？」

「大人げないだって？　ママは喜んでいるじゃないか」ベルトランは含み笑いを洩らし、アントワーヌに向かって片目をつぶってみせた。それから私のほうを向いて、「そうだろう？　そうだよな、シェリ？」

またくるっと前方に向き直ると、〝ウェスト・サイド・ストーリー〟のメロディに合わせたつもりで指を鳴らす。

アントワーヌの前だから、私は小馬鹿にされたような、笑い者にされたような気がした。どうしてベルトランは私を、フランス人に対していつも批判的な、いやみな、偏見に満ちたアメリカ人のように見せかけるのが嬉しいのだろう？　そして私はどうしてぼんやりと突っ立って、それを傍観しているのだろう？　あるときまでは、ベルトランのそういう癖も面白かった。結婚してまだ間もないうちは、それはいわば古典的なジョークで、私たち夫婦のアメリカ人、フランス人双方の友人たちを爆笑させたものだった。そう、まだ最初の頃は。

いつものように、私は黙って微笑した。でも、きょうの私の笑みはすこしひきつっていたと思う。

「ねえ、あなた、最近マメに会いにいってる？」私は夫にたずねた。

ベルトランはもう夢中になって何かを計測している。

「なんだって？」

「お祖母ちゃんよ」辛抱強くくり返した。「あなたに会いたがっていると思うの。このアパルトマンのことをいろいろ話したくて」

ベルトランの視線が私の目をとらえた。

「ちょっとなあ、時間がないんだよ、アムール。おまえ、いってくれてるんだろう？」

哀願するような視線。

「そりゃ、毎週いってるわよ。知ってるくせに」

ベルトランは吐息をついた。

「あなたのお祖母ちゃんでしょうに」

「そのお祖母ちゃんはおまえが大好きなんだよな、ラメリケーヌが」にやっと笑って、「おれもおまえが大好きだけどさ、べべ」

近寄ってきて、軽く私の唇にキスする。

ラメリケーヌ。アメリカ人。

「じゃあ、あんたが噂のアメリカ人なんだね」ずっと以前、ほかでもないこの部屋で、マメはあの思慮深げな灰色の目で私を見ながらそう言ったのだった。ラメリケーヌ。あのとき、レイヤードカールにスニーカー姿で、健康的な笑みを浮かべていた私は、その言葉を聞いてどんなにアメリカ人であることを強く意識させられたことか。そして、あの貴族的な鼻と美しい巻き毛を備え、背筋をすっと起こして抜け目のなさそうな目で私を見た七十五歳の老婦人は、どんなに典型的なフランス人らしく見えたことか。それでも、私は最初からマメが好きだった。あのドキッとするような、くぐもった笑い声。ドライなユーモアのセンス。

いまでも私は、正直に言うと、ベルトランの両親よりも祖母のマメのほうが好きだ。もうパリに二十五年も住み、ベルトランと結婚して十五年もたち、彼らにとっては初孫であるゾーイまでもうけたというのに、ベルトランの両親の前に出ると、私はいまだに〝アメリカ人〟であることを強く意識させられてしまう。

階下に降りる途中、エレベーターの鏡に映る憂鬱な映像に再び面と向かったとき、不意に、自分は夫のいやみにあまりに長く付き合いすぎた、という思いが浮かんだ。しかも自分はそういうとき、いつもにこやかに受け流してきたのだ。

けれどもきょうは、それと名指せない漠然とした理由で、もうたくさんだ、という思いが初めて胸に浮かんだ。

少女はぴったりと両親に寄り添っていた。ベージュのレインコートの男にせかされながら、一行は道を進んでいた。いったいどこにいくのだろう、と少女は思った。どうしてこんなにせかされるのだろう？　少女と両親は大きな自動車修理工場に入るように命じられた。その道路は少女も知っていた。家からも、父親が働いている場所からも、そう離れてはいなかった。

修理工場の中では、油で汚れた青いオーヴァオール姿の男たちが車のエンジンの上にかがみこんで作業に従事していた。みな黙ってこちらを見た。何か声をかけてくる者もいない。修理工場の中央には大勢の人たちが立っているのに少女は気づいた。足元には鞄や籠が置かれている。大部分が女性や子供たちだった。顔見知りの者も何人かいたが、手を振るでもなければ互いに挨拶を交わすでもない。しばらくすると、二人の警官が姿を現わして、集まった人々の名前を呼びはじめた。少女の父親は、自分の姓を呼ばれると手をあげた。

少女は周囲を見まわした。学校で知り合いのレオンという少年がいた。疲れ切った、怯えた表情を浮かべていた。少女は少年に微笑みかけた。大丈夫よ、もうすぐみんなお家に帰れるから、と言ってあげたかった。こんなことはもうすぐ終わって、みんなお家にもどれるはずよ。だが、レオンは、おまえ、気はたしかか、と言っているような顔で少女を見返した。少女は赤面して、足元を見下ろした。もしかしたら、あたしの考えが間違っていたのかもしれない。急に心臓がドキドキしはじめた。もしかしたら、何もかも、自分が思ったふうにはならないのかもしれない。自分がとても幼稚で馬鹿な子供のように思われてきた。

父親が少女のほうに腰をかがめた。無精ひげが耳をこすってチクチクした。父親は少女に問いかけた。弟はどこにいるんだい？　少女は隠していた鍵を初めて見せて、誇らしげにささやいた――

あの子はね、秘密の納戸に隠れているの。あそこなら安全よね。

父親はびっくりしたように目を大きく見ひらいて、少女の腕をつかんだ。でも、大丈夫よ、と少女は言った。あそこなら大丈夫よ。あそこはとても奥行きがあって、空気もたっぷりあるから呼吸に困らないし、水だって、懐中電灯だってあるのよ。大丈夫よ、お父さん。

おまえは、わかってないんだ、と父親は言った。わかってないんだよ。父親の目に急に涙があふれてきたのを見て、少女はまごついた。

少女は父親の袖を引っ張った。父親が泣いているのを見るのは耐えられなかった。

「お父さん、あたしたち、もうすぐお家に帰れるんでしょう？　名前を呼ばれたら、もどれるんでしょう？」

父親は涙をぬぐって、少女を見下ろした。自分を見つめる悲しげな目を、少女は怖くて見返せなかった。

「いや」と、父親は言った。「もう帰れない。帰らせてくれないだろう」

ひんやりした寒けが体にしみこんでくるのを少女は感じた。深夜、両親の寝室のドアの隙間から見た光景がまた頭に甦ってきた。あのときに立ち聞きしたこと。苦悩と恐怖にひきつっていた両親の顔。

「それ、どういうこと、お父さん？　みんな、どこにつれていかれるの？　どうしてお家にもどれないの？　ねえ、教えて！　教えて！」

最後の言葉は悲鳴に近かった。

父親は少女を見下ろすと、低い声で名前をささやいた。彼の目はまだうるんでいて、睫毛は涙で濡れていた。少女のうなじを撫でながら父親は言った。

「いいかい、勇気を出すんだ。ありったけの力を振り絞って、勇気を出すんだ」

少女は泣けなかった。途方もなく大きな恐怖にすべてが呑み込まれていたのだ。その恐怖は、怪物めいた強力な真空のように、胸の中のすべての感情を吸いあげていた。

「でも、お父さん、あたし、あの子に約束したの、必ずもどってくるからって約束したの」

父親がまた泣きはじめているのに少女は気づいた。少女の言葉はもう父親の耳に入っていなかった。自分自身の悲哀、自分自身の恐怖に、父親は包み込まれていたのだ。

集まっていた人々はみな外に出るように命じられた。道路は閑散としていて、歩道際に並んでいるバスしか目に入らなかった。それは、少女がいつも母親や弟と街に出るときに利用する、ごく普通のバスだった。緑と白に塗り分けられて、後部に乗降口のある、ごく普通の日常的なバスだった。

そのバスに乗れという命令が下されて、みんなは押し合いながら乗り込んだ。またしても少女の目は、怖くてたまらないあの暗緑色の軍服を探していた。ゴツゴツとした、あのいかつい響きの言葉を話す軍人たちを探していた。が、警戒に当たっているのはやはり警官たちだった。ごく普通のフランスの警官たちだった。

バスの埃まみれの窓を通して見たその一人の顔に、少女は見覚えがあった。学校からの帰り道、大通りを渡るときいつも助けてくれる赤毛の若い警官だった。少女はその警官の注意を引こうと、コツコツとバスの窓を叩いた。少女と目が合った瞬間、その警官はさっと横を向いた。困惑しているような、迷惑がっているような表情だった。どうしてだろう、と少女は不思議だった。集まっている人々がバスに押し込まれた際、抗議の声をあげた男性が一人いたが、すぐに警官たちに突き飛ばされた。逃げる者は撃つぞ、と一人の警官がわめいた。

窓の外をかすめる建物や街路樹を、少女は無感動に眺めた。頭に浮かぶのはただ一つ、無人の家の納戸の中に一人ですわって待っている弟のことだった。それ以外のことは考えられなかった。バスは橋を渡り、セーヌの水面のきらめきが見えた。いったいどこにいくのだろう？　父親に訊いてもわからない。だれに訊いてもわからない。みんな怯え切っていた。

突然、雷鳴が轟いて、だれもがぎくっとした。土砂降りの雨が降りだして、バスも一時停止を余儀なくされた。ルーフを叩く雨音に、少女は聞き入った。雨はやがて止み、濡れた舗道をタイヤがしゅっと音をたててまわりだし、バスは走りはじめた。太陽が顔を出した。

そのうちバスが止まり、乗っていた者は全員、鞄や包みや泣き叫ぶ子供たちを抱えて降り立った。少女にとってはなじみのない、初めて踏みしめる道路だった。道路の前方にメトロの高架線が見えた。

一行がつれていかれたのは大きな薄青い建物だった。その前面には巨大な黒い文字で何か書かれていたが、少女には読めなかった。道路は一面、少女の一家のような家族で埋まっていた。次々に到着するバスから続々と人が降り立って、警官にののしられている。彼らもやはりフランスの警官だった。

父親の手にしがみついたまま、少女は巨大な屋内競技場の中に押しやられていった。競技場の中央にも、硬い鉄製のシートの並ぶ観覧席にも、大勢の人々が集まっていた。何人くらいいるのか、見当もつかなかった。数百人にのぼるのはたしかだ。しかも、まだあとからあとから入ってくる。少女はドーム型の天井の大きな青い天窓を見あげた。そこから強い陽光が注ぎ込んでいる。

少女の父親が自分たちのすわる場所を見つけた。少女の見ているそばから途切れなく人々が入ってきて、群集がみるみるふくれあがってゆく。場内をどよもす音響もどんどん大きくなっていった。すすり泣く子供たち。呻き声を洩らす女性たち。何千もの人々のざわめきが絶えず響いていた。日が高くのぼるにつれ場内の温度も上がる一方で、息苦しさが増してゆく。あいたスペースがみるみるうちになくなって、人々は肩をすり合わせるようになった。周囲の男女や子供たちの歪んだ顔と怯えた目を、少女はじっと眺めた。

「お父さん」少女はたずねた。「あたしたち、いつまでここにいるの？」

「それが、わからないんだよ」

「どうしてここにいるの？」

ブラウスの胸に縫いつけられた黄色い星にさわって、少女は訊いた。「きっと、これのためなのね？　ここにいる人たち、みんながこの星をつけているもの」

父親は悲哀に満ちた笑みを浮かべた。

「そうなんだ。それのためなんだよ」

少女は眉をひそめた。

「そんなの、不公平だわ、お父さん」低い声で言った。「不公平よ！」

父親は少女の名を優しくささやいて、強く抱きしめた。

「そうとも、おまえの言うとおりさ。こんなに不公平なことはない」

少女は父親にもたれかかって、父親の上着に縫いつけられた星に頬を押しつけた。

少女の服の胸に母親が星を縫いつけたのは、一ヶ月ほど前のことだった。弟の服を除いて、家族のすべての服に星が縫いつけられた。それまでは身分証明書に〝ユダヤ人男性〟、もしくは〝ユダヤ人女性〟のスタンプが押されていたのだが。それから突然、あらゆることが禁止された。公園で遊ぶことも。自転車に乗ることも。映画館、劇場、レストラン、プールにいくことも。図書館から本を借りることさえできなくなってしまった。

それまでにも少女は、至るところで〝ユダヤ人立ち入り禁止〟の掲示を見てきていた。父親の働く倉庫の扉には〝ユダヤ人企業〟という大きな標示が貼りつけられた。買い物ができるのは午後四時以降と定められていたが、配給制のため、その時間帯にはろくな商品は残っていなかった。メトロに乗るときは最後尾の車両に限られていたし、消灯令の時刻までには帰宅しなければならず、その後朝まで自宅を出ることは許されなかった。まだ許されていることといったら、何があるだろう？　何も残ってはいない。本当に、あたしたちには何もできないのだ、と少女は思った。

こんなに不公平なことってない。どうしてだろう？　どうしてあたしたちだけ、こうなんだろう？　こんなに差別されるんだろう？　それを説明してくれる人がだれもいないことに、突然、少女は気づいた。

ジョシュアはもう会議室に陣どっていて、お好みの薄めのコーヒーを飲んでいた。私は急いで部屋に入り、写真部門のチーフのバンバーと特集記事担当の編集者アレッサンドラのあいだにすわった。

この部屋はシャンゼリゼとつい目と鼻の先の、賑やかなマルブフ通りに面している。あまりにも人通りが多くて華美すぎるこの地区は苦手なのだが、季節を問わず、ほとんど一日中観光客であふれているシャンゼリゼの幅広の歩道を通って毎日ここに通うのにも、もう慣れてしまった。

この六年間、私は『セーヌ・シーン』というアメリカの週刊誌のライターをつとめてきた。この雑誌はオンライン・ヴァージョンでも発行されている。パリ在住アメリカ人の興味を引きそうな出来事を追うのが私の役目だ。その中心的なトピックがいわゆる〝ローカル・カラー〟のネタで、そこには映画、舞台、読書、グルメ等の社交的・文化的なトピックから、間近に迫ったフランス大統領選の話題までが含まれている。

正直言って、仕事はかなりきつい。締め切りに余裕がないし、ジョシュアが暴君だからだ。私はジョシュアが好きなのだが、暴君であることには変わりない。彼は部下の私生活、結婚生活、子供たち等をほとんど尊重しない類のボスだった。妊娠した部下は、うとまれる。子供が病気になったという部下は睨まれる。一方で、ジョシュアが鋭い眼と熟練した編集技術と機を見るに敏な超人的才能を持っていることも事実だった。私たちはみんなジョシュアには頭が上がらない。ジョシュアが背中を向ければ必ず彼をくさすものの、それでどうなるものでもない。五十年配のジョシュアは生粋のニューヨーカーなのだが、この十年ほどはパリで暮らしている。一見温厚な人物に見えて、中身はまったくちがう。細面で、たれさがった目。だが、ひとたび口をひらくと、もうだれも逆らえない。周囲の人間は口を挟むことも忘れて、ただ聴き入るばかり、ということになる。

バンバーはロンドン出身で、年齢は三十になるかならないか。六フィートを超える長身で紫色の眼鏡をかけ、髪をマーマレード色に染めて、いろいろなボディ・ピアスをしている。実に冴えたイギリス流のユーモアのセンスを披露することが多く、私などはつい吹きだしてしまうのだが、その面白さもジョシュアにはめったに伝わらない。私はバンバーには弱い。控えめだが有能な同僚だからだ。ジョシュアの機嫌が悪くて部下に当り散らすようなときも、バンバーは私たちを力づけてくれる。彼は得がたい味方だ。

アレッサンドラにはイタリア人の血が流れている。なめらかな肌。豊かな黒い巻き毛。男たちを狂わせる、ふっくらとした濡れた唇。やる気十分の美人編集者だ。自分は彼女を好きなのか嫌いなのか、私はまだわからないでいる。私の半分の年齢なのに、アレッサンドラはもうこちらとほぼ同額の報酬を得ている。編集部内の序列は私のほうが上なのだが。

ジョシュアは今後の各号の編成表に目を走らせていた。目玉記事の一つはフランスの大統領選挙の特集だった。第一回投票で右翼のル・ペンが勝利をおさめて物議をかもした後だけに、大統領選はいま大きなテーマなのである。でも、私自身はあまり意欲をそそられていなかったから、その記事がアレッサンドラに割り振られたときには内心ほっとした。

「ところでジュリア」眼鏡の縁の上からこちらを見あげて、ジョシュアが言った。「きみにはこれを頼もう。〝ヴェルディヴ〟の六十周年記念記事だ」

私は軽く咳払いした。いま、なんて言ったのかしら？　〝ヴェルディーフ〟がどうとかって聞こえたけれど。

頭の中がまっ白になった。

だめな人ね、と言いたげな顔でアレッサンドラがこちらを見る。

「ほら、一九四二年七月十六日よ。ピンとこない？」

ときどき、あたしの知らないことなんか何もないのよ、と言わんばかりのアレッサンドラの口調が憎らしくなる。きょうがまさしくそうだった。

ジョシュアがつづけた。

「例の、ヴェロドローム・ディヴェールでのユダヤ人一斉検挙さ。〝ヴェルディヴ〟とはヴェロドローム・ディヴェールを略した呼称なんだ。そこは主として自転車レースが行われた有名な屋内競技場でね。何千人というユダヤ人の家族が、何日もそこに閉じ込められたのさ。獣を扱うような悲惨な条件の下で。それから、全員がアウシュヴィッツに送られたあげくガス室で殺された」

それでピンときた。まだ、かすかに、だったけれど。

「ああ、あの件ね」きっぱりと言って、ジョシュアの顔を真っ向から見た。「ええ、それで？」

ジョシュアは肩をすくめた。

「まずは〝ヴェルディヴ〟の生存者や目撃者探しからはじめてもらおうか。それから、予定されている記念式典のチェック。主催者はだれなのか。どこで、いつ行われるのか。最後が、事実の確認だな。〝ヴェルディヴ〟とは何だったのか。どういうことが行われたのか。この取材にはかなり神経を使わされるぞ。フランス人はナチスに協力したペタン元帥や、彼の組織したヴィシー政府について語るのをいやがるからね。いまのフランス人があまり自慢できることじゃないから」

「頼りになる人物が一人いるわ」アレッサンドラが口を挟んだ。だめな人ね、という感じはすこし薄らいでいた。「フランク・レヴィ。あのホロコーストの後、家族を捜し求めるユダヤ人を援助する最大の組織を創設した人」

「ああ、その人なら聞いたことがある」私はノートに彼の名前をメモした。事実、彼のことなら知っていた。一種の有名人だからだ。彼は各種の会議を主催していたし、盗まれたユダヤ人の財貨や強制収容所の恐怖に関する文章を何篇も発表していた。

ジョシュアはまたコーヒーを一杯飲み干した。

「水で薄めたような記事はだめだ。感傷的な文章もお断り。必要なのは厳密な事実と正確な証言だな。それと――」バンバーのほうをちらっと見て、「――印象的で効果的な写真がほしいね。古い資料にもあたってほしい。いまとなってはあまり残ってはいないだろうが、あのレヴィの手を借りれば何か見つかるかもしれないな」

「じゃあ、まずは〝ヴェルディヴ〟に出かけてみますよ」バンバーが言った。「場所を調べてから」

するとジョシュアが苦笑しながら言った。

「ところが、いまはもう存在しないんだよ、〝ヴェルディヴ〟は。一九五九年に壊されてしまったんだ」

「場所はどこだったんですか？」事情にうといのは自分だけではないのを知って、ほっとしながら私は訊いた。

答えたのはまたしてもアレッサンドラだった。

「ネラトン通りよ、十五区の」

「じゃあ、そこにいってみましょうよ」バンバーのほうを見て、私は言った。「近くの住民の中に、まだそのときのことを覚えている人がいるかもしれないじゃない」

ジョシュアが肩をすくめた。

「まあ、やってみてもいいだろうがね。ただし、協力してくれる人間はあまりいないだろうな。さっきも言ったように、この問題に関してはフランス人は神経質なんだ。かなり微妙な問題だから。なにしろ、あのときユダヤ人の家族を検挙したのはフランス警察だったんだから。ナチスではなくてね」

ジョシュアの話を聞いて、一九四二年七月にパリで起きた出来事に関して自分がいかに無知かをあらためて思い知らされた。アメリカの学校でもそれは教えられなかったし、二十五年前にこのパリに移住してからも、それに関する本や記事はほとんど読んだことがなかった。言ってみれば、それはある種の秘密、だれも言及したがらない、過去に葬られた秘密のようなものなのだろう。そう思うと、一刻も早くパソコンの前にすわって、インターネットで調べてみたくなった。

会議が終わるとすぐ、賑やかなマルブフ通りを見下ろす、小さな穴ぐらのような自分のワークスペースにもどった。狭苦しいところだけれど、もう慣れてしまって気にならない。いずれにしろ、いまの自宅にはものを書く場所がないのだ。こんどのアパルトマンに引っ越したら、おまえも大きな部屋を持てるから、とベルトランは約束してくれた。私だけの仕事場だ。ようやっと。なんだか素晴らしすぎて本当とは思えない。この贅沢に慣れるにはすこし時間がかかるだろう。

パソコンのスイッチを入れ、インターネットにログオンしてからグーグルのサイトに移った。検索欄に〝vélodrome d'hiver vel'd'hiv〟と打ち込むと、該当項目がずらっと出てきた。その大半はフランス語で、詳細に書き込まれているものがすくなくなかった。

それから午後いっぱいかかって、読んでいった。ただひたすら読み、情報を蓄え、ドイツ軍占領期のフランスとユダヤ人一斉検挙に関する参考書を探した。それで気づいたのだが、参考書の多くはすでに絶版になっていた。どうしてだろう？　〝ヴェルディヴ〟関連の本は、もうだれも読みたがらないせいだろうか？　もうだれもあの事件のことなど気にしていないせいだろうか？　知り合いの古書店の何軒かに電話してみたのだが、いまからそれらの本を入手するのは困難だろう、と言われた。とにかく、探してみて、と私は答えた。

パソコンのスイッチを切ると、くたくたになっていた。目もしょぼしょぼしている。頭と胸はいま蓄えたばかりの情報で重くしこっていた。

〝ヴェルディヴ〟では、二歳から十二歳のユダヤ人の子供たち四千人以上が拘束されたのだという。その大部分はフランス生まれで、法的な意味では立派なフランス人だった。

その子供たちのだれ一人としてアウシュヴィッツから生還できた者はいなかったという。

時間は緩慢に、果てしなく、耐えがたい苦痛を伴ってすぎていった。母親にぴったり体を押しつけた少女は、周囲の家族が徐々に正気を失っていく様子を眺めていた。飲むものもなく、食べるものもなかった。場内は息苦しいほど蒸し暑かった。空気には乾いた羽毛のような埃が充満して、目を刺激し、喉をこすった。

競技場の大扉は閉鎖されており、四方の壁際には仏頂面の警官たちが立っていた。彼らは銃に手を置いて、無言の威圧をつづけていた。行き場所もなく、することもない。ただその場にすわって待つしかなかった。でも、何を待っているのだろう、あたしたちは、と少女は思った。自分たち家族やここに閉じ込められた何千もの人たちは、これからどうなるのだろう？

少女は父親と一緒に場内の反対側にあるトイレを探しにいった。二人を待っていたのはすさまじい臭気だった。これだけの大人数が使うには便器がすくなすぎて、それもすぐにつまってしまったのだ。少女は仕方なく壁際にしゃがみこんだ。口を両手で覆い、こみあげてくる吐き気と必死に闘いながら、なんとか用を足した。人々は汚物のないスペースを見つけては動物のようにしゃがみこんでいる。だれもが羞恥心にうちのめされて排泄していた。一人の上品な老婦人が夫のかかげるコートの陰にしゃがみこむのを少女は見た。もう一人の女性は口と鼻をぎゅっと両手で覆い、頭を振りながら、死にたいほどの恥ずかしさに喘《あえ》いでいた。

少女は父親の後から人ごみを縫って進み、一人残っていた母親のもとに帰ってきた。二人は文字通り群集を掻き分けて進まなければならなかった。観客席には鞄、荷物の包み、マットレス、幼児用のベッドサークル等が山と積まれ、場内は人々で埋まっていた。どれくらいいるんだろう、と少女は思った。何人くらいの人が詰め込まれているのだろう？　汗まみれの、汚れた服を着た子供たちが、水、水をちょうだい、と叫びながら通路を駆けまわっている。暑さと渇きで息も絶え絶えの妊婦が、声を振り絞って、もうだめ、死んじゃうわ、と叫んでいた。突然、一人の老人がばたんと埃まみれの床に倒れた。血の気のない顔が歪み、ひくひくと痙攣したが、助けの手を差し出す者はいなかった。

少女は母親の隣りに腰を下ろした。母親はめっきり口数が減っていて、ずっと黙りがちだった。少女が手をとってぎゅっと握りしめても、まったく応えない。父親が立ちあがって、妻と娘に水をもらえないか、と頼んだ。が、警官はぶっきらぼうに、いまは水はない、と応じる。父親は言った、こんな無慈悲な仕打ちはない、どうしてわたしたちは獣のように扱われなきゃならないんだ。警官はぷいっとそっぽを向いた。

そのとき少女の目に、自動車修理工場で見かけたあの少年、レオンの姿が映った。大扉のほうを見ながら、人ごみの中をぶらぶら歩いている。その胸にはもう黄色い星はついていなかった。むしりとったらしい。少女は立ちあがって、近づいていった。少年の顔は垢だらけでくろずんでおり、左の頬と鎖骨のあたりに切り傷があった。自分の顔もあんななんだろうか、と少女は思った。疲れ切って、傷だらけになっているのだろうか。

「ぼく、ここから出ていくんだ」少年は小声で言った。「お父さんもお母さんも、そうしろって。いますぐに」

「でも、どうやって？」少女は訊き返した。「警察の連中が通してくれないわよ」

少年は少女の顔を見返した。少女と同じ十歳のはずだが、いまはずっと大人びて見えた。子供っぽいところはどこにもない。

「何かいい方法が見つかるはずだよ。とにかく逃げろって言うんだ、お父さんもお母さんも。で、あの星をはぎとってくれたんだ。もう逃げるっきゃない。じゃないと、おしまいだもの。みんな、おしまいだよ」

またしても、あの寒けが体の中を突き抜けるのを少女は覚えた。もうおしまい？　この子の言うことは当たっているのだろうか？　本当におしまいなんだろうか？

少年はすこし見下したような目で少女の顔を見た。

「嘘だと思ってるんだろ？　一緒においでよ。その星をはぎとって、一緒においでよ。二人でどこかに隠れるんだ。ぼくが面倒を見てあげる。どうすればいいか、わかってるから」

少女の頭に、納戸の中で待っている小さな弟の顔が浮かんだ。ポケットの中のすべすべした鍵をいじくった。この、頭の回転の速い利発な子と一緒に逃げれば、弟と自分自身を救えるかもしれない。

でも、自信がなかった。自分みたいな小さな子供にそんなだいそれたことができるだろうか。やっぱり怖かった。それに、両親がいる……お父さんとお母さん……あたしが逃げたら、お父さんとお母さんはどうなるのだろう？　この子の言ってることは本当だろうか？　信頼していいのだろうか？

少年は少女の腕にさわり、少女のためらいを感じとって促した。

「さあ、一緒にいこう」

「でも……」少女はつぶやいた。

少年は後ずさった。

「ぼくはもう決めたんだ。一人でもいくよ。こないんだったら、さようなら」

少女の目の前で、少年はじりじりと入口のほうに近づいていく。警察はさらに多くのユダヤ人たちを競技場内に追い込んでいた。松葉杖の老人。車椅子の老人。しくしく泣いている子供や涙ぐんでいる女性たちの長い列。少女はなおもレオンの姿を目で追っていた。レオンは人々のあいだを縫ってすべるように前進し、チャンスをうかがっている。

そのうち一人の警官に襟をつかまれて、背後に放り投げられた。が、少年は素早く起きあがると、急流を巧みにさかのぼる泳ぎ手のように、またじりじりと入口に接近してゆく。少女は魅入られたように、じっと見守っていた。

そのとき一群の母親が入口に突進し、子供たちに水を飲ませてくれ、とつめよった。警官たちは一瞬混乱し、どう対応していいか迷っているようだった。少年が電光のように素早くその混乱を縫って駆けだしていくのを少女は見た。次の瞬間、レオンの姿は視野から消えた。

少女は両親のもとに引き返した。夕闇がゆっくりと四囲を満たしはじめ、それと共に、自分と、ここに閉じ込められた数千もの人々の絶望が深まってゆくのを少女は感じた。野放しになった怪獣のように、黒い絶望が胸を押し包んできて、少女はパニックに襲われた。

目を閉じ、鼻と耳をふさいで、少女はこの場のすべてを意識からしめ出したかった。あの悪臭を、埃を、暑熱を、苦悩の叫びを。泣き叫ぶ大人やすすり泣く子供の姿を。だが、それは不可能だった。

少女はただ黙って、なすすべもなく、眺めているしかなかった。はるか天窓の近くの、小人数の男女が固まっていたあたりで、急に動揺が生じたのに少女は気づいた。ひと声、心臓の張り裂けそうな叫び声が放たれたと思うと、人の衣服めいたものがひらりと手すりの上を舞い、競技場の固い床にどすんと落下した。群衆のあいだからどよめきが湧いた。

「いまの、何だったの、お父さん？」少女はたずねた。

父親は少女を横に向かせようとした。

「何でもない、何でもないよ。あそこから服のようなものが落ちてきただけさ」

だが、少女は見ていた。いまのが何だったのか、覚っていた。少女の母親と同じ年頃の若い女性と、その子供だった。女性は子供をしっかり抱えて、いちばん高い手すりから飛び降りたのだ。

少女のすわっているところからも、くにゃっとねじ曲がった女性の体と、血まみれの子供の頭が見えた。それは熟したトマトのように割れていた。

少女は体を二つに折って泣きだした。

マサチューセッツ州ブルックラインのハイスロップ・ロード四十九番地で暮らしていた少女時代、私はいつの日か自分がフランスに移住して、フランス人と結婚する日がこようなどとは夢にも思っていなかった。自分は一生アメリカで暮らすものと信じていたのである。十一歳の私は、隣家の少年エヴァン・フロストに熱をあげていた。歯列矯正具をつけた、顔にそばかすの浮いたエヴァンは、ノーマン・ロックウェルがよく描いたような少年で、愛犬のインキーは私の父の美しい花壇を荒らしまわるのが好きだった。

私の父ショーン・ジャーモンドはマサチューセッツ工科大学で教鞭をとっていた。フクロウのような眼鏡をかけた、もじゃもじゃの髪の〝マッド・プロフェッサー〟タイプだ。学生には人気があって、だれからも好かれていた。母のヘザー・カーター・ジャーモンドは、マイアミ出身の元テニス・チャンピオンだった。日焼けした肌の、すらっとしたスポーティな肢体。いくつになっても歳をとらないように見えるタイプの女性だった。当時はヨガと健康食品に凝《こ》っていた。

父と隣家のフロストさんは、日曜日になるときまって、インキーが父のチューリップを踏みにじった件で生垣越しに罵り合う。それを横目に、母はキッチンでハニー・ブラン・カップケーキをこしらえながら溜息をつく。母は争いごとが嫌いだったのだ。妹のチャーラはそんな騒動などどこ吹く風、テレビ・ルームにこもっては赤いリコリス・キャンディを際限なく舐《な》めながら『ギリガン君SOS』や『マッハGOGOGO』に見入っていた。私はといえば、親友のケイティ・レイシーと二階の自室にこもって、カーテンの陰から、父の憤怒の対象である漆黒のラブラドールと戯れている素敵なエヴァン・フロストを覗き見るのが常だった。

いま振り返っても、両親の愛情に守られた幸せな少女時代だったと思う。親子でいがみ合うこともなければ、喧嘩をすることもなかった。ランクル校は家のすぐ先だった。穏やかな感謝祭と愉《たの》しいクリスマス。ヴァカンスになると、長いのんびりした夏をナハントですごす。平穏な週がこともなく平穏な月に融け込んでいた。死ぬほど怖かった経験は一回しかない。五年生のとき、亜麻色の髪のシーボルド先生がポーの『告げ口心臓』を朗読してくれたとき。おかげで私はそれから何年も悪夢に悩まされたのである。

フランスへの憧れが最初に芽生えたのは思春期の頃だった。ひそかにとりついたその憧れは、時がたつにつれ強固なものになった。どうしてフランスなのか？　どうしてパリなのか？　私はいつもフランス語に魅かれていた。それはドイツ語、スペイン語、イタリア語などと比べて、ずっと優美で官能的な気がした。アニメのルーニー・テューンズに登場するフランスのスカンク、ペペ・ル・ピューの声色を、私はしょっちゅう鮮やかに演じて見せたものだ。日増しにつのるパリへの憧れは、アメリカ人が連想する、判で押したようなパリのイメージ、ロマンティックでシックでセクシーな街のイメージとは何の関係もないことを、私は自分の胸中の奥深くで覚っていた。それはその種のイメージを超越したところにあった。

初めてパリを発見したときは、そのコントラストにたちまち惹きつけられてしまった。オスマンの推進した壮麗な街区に劣らず、粗野で軽薄な庶民の街区にも私は魅了された。パリという街の逆説、秘密、意外性に夢中になった。結局、この街に融け込むには二十五年の歳月を必要としたけれど、ともかくも私はそれを成しとげた。怒りっぽいウェイターやふてぶてしいタクシー運転手のあしらい方にも慣れた。苛立ったバスの運転手や——もっと驚いたことに——黒いミニを運転するエレガントな装いの金髪女性が放つ悪態にもめげずに、車でエトワール広場をまわるのもお手のものになった。傲慢なアパルトマンの管理人、横柄なセールスガール、無愛想な電話交換手、尊大な医師——そういう連中の手なずけ方も身につけた。パリジャンたちは自分こそ世界一の存在と自認しており、とりわけニースからナンシーにかけて住む他のすべてのフランス人より優れていることを疑わず、〝光の都市〟の郊外に住む人々をことさら見下していることを私は知った。それに対して、フランスの他の地方の住民たちは、人気テレビ・ドラマ『パリジャン、犬の頭野郎』にちなんで、パリジャンを〝犬の頭〟と仇名《あだな》していることも知った。彼らは明らかにパリジャンを快く思っていないようだ。実際、生粋のパリジャンくらいパリを愛し、誇りに思っている者もいない。生粋のパリジャンの半分も傲慢で、尊大で、自惚れが強く、しかも魅力的な人種もいない。私はどうしてこれほどパリを愛しているのだろう？　おそらく、パリは決して私に膝を屈しようとしないからだ。こちらに媚びるように寄り添いながらも、最後の瞬間、パリは私を突き放す。おまえはアメリカ人だろう、と。そう、私は結局アメリカ人、〝ラメリケーヌ〟なのである。

ジャーナリスト志望が芽生えたのは、いまのゾーイの年頃だった。最初に書きだしたのはハイスクールの新聞の記事で、以来書くのをやめたことはない。パリで暮らすようになったのは、二十をちょっとすぎた頃、ボストン大学の英文科を卒業してからのことだった。初めてついた仕事はアメリカのファッション雑誌のジュニア・アシスタントだったけれど、そこはすぐに辞めた。私としては、スカートの丈《たけ》だとか春の流行色といったトピックより、もっと手応えのあるテーマを追究したかったのだ。

これはと思う仕事に、すぐ飛びついた。あるアメリカのテレビ局の広報資料のリライトだった。舞い上がるほどの高給ではなかったけれど、暮らしを支えていくには十分だった。私はその頃十八区で、エルヴェとクリストフという二人のゲイのフランス人男性と、一つのアパルトマンをルームシェアしていた。その二人とは結局、長い付き合いの友人同士になる。

ジョシュアから〝ヴェルディヴ〟の仕事を託された週も、私は彼ら二人とベルト通りのアパルトマンで夕食を共にすることになっていたのである。そこはベルトランと知り合う前に住んでいたところなのだが、ベルトランが同行することはめったにない。どうして夫はエルヴェとクリストフにああも冷淡なのだろうと思うことがある。「そりゃ、あなた、あなたの愛しいご主人は、フランスのブルジョワたち、裕福な殿方たちの例に洩れず、ホモよりは女性のほうが好きだからよ」友人のイザベルが含み笑いを洩らしつつ物憂げに言う声が聞こえるような気がする。そう、イザベルの言うとおり。ベルトランは女が好きなのだ。超、がつくほどよね、と妹のチャーラなら言うだろう。

エルヴェとクリストフはいまも私とシェアしていた頃のアパルトマンに住んでいる。ただ、私の使っていた小さな寝室は、いまではウォーク・イン・クローゼットになっているのだけれど。クリストフはファッション至上主義者で、そのことを誇りにしている。二人と共にする夕食が、私は大好きだ。そこにはたいてい興味深いゲストたちが顔を揃える――有名なモデルや歌手、いま話題の作家、ハンサムなゲイの隣人、私と同じアメリカ人やカナダ人のジャーナリスト、そして、まだ駆け出しの若い編集者。エルヴェはある多国籍企業の顧問弁護士、クリストフはヨガのインストラクターだ。

二人は私の最愛の心の友と言っていい。もちろん、他にも友人はたくさんいる。ホリー、スザンナ、ジャンといった、フランスを第二の祖国と決めているアメリカ人たち。彼らとは雑誌の仕事を通じて知り合ったり、ベビーシッターを募る広告を出してもらったアメリカン・カレッジを通して知り合ったりしたのだが、他にも、親しいフランス人の女の友だちが何人かいる。たとえば、ゾーイの通うサル・プレイエルのバレエのクラスで知り合ったイザベルがそう。でも、ベルトランと夫婦喧嘩をした午前一時に訪ねていける相手となると、エルヴェとクリストフしかいない。ゾーイがキックスクーターで転倒してくるぶしの骨を折ったときに病院に駆けつけてくれるのもあの二人だし、私の誕生日を絶対に忘れないでくれるのもあの二人だ。どの映画を観たらいいか、どのレコードを買えばいいか、適確に答えてくれるのもあの二人。ろうそくの灯りのもと、和やかな雰囲気に包まれて二人の用意してくれた食事を味わうのは、いつも最高の喜びだった。

私は冷やしたシャンペンを携えて二人を訪ねた。戸口で出迎えてくれたエルヴェの話では、クリストフはまだシャワーを浴びているらしい。四十代半ばのエルヴェは、ほっそりした体軀で口ひげをたくわえている。とても柔和な男性だ。煙突のようにタバコをふかすくちで、いくら禁煙を勧めても受けつけないため、私たちはもう諦めてしまった。

「素敵なジャケットだね、それ」タバコを置いてシャンペンをあけながら言う。

エルヴェとクリストフはいつも私の装いに注目してくれる。新しい香水を使ったときも、メイクをあらためたときも、ヘアスタイルを変えたときも。二人といると、私は、パリのエスプリを身につけようと必死の〝ラメリケーヌ〟の衣を脱ぎ捨てることができる。自分自身でいられる。二人のそういう心遣いが、私は好きなのだ。

「そのブルー・グリーン、すごく合ってるね。きみの目の色にぴったりなんだな。どこで買ったんだい？」

「レンヌ通りのH&Mなんだけど」

「実にチャーミングだぜ。で、アパルトマンの改装のほうはどうなってるの？」エルヴェは訊いて、ピンクのタラマ・ペーストを塗ったホット・トーストとシャンペンのグラスを渡してくれた。

「手をつけるところがたくさんあるのよね」私は溜息を洩らした。「結局、何ヶ月もかかるかもしれない」

「さだめし、建築家の旦那は浮き浮きしてるんだろうね？」

私は眉をひそめた。

「精力的に動きまわってるだろう、と言いたいのね」

「まあね。きみにとっては頭の痛いところだろうけど」

「あたり」私は言ってシャンペンをすすった。

小さな縁なしの眼鏡を通して、エルヴェはしげしげとこちらの顔を見た。彼の目は薄いグレイで、睫毛が滑稽なくらいに長い。

「どうしたい、ジュジュ？　体の調子でも悪いのかい？」

私は明るく笑った。

「ううん、とても元気よ」

実を言うと、私は元気には程遠かった。一九四二年七月に起きた出来事を知って以来、私の心にはひずみが生じ、何かしら言葉にできない深い悲哀が胸にまとわりついて、気重になっていたのだ。〝ヴェルディヴ〟の一斉検挙のリサーチを始めてから一週間、私はずっとその重荷を引きずっていた。

「いつものきみらしくないぞ」気がかりそうに言って、エルヴェは私の隣りにすわり、ほっそりした白い手を私の膝に置いた。「その表情はわかっているよ、ジュリア。何か悲しいことがあるんだろう。さあ、話してごらん、何が気になっているのか」

周囲の悲惨な光景をしめだすには、立てた両膝のあいだに顔を埋めて、両耳を手でふさぐしかなかった。顔を脚に押しつけて、少女は体を前後に揺らした。何か素敵なことを考えよう。自分の好きなことばかり考えよう。自分を幸せな気持にしてくれること、記憶に残っている魔法のような特別な瞬間のことを考えよう。そういえば、あるとき母親に美容室につれていってもらい、ふさふさした蜂蜜色の髪をみんなから誉められたことがあったっけ。〝もっと大きくなったら、きっとその髪を自慢したくなるわよ、お嬢ちゃん〟。

それから、仕事場で革の細工をしていた父親の両手。あの手はどんなに素早く力強く動いたことだろう。父親の巧みな技に、少女は心から感心したものだった。十歳の誕生日に新しい腕時計を買ってもらったときのことも、少女は思いだした。あのきれいな青い箱。その時計を腕に巻く革のひもを、父親は特別につくってくれたのだ。あのうっとりするような濃厚な革の匂いと、チクタクと控えめに時を刻む音に、少女は夢見心地になったものだった。でも、学校にいくときははずすように、と母親には注意された。壊したり、なくしたりしないように。結局、その時計は親友のアルメルにしか見せなかった。アルメルはあのとき、なんと羨ましがったことか！

あの子はいまどこにいるのだろう、と少女は思った。アルメルはすぐ近所に住んでいて、同じ学校に通っていた。でも、夏休みがはじまったときに、街から消えてしまったのだ。両親と一緒に、どこか南のほうにいってしまったらしい。その後手紙が一通届いただけで、何の音沙汰もない。アルメルは赤毛の小柄な子で、とても頭がよかった。掛け算の九九も暗記していたし、いちばん面倒な文法などもマスターしていた。

アルメルは怖がることを知らない子で、その点に少女も感心していた。授業中に突然、怒り狂った狼のようにサイレンが鳴り響いてみんなが飛びあがったときも、アルメルは冷静さを失わず、他の生徒たちの怯えた声やディゾーという女の先生の震え声の指示にも耳を貸さずに少女の手をとって、学校のかび臭い地下室に逸早《いちはや》くつれていってくれた。それから二人はじめついた闇の中で、青白い顔をろうそくの火のほのめきに照らされつつ肩を寄せ合い、何時間ものあいだ、はるか頭上で轟く飛行機の爆音に耳を傾けていた。その間ディゾー先生はと言えば、ラ・フォンテーヌやモリエールを朗読しながら手の震えを懸命に押さえようとしていた。ほら、先生の手を見て、とアルメルはささやいてくすくす笑った。怖くてちゃんと読めないみたいよ、ほら。少女は感嘆しながらアルメルの顔を眺めて、ささやいたものだった。あなたは怖くないの？　ちっとも怖くないの？　アルメルは当然と言わんばかりに赤いつやつやした巻き毛を揺すって答えた。ええ、怖くないわ、ちっとも。ときどき爆弾の震動が埃まみれの床にまで伝わってきてディゾー先生の声がつっかえ、ついには沈黙してしまうときなど、アルメルは少女の手をぎゅっと握りしめてくれた。

少女はアルメルが恋しかった。アルメルがここにいて、自分の手を握り、怖がらなくてもいいのよ、と言ってくれたら、どんなに心強いことか。そばかすの浮いたアルメルの顔が、悪戯っぽい緑色の目が、自信たっぷりの笑みが恋しかった。そうだわ、自分の好きなことを考えるのよ、と少女はあらためて思った。自分を幸せにしてくれることを考えるのよ。

去年、いや一昨年のことだったろうか、少女の一家は田舎の川のほとりで数日間すごしたことがあった。川の名前は思いだせないが、水がとてもなめらかで肌に心地よかったことを覚えている。少女はそこで、父親から泳ぎ方を教わったのだった。何日かたつと、不恰好ながら犬掻きができるようになって、みんなを笑わせた。弟は上機嫌で川べりで遊びまわっていた。あのときの弟はまだ本当に小さくて、よちよち歩きも同然だった。少女は一日中弟を追いまわし、弟は足をすべらせつつも、悲鳴をあげながら泥でぬかるんだ岸を逃げまわった。あのときの両親はなんと若々しく穏やかに見えたことだろう。二人は心から愛し合っていた。母親がいつも夫の肩に頭をもたせかけていたのを少女は覚えている。一家が泊まったのは川べりの小さなホテルで、みんなは青葉のそよぐ涼しい木陰で、簡素ながら滋養に富んだ食事を楽しんだものだった。少女はホテルのオーナーから厨房の手伝いを頼まれた。大人になったような誇らしい気分でコーヒーを配って歩いているうちに、あるとき、客の足元にコーヒーをこぼしてしまった。けれども、ホテルのオーナーは文句一つ言わず大目に見てくれたことも、少女は懐かしく思いだした。

そこで少女はまた現実にもどった。ふと顔をあげると、母親が隣りの家の若い主婦エヴァと話し合っていた。エヴァは四人の子持ちだった。いずれも男の子で、ふだん騒々しいだけのその子たちが、少女はあまり好きではなかった。いま見ると、エヴァは少女の母親と同じく、すっかり頬がこけてやつれている。この競技場に閉じ込められてからまだいくらもたたないのに、なぜ大人たちはあんなに老け込んでしまったのだろう。エヴァもやはりポーランド系だったから、少女の母親同様、フランス語はあまり流暢に話せない。少女の両親と同じく、エヴァの一族——彼女の両親や叔母たちや叔父たち——もポーランドで暮らしていた。比較的最近——正確にはいつだっただろう？——エヴァのもとにポーランドから一通の手紙が届いた、あの恐ろしい日のことを、少女は思いだした。あの日エヴァは涙をぽろぽろ流しながら少女の家を訪れると、少女の母親に抱かれてわっと泣き崩れたのだった。少女の母親はエヴァを慰めようとしていたが、母親自身ひどいショックを受けていることを少女は見逃さなかった。いったい何が起きたのか、だれも少女には話してくれない。だが、すすり泣きのあいまに洩れるイディッシュ語をなんとか聞き逃すまいとして、少女はおおよその察しがついた。ポーランドで何か恐ろしいことが起きたようだった。家は焼かれ、家族は皆殺しにされて、焼け跡には灰しか残らなかったらしい。少女の家の大理石のマントルピースには、母親の両親の白黒の写真が飾ってあった。そのお祖父ちゃんとお祖母ちゃんは無事なの、と少女は父親にたずねた。いや、それがわからないんだ、と父親は答えた。ポーランドからとても悪い知らせが届いたんだけれども。だが、それがどんな知らせだったのか、父親は教えてはくれなかった。

エヴァと自分の母親を見ながら少女は思った。お父さんとお母さんがあたしを守ろうとして、いやな悪いニュースを一貫して聞かせまいとしてきたのは、果たして正しかったのだろうか。戦争の勃発以来すべてが様変わりしてしまった理由を説明してくれなかったのは、正しかったのだろうか。去年、エヴァのご主人が勤め先から帰宅しなかったときにしたってそうだ。エヴァのご主人は突然消えてしまったのだ。いったいどこへ？　その理由はだれも明かしてくれなかった。だれも説明してくれなかった。自分が赤ん坊のように扱われるのが、少女は気にさわった。自分が部屋に入っていくと、大人たちがとたんに声をひそめるのも不満だった。

もし逆に、何もかもみんなが打ち明けてくれていたら、すべてを包み隠さず教えてくれていたら、いまこんな事態になっても、もっと冷静に受け止められていたのに。少女はそう思った。

「なんでもないの。ただ疲れただけよ。で、きょうのお客さまは？」

エルヴェが答える前に、クリストフが部屋に入ってきた。粋なパリジャンの絵姿そのままに、カーキ色とクリーム色主体の装いでまとめて、高級なメンズの香水の香りを漂わせている。エルヴェよりすこし年下のクリストフは一年中肌が小麦色に日焼けしていて、腰も引き締まっている。白いものの混じった髪を、カール・ラガーフェルドのように太いポニー・テイルでくくっていた。

彼が入ってきたのとほぼ同時にドアベルが鳴った。

「きたな」クリストフは言って、私に投げキスを送った。「きっとギョームだ」

玄関に駆け寄っていった。

「ギョームって？」その名前を口で描いて、私はエルヴェのほうを見た。

「ぼくらの新しい友人でね。広告関係の仕事をしている。離婚して、いまは一人。優秀な男で、きみも気に入るよ。今夜のゲストは彼一人なんだ。この長い週末、みんな街を離れちゃってるんで」

部屋に入ってきたのは三十代後半の、肌の浅黒い、長身の男性だった。香りつきのろうそくの包みとバラの花束を手にしていた。

「こちらはね、ジュリア・ジャーモンド」クリストフが言った。「むかしむかし、ぼくらがそれは若かった頃から付き合っている、大切なジャーナリストの友人さ」

「むかしむかしって、ついきのうのことなんだろう、みなさんにとっては」小意気なフランス人らしい心遣いを示して、ギョームは低い声で言った。

ときどきこちらに向けられるエルヴェの物問いたげな視線を意識しながら、私はつとめて陽気な笑みを浮かべていた。ふだん、何か気がかりなことがあるとすぐエルヴェに打ち明ける習慣だったから、それは私らしくない振る舞いだった。この一週間の奇妙な精神状態について、ふだんの私だったらエルヴェに打ち明けていただろう。それと、夫のベルトランとのあいだに生じた波紋についても。ベルトランの挑発的な、ときに悪趣味なユーモアを、私はいつも我慢していた。それで傷つくこともなく、とりたてて気にすることもなかった。そう、いままでは。ベルトラン一流の機知や皮肉を、私はむしろ賛美していた。それでいっそうベルトランへの愛も深まっていたのだ。ベルトランのジョークにはみんなが笑った。彼にすこし遠慮しているむきも、もしかしたらあったかもしれない。ついのせられてしまう笑い声、きらきらと輝く青みがかった灰色の瞳、そしてチャーミングな笑顔の陰には、望んだものを必ず手に入れることに慣れた、気の強い高圧的な男がひそんでいた。これまでそれに我慢してきたのは、自分が言いすぎたと覚るたびに、ベルトランが私をプレゼント攻めや花束攻めにして、情熱的なセックスで報いてくれたからだった。たぶん寝室は、私たち夫婦が心からコミュニケートできる場所、互いに相手を支配する必要のない唯一の場所だったのだと思う。あるとき、ベルトランが特別辛辣な言葉を吐くのを目のあたりにした妹のチャーラから、こう言われたことがある――「あのいやみな男から、本当に優しくしてもらうことってあるの?」私の顔がゆっくりと紅潮するのを見て、妹はつづけた。「なるほどね。わかった。夜の生活か。目は口ほどにものを言うわね、たしかに」溜息をつくと、妹は私の手を軽く撫でたものだった。

それにしても今夜、私はどうしてエルヴェにすべてを打ち明けようとしないのだろう? 私のなかで、何かしらそれを抑える力が働いていた。何かが私の口を封印していた。

八角形の大理石のテーブルを囲んですわると同時に、なんていう週刊誌で働いてるの、とギョームが訊いてきた。私が答えても、彼の表情には何の変化も生じなかった。それは別に驚くにあたらない。『セーヌ・シーン』という週刊誌を知っているフランス人など、まずいないからだ。読者の大半はパリに住むアメリカ人なのだから、無理もない。自分は名声欲とは無縁の人間だから、それもまったく気にならない。ときどき上司のジョシュアの暴君ぶりに悩まされることはあっても、給料がよくて、自分の時間を比較的自由に使えるいまの仕事に、私は満足していた。

「で、いまはどんな記事を書いているの？」緑色のパスタをフォークに巻きつけながら、ギヨームが丁寧に訊く。

「〝ヴェルディヴ〟のことなんだけど」私は答えた。「六十周年記念が目前に迫っているので」

「というと、戦争中のあの、ユダヤ人の検挙のこと？」口いっぱいにパスタを頬張りながらクリストフが訊いた。

答えようとしかけて、私は、ギヨームのフォークが口の手前で止まったのに気づいた。

「そうよ、ヴェロドローム・ディヴェールが舞台になった一斉検挙」

「あれって、どこかパリの郊外で起きたんじゃなかったっけ？」むしゃむしゃと食べつづけながら、クリストフが訊く。

ギヨームが静かにフォークを置いた。その目がなぜか、じっと私の目をとらえようとする。彼の瞳の色は黒く、口元は形が整っていて肉感的だった。

「たしかナチスだろう、やったのは」エルヴェが言って、グラスにまたシャルドネをついだ。ギヨームの表情がこわばったことに、エルヴェもクリストフもまだ気づいていないようだった。

「占領中に、ナチスがユダヤ人たちを検挙したんだよな」

「本当はナチスではなくて――」

私が言いかけると、

「フランス警察だったんだよ、手を下したのは」ギヨームが口をはさんだ。「それに、場所もパリのど真ん中だったんだ。有名な自転車レースがよく行われた競技場でね」

「本当かい？」エルヴェが言った。「てっきり、どこか郊外でナチスがやったんだと思ってたよ」

「実はこの一週間、この事件のことを調べていたの」私は言った。「命令したのはナチスだけど、実際に動いたのはフランス警察だったのね。このこと、学校で教わらなかった？」

「さあ、覚えてないな。教わらなかったんじゃないかな」クリストフが認めた。

ギヨームの目が再び私の目をとらえる。まるで私から何かを引きだそうとするかのように。こちらの心中を探ろうとするかのように。なんだか落ち着かなかった。

「実際、驚かされるね」皮肉な笑みを浮かべて、ギヨームが言った。「あの事件を知らないフランス人がまだ大勢いるんだから。アメリカ人はどうなんだろう。きみはあの出来事を知ってたかい、ジュリア？」

私は目をそらさずに答えた。

「ううん、知らなかったわ。一九七〇年代にボストンで通った学校でも教えられなかった。でも、いまはいろいろなことを知ってる。実のところ、この一週間で学んだことに、わたし、圧倒されちゃってるの」

エルヴェとクリストフは沈黙していた。どうコメントすればいいかわからなくて、戸惑っている様子だった。そのうち、とうとうギヨームが口をひらいた。

「一九九五年の七月に、フランスの大統領としては初めて、ジャック・シラクはドイツ軍占領中にフランス政府の果たした役割にフランス人の注意を向けさせたね。シラクの演説は新聞の大見出しになった。覚えているかい？」

シラクの演説の中身は、こんどのリサーチ中に私も読んでいた。彼はたしかにあの演説をしたことで、きわどいところに身を置いたのだと思う。でも、七年前、私もニュース番組でその演説を聞いたはずなのに、すっかり忘れていたのも事実だった。そして、あの二人組――と、私はついいまでもエルヴェとクリストフをそう呼んでしまうのだが――あの二人がシラクの演説の中身を読んだこともなければ記憶してもいないのは明らかだった。二人は困惑した様子でギョームの顔を見つめていた。エルヴェはやたらとタバコをふかしている。クリストフは爪を嚙んでいたけれど、それは神経質になっているとき、落ち着かないときの癖だった。

私たちを沈黙が覆った。この部屋が静寂に包まれるなんて、珍しいことだった。この部屋はいつも陽気でにぎやかなパーティの舞台なのだから。ここでは絶えず笑いが沸騰し、ジョークが果てしなく言い交わされ、音楽が鳴り響いた。ゲームが飽きずにくり返され、誕生日を祝うスピーチに沸き、怒った下の階の住人から床を箒で突き上げられながら、夜半をすぎてもダンスがつづいた。本来、そういう部屋なのである、ここは。

沈黙が重くのしかかって耐えがたくなったとき、ギョームがまた口をひらいた。声の感じが変わっていた。それと、顔の表情も。いつのまにか頰から血の気が薄れていて、私たちの顔をまともに見返そうともしない。手をつけていないパスタの皿を見下ろして、ギョームは言った。

「その一斉検挙の日、ぼくの祖母は十五歳だった。でも、おまえは連行しない、と言われたらしい。つれていくのは二歳から十二歳の子供と両親だけだから、と。祖母は一人、あとに残された。残りの家族は全員連行されたんだ。弟、妹、両親、叔母、叔父、それに祖父母までも。それっきり、ぼくの祖母は二度と家族の顔を見ることはなかった。連行された者は一人としてもどってこなかったから。ただの一人もね」

その夜のおぞましい光景に接して、少女の目は虚ろにぼやけていた。夜中をすぎた頃、妊娠していた女性が月足らずの子を産んだのだ。死産児だった。悲痛な叫び声と、涙にむせぶ顔。少女はすべてを目撃した。血まみれの赤子の頭部がその女性の脚のあいだから現われるのを、少女は見た。見てはいけないと思ったのだが、どきどきしながら、魅入られたように見つめていた。ちぢこまった人形にも似た、蠟のような灰色の死んだ赤子は、汚れたシーツの下に素早く隠された。最初から最後まで、その女性は呻きつづけていた。黙らせることはだれにもできなかった。

夜明け頃、少女の父親が少女のポケットを探って、秘密の納戸の鍵をとりだした。それを手に立ちあがると、父親は近くにいた警官の前に歩み寄った。鍵を見せながら、父親は切迫した事情を説明した。つとめて冷静を保とうとしているのは少女にも見てとれたが、父親の精神状態が限界にきているのは明らかだった。四歳の息子をどうしても救いださなきゃならないんです、と父親は警官に訴えた。その子をつれて、すぐにもどってきますから。だが、警官は嘲笑《あざわら》って言った。「そんな世迷い言に騙されると思うのか、おれが?」じゃあ、あんたも一緒にきてくれ、納戸の前までついてきてくれ、と父親はせがんだ。あの子をあそこから出したら、本当にすぐにもどってくるから。うるさい、そこをどけ、と警官は命じた。父親は肩を落とし、泣きながら元の場所に引き返した。

父親の震える手から鍵をとりもどすと、少女はまたポケットにしまった。弟はあとどのくらい頑張れるだろう。いまもきっとあの子は自分を待っているにちがいない。あの子はあたしを頼っているのだから。無条件で頼っているのだから。

あの暗闇の中で一人待っている弟の姿を想像すると、少女は耐えられなかった。きっとおなかをすかしているにちがいない。喉も渇いているだろう。水はもうなくなっているかもしれない。懐中電灯の電池も切れているはずだ。でも、と少女は思った。ここよりはまだましかもしれない。このすさまじい光景、悪臭、熱気、埃、泣き叫ぶ人々、息絶えてゆく人々——どんなところだって、ここよりはましかもしれない。

少女は母親のほうを見た。一人ぽつねんとうずくまっている母親は、この数時間、すすり泣き一つ洩らしていない。少女は、目の落ち窪み、頰のこけた父親を見た。それから、周囲を順々に見まわしていった。エヴァと、疲れきった、哀れなその子供たち。他の家族も見まわしていった。少女と同じように黄色い星を胸につけた、見知らぬ人たち。飢えと渇きに苦しんで、やたらと走りまわっている何千という子供たち。もっと小さな幼児は、自分の身に起きていることが理解できず、果てしなくつづく狂おしいゲームだと思っているのかもしれない。その子たちはみんな自分の家を、ベッドを、熊の縫いぐるみのおもちゃを、ほしがっていた。

少女は休もうとして、とがった顎をまた膝頭にのせた。日が昇るにつれて、ひどい暑さがもどってきた。新たな一日をここでどう送ればいいのか、わからなかった。疲れ切って、体中がだるかった。喉がひりひりしていたし、空腹のあまりおなかが痛かった。

しばらくして、少女は眠りに誘われた。うちにもどっている夢を見た。往来を見下ろす自分の小さな部屋に少女はもどっていた。いつも窓から陽光が差し込むリビング、暖炉に置かれたポーランドのお祖母さんの写真の上で陽光がまだら模様を描く、あのリビングにもどっていた。すると、青葉の繁る中庭の向こうから、あの音楽教師の弾くヴァイオリンの音色が聞こえてくる——〈アヴィニヨンの橋の上で踊ろう。アヴィニヨンの橋の上で踊ろう、輪になって〉。夕食をこしらえながら、母親がメロディに合わせて歌っている。〈粋な紳士はこうして踊る、こんなふうに踊る〉。弟は小さな赤い電車で遊んでいる。カタカタ、バタンと音をたてて、長い廊下の黒い床板の上をすべらせている。〈粋な淑女はこうして踊る、もう一度こんなふうに〉。うちの中のいろいろな匂いも甦ってくるような気がした。ろうそくとスパイスの心やすらぐ香りや、キッチンのお料理の美味しそうな匂い。お父さんがお母さんに何かを読んでやっている声まで聞こえる。恐れるものなど何もない幸せな家族。

そのとき、額にひんやりした手が添えられるのを少女は感じた。見あげると、十字架のついた青いヴェールをまとった若い女性が立っていた。少女に向かって微笑むと、きれいな水の入ったコップを女性は手渡した。少女はごくごくと飲み干した。こんどは薄いビスケットと、缶詰の魚をすこし掌にのせてくれる。

「勇気を出してね」若い看護師はささやいた。

が、その看護師自身、自分の父親と同様、目に涙をためているのを少女は見逃さなかった。

「ね、ここから出ていきたいの」少女はささやいた。さっきの夢の中に、あの平和で安全な世界に、本当にもどりたかったのだ。

看護師はうなずいて、微かに哀しげな笑みを浮かべた。

「わかるわ。でもね、いまは何もしてあげられないのよ。ごめんなさいね」

看護師は立ちあがって、次の家族のほうに向かおうとする。少女はその袖をつかんで引き止めた。

「ねえ、お願い、いつになったらここを出られるの?」

看護師は首を振った。それから、少女の頬を優しく撫でると、次の家族のほうに移動していった。

このままじゃ気が変になりそう、と少女は思った。思い切り泣き叫んで、暴れたかった。このむごたらしい、恐ろしい場所から出ていきたかった。一刻も早く自分の家にもどりたかった。黄色い星の出まわる以前の暮らしに、大男たちが玄関の扉を荒々しく叩く以前の暮らしに、もどりたかった。

どうしてこんな仕打ちにあうんだろう？　あたしにしたって、お父さんやお母さんにしたって、こんな目にあわなければならないような、どんな悪いことをしたというんだろう？　どうしてユダヤ人はそんなに怖がられるのか。どうしてこんな仕打ちを受けなければならないのだろう？

初めて黄色い星をつけて登校した日のことを、少女は思いだした。教室に入った瞬間、みんなの目がそこに集中した。小さな胸に縫いつけられた、父親の掌ほどの大きさの黄色い星。そして少女は同じ星をつけた女の子が他にもいることに気づいたのだった。仲のいいアルメルもその一人だった。それを知って、すこし安心した。

休み時間になると、同じ星をつけた少女たちはみな一箇所に寄り集まった。他の生徒たち、それまで友だちだったはずの他の生徒たちが、指さした。ディゾー先生はすでにきちんと説明していた、星をつけたからって何も変わらないのだ、と。星をつけていようといまいと、生徒たちの待遇はいままでとまったく変わらないのだ、と。

だが、ディゾー先生の訓示は何の効果も生まなかった。その日を境にクラスの女の子たちの大半は、星をつけた生徒たちに話しかけなくなった。もっと悪いことに、星をつけた生徒たちを見下したように眺めはじめた。あのさげすみの視線は耐えられなかった。そして、あの男の子のダニエル。あの子は学校の前の大通りで、口元を意地悪そうに歪めて少女とアルメルにささやいたのである。

「おまえたちの両親って、汚らしいユダ公なんだよな。おまえたちだってそうさ、汚らしいユダ公なんだ」

どうして汚らしいんだろう？　ユダヤ人だからって、なんで汚らしいんだろう？　少女は恥ずかしさと悲しみを同時に覚えた。泣きたくなった。アルメルのほうを見ると、血がにじむほど唇をきゅっと噛みしめて、黙っていた。そんなに怖がっているアルメルを見るのは、初めてだった。

こんな星、引きちぎってしまいたい、と少女は両親に訴えた。これをつけて学校にいくのは、もういや。

だが、母親は、いけません、とたしなめた。あなたはそれを誇りにしなきゃ。誇っていいことなのよ、その星をつけるのは。ぼくも星をつけたい、と言って弟がむずかると、あなたはまだ六つになってないでしょう、と母親は辛抱強く言い聞かせた。あと二年待たないとつけられないの。その日の午後、弟は夕方になるまで泣き叫んでいた。

弟——。薄暗い、奥深い納戸にいる弟のことを少女は思った。あの子の火照った小さな体を両手でぎゅっと抱きしめたかった。金髪の巻き毛に、ぽってりとした首に、キスしてあげたかった。ポケットの中の鍵を、少女はありったけの力をこめて握りしめた。

「だれが何と言おうとかまわない」少女はつぶやいた。「あたし、絶対にうちにもどる。もどってあの子を助けなきゃ。何か方法があるはずだわ」

夕食後エルヴェは、リモンチェッロというレモン味の、きりっと冷えたイタリアのリキュールを振舞ってくれた。きれいな黄色のそのリキュールを、ギヨームはゆっくりとすすった。食事中彼は黙りがちで、気持が沈んでいるように見えた。私自身は〝ヴェルディヴ〟の話題を蒸し返す気はなかったのだが、しばらくすると彼のほうからこちらを向いて口をひらいた。エルヴェとクリストフはじっと耳を傾けていた。

「祖母はもうかなりの歳で、あの事件のことは語りたがらないんだ。でも、ぼくの知りたいことは何でも話してくれたよ、あの日のことについて。たぶん、祖母にとっていちばん辛かったのは、その後天涯孤独の身で生きなければならなかったことだったんじゃないかな。親しい人間をみんな失ってね。そう、家族のすべてを失って」

私は言うべき言葉が見つからなかった。エルヴェとクリストフも黙りこくっている。

「戦争が終わると、祖母は毎日のようにラスパイユ大通りのオテル・リュテシアに通ったらしい」ギヨームはつづけた。「そこにいくと、強制収容所から生還した人たちの情報が得られたらしいんだ。いろいろな支援組織が生まれて、人名リストが配られたんだね。祖母はそこに通いつめて、情報を待った。でも、しばらくすると、通うのを止めてしまった。その頃になると、強制収容所の内実が伝わってきて、家族が生存している望みはないと、祖母にもわかったんだ。もう、だれももどってこないだろう、と。それまで収容所の実態は知られていなかったんだが、ごく少数の生存者がもどってきて体験を語るにつれて、すべてが明るみに出たんだよ」

またしても、沈黙。

「あの〝ヴェルディヴ〟事件で、ぼくがいちばんショッキングだと思うのは何だと思う？」ギヨームは言った。「あれを推進した連中のつけた作戦名なんだな」

それまで広範なリサーチをしたおかげで、私はその答を知っていた。

「〝春のそよ風作戦〟でしょう」低い声で、私は言った。

「あれほど冷酷な作戦に、よくもそんなに甘美な名称をつけたと思わないか？　ゲシュタポはフランス警察に対し、十六歳から五十歳までのユダヤ人の一定数を〝引き渡す〟よう要求したんだ。フランス警察は最大限の数のユダヤ人を国外追放するつもりだったので、その命令を自発的に修正することにし、子供たちまで、フランスで生まれた子供たちまで、検挙した。その子たちはまぎれもなくフランスの子供たちだったのに」

「じゃあ、ゲシュタポは最初、幼い子供たちの引渡しまでは要求しなかったの？」

「ああ。最初はね。子供たちも収容所に送るとなると、真実が明らかになってしまうからさ。収容所送りはあくまでも労働のため、というのが彼らの言い触らした口実だった。それが、子供たちまで送り込むとなると、その建て前が通用しなくなって、虐殺目的が露見してしまうからね」

「だとすると、どうして子供たちは検挙されたのかしら？」

ギヨームはまたリモンチェッロをすすった。

「おそらく、フランス警察は、たとえフランスで生まれようと、ユダヤ人の子供はユダヤ人だと見なしたんだろう。結果的にフランス警察は八万人に近いユダヤ人を強制収容所に送り込んだんだが、生還したのはたかだか二、三千人にすぎなかった。子供たちとなると、ほとんど生きてもどらなかったはずだよ」

家路につきながら、私はギヨームの暗い悲しげな目を脳裏からしめだすことができなかった。彼は、お祖母さんとその家族の写真をいつか見せてあげてもいいと言ってくれたので、私は自分の電話番号を教えておいた。なるべく早く電話するから、と彼は言ってくれた。

わが家に帰り着くと、ベルトランはソファで手枕をして寝ころんでテレビを見ていた。

「おかえり」テレビの画面に目を据えたまま、ベルトランは言った。「どうだったい、あの二人組は？　相変わらず洗練されたマナーでもてなしてくれたかい？」

私はサンダルを脱ぎ捨てて夫の隣りに腰を下ろし、男前の優美な横顔を眺めた。

「ええ、完璧な食事だったわ。それとね、とても興味深いゲストがいたの。ギヨームという男性なんだけど」

「なるほど」ベルトランは面白そうに私の顔を見た。「やっぱりゲイなんだ？」

「ううん、ちがうと思う。そういうところは目につかなかった」

「で、そのギヨームという男の、どこがそんなに興味深かったんだい？」

「彼はね、自分のお祖母さんのことを話してくれたの。その方、一九四二年の〝ヴェルディヴ〟の一斉検挙をなんとか逃れたんですって」

「ふうん」ベルトランはリモコンでチャンネルを切り替えた。

「ねえ、あなた」私は言った。「あなたは学校で〝ヴェルディヴ〟のことを教わった？」

「いや、それはなかったと思うぜ、シェリ」

「いま、雑誌の企画でその件のリサーチをしているの。六十周年記念が目前に迫っているので」

ベルトランは私の裸の足の片方を膝にのせると、すべてを心得た温かい指先で撫ではじめた。

「でも、読者は〝ヴェルディヴ〟なんかに興味を持つかな？　もう過去の話だろう？　たいていの人間は読みたがらないぞ」

「なぜなら、フランス人はあの事件を恥ずかしく思っているから？　だからもう、臭いものには蓋をしたほうがいいというわけ？」

　ベルトランは私の足を膝から下ろした。目が、例の輝きを帯びはじめている。私は身がまえた。

「これはこれは」皮肉っぽい笑みを浮かべて夫は言った。「われわれフランス人がいかに狡猾かを、おまえの同胞のアメリカ人に示すチャンスをまたもつかんだというわけか。フランス人ときたらナチスと協力して罪のない家族を何万人も死に追いやったくせに、すました顔をしていると。おいでなすったね。愛くるしい〝ミス・ナハント〟が毅然として真実を暴露するわけだ！　で、われわれの鼻をそこにこすりつけて、いったい、どうしようというんだい？　そんなことを気にかけるやつは、もう一人もいないぞ。そんなことを記憶している人間だって、もういないさ。それより何か、他のことを書いたらどうだい。もっとユーモラスで、もっと洒落たことをさ。おまえなら、それができるんだから。ジョシュアに言えよ、〝ヴェルディヴ〟の企画は的外れだと。読むやつは一人もいないと。みんな欠伸《あくび》をして、次の記事のページに移ってしまうさ」

　私はうんざりして立ちあがった。

「あなたの言うことって、間違っていると思う」憤りを露わにして、私は言った。「みんな、本当のことを知らないのよ。クリストフだって、ごく表面的なことしか知らなかったわ。彼は生粋のフランス人だけど」

　ベルトランは鼻を鳴らした。

「おっしゃいますがね、クリストフは文字なんて読めないやつだろう。彼が口にする言葉といったら、グッチとか、プラダぐらいしかないんじゃないのか」

私は黙って部屋を出て浴室に移り、浴槽にお湯を張った。何よあんたなんか、くそったれ、とどうして言ってやらなかったのだろう？　どうして私はいつもいつも我慢してしまうのだろう？　なぜなら、いまだに私はベルトランに首ったけだからよね？　知り合ってからというもの、いつもそうだったでしょう、たとえ彼が高圧的で、粗野で、傲慢な態度に出ても？　男前で、頭がよくて、ときに剽軽《ひょうきん》にもなれる、めったにいない素晴らしい夫だから？　果てしなくつづく官能的な夜、熱いキスと愛撫、しわくちゃのシーツ、彼の美しい肉体、あたたかい唇、小悪魔のような笑み、そんな記憶がとりついて離れないから？　あまりにも蠱惑《こわく》的で、情熱的で、抗いがたいベルトラン。だから、いつもいつも我慢しているのよね？　でも、それをこの先どこまでつづける気？

つい最近、イザベルと交わした会話が甦ってきた。ねえ、ジュリア、あなたはベルトランを失うのが怖くて我慢しているの？　私たちはそのとき、娘たちのバレエのレッスンが終わるのを待ちながら、サル・プレイエルの近くの小さなカフェで向かい合っていた。イザベルは何本目になるかわからないタバコに火をつけていて、こちらの目を真っ向から見つめた。そうじゃないわ、とそのときは答えた、私はベルトランを愛しているから、本当に愛しているから我慢しているのよ。いまの、ありのままの彼が私は好きなの。イザベルは感心したように口笛を吹いたけれど、まだ半信半疑の様子だった。まったく、幸運な男ね、ベルトランは、とイザベルは言った。でも、彼の度がすぎたら、絶対にそう言ってやったほうがいいわよ。はっきり言ってやったほうがいいと思うわ。

浴槽に長々と寝そべって、ベルトランと初めて知り合ったときの記憶を呼びもどした。場所はスキー・リゾート、クルシュヴェルの一風変わったディスコだった。ベルトランは、ほろ酔い加減で騒いでいる友人たちと一緒だった。私の連れはヘンリーという、当時つき合っていたボーイフレンドで、彼とは数ヶ月前、勤務先のテレビ局で知り合ったのだった。ヘンリーと私は、お互いの負担にならない気楽な関係を保っていた。真剣に愛し合っていたわけではなかったのである。たまたまフランスで暮らしている親密なアメリカ人仲間、という言い方が当たっていた。

ベルトランは私にダンスを申し込んできた。こちらには連れの男性がいるという事実も、眼中にないようだった。ちょっと気分を害して、私は断った。ベルトランは執拗だった。「一回でいいんだ。たった一回でいいから踊ってくれないかな。素晴らしいダンスになることは請け合うよ」

ちらっとヘンリーのほうを見ると、彼は肩をすくめた。「まあ、付き合ってやれば」片目をつぶって彼は言った。で、私は立ちあがり、大胆不敵なフランス男とフロアにすべり出たのだった。

二十七歳の私の容姿には、人目をそばだたせるものがあったと思う。実際、十七歳のとき〝ミス・ナハント〟に選ばれたのも事実なのだ。そのときもらったラインストーンのティアラはまだどこかにしまってある。ゾーイがまだ小さかった頃は、よくそれで遊んでいたものだ。私はこれまで、自分の容姿に過剰な自信を抱いたことなど決してない。でも、パリで暮らしはじめてみると、大西洋の向こう側で暮らしていた頃より周囲の注目度がずっと高いことに気づいたのだった。こと女性へのアプローチに関する限り、フランス男はずっと大胆で露骨なこともわかった。私自身は背が高すぎるし、金髪の色が濃すぎるし、歯を見せて笑いすぎるので、洗練されたパリジェンヌの資質には欠けているのに、もって生まれたニュー・イングランド風の雰囲気がモテる要素であるらしいこともわかった。パリに移って最初の数ヶ月、フランスの男性たち——と女性たち——があからさまに視線をからませるのには、驚いたものである。そうして絶えずお互いを品定めしているのだ。スタイルやドレスやアクセサリーをチェックし合っているのだ。パリで暮らしはじめて最初の春、オレゴンからきたスザンナと、ヴァージニアからきたジャンとの三人でサン・ミシェル大通りをそぞろ歩いたときのことを思いだす。三人とも、外出向けのドレスアップどころか、ジーンズとTシャツにサンダルという出で立ちだった。でも、三人が三人ともすらっと背が高く、金髪で、これぞアメリカ娘という容姿だった。男たちがひっきりなしに接近してきた。「ボンジュール・マドモアゼル、あなた方はアメリカ人でしょう?」若者、中年の男性、学生、ビジネスマン、次から次へと男たちが寄ってきて、電話番号を知りたがったり、夕食に誘ったり、バーに誘ったり、懇願したり、ジョークで笑わせようとしたりした。魅力的な男もいれば、そうでない男もいた。母国のアメリカでは、こんなことはまず起きない。アメリカの男たちは街頭で女のコたちに言い寄ろうとしたり、思いのたけを吐露したりはしない。ジャンとスザンナと三人で、くすくすと抑えようもなく笑いながら、こそばゆさと戸惑いを同時に感じていたものだ。

　ベルトランは、あのクルシュヴェルのディスコでの初めてのダンスで私に惚れたのだ、と言う。まさしくあのとき、あのフロアで。それはどうかな、と私は思っている。彼の場合、その瞬間はもうすこしあとで訪れたのではないだろうか。たぶん、翌朝、私をスキーにつれだしたときに。「こいつは驚いた《メルド・アローール》。あんなふうに滑れるフランスの女のコはいないからな」喘ぎながら言うと、賛嘆の念を露わにして彼は私を見つめたのだ。あんなふうに、ってどういうこと? 私は訊き返した。きみの半分も速く滑れないってことさ。ベルトランは笑って、激しくキスしてきた。でも、私の場合、実は前夜のディスコで踊っている最中に、もう彼に参っていたのである。その瞬間から彼しか眼中になかったので、可哀相なヘンリーに別れの目配せもせずに、ベルトランの腕にぶらさがってディスコを後にしたのだった。

それからいくらもたたないうちに、ベルトランは結婚をもちかけてきた。私はめんくらった。しばらくは彼の恋人でいられるだけでいい、と思っていたから。けれども、ベルトランは譲らず、私は結局結婚に同意した。彼はそれくらい魅力的で、セクシーだったのだ。おそらくベルトランは、私が完璧な妻、完璧な母親になると見込んだのだろう。頭がよく、教養があり、学歴も優れていて（ボストン大学を最優等で卒業）、マナーも――アメリカ人にしては――心得ている。うん、大丈夫だ。彼の心中の思いが聞こえるような気がする。タバコも喫《す》わず、酒もほとんど飲まず、もちろん、麻薬などとは縁がなく、神を信じている。うん、間違いない。

で、パリにもどると、私はテザック家の人々に引き合わされた。あの最初の日、私は何と緊張していたことだろう。ユニヴェルシテ通りの非の打ちどころのない、クラシックなアパルトマン。ベルトランの父エドゥアールの冷然とした青い瞳と、乾いた微笑。上品なドレスをまとい、周到なメイクをした母親のコレットは、親しみを見せようとマニキュアを施した優雅な指でコーヒーと砂糖を渡してくれた。そして、ベルトランの二人の妹。一人は骨ばった体つきで、金髪の、顔の青白いロール。もう一人が赤褐色の髪の、血色のよい頬をした、肉感的なセシル。ロールのフィアンセのティエリも同席していたけれど、こちらにはほとんど話しかけてこなかった。二人の妹は興味津々と私を眺めていた。自分たちのカサノヴァ・タイプの兄が、それこそパリ中を足元にひれ伏させているというのに、私のような野暮な女を選んだことで、困惑している様子だった。

私が子供を三、四人、次々に産むことを、ベルトラン――と、その一族――が期待しているのはわかっていた。ところが、結婚直後から私たち夫婦には厄介な問題がいろいろと起きたのである。まさかと思うような問題が次々と。何度か流産がくり返されて、私はすっかり消耗してしまった。なんとかゾーイを産むことができたのは、五年の悩み多き歳月を送ってからのことだった。以来ベルトランはずっと、次の子供の誕生を望んできた。私もそうだ。けれども、そのことを二人でまともに話し合わなくなってから、もうずいぶんとたつ。

それともう一つ、アメリの問題もある。

でも、今夜だけはアメリのことなど考えたくなかった。彼女の件では、もうさんざん思い悩んできたのだから。

浴槽のお湯は生ぬるかったので、震えながらあがった。ベルトランはまだテレビを見ていた。いつもの私だったら、そこにすんなり引き返しただろう。ベルトランも両手を差し出し、私をあやすように抱えてキスしただろう。あなたって自分勝手なんだから、と私は言う。だが、その声は拗《す》ねた少女のように甘えているはずだ。そして私たちはキスを交わし、ベルトランは私を寝室に運び込んで愛してくれる——。

でも、今夜の私はベルトランのところに引き返さなかった。そのままベッドにすべり込んで、〝ヴェルディヴ〟の子供たちに関する資料に読みふけった。

明かりを消す寸前に脳裏に浮かんだのは、祖母について語るギョームの顔だった。

ここにきたのは何日前だったっけ？　少女には思いだせなかった。疲れ切って、考える気力も湧かなかった。昼と夜は境い目もなくつながっていた。いっとき少女は吐き気を覚え、酸っぱいものがこみあげてきて苦痛に呻いた。父親が背中をさすって、楽にしてくれた。頭に浮かぶのはただ一つ、弟のことしかない。あの子の顔が瞬時も頭から離れない。ポケットから鍵をとりだすと、あの子のぽってりした頰や巻き毛にキスするように、熱っぽくキスした。

この数日間に死んだ人もいて、少女はそれをすべて目撃していた。息のつまるような、悪臭のうずまく熱気の中で、発狂する男女もいた。みな手ひどく殴られて、ストレッチャーにくくりつけられた。心臓発作で倒れた人、自ら命を断った人、高熱で意識を失う人もいた。いくつもの死体が外に運びだされるのを少女は見た。こんな恐ろしい光景は見たことがなかった。少女の母親は従順な動物も同然となって、ほとんど口もきかない。声もなく叫んで、ひたすら祈っていた。

ある朝、スピーカーからそっけない命令が声高に流れた。各人、所持品を持って出口の近くに集まれ。騒音を立ててはならん。少女はふらつきながら、よろよろと立ちあがった。脚に力が入らず、ちゃんと歩けそうにない。それでも父親に手を貸して、母親を立ちあがらせた。三人で鞄や包みをとりあげた。どの家族も足を引きずりながら、とぼとぼと競技場の出口に向かってゆく。周囲のだれもが苦しげに、のろのろ歩いているのに少女は気づいた。子供たちですら、老人のように腰を曲げ、頭をたれて歩いている。これからどこにいくのだろう。父親に教えてほしいと思ったけれど、頰のこけた、深刻そうな顔をひと目見て、いまは答えてもらえそうにない、とわかった。あたしたち、やっと家に帰れるのだろうか？　これで、ここでの暮らしにも終止符が打たれるのだろうか？何もかも終わったのだろうか？　家にもどって、弟をあそこから出してやれるのだろうか？

警官たちに追い立てられて、一行は狭い道路を進んでいった。窓から、バルコニーから、戸口から、歩道から、見知らぬ人々がこちらを見ている。少女も彼らに目を走らせた。ほとんどの顔が突き放したような硬い表情を浮かべていた。みな黙りこくって眺めている。あの人たちは関心がないんだわ、と少女は思った。あたしたちがどんな仕打ちを受けようと、どこにつれていかれようと、かまわないのだろう。一人の男がこちらを指さして笑った。その男は子供の手を引いていたが、その子供も笑っている。なぜだろう。いったい、どうして？　あたしたちがいやな臭いを放つ汚れた服を着ているのが、滑稽なんだろうか？　だから笑っているのだろうか？　なんでそんなにおかしいのだろう？　こんなあたしたちをどうして笑えるんだろう？　どうしてそんなに無慈悲になれるんだろう？　少女は彼らに唾を吐きかけてやりたかった。怒鳴ってやりたかった。

そのとき、一人の中年の女性が道路を渡ってきて、少女の手に何かを握らせた。柔らかなパンの小さな塊だった。女性はすぐ警官に追い返された。彼女が道路の向こう側にもどるのを見届けるだけの時間は少女にもあった。追い返される直前に女性のかけてくれた言葉が、少女の胸に残っていた。「可哀相にね。神さまが助けてくださいますように」

そうだ、神さまは何をしているのだろう、と少女はぼんやりと考えた。神さまはあたしたちを見放したんだろうか？　何かあたしたちの身に覚えのないことで、あたしたちを罰しているんだろうか？　そういえば少女の両親は神への信仰を抱いてはいても、あまり宗教行事に熱心ではなかった。子供を育てるにあたっても、伝統的な宗教行事にさほど忠実ではなかった。その点、すべての行事を厳格に守っていたアルメルの両親とは対照的だった。それでだろうか、と少女は思った。宗教的な行事に熱心に参加しなかった罰として、あたしたちはいまこういう目にあっているのだろうか。

少女はもらったパンを父親に渡した。おまえが食べなさいと父親に言われて、少女はがつがつと食べて嚥《の》み下した。喉につっかえて、つまりそうになった。

一行はきたとき同様、市内循環バスで川を見下ろす鉄道の駅に運ばれた。それが何という駅か、少女にはわからなかった。十歳になるまでパリを離れたことはめったになく、そこにくるのも初めてだったのだ。汽車を目にした瞬間、少女はパニックに襲われた。だめ、遠くにいっちゃだめ。だって、必ず帰ってくるからって、弟に約束したのだから。遠くにいっちゃだめ。少女は父親の袖を引っ張って、弟の名前をささやいた。父親は少女を見下ろした。

「どうすることもできないんだよ」諦めたように父親は言った。「もう、どうすることも」

競技場から逃げだした利口な少年の顔を、少女は思いだした。あの子はうまく姿を消したじゃない。どうしてお父さんはこんなに弱々しくて勇気がないんだろう? 弟のことが気にならないのだろうか? あの小っちゃな弟のことが? どうしてお父さんは勇気を出して逃げださないのだろう? どうして何もせずに、おとなしい羊のように汽車に乗せられようとするのだろう? 思い切って逃げだしてアパルトマンに駆けもどり、弟を、あの子を、救いだしてくれればいいのに。どうしてあたしから鍵をとって、逃げださないのだろう?

父親は少女の顔を見た。その表情から、お父さんはあたしの心中の思いをみんなお見通しなんだ、と少女は思った。父親は沈んだ口調で少女に語った、いまはね、みんな、とても大きな危険に直面しているんだ。これからどこにつれていかれるのか、そこでどういう目にあうのか、まったくわからない。でも、わかっていることが一つある。ここでお父さんが逃げだしたら、殺されてしまう。おまえの目の前で、お母さんの目の前で、即座に撃ち殺されてしまう。そうなったらおしまいだろう。おまえとお母さんは二人きりになってしまう。だからお父さんはここに残って、おまえたちを守らなければならないのさ。

少女はじっと耳を傾けた。父親がそんな声で語りかけてくるのは初めてだった。それは少女が以前立ち聞きした、両親の、あの不安そうな、ひそやかな会話の声と同じだった。少女はなんとか理解しようとした。自分の苦しみを顔に出すまいとした。でも、弟のことを考えると——あれは自分が悪かったのだ。弟があの納戸に隠れるのを、自分は認めてしまったのだから。何もかも自分が悪かったのだ。自分があんな失敗さえしなければ、弟はいまここに、あたしたちと一緒にいるのに。ここであたしの手を握っているのに。もしあたしがあんな失敗さえしなければ。

少女は泣きはじめた。熱い涙が頬にすべり落ちた。

「あたし、知らなかったんだもの！」少女はむせび泣いた。「お父さん、あたし、知らなかったの。すぐにもどってこられると思ったの。そのほうがあの子も安全だろうと思ったのよ」そこで少女はきっと父親の顔を見あげ、小さな拳で父親の胸を叩きながら、怒りと苦しみの入り混じった声で叫んだ。「お父さんは教えてくれなかったじゃない。何も説明してくれなかったじゃない。こんなことになるかもしれないなんて、一度も話してくれなかったわ。ただの一度も！　いったい、どうして？　あたしはまだ子供だから、わからないだろうと思ったのね？　子供のあたしを守ろうと思ったのね？　そうなのね？」

父親の顔。少女はもうそれをまともに見ることができなかった。こちらを見下ろす父親の顔には、底知れない絶望と悲しみが宿っていたからだ。あふれる涙が父親の顔をぼやけさせた。少女はひとり両手で顔を覆って泣きつづけた。父親も少女に触れようとはしなかった。その恐ろしい孤独な瞬間に、少女は理解した。自分はもう幸せな十歳の少女ではないのだ。もっと大人の女の子なのだ。これからは何もかも変わるのだろう、自分も、家族も、あの弟も。

最後にもう一度、少女は感情を爆発させた。これまでの少女らしくない、荒々しい力で父親の腕をつかんで叫んだ。

「あの子が死んじゃう! きっと死んじゃうわ!」

「わたしたちはいま、みんな同じ危険に直面しているんだよ」父親はとうとう答えた。「おまえとわたし、おまえのお母さん、おまえの弟、エヴァとエヴァの子供たち、そしてここにいる人たち。ここにいるみんながそうなんだ。でも、わたしはここにこうしておまえと一緒にいる。おまえの弟だって、ここに一緒にいるんだ。わたしたちの祈りの中に、わたしたちの心の中に」

少女が言い返そうとしたとき、一行は強制的に汽車に乗り込まされた。それは座席のないただの貨車、屋根のついた家畜運搬用の貨車だった。腐ったような不快な臭いがたちこめていた。少女は扉の近くに立って、灰色の埃っぽい駅を見渡した。

向かい側のホームに、別の列車を待っている家族がいた。父親と母親と二人の子供。母親は髪を洒落た束髪に結った美しい女性だった。おそらく一家でヴァカンスにいくところなのだろう。子供たちの一人は、少女と同じ年頃の女の子で、きれいなライラック色のドレスを着ていた。髪はさらさらしていて、靴もピカピカに磨かれていた。

線路をはさんで、二人の少女は互いに見つめ合った。洒落たヘアスタイルの美しい母親も、こっちを見ていた。涙で濡れた自分の顔は垢にまみれ、髪もギトついていることを、少女は知っていた。それでも恥ずかしそうにうつむいたりはしなかった。少女は顎をあげて、まっすぐ立っていた。そして涙をぬぐった。

貨車の扉が重々しく閉まり、車両ががくんと揺れて車輪が回転しはじめたとき、少女は鋼板の小さな隙間から外を見た。その目はじっとあの女の子を見つめていた。ライラック色の服を着た女の子が完全に視野から消えるまで、少女はじっと見つづけていた。

パリの十五区に対して、私は一度も好感を抱いたことがない。たぶん、モダンな高層ビルの林立する醜悪な眺めがエッフェル塔のすぐ隣りのセーヌ河岸の景観を損なっているからだろう。その高層ビル群が誕生したのは一九七〇年代の初期、私がパリにやってくるずっと以前のことなのだが、いまだにあの眺めには馴染めないでいる。カメラマンのバンバーと一緒に、かつてヴェロドローム・ディヴェールのあったネラトン通りを訪れた私は、やっぱりこの区域は好きになれないな、と内心ひとりごちた。

「ぞっとしない通りだね、ここは」バンバーも呟いて、パチパチとカメラのシャッターを切った。

ネラトン通りはひっそりと陰気に静まり返っていた。ここはめったに日の当たらないところなのだろう。道路の一方の側には、十九世紀の後期にブルジョワ向けの石造のアパルトマンが建てられた。ヴェロドローム・ディヴェールのあった反対側には、いま、大きな褐色のビルが建っている。典型的な六〇年代初期の建物で、色彩といい形態といい醜悪そのものだ。ガラスの回転扉の上には〝ミニステール・ド・ランテリュール（内務省）〟という銘板。

「妙なところに官庁の建物をこしらえたものだね」バンバーが言った。

彼が見つけてくれた〝ヴェルディヴ〟の写真は二枚しかなく、そのうちの一枚を私は手にしていた。あらためて、そこに写っている〝ヴェルディヴ〟の姿に目を凝らす。青白い壁面に、大きな黒い文字でVEL'D'HIVと書かれている。正面入口の巨大な扉。歩道沿いにバスが何台も止まっていて、人々の頭部が見える。おそらく、この写真はあの一斉検挙の朝、通りの向かい側の建物の窓から撮られたのだろう。

以前ここで起きた出来事を説明する、何か碑銘のようなものがあるのではないかと探したのだが、見つからなかった。

「どうして何もないのかしら」

そのうち、グルネル大通りがブランリー河岸と交わるあたりで、私たちはそれを見つけた。ごく小さな、控えめな碑銘だった。ちらとでもこれに目を走らせた人間はいるのかしら、と私は思った。そこにはこう書かれていた。


一九四二年七月十六日から十七日にかけて、一万三千百五十二人のユダヤ人がパリとその近郊で検挙され、アウシュヴィッツに送られて殺害された。かつてこの地点に建っていたヴェロドローム・ディヴェールには、ドイツ占領軍の命令により、ヴィシー政府の警察の手で、千百二十九名の男性、二千九百十六名の女性、及び四千百十五名の子供たちが非人道的な条件の下で収容された。彼らを救助しようとした人々に、感謝を。ここを通りすぎる人々よ、決して忘れるなかれ！


「なるほどね」バンバーが言った。「子供たちや女性の数と比べると、男性の数が極端にすくないのはなぜなんだろう？」

「実は当時、大規模な検挙が近日中に行われるという噂がだいぶ前から流れていたらしいのよ」私は説明した。「それ以前にも、すでに検挙は何回か実施されていて、とりわけ、一九四一年八月のそれは有名なんだけど。ただ、それまでの検挙では、対象が男性に限られていたの。その規模も計画性も〝ヴェルディヴ〟ほどではなかったし。だからこそ、〝ヴェルディヴ〟が余計に悪名高いのね。で、七月十六日の晩、男性たちは、こんども狙われるのは自分たち男性だけだろう、女性や子供に危害は及ぶまいと思って、身を隠したらしいの。それが、検挙された男性がすくなかった理由なんだけど、女性や子供は安全だろうという見通しは完全に誤っていたわけね」

「どのくらい前から計画されていたんだろう、その一斉検挙は?」

「数ヶ月前かららしいわ。フランス政府は一九四二年四月から熱心に計画を進めていたの。ユダヤ人の検挙予定者のリストを作ったりして。当日動員されたパリの警察官の数は六千人以上。最初は七月十四日に決まっていたんだけど、その日はパリ祭だから、すこし後にずらされたのね」

私たちはメトロの駅の方角に歩いていった。それにしても陰鬱な通りだった。陰鬱でやるせない通りだった。

「で、それからどうなったんだい?」バンバーが訊いた。「そんなに大勢の家族がどこに運ばれたんだい?」

「それが、屋内競技場の〝ヴェルディヴ〟だったのよ。そこに何日間か詰め込まれたの。後になって看護師や医師たちが送り込まれたんだけど、絶望的な混乱状態だったって、みんなが証言しているわ。それから家族たちはオーステルリッツ駅に移動させられ、そこからパリ近郊の収容所に送り込まれたの。最終的には、そこからまっすぐポーランドに運ばれたんだけど」

バンバーが片方の眉をつりあげた。

「収容所? フランスにも強制収容所があったのかい?」

「アウシュヴィッツに通じる、フランス側の入口の間といったところかしら。三ヶ所にあったの。パリにいちばん近いドランシー。それにピティヴィエと、ボーヌ・ラ・ロランド」

「いまはどんな有様になっているのかな。訪ねていって、調べてみないか」

「ええ、ぜひね」

ネラトン通りの角のカフェに寄って、二人でコーヒーを飲んだ。腕時計をちらっと見た。きょうは義理の祖母のマメに会いにいく約束だったのだが、ちょっと無理かもしれない。あしたにしよう。マメに会いにいくのは、私にとって重荷でもなんでもない。いまの私が祖母と呼べるのは、マメしかいないのだから。私の実の二人の祖母は、私の幼時に他界してしまった。せめてベルトランがもうすこし足繁くマメに会いにいってやればいいのに、と思う。マメはあれほどベルトランを心にかけているのだから。

バンバーが私を〝ヴェルディヴ〟の話題に引きもどした。

「つくづく、フランス人じゃなくてよかったと思うよ」と、彼は言った。

それから、しまったと思ったらしく、「ごめん、ごめん、きみもいまはフランス人なんだったね？」

「ええ。フランス人と結婚したから。いまは二重国籍を持っているの」

「つい口がすべっちゃって」バンバーは咳き込んだ。いかにもバツの悪そうな顔をしていた。

「いいのよ、気にしないで」私は微笑した。「結婚してからこんなにたってるのに、わたし、夫の実家の連中からはいまだに〝アメリカ人〟って呼ばれるんだから」

バンバーはにやっと笑った。

「それって、やっぱり気になる？」

私は肩をすくめた。

「ときどきね。だって、わたしはもう人生の半分以上をこのフランスですごしているんですもの。本当に、ここがわたしの国って気持なの」

「結婚してどれくらいになるの、正確には？」

「もうすぐ十六年になるかしら。でも、フランスで暮らした期間は、ぜんぶで二十五年になるんだけど」

「やっぱり、フランス流の豪華な結婚式をしたのかい？」

笑いながら私は答えた。「ううん、とても簡素だった。ブルゴーニュで挙げたんだけど。サンスの近くにテザック家の別荘があったので」

あの日の記憶がつかのま甦ってきた。私の両親、ショーンとヘザー・ジャーモンドは、ベルトランの両親、エドゥアールとコレット・テザックと、あまり言葉を交わさなかった。テザック家の人たちは英語を忘れてしまったらしいのだ。でも、私はとても幸せだったから、それも気にならなかった。さんさんと降りそそぐ陽光。田舎の村の静謐《せいひつ》な、小さな教会。私のシンプルなアイヴォリーのドレスを、義母は気に入ってくれたようだった。グレイのモーニングに身を包んだベルトランの、なんと見栄えのしたことか。ディナー・パーティはテザック家でつつがなく行われた。シャンペンとろうそくとバラの花。私の妹のチャーラがすさまじいフランス語で傑作なスピーチをして、そのときだけは私も笑ってしまった。ベルトランの妹のロールとセシルもにやにや笑っていた。淡いマゼンタ色のスーツをまとった母は、私の耳元でささやいてくれた。「幸せになるのよ、エンジェル・パイ」そのとき父は背筋をピンと伸ばしたコレットとワルツを踊っていた。もうはるか昔のことに思える幸せな日。

「やっぱり、アメリカが恋しい？」バンバーが訊いた。

「ううん。でも、妹なら恋しいわ。アメリカではなく」

若いギャルソンがコーヒーを運んできた。バンバーのマーマレード色の髪を見てにやついたものの、すぐに、彼の前にずらっと並んだカメラや交換レンズに気づいて、

「観光ですか？　パリの素敵な写真を撮ってるんですね？」

「いや、ぼくらは観光客じゃないんだ。〝ヴェルディヴ〟のその後の写真を撮っているんだよ」イギリス訛りのゆったりとしたフランス語でバンバーは言った。

ギャルソンは驚いた様子だった。

「〝ヴェルディヴ〟のことを訊いてまわる人なんて、ほとんどいませんよ。エッフェル塔のことをいろいろ訊く人はいるけど、〝ヴェルディヴ〟のことをたずねる人はいないな」

「わたしたちはね、ジャーナリストなの」私は言った。「あるアメリカの雑誌の記者なんだけど」

「そういえば、ときどきユダヤ人の家族がやってきますけどね」若いギャルソンは言った。「セーヌの河岸の碑銘の前で、例の記念のスピーチが行われて以来」

いいことを思いついた。

「ねえ、あなた、このご近所で、あの一斉検挙についてご存知の方をだれか知らない？　そのときのことを話してくれそうな方を？」

私たちはすでに、体験記を出版している何人かの生存者を取材していたが、あの事件の目撃者、すべてを目のあたりにしたパリジャンにはほとんど会っていなかったのである。

が、次の瞬間、馬鹿なことを言ってしまったと思った。目の前のギャルソンはまだ二十にもなっ

ていないだろう。彼の父親だって、一九四二年にはまだ生まれていなかったはずだ。

「ああ、知ってますよ」驚いたことに、若いギャルソンはそう答えた。「この通りをすこしもどると、左側に新聞の売店が見えるはずです。そこで新聞を売っているグザヴィエさんなら、頼りになるかも。グザヴィエのお母さんはずっと昔からこのあたりに住んでましてね、あの事件のこともよく知ってるんじゃないかな」

私たちはたっぷりとチップをはずんだ。

目立たない鉄道の駅から、埃っぽい道をどこまでも歩かされた。途中通りすぎた小さな町では、大勢の人から指さされ、じろじろと見られた。両足が痛かった。いま、どこに向かっているのだろう、と少女は思った。これからどんなことが起きるのだろう？　ここはパリから遠いのだろうか？　汽車に乗った時間はさほど長くなく、せいぜい二、三時間くらいだったのだが。頭に浮かぶのは、やはり弟の顔だった。歩く距離が延びるにつれ、少女の心は重く沈んだ。ここからどうやって家にもどればいいのか。どうすればもどれるのか？　あたしに見捨てられたと弟は思っているかもしれない。そう考えるとたまらなかった。そうだ、きっと弟はそう思っている——あの暗い納戸に閉じ込められて。あたしに見捨てられた、あたしはもうあの子のことなどなんとも思っていない、気にかけてもいない。そう弟は思っているだろう。もう水も尽きた真っ暗な納戸で、あの子はどんなに怖がっていることか。そして、そういう目に追いやったのは、このあたしなのだ。

ここはどこなのだろう？　汽車がホームにすべり込んだとき、駅名を確かめる暇がなかった。それでも少女は、都会の子が最初に気づくことに目を留めていた。豊かな緑の田園、なだらかな草地、黄金色の畑。爽やかな夏の空気の、うっとりするような匂い。ふんわりとした白雲が浮かぶ空には小鳥が舞い、マルハナバチがぶうんと飛びまわっていた。この何日か苦しめられた暑熱と悪臭に比べれば天国みたいだ、と少女は思った。もしかすると、それほどひどいことにはならないかもしれない。

両親の後から鉄条網のゲートをくぐった。両側には銃を抱えた衛兵が険しい顔で立っている。前方に蜿々《えんえん》と並ぶ黒い兵舎の列が見えてきた。あまりに陰鬱な光景を見て少女の楽観は消し飛び、肩を落として母親にもたれかかった。警官たちが大声で命令を下しはじめた。女と子供は右側の小屋にいけ。男は左側だ。他の男性たちと一緒に追い立てられていく父親の姿を、少女は母親にしがみついたまま、なすすべもなく見送った。父親と離れ離れになるのが怖かった。が、どうすることもできない。警官たちのかまえる銃が恐ろしかった。母親はぴくりとも動かない。目には生気がなく、まったく無表情で、顔色も病人のように青白かった。

少女は母親の手にすがって、粗末な兵舎に追い立てられていった。板張りの小屋の中には藁が敷かれていた。他には何もない。どこも汚れ放題で、いやな臭いが鼻をついた。便所は屋外にあり、ただ穴の上に板が渡してあるだけだった。全員がグループに分かれてその前に集まり、一人ずつ、みんなの見ている前で大小の用を足すように命じられた。まるで動物のように。少女はおぞ気をふるった。あたしにはできない、と思った。絶対にできない。だが、やがて母親が穴の上にしゃがみこむのを少女は見た。恥ずかしそうに頭をたれていた。だれも見ていませんようにと身をすくめながらも、母親はとうとう言われたとおりにした。

鉄条網ごしに眺めると、すぐ向こうに村が横たわっていた。教会の黒い尖塔。給水塔。家々の屋根と煙突。そして緑の樹木。あの家で暮らす人たちには、と少女は思った、ベッドも、寝具も、毛布も、食べ物や水もあるんだ。清潔な体に清潔な服をまとっているのだろう。だれからも怒鳴られず、家畜のように扱われたりもしない。そういう人たちがすぐそこに、鉄条網の向こうにいる。あの清潔な小さな村に。教会の鐘が鳴り響くのが、少女の耳に聞こえた。

あそこにはきっと休暇中の子供たちもいるんだろうな、と少女は思った。ピクニックに出かける子供たち、かくれんぼをして遊ぶ子供たちが。たとえ戦争中で食料も不足し、父親が兵士として駆りだされていたとしても、その子たちは幸せだ。みんなに愛され、大事にされている、幸せな子供たちだ。どうしてその子たちと自分がこんなにもちがうのか、少女にはわからなかった。どうして自分と、ここにいるすべての人たちがこんなふうに扱われるのか、わからなかった。だれがこんなことを決めたのだろう。いったい、何のために？

食事として与えられたのは、生ぬるいキャベツ・スープだった。水っぽくて薄味の、他に何の具も入っていないスープ。それがすむと、錆びついた鉄の洗面台の前で女性たちが裸になり、ぽとぽとと滴る水を頼りに、先を争って汚れた体を洗いはじめた。その光景も、見るに耐えなかった。なんて見苦しい、醜悪な光景だろう。肉のたるんだ体、痩せ細った体、老いた体、若い体、どれも見ていられなかった。あんな裸をまともに見せられるのは苦痛だった。見たくなかった。見なければならないことが死ぬほどいやだった。

少女は母親の温かい体にすがりついて、弟のことを考えまいとつとめた。体中、頭まで、かゆくてたまらない。お風呂に入りたかった。ベッドに寝転びたかった。弟に会いたかった。ちゃんとした夕食をたべたかった。この数日間の体験よりひどいことなんて、この世にあるだろうか、と思う。親しい友だちの顔を少女は思い浮かべた。やはり黄色い星をつけていた、同じクラスの女の子たち。ドミニクや、ソフィーや、アニエス。あの子たちはどうなっただろう？　なんとか逃げだせた子はいたのだろうか？　どこかに無事に隠れている子はいるのだろうか？　アルメルは家族とどこかに隠れているのだろうか？　この先アルメルに、他の女の子たちに、もう一度会えるだろうか？　九月には学校にもどれるだろうか？

その晩、少女は眠れなかった。優しく力づけてくれる父親の手が恋しかった。急に胃がおかしくなり、さしこむような痛みに襲われた。けれども、夜間に外に出ることは許されていない。歯をくいしばって、両手でおなかのまわりを押さえた。痛みはますますひどくなる。ゆっくり立ちあがると、少女は、死んだように眠っている女子供の列のあいだを忍び足で通り抜けて屋外の便所に急いだ。

板の上にしゃがみこむ。ぎらつくスポットライトが薙《な》ぐように収容所内を照射していった。ちらっと下を覗いた。黒い糞便の塊の中に白い大きな蛆虫がうごめいていた。監視塔の警官にお尻を見られたくないと思って、急いでスカートを下ろした。それから素早く収容所に引き返した。

中に入ると、また息がつまるような異臭に包まれた。眠りながらしくしく泣いている子供がいる。忍び泣く女性の声も聞こえた。少女は母親のほうを向いて、青白い、痩せこけた顔を見た。

あの陽気で優しいお母さんはどこかにいってしまった。自分をひしと抱きすくめて、イディッシュ語のニックネームや愛の言葉をささやいてくれたお母さん。艶のある蜂蜜色の髪と豊かな曲線の肢体を持ち、近所の人たちや商店主たちからいつも気さくに呼びかけられていたお母さん。抱きつくと心の休まる、温かい、慈愛に満ちた匂いがして、いつも美味しい料理と、新しい石鹸と、清潔な寝具を用意してくれたお母さん。ついこちらもつられて笑ってしまうような笑い声を、いつも響かせていたお母さん。たとえ戦争がはじまっても、わたしたち一家は強い絆と愛に結ばれているからきっと切り抜けられるわ、と言っていたお母さん。

そのお母さんの面影はすこしずつ薄れていって、いまでは青白い顔の、痩せこけた女性に変わってしまった。もう微笑みもしなければ声を出して笑いもしない。その体はすえた、いやな臭いを放ち、髪には幾筋も白いものがまじって、ぱさぱさに乾いている。

お母さんはもう死んでしまったみたいだ、と少女は思った。

やや濁った、しょぼついた目で、老女はバンバーと私を見た。お歳はたぶん百に近いのではないだろうか。笑うと赤ちゃんのように歯がないのがわかった。この老女に比べれば、義理の祖母のマメなどティーンエイジャーと言ってもいいくらいだ。住まいは息子さんの経営している、ネラトン通りの新聞売店の真上だった。虫の食った絨毯の敷かれた、汚れた家具の散らかっているオンボロのアパルトマン。鉢植えの植物も萎《しお》れていた。窓際の、座面のたれさがった安楽椅子に老女はすわっていて、部屋に入った私たちが自己紹介するのをじっと見ていた。突然訪ねてきた私たちの相手をするのを、楽しんでいる様子だった。

「ふうん、アメリカ人のジャーナリストなんだね」震える声で言って、私たちを値踏みするように見つめる。

「アメリカ人とイギリス人です」バンバーが訂正した。

「それで、〝ヴェルディヴ〟のことを知りたいんだって？」私に訊いた。

ペンとメモ用紙を膝に置いて、私はたずねた。

「あの一斉検挙について、何か覚えていらっしゃいますか、マダム？　どんなに些細なことでも、教えていただけるとありがたいんですが」

老女はかん高い笑い声をあげた。

「もう何も覚えてないと思ってるんだね？　何もかも忘れてしまっただろう、と？」

「なんといっても、だいぶ昔のことですから」

「で、あんたはおいくつだい？」ぶっきらぼうにたずねた。

私はすこし赤面したと思う。バンバーはカメラの陰に隠れて笑っている。

「四十五です」

「わたしはね、もうすぐ九十五になるの」歯のない歯茎を見せびらかして、言った。「一九四二年七月十六日には三十五歳だった。いまのあんたより十歳若かったんだ。そりゃ覚えているさ。何もかも覚えているよ」

そこで一息つくと、視力の薄れた目を外へ、外の往来へ向けた。

「あの日は朝早く、騒々しいバスの音で目を覚まされてね。この窓のすぐ前にバスが止まったのさ。なんだろうと思って外を見たら、バスが次々にやってきては止まるじゃないか。どれもみんな、ごく普通の、わたしが毎日利用している市内循環バスだった。緑と白に塗り分けられたあのバスさ。それがまあ何台もやってくるんだ。いったいどうしたことだろうと思ってね。そのうち中から人が降りてきた。大勢の子供たちも。ずいぶんと大勢の子供たちだった。あの子たちの姿は、なかなか忘れられるもんじゃない」

私はせっせとメモをとり、バンバーはゆっくりとカメラのシャッターを押していた。

「しばらくして服を着ると、わたしはまだ小さかった息子たちの手を引いて外に降りていったのさ。いったい何事かと思ってね。隣り近所の人たちも出てきたよ、アパルトマンの管理人も。そして、あの黄色い星に気づいたとき、事情が呑み込めたんだ。そうか、ユダヤ人だったのか、って。ユダヤ人の一斉検挙が行われていたんだ」

「その人たちがどういう目にあうか、察しがつきましたか、そのとき？」

老女は薄い肩をすくめた。

「いや、察しもなにも。わかるはずないだろう？　本当のことがわかったのは、戦後になってからさ。あの日はてっきり、ユダヤ人たちはどこかで強制労働をさせられるんだろうと思っていた。何か悪いことが待ち受けているなんて、ぜんぜん思わなかった。当時、だれかがこう言ったのを覚えているよ――〝フランスの警察のやってることなんだから、危害を加えられたりはしないさ〟。そのとおりだと思って、何も心配はしなかったね。それに、明くる日の新聞には、パリの真ん中で起きたこの出来事のニュースが、何ものっていなかった。ラジオでも報道されなかったし。気にかけている者などだれもいなかった。だから、わたしらも特に気にしなかったのさ。あの子供たちの姿を見るまではね」

そこで老女は一息ついた。

「子供たちの姿を見るまでは？」私はくり返した。

「それから数日たって、ユダヤ人たちはまたバスでどこかにつれていかれた」老女はつづけた。「わたしはそのとき歩道に立っていて、ヴェロドロームから出てくる家族の群れを見ていたんだけど、まあ、みんな薄汚れた格好をしていてね、子供たちは泣いていたっけ。みんな垢だらけの顔をして、怯えた表情を浮かべていたよ。見ていて、ぞっとしたのを覚えているね。そのときわかったんだ、ヴェロドロームではみんな、ろくな食べ物や飲み物を与えられなかったんだ、って。何もしてやれない自分が不甲斐なくて、腹が立ったよ。せめてパンや果物を投げ与えてやろうと思ったんだけど、警官に阻まれてしまって」

老女はまた息をついた。こんどは沈黙が長くつづいた。老女は急に疲労に襲われて、ぐったりしている様子だった。バンバーが静かにカメラをしまった。私たちは身じろぎもせずに、じっと待った。それっきり、もう口をきいてもらえないのではないかと心配だった。

「あれからこんなに長い年月がたっても」とうとう老女は口をひらいた。力のない、ささやくような声だった。「まだあの子たちの姿が頭に浮かぶんだ。バスに乗り込んで、どこかにつれていかれる姿が。行く先はわからなかったけど、もしやという思いはあったよ。恐ろしい予感のようなものが。でも、周囲の連中はみんな無関心だった。これは当たり前のことだと思っていたんだろうね。ユダヤ人が連行されるのは当たり前のことだ、と」

「どうして当たり前だと思っていたんでしょう?」

老女はまたかすれた声で笑った。

「それまで何年間も、わたしらフランス人は、ユダヤ人は祖国の敵だと教え込まれていたからね。だからさ! 一九四一年と四二年の二度にわたって、たしかイタリアン大通りのパレ・ベルリッツが会場だったと思うけど、〝ユダヤ人とフランス〟と題する展示会があってね。ドイツ軍の肝いりで何ヵ月もつづいたのさ。パリジャンには大人気だったよ。どんな展示会かって? ユダヤ人を敵視する感情をあおる、どぎつい展示が並んでいたね」

痩せてゴツゴツした指先がスカートの皺を伸ばした。

「あの警官たちの顔も覚えているよ。みんな、善良なパリジャンの警官たちだった。悪事を憎んでいるはずの、フランス人の警官たちさ。それが、子供たちを怒鳴りつけて、強引にバスに乗り込ませたんだ。あの警棒を振りまわしてね」

老女は頭をたれた。何かもぐもぐとつぶやいていて、私にはよく聞きとれなかったけれど、〝恥ずかしいよ、あんなことを止められなかったのは〟と言っているようだった。

「でも、当時は何もご存知なかったんですから」急に涙のあふれてきた老女の目に打たれて、私は低く言った。「どうしようもありませんでしたよね？」

「いまじゃ〝ヴェルディヴ〟の子供たちのことを覚えている者など、だれもいやしない。もうだれ一人、気にかけちゃいないんだ」

「でも、今年はちがうと思いますよ。今年はみんな関心を持つようになるんじゃないかしら」

老女は皺ばんだ唇をすぼめた。

「いいや。見ててごらん。これまでだって、何一つ変わらなかったんだから。だれも覚えてないんだから。それも不思議じゃないやね。あれはこのフランスでも、真っ暗闇の時代だったんだもの」

お父さんはどこにいるのだろう、と少女は思った。この収容所の、どこか別の小屋にいるのはたしかなのだが、姿を見かけたのは一、二回しかなかった。また新しい日を迎えたという感覚もなしに、毎日がずるずるとすぎてゆく。頭から離れないのはただ一つ、弟のことだった。夜中に目が覚めると、少女は震えながら納戸の中にいる弟のことを思った。あの鍵をとりだして、後悔と恐怖にさいなまれながらじっと見つめた。もしかしたら、もう生きていないかもしれない。飢えと渇きに苦しんで、死んでしまったかもしれない。警官たちが踏み込んできた、あの運命の木曜日からどれくらいたったのか、数えようとしてみた。一週間？　十日？　わからない。時間の感覚もなく、頭も混乱していた。少女はそれこそ、恐怖と飢えと死の旋風に翻弄されてきたようなものだった。この収容所に着いてからも、たくさんの子供たちが死んだのである。小さな死体は涙と悲鳴に送られて運びだされていった。

ある朝、大勢の女たちが夢中でしゃべっているのに少女は気づいた。みんな気が気じゃないような、狼狽した顔をしている。ねえ、何があったのかしら、と訊いても、母親は知らないと言う。それでもめげずに、少女は近くにいた女性に訊いてみた。その女性には少女の弟と同じ年頃の男の子がいて、この数日間、少女たちのすぐ隣りに母子で寝ていたのだ。女性の顔は熱に浮かされたように紅潮していた。この収容所内に噂が、恐ろしい噂が流れているのだという。まず大人たちが強制労働のために東方に送られる。そこで、二、三日遅れでやってくる子供たちを迎える準備をする、というのだ。少女はびっくりして聞いていた。すぐに、噂の内容を母親に伝えた。母親はぱっと目を見ひらいた。それから、激しく首を振りながら、とんでもない、そんなことはさせないわ、と言った。絶対にさせるもんですか。子供たちを両親から引き離すなんて。

いまでは遥か昔に思える、あの安全で穏やかな暮らしをしているときだったら、少女はいまの母親の言葉を信じただろう。あの頃は母親の言うことは何だろうと疑わなかったのだから。だが、いま、この苛酷な暮らしの中にいると、自分はあの頃より大人になったな、と思う。母親より自分のほうが大人なのではないかとすら思った。あの女性たちが話していることは本当なのだ、と少女は直感していた。あの噂は本当なのだ。でも、そのことをどう母親に言えば理解してもらえるのか、わからなかった。いまの母親は子供も同然になっているのだから。

警官たちが小屋に入ってきたときも、少女は怖くなかった。自分は強くなったんだ、と思った。自分のまわりに頑丈な壁ができたような気がした。母親の手をとって、しっかり握った。母親にはもっと勇敢に、もっと強くなってほしかった。中にいた全員が外に出され、小さな集団に分かれて別の小屋に入るよう命じられた。少女は母親と一緒に列に並んで、辛抱強く待った。父親の姿をちらとでも見たいと思って周囲を見まわしたのだが、どこにもいなかった。

自分たちの番がきて小屋に入ってみると、テーブルの向こうに二人の警官がすわっていた。その隣りに、ふつうの服を着た二人の女が立っている。いずれも村の女らしい。冷ややかな、険しい顔で、並んでいる人たちを見ていた。少女のすぐ前にいた老婦人に、命令が浴びせられた。持っている金、宝石類をぜんぶ出せ。

少女はその場の成り行きをじっと見ていた。老婦人はぎごちない手つきで結婚指輪と腕時計をはずした。隣にいる六、七歳くらいの女の子がぶるぶる震えている。その子が耳につけている小さな金のリングを警官が指さした。女の子は恐怖で身がすくんでいるのだろう、なかなかリングをはずせない。その子の祖母らしい老婦人が腰をかがめてはずそうとする。見ていた警官がうんざりしたように溜息を洩らした。もっとてきぱきとできんのかよ。これじゃ一晩中かかっちまうぞ、まったく。

　すると、村の女の一人がつかつかと小さな女の子の前に近寄ったと思うと、いきなりリングをむしりとった。小さな耳たぶがちぎれ飛んだ。女の子は悲鳴をあげて血まみれの耳を押さえた。老婦人の口からも悲痛な叫びがほとばしった。その顔を警官が殴りつける。二人は外に引きずり出された。戦慄のどよめきが波のように列を伝わっていく。警官たちが銃を振りまわし、どよめきはおさまった。

　少女と母親は差し出すものが何もなかった。せいぜい母親の結婚指輪くらいのものだった。冷ややかな顔の村の女が、母親のドレスの首から臍のあたりまで引き裂いて、青白い肌と色褪せた下着を露わにした。その両手はドレスのひだの下にもぐって下着に及び、そこから下腹部までまさぐった。母親は身をよじって避けようとするだけで、何も言わない。恐怖が体中を突き抜けるのを覚えながら、少女はその光景を見守った。母親の体を卑しげに眺める警官たちが憎らしかった。まるで肉片をいじくるように母親の体をまさぐる村の女が憎らしかった。自分もあんな目にあうのだろうか？　自分の服もあんなふうに引きちぎられるのだろうか？　たぶん、あの連中はこの鍵を奪おうとするだろう。ポケットの中の鍵を、少女はぎゅっと握りしめた。いや、渡すものか。絶対に渡さない。あの秘密の納戸の鍵は、何があっても渡さない。絶対に。

　だが、警官たちは少女のポケットの中身には関心を示さなかった。母親と一緒にその場を離れる寸前、少女はテーブルにうずたかく積まれた没収品に目を走らせた。ネックレス、腕輪、ブローチ、指輪、時計、そして現金。あれをどうしようというのだろう、と少女は思った。売り払うのだろうか？　自分たちで使うつもりなのだろうか？　あれを没収してどうするつもりなのだろう？

外にもどると、全員がまた横一列に並ばされた。暑くて埃っぽい日だった。少女は水が飲みたくてたまらなかった。喉が渇いてひりひりしていた。沈黙を守る警官たちに監視されながら、長いあいだ待たされた。いったいどうなっているのだろう、と少女は思った。お父さんはどこにいるのだろう？　なんでみんなここに立たされているのだろう？　背後ではひそひそと囁《ささや》き交わす声が絶え間なくつづいている。だれもわからないのだ。答えられないのだ。でも、あたしは知っている、と少女は思った。直感が働いていた。だから、とうとう事態が動いたときも、やっぱり、と思った。

さながら黒い鳥の大群のように、警官たちは襲いかかってきた。女たちを収容所の一方の側に引きずってゆき、子供たちを反対側に引きずっていったのだ。よちよち歩きの子供までが母親から引き離された。別世界の出来事のように、少女はそのすべてを見守っていた。絶叫が交錯した。わめき声が渦巻いた。女たちは地面に身を躍らせて、子供たちの服を、髪の毛をつかもうとした。警棒を振りあげた警官たちが、容赦なく女たちの頭を、顔を、ぶちのめす。少女はすべてを見ていた。鼻がつぶれて血みどろの塊になった女性が、くたくたとくずおれた。

少女の母親は、隣りにじっと立っていた。切迫した、急な息遣いがこちらに伝わってくる。その冷たい手に、少女はひしとしがみついた。と、警官たちが両側から力任せに二人を引き離した。母親の悲鳴が耳を打った。次の瞬間、こちらに向かって身を躍らせる母親の姿が少女の目に映った。母親のドレスの前がひらくのもかまわず、髪を振り乱し、口を歪めて少女の名前を叫んでいた。母親の差しだす手を、少女は懸命につかもうとした。が、警官たちに突き飛ばされて地面にひざまずいた。母親は狂った動物のように逆らい、つかのま、警官たちをひるませた。まさにその瞬間、少女はそこに本来の母親、早く甦ってほしいと願っていた、強くて情熱的な、いつも敬愛していた母親が甦っているのを見た。自分がまた母親の両手に抱かれ、ふさふさした髪の毛に顔を撫でられるのを感じた。そのとき、頭からざぶっと冷水をかけられて、一瞬目が見えなくなった。無我夢中で喘ぎ、息を吸いながら目をあけると、母親が、濡れたドレスの襟を警官たちにつかまれて引きずられてゆくところだった。

長い時間がたったように見えた。一人ぽっちになって泣き叫ぶ子供たち。その顔に浴びせられるバケツの水。最後の希望も打ち砕かれて、もがき逆らう母親たち。激しく振り下ろされる警棒の音。が、すべてはあっという間の出来事だったことを、少女は覚っていた。

やがて静寂が訪れ、万事が終わった。一方の側に子供たちの群れが立ちすくみ、反対側に母親たちが立っていた。そのあいだで、堅固な壁のように隊列を組む警官たち。命令がくり返された。十二歳以上の子供たちと母親たちは先に出発する。残った子供たちは来週出発して、また母親たちと合流する。父親たちはすでに出発した。みんなおとなしく指示に従え。

他の女たちと並んでいる母親の姿が、少女の目に映った。母親はこちらを見返して、勇気づけるように微笑んだ。その笑みはこう言っているようだった――〝大丈夫よ、心配要らないわ、警官たちがそう言ってるから。二、三日したら、あなたもわたしたちに合流できるんですって。だから、心配しないで〟。

少女は周囲の子供たちの群れを見まわした。なんて大勢の子供がいるんだろう。まだろくに歩けない幼児たちまでいる。みな母親恋しさと不安のあまり顔が歪んでいた。血だらけの耳の、あの小さな女の子は、引き離されたお祖母さんのほうに両手を差し出していた。この子たちはこれからどうなるのだろう、と少女は思った。お父さんたちやお母さんたちはどこにつれていかれるのだろう？

やがて女たちの群れは警官に引率されて収容所のゲートから出ていった。少女が見ていると、母親は右手に曲がって、村を突っ切る長い道を遠ざかっていった。その道は鉄道の駅に通じていた。最後に一度、母親がこちらを振り返った。

そして、見えなくなった。

「きょうは〝ご機嫌な日〟のようですわ、マダム・テザック」明るい陽光の差し込む、白い部屋に入っていくと、ヴェロニクがにこやかに笑いながら私に言った。パリ十七区の、モンソー公園にほど近い場所にある、清潔で明るい老人ホーム。ヴェロニクはそのホームの介護スタッフの一員だった。

「だめよ、このコを〝マダム・テザック〟と呼んじゃ」ベルトランの祖母は吠えたてるように言った。「そう呼ばれるのが大嫌いなんだから。このコなら、〝ミス・ジャーモンド〟と呼ばなきゃだめ」

私はつい微笑《わら》ってしまった。ヴェロニクはしゅんとした顔をしている。

「それにね、〝マダム・テザック〟といったら、このわたししかいないんだから」威張った口調でマメは言った。〝マダム・テザック〟と呼ばれる資格のあるもう一人の女性、マメの義理の娘にしてベルトランの母親、コレットのことはまったく念頭にないらしい。これぞマメだわ、と私は思った。この歳になっても、意気揚々としているのだから。マメのファースト・ネームはマルセルというのだが、マメはそれが大嫌いで、彼女にそう呼びかける人間は一人もいない。

「すみませんでした」ヴェロニクがしおらしく言う。

私はその腕に手をかけた。「いいのよ、気にしなくて。わたしはいまも旧姓を使っているの」

「アメリカの習慣なんだろ、それ」マメが言った。「ミス・ジャーモンドはアメリカ人だからね」

「ええ、気づいていました」すこし元気をとりもどして、ヴェロニクが言う。

気づいていたって、何にだろう？　私は訊いてみたかった。私の言葉の訛り？　それとも、ドレスや靴の好み？

「じゃあ、きょうは朝から気分がいいのね、マメ?」義理の祖母の隣りに腰を下ろすと、私はその手に自分の手を重ねた。

ネラトン通りで取材したあの老女に比べれば、マメの顔はまだ若く見えるし、皮膚にも皺がほとんどない。灰色の目も明るく輝いている。けれども、ネラトン通りの老女が容姿こそ衰えてはいても頭はまだしっかりしていたのに比べ、今年九十歳になる眼前のマメはアルツハイマー病にかかっているのだ。自分がだれだか思いだせないことも、ときどきあるくらいだった。

ベルトランの両親がマメを老人ホームに移すことに決めたのは、マメの一人暮らしはもう無理だと見きわめをつけたからである。たとえば、ガス・レンジに火をつけると一日中つけっぱなしにしていることが再三あったし、浴槽にお湯を張っても溢れさせてしまう。自分で自分をアパルトマンから締めだしてしまって、化粧着姿でサントンジュ通りを徘徊しているところを見つかったりする。ホームに移る際、もちろんマメは抵抗した。老人ホームなんか真っ平だと言って。ところが、いざ移ってみると、ときに癇癪を起こすことはあっても、新しい環境にすんなりと溶け込んでしまったらしい。

「きょうはね、本当に〝ご機嫌な日〟なの」ヴェロニクが出ていくと、マメはにっこりと笑った。

「それはよかったわ。じゃ、いつものようにホーム中を恐怖に陥れているのね?」

「そうさ、いつものようにね」マメはこちらを向いた。情の濃そうな灰色の目で私を見やりながら、「で、あんたの穀《ごく》つぶしの旦那はどこにいるんだい? あの子ったら、めったに顔を出さないんだから。仕事で忙しくて、なんて言い訳はもう聞き飽きたからね」

私は吐息をついた。

「でも、まあいいか。あんたがこうしてきてくれるんだから」ぶっきらぼうに言った。「でも、あんた、疲れてるんじゃないかい。万事順調にいってるのかい？」

「ええ」

たしかに疲労が滲んでいるだろうとは思った。といって、どうすることもできない。ヴァカンスに出かけるのがいちばんいいのだろうけれど、夏までは何の予定も決まっていなかった。

「で、アパルトマンのほうはどうなってるの？」

実はこのホームにくる前に、アパルトマンのリフォームの進捗ぶりを確かめてきたのである。工事は真っ盛りだった。例によってベルトランがすべてを精力的に見てまわり、アントワーヌはいささかげんなりしている様子だった。

「素晴らしい家になると思います、完成したら」

「あのアパルトマンが恋しいよ」マメは言った。「もう一度あそこで暮らしたいくらいさ」

「そうでしょうね」

マメは肩をすくめた。

「人間って動物は、場所にも慣れ親しむものでね。人に慣れ親しむように。アンドレだって、あそこで暮らしたがってると思うんだけど」

アンドレとは、いまは亡きマメの夫のことだ。ベルトランがまだティーンエイジャーのときに他界してしまったので、私はもちろん面識がない。アンドレのことをマメが現在形で話すことに、私はもう慣れていた。マメの間違いを正したこともないし、アンドレはもうずっと昔に肺癌で亡くなったのだという事実をマメに思いださせようとしたこともない。とにかく、マメは亡き夫のアンドレのことを話すのが好きなのだ。マメが記憶を失いはじめるずっと前に初めて会った頃、サントンジュ通りのアパルトマンを訪ねると、必ずアルバムを見せてくれたものだ。で、一面識もないアンドレ・テザックの顔が、私の脳裏にはしっかり刻まれてしまった。息子、つまりベルトランの父のエドゥアールそっくりの、青みがかった灰色の目。エドゥアールよりは丸みを帯びた鼻。写真の中でいつもたたえている笑みは、エドゥアールのそれより温かみがあったかもしれない。

マメはアンドレとのなれそめをつぶさに語ってくれた。彼と恋に落ちたときのこと。第二次大戦中の困難な暮らし。テザック家はもともとブルゴーニュでワイン醸造業を営んでいたのだが、アンドレの代になって事業が立ち行かなくなり、彼はパリに移って、ヴォージュ広場に近いテュレンヌ通りで小さな骨董屋をはじめたのだという。店の評判が高まって商売が軌道にのるまでは、だいぶかかったらしい。アンドレが亡くなると息子のエドゥアールが後を継ぎ、パリの有名骨董品店が軒を並べる七区のバック通りに店を移した。いまではベルトランの妹のセシルが店を切り盛りしていて、とても繁盛している。

一度、マメの主治医——いつも憂鬱そうな名医のドクトゥール・ロシュ——から、ときどきマメに過去のことをたずねるのは効果的な治療法だと言われたことがある。彼の診立てによると、マメにとってはついいけさの出来事より三十年前の出来事のほうがずっと現実的なのだそうだ。

それはちょっとしたゲームのようなものだった。それ以来、私はここを訪れるたびに過去のことをあれこれとたずねるようにした。ごく淡々と、さりげない口調で訊くのだけれど、マメのほうではこちらの意図を完璧に見抜いていた。が、そんな素振りはこれっぽちも見せないのである。

そういう対話から、いろいろと面白い発見もした。ベルトランの少年時代の素顔を知ったのもその一つ。マメは実に興味深いエピソードをいろいろと披露してくれたのだ。その結果わかったのは、ベルトランは私が聞かされていたような、はしこい少年ではなく、のろまな少年だったこと。それに、彼の両親が吹聴するような利発な生徒ではなく、勉強嫌いの生徒だったこと。十四歳のときには、ご近所の、マリファナを吸う尻軽なブロンド娘との交際をめぐって、父親と大喧嘩をしたらしい。

とはいえ、ほころびの目立つマメの記憶の底を探る試みは、楽しい成果ばかりもたらしたわけではない。陰鬱な、長い沈黙がつづくこともよくあった。そういうときのマメは何一つ思いだせないのだ。〝不機嫌な日〟のマメは、貝のように押し黙ってしまい、顎をぐっと突きだして、テレビの画面を睨みつけている。

あるときなどは、ゾーイがだれなのかも思いだせなかった。〝この子はだれだい？　どうしてここにいるんだい？〟とくり返してばかりいた。ゾーイはそのとき、あの子らしい大人びた態度で応じてくれたのだけれど、その晩遅く、ベッドの中で泣いているあの子の声を私は耳にした。どうしたの、と優しくたずねると、あの子は打ち明けてくれた――あたし、マメがどんどんボケていく姿を見るのが耐えられないんだよ、ママ。

現実にもどって、私はマメに訊いた。

「それはそうと、あなたとアンドレがサントンジュ通りのアパルトマンに引っ越したのはいつだったの、マメ？」

てっきりマメは老獪な猿のように顔をしかめて、〝そんな大昔のことなんぞ覚えているもんかね〟と言い放つだろうと思っていた。

が、その口から放たれた答に、私は頰に平手打ちをくらったようなショックを覚えた。

「一九四二年の七月だよ」

思わず背筋を起こして、まじまじとマメの顔を見つめた。

「一九四二年の七月?」おうむ返しに、私は訊いた。

「そうさ」

「でも、どうしてあのアパルトマンが見つかったの? ちょうど戦争中だったでしょう? そうおいそれと空いてるアパルトマンなんか見つからなかったんじゃない?」

「いや、わけなかったね」こともなげにマメは言った。「急に空き物件が出たのさ。その頃住んでいたところの管理人の知り合いに、マダム・ロワイエという人がいてね。その人が空き物件のアパルトマンの管理人だった。そのマダム・ロワイエからの情報で知ったんだよ。それまでわたしらが住んでたのはテュレンヌ通りの、アンドレの店のすぐ近くのアパルトマンだった。これが、たった一間の、狭苦しい、窮屈なアパルトマンでね。だから、すぐにそこに引っ越したのさ。エドゥアールがまだ十か十二の頃だったんじゃないかねえ。もっと広いところに住めるかと思うと、みんな浮き浮きしたもんさ。家賃も安かったし。あの頃、あの界隈はいまみたいに洒落たところじゃなかったんだよ」

私は注意深くマメの顔を観察して、咳払いをした。

「ねえ、マメ、それは七月のはじめか末か、どっちだったのか覚えている?」

自分の記憶の確かさにご満悦の様子で、マメはにっこりと笑った。

「そりゃ、はっきり覚えているよ。七月の終わりごろだったね」

「じゃ、どうしてそのアパルトマンがそんなに急に空いたのか、覚えている？」

またもにっこりと笑って、

「もちろんさ。あの頃、それは大がかりな一斉検挙があって、つかまった人が大勢出たんだ。それで空き家になったところがたくさんあったんだよ」

私はじっとマメの顔に目を凝らした。マメも私の目を見返してくる。が、こちらの表情に気づいて、マメの目は急にくもった。

「でも、どうしてそのアパルトマンに移ることになったの？　どうやってそこに引っ越したの？」

マメはひとしきりドレスの袖をいじくって、口をもぐもぐさせた。

「マダム・ロワイエがね、うちのところの管理人に言ってきたんだよ、サントンジュ通りの、間数が三つのアパルトマンが空いた、って。それでそこに越すことにしたのさ。それだけのことさ」

沈黙。マメは両手を動かすのを止めて、膝に組んだ。

「でも、マメ」かすれた声で私は言った。「そのアパルトマンを出ていった人たちが、またもどってくるとは思わなかったの？」

マメの顔から陽気な表情が消え、口元のあたりが苦しげに引きつった。

「でも、何も知らなかったんだもの、わたしらは」その口がとうとう言った。「本当に何も知らなかったのさ」

膝に置いた手を見下ろすと、それっきり沈黙して、もう何も言わなかった。

その晩くらいみじめな夜はなかった。ここにいるすべての子供たちにとって、自分にとって、いちばんみじめな夜だ、と少女は思った。小屋には何も残っていなかった。徹底的に略奪されていた。衣類も、毛布も、何もかもなくなっていた。羽根布団は二つに引き裂かれて、白い羽毛がつくりものの雪のように地面を覆っていた。

子供たちは泣き、叫び、恐怖でしゃくりあげていた。小さな幼児たちは状況がまったく理解できず、母親恋しさに泣きべそをかいている。どの子も衣類を尿で濡らし、地面を転げまわっては、不安のどん底に突き落とされて泣きじゃくっていた。もうすこし年上の、少女と同じ年頃の子供たちは、汚い床にすわりこんで頭を抱えていた。

そんな子供たちに目を配る者は一人もいない。介抱しようとする者もいない。食事もほとんど与えられなかった。空腹のあまり、子供たちは乾燥した草や藁をかじった。慰めてくれる者は一人もいなかった。少女は思った――あの警官たち……あの連中には家族はいないのだろうか？　子供はいないのだろうか？　帰宅して抱きしめる子供はいないのだろうか？　どうしてあの連中はこんなむごい仕打ちをするのだろう？　そうしろと、だれかに命じられたのだろうか、それとも自分から好んでしているのだろうか？　あの連中は人間ではなくて、単なる機械なのだろうか？　少女はしげしげと警官たちを眺めた。やはり、骨と肉でできた普通の人間のように見える。ならば、どうして？　少女には理解できなかった。

翌日、鉄条網越しにじっとこっちを見ている人たちがいるのに少女は気づいた。何かの包みや食べ物を持った女性たち。鉄条網の隙間からその食べ物をこっちに押し込もうとするのだが、向こうにいけ、と警官たちに追い払われた。それを境に、子供たちを見にくる者は一人もいなくなってしまった。

いつのまにか自分の人格が変わったような気が、少女はした。気が強くて、乱暴で、向こう見ずな人間になってしまったような気がした。ときどき少女は、自分の見つけた堅い、すえた臭いのするパンの横どりを図る年上の子供たちと真っ向から争った。その子たちを罵り、その子たちに殴りかかった。あたし、すごく怒りっぽくて野蛮な子になってしまったみたい、と少女は思った。

最初のうちは、年下の子供たちに目を向けないようにしていた。どうしても弟を思いだしてしまうからだ。けれども、いまはあの子たちの力になってやらなければ、と思う。どの子もみんな小さくて、はかなげで、哀れを誘った。しかも、あまりにも汚らしかった。下痢を起こしている子が大勢いて、衣服に大便がこびりついていた。それを洗ってやる人間もいなければ、まともな食べ物を与えてやる者もいなかった。

すこしずつ、少女はその子たちに馴染んでいった。それぞれの名前を覚え、年齢を知った。が、なかにはまだあまりにも幼くて、少女の問いかけに答えられない者もいた。少女が優しく話しかけ、微笑みかけ、キスしてやると、どの子も嬉しがった。そして何十人という幼児が、まるでびしょ濡れのすずめの群れのように、少女を追って収容所の中を歩きまわった。

以前、眠りにつく前の弟に語って聞かせた物語を、少女はその子たちにも語って聞かせた。夜、しらみの巣食う藁に横たわり、ガサゴソとネズミが走りまわる音を聞きながら、少女は低い声でお話をしてあげた。弟に語ったときよりもっと筋立てを長くして話した。そのうち、少女より年上の子供たちまで周囲に集まるようになった。なかには聞いてないふりをする子もいたが、耳をそばだてていることは少女にもわかった。

その子たちのなかに、ラシェルという名の十一歳の少女がいた。黒髪の背の高い子で、昼間はいつも見下したようにこっちを見ていた。けれども夜になると、他の子にまじって少女の物語に耳を傾け、一語も聞き逃すまいとするように少女の近くににじり寄ってきた。そしてとうとうある晩、幼児たちの大半が寝入ったとき、その子のほうから少女に話しかけてきた。

低い、しゃがれた声でラシェルは言った。「いつまでもここにいちゃだめ。逃げださなきゃ」

少女は首を振った。

「でも、どこにも出口がないじゃない。警官たちは銃を持ってるし。逃げだすのは無理よ」

ラシェルは痩せこけた肩をすくめた。

「あたしは逃げるつもりよ」

「でも、お母さんのことはどうなの？　別の収容所で待ってるのよ、あたしのお母さんと同じように」

ラシェルは薄く笑った。

「じゃ、あんた、あの話を信じてるの？　あの連中が言ったことを？」

ラシェルのわけ知り顔の笑みに、少女は反感を覚えた。

「ううん」きっぱりとした口調で少女は答えた。「あたしだって信じてないわよ。いまはもう何も信じられないもの」

「あたしもそう」ラシェルは言った。「あの連中のやること、あたし、ちゃんと見ていた。みんなの名前を正しく書き留めることさえしなかったわよね。みんながはずしたときゴチャ混ぜになった名札を、ちゃんと整理しないまま、またつけさせたわよね。だれがどういう名前だろうと、気にしちゃいないのよ。あの連中、あたしたちみんなに嘘をついたんだわ。あたしたちとお母さんたちに」

びっくりしたことに、ラシェルはつと手を伸ばして少女の手をとり、以前アルメルがしていたようにぎゅっと握りしめた。それから立ちあがると、遠ざかっていった。

あくる日、子供たちは早朝に叩き起こされた。警官たちが小屋に入ってきて、いきなり警棒で小突きはじめたのだ。寝ぼけまなこの幼児たちが泣きべそをかきだした。まわりの幼児たちを少女が落ち着かせようとしても、みなこわがっている。そこから全員が別の小屋につれていかれた。少女は両手によちよち歩きの子の手を引いていた。一人の警官が何かの道具を手にしている。妙な形をしていた。何の道具なのか、少女にはわからなかった。幼児たちが怖がって息を呑み、後ずさろうとする。警官たちが顔を叩き、足を蹴飛ばして、妙な道具を持っている男のほうに引っ張っていった。その光景を目にして、少女はぞっとした。男たちの目的がわかった。髪を刈ろうとしているのだ。子供たち全員の頭を丸坊主にしようとしているのだ。

いまはラシェルが刈られている最中で、ふさふさした黒い髪がバサッと床に落ちた。裸にされたラシェルの頭は青白くて、卵のようにとがっていた。憎しみと侮蔑のこもった目で、ラシェルは男たちを睨みつけ、彼らの靴にぺっと唾を吐きかけた。警官の一人がラシェルの脇腹を乱暴に殴りつけた。

幼児たちは夢中で暴れまわり、男たちは二人がかり、三人がかりで押さえつけている。自分の番になったとき、少女は抗《さか》らわずに下を向いた。冷たい道具が頭に押しつけられたときは、しっかり目をつぶった。黄金色の長い髪の房が足元に落ちるところを、見ていられなかったのだ。自分の髪。

だれからもほめられた美しい髪。喉にこみあげてくるものがあったが、それをなんとか押し殺した。この連中の前では泣くもんか。絶対に。何があったって。それに、失うのはただの髪の毛なのだから。髪の毛はまた生えてくるにきまっている。

そろそろ終わりそうになったとき、少女はまた目をひらいた。体を押さえつけている警官の手が見えた。ぽってりした、ピンク色の手だった。最後に残った髪のひと房が刈られているのを意識しながら、少女は顔をあげた。

自分を押さえつけていたのは、近所で顔なじみの、あの赤毛の人なつこい警官だった。母親とよくおしゃべりしていた警官。登校する途中に出会うと、いつも片目をつぶってくれた警官。一斉検挙の日にも見かけて手を振ったのだが、あのときこの人は目をそらしていた。でも、いまはすぐ目の前にいるので、知らん顔をすることもできずにいる。

少女は片時も視線をそらさずに、その警官の目を見つめつづけた。その瞳は黄金色にも似た、妙に黄色っぽい色をしていた。当惑しているせいか顔が紅潮していて、体も微かに震えているのを、少女は感じとった。こちらからは何も言わずに、ただありったけの侮蔑の色を目にこめて、少女は相手を凝視しつづけた。

警官は身じろぎもせずに少女を見返すだけで精一杯だった。十歳の子供らしからぬ冷笑を浮かべると、少女は男の太い腕を振り払った。

一種呆然とした精神状態のまま、私は老人ホームを後にした。予定ではバンバーの待つオフィスにいくはずだったのに、気がつくとサントンジュ通りのアパルトマンに足が向いていた。胸には疑問が渦巻いていて、仕事をする気になれなかった。マメの話は本当なのだろうか、それとも病気のために頭が混乱していて、出たらめを言ったのだろうか？　ここにユダヤ人の家族が住んでいたというのは本当だろうか？　ここに引っ越したテザック家の人々が、マメの言葉のように、何も知らなかったなどということがあり得るだろうか？

私はゆっくりと中庭を通り抜けた。第二次大戦中、ここにあった管理人室は何年も前に小さな貸し部屋に変わっていた。いまではホールにずらっと金属製のメールボックスが並んでいる。毎日各室に郵便物を配っていた管理人は、もういないのだ。マメの話では、マダム・ロワイエという名の女性が当時ここの管理人をつとめていたという。あの悲劇的な一斉検挙の際アパルトマンの管理人たちが果たした役割について、私はすでに多くの資料を読んでいた。管理人たちの大半は警察の命令に従ったらしい。なかにはもう一歩進んで、ユダヤ人の家族が隠れている部屋を積極的に警察に教えた管理人たちもいたという。一斉検挙の直後に、空き部屋になったアパルトマンに残されたものを物色し、値の張る家具類をくすねた者もいた。私が読んだ限りでは、ユダヤ人の家族を最大限守ろうとした管理人たちもごく少数ながらいたようだ。マダム・ロワイエなる管理人は、ここでどういう役割を果たしたのだろう？　一瞬、私がいま住んでいるモンパルナス大通りのアパルトマンの管理人の顔が頭をかすめた。ポルトガル出身の、私と同年輩の女性だが、もちろん、戦争のことは何も知らない。

エレベーターには乗らずに、階段をのぼって五階までいった。リフォームの工事にあたっている職人たちは昼食をとりに出かけていて、周囲は静寂に包まれていた。玄関の扉をあけたとき、何かしら妙な感覚、それまで抱いたことのなかった、虚ろな絶望感のようなものが私を押し包んでくるのを覚えた。先日ベルトランが教えてくれた、このアパルトマンの古いセクションに足を向けた。ここが、ほかでもない、あの事件の現場の一つだったのだ。あの暑い七月の早暁、夜の明ける直前に警官たちが押し入ってきたのはまさしくここだったのである。

この数週間に学んだすべての事柄、〝ヴェルディヴ〟について知り得たすべてがここに、これから私が住み着こうとしているこのアパルトマンに、凝縮しているように思えた。そう、入手できる限りの資料に目を通し、もろもろの参考書を読み、可能な限り生存者や目撃者に取材した結果、いま立っているこの部屋であのとき起きた出来事を、私はほとんど非現実的な明瞭さで理解し、把握するに至っている。

数日前に書きだした原稿は、完成まであとわずかというところまできていた。締め切りも迫っている。残るは、パリ近郊のロワレ収容所とドランシー収容所の跡を訪ねることと、フランク・レヴィに会いにいくことくらいだ。レヴィは〝ヴェルディヴ〟の六十周年記念行事のほとんどを取り仕切っているので、彼へのインタヴューは欠かせない。いずれにしろ、取材はまもなく終わり、私は原稿を書き終え、それからまた、まったく別の記事の企画に着手することになるだろう。

でも、私はここで何が起きたのかを知ってしまった。これほど身近なところで、自分の暮らしとこんなに直結しているところで、何が起きたのかを知ってしまった。このままではすませられない、という気持が猛然と湧いてきた。もっと詳しいことを知りたい。とことん知りたい。いまここでリサーチに終止符を打つわけにはいかない。このアパルトマンで暮らしていたユダヤ人の家族には何が起きたのか？　その人たちの名前は？　その家族には子供がいたのだろうか？　死の収容所から生還した者は、一人でもいたのだろうか？　それとも、家族全員が殺されてしまったのだろうか？

　がらんとしたアパルトマンの中を、私は歩きまわった。壁がすでに壊されている部屋があって、破片の山の向こうに、巧妙に隠された奥深い空間が顔を覗かせていた。いまはこうして一部が露見しているけれど、ふつうの状態ならば、きっといい隠れ場所だったにちがいない。もしこの部屋の壁が口をきくことができたら……いや、壁に口をきいてもらう必要はない。ここでどんなことが起きたのか、私はもう知っているのだから。そのときの情景すら思い描くことができるくらいだ。実際に会った生存者たちは、あの早朝のことをそれは生々しく語ってくれた。暑苦しい夏の明け方。突然、玄関の扉を叩く音。あわただしい命令。それからバスに乗せられて、パリの中心部を突っ切ったこと。悪臭に満ちた〝ヴェルディヴ〟のことも、その人たちは語ってくれた。彼らはその地獄を生き延びた人たち、なんとか身を隠すことのできた人たち、ユダヤの星をむしりとって逃走した人たちだった。

　そういう事実を知りながら、自分は何事もなかったかのように暮らしていけるだろうか、と急に思った。ほかでもないこのアパルトマンで、かつて何の罪もない家族が検挙され、おそらくは死に追いやられたことを知りながら、自分はここで暮らしていけるだろうか？　そうだ、テザック家の人々の場合は、どうしてここで暮らしてこられたのだろう？

　携帯をとりだして、ベルトランに電話をかけた。ディスプレイに私の番号が現われたのを見て、夫はもぐもぐと言った。「いま、会議なんだ」それは、私たちのあいだでとり決めてある、〝いま、ちょっと忙しい〟という意味の符牒だった。

「急ぎの用なんだけど」私は言った。

また何かもぐもぐと言ったと思うと、こんどは明瞭な声が伝わってきた。

「どうしたんだい、アムール？　手短かに言ってくれ。いま、ある人を待たせているんだ」

大きく息を吸い込んでから、

「あなた」と、私は言った。「あなたは、このサントンジュ通りのアパルトマンにマメの一家が越してきた経緯を知ってる？」

「いや。なぜだい？」

「実はいま、マメに会いにいってきたところなの。そのとき聞いたんだけど、あなたの祖父母は一九四二年七月に、このアパルトマンに越してきたんですってね。それまでここで暮らしていたユダヤ人一家が〝ヴェルディヴ〟の一斉検挙でつかまったので、ここが空いたんだと言ってたわ」

沈黙。

「それで？」とうとうベルトランは訊き返してきた。

急に顔が火照ってきた。がらんとしたアパルトマンに、私の声がこだました。

「つまりね、ここで暮らしていたユダヤ人一家が検挙されたのを知りながら、あなたのお祖父さんたちがここに引っ越したんだとしたら、あなたは気にならない？」

ベルトランがいかにもフランス男らしく肩をすくめ、口を下向きに歪めて眉を吊りあげている様子が、目に見えるようだった。

「いや、気にならないね。そういう話、おれはだれにも聞かされなかったから。それに、知っていたとしても、特に気にならないな。そりゃ、一九四二年の七月、あの一斉検挙の後で空き家になったアパルトマンに引っ越したパリジャンはたくさんいただろうよ。だからって、マメたちがナチスへの協力者だったってことにはならんだろう？」

夫の笑い声が鋭く耳を刺した。

「そんなこと言ってるんじゃないのよ、あなた」

「おまえはちょっと、この問題で熱くなりすぎてるんじゃないのか、ジュリア」すこし口調をやわらげて、ベルトランはつづけた。「なんてったって六十年前の出来事だろう。当時は世界大戦の真っ最中だったんだ。だれもが困難な暮らしを強いられていたんだからな」

私は吐息をついた。

「わたしはただ、どうしてマメたちがここに移り住んだのか、知りたいだけなの。自分なりに納得したいから」

「それはごく単純なことさ。あの大戦中、おれの祖父母はかなり難儀したらしい。骨董品店の経営がはかばかしくなくてね。だから、ひとまわり大きな、暮らしやすいアパルトマンに移れてほっとしたんじゃないかな。二人には息子、つまり、おれの親父がいたしな。でも、祖父母は若かった。安全に暮らせるところが見つかって、ほっとしたんだろう。ユダヤ人の家族のことは、そう気にならなかったんじゃないかな」

「でも、あなた」ささやくように、私は言った。「その家族のことを、マメたちはどうして考えずにいられたのかしら？　気にかけずにいられたのかしら？」

電話線ごしに、ベルトランはキスを送ってよこした。

「二人とも、その連中のことは知らなかったんだと思うぜ。じゃあ、いったん切るからな。また今夜」

電話は切れた。

それからしばらく、私はそこにとどまった。長い廊下を進んで、だれもいないリビングに立ち、なめらかな大理石のマントルピースを撫でながら、なんとか理解しようとした。胸に広がる激情を、なんとか抑えようとつとめた。

ラシェルと話し合って、少女は決意を固めた。二人でここから逃げよう。さもなければ、死が待っているだけだ。それは確実だった。このまま他の子供たちとここに残れば、希望はない。もう病気にかかっている子供たちが大勢いた。死んだ子供たちも五、六人いる。一度、あの競技場で会ったような、青いヴェールをかぶった看護師を見かけたが、それだって一人きりだった。病んで餓えた子供たちがこんなに大勢いるのに、看護師は一人しかいない。

逃げだす計画は二人だけの秘密だった。他の子供たちのだれにも言わなかった。だれかに覚られてはならない。二人は真昼間に行動を起こすつもりだった。日中は、たいていの場合、警官たちの監視がゆるむことに二人は気づいていた。迅速に行動すれば大丈夫だろう。一列に並んだ小屋の背後に給水塔がある。いつか村の農婦たちが鉄条網ごしに食べ物を押し込もうとしてくれた場所だ。その鉄条網の一箇所に小さな隙間があるのを、二人は見つけていた。細い隙間だが、子供ならそこをくぐって向こう側に抜けられるだろう。

すでに、警官たちに囲まれて収容所を去っていった子供たちも何人かいた。少女はそのときの様子を目撃していた。ぼろぼろの服を着て、よろめき歩いていく丸坊主の子供たち。あの子たちはどこにつれていかれるのだろう、と思った。どこか遠くにいる両親のところだろうか？　それは信じられない。ラシェルも同じ意見だった。もし両親のいるところにつれていかれるのなら、そもそも、どうして最初に離れ離れにされたのか？　どうしてあたしたちはこんな苦痛と悲しみにさらされるのだろう？

「そりゃ、あの連中に憎まれてるからよ」と、ラシェルはあるとき、しゃがれた、低い声で言った。「だれもかも、ユダヤ人を憎んでるからよ」でも、どうしてこれほどまでに憎むのだろう、と少女は思った。どうしてこんなに執拗に？　少女自身はこれまで、一人の例外を除いて、だれも憎んだことはなかった。その例外とは学校の先生で、勉強がよくできないといって手厳しく少女を罰したのだ。あのとき、自分はあの女の先生が死ねばいいとまで思っただろうか？　たしかにそう思ったのを、少女は覚えていた。とすると、すべての原因はそれなのかもしれない。それが原因で、こんどのことも起きたのだ。人はたぶん、だれかをあまりに強く憎むと、殺したくなるのだ。黄色い星をつけている人間が憎らしいのだ。少女はぞくっとした。たぶん、あらゆる邪悪な思い、この世のすべての憎悪がまさにここに、この自分の周囲に凝縮されていて、それがあの警官たちの険しい顔に、冷淡な、無関心な態度に現れているのだろう。それはこの収容所の外でも同じなのだろうか？世の中の人間はみんな、それほどまでにあたしたちを憎んでいるのだろうか？　その憎悪はこれからの自分の一生につきまとって離れないのだろうか？

去年の六月に体験したことを、少女は思いだした。学校から帰ってきたとき、アパルトマンの階段で隣人たちが交わしている会話が耳に入ったのである。いずれも女性で、ひそひそと低い声で話し合っていた。少女は思わず足を止め、子犬のように耳を立てて聞き入った。「それがねえ、あなた、あの人の上着の前がひらいたときに、あれが見えたのよ、あの星が。まさかあの人がユダヤ人だとは思わなかったわ」すると、相手の女性がハッと息を呑む気配がした。「まあ、あの人がユダヤ人ですって！　あんなに立派な方なのに。驚いたこと」

どうして隣人たちのある者はユダヤ人を嫌っているのか、少女は母親にたずねた。母親は肩をすくめて吐息をつき、アイロンの上にかがみこんで、まともには答えてくれなかった。で、少女は父親のところにいった。ねえ、ユダヤ人のどこが悪いの？　ユダヤ人を憎む人がいるのはなぜ？　父親は頭をかき、謎めいた笑みを浮かべて少女を見下ろした。それから、ためらいがちに言った。

「その人たちはね、われわれユダヤ人のことを、自分たちとは違う人種だと思っているんだよ。それで、われわれのことを怖がってるんだな」

でも、違うってどこが、と少女は思った。どこがそんなに違うというのだろう？

お母さん。お父さん。弟。みんなに会いたいあまり、気分まで悪くなった。なんだか底なしの穴に転落してしまったような感じがした。いまの暮らし、わけのわからないこの暮らしから立ち直ろうとしたら、逃げだすしかない。そうだ、ひょっとすると、お父さんとお母さんも、なんとか逃げだすことができたのでは？　もうとっくに懐かしいわが家にもどっているのでは？　もしかすると……もしかすると……。

だれもいないわが家の様子を、少女は頭に思い浮かべた。くしゃくしゃに乱れたままのベッド。キッチンでだんだん腐っていく食べ物。そして静寂の中に一人残された弟。コトリとも音のしない静寂が、いまあの家を包んでいるにちがいない。

不意にラシェルが腕にさわった。少女はぎくっとした。

「ね、いまよ」ラシェルはささやいた。「さ、いこうよ」

収容所は無人と化したようにひっそり閑としていた。大人たちがつれだされて以来、警官の数がめっきり減ったことに二人は気づいていた。その警官たちも、子供にはほとんど声をかけない。ただ放置している感じだった。

耐えがたい暑熱が小屋の屋根に襲いかかっている。中では病んで衰弱した子供たちが藁の上に横たわっていた。警官たちの話し声や笑い声が遠くのほうで聞こえた。きっと小屋の一つに逃げ込んで、灼熱の陽光を避けているのだろう。

いま目につくたった一人の警官も日陰の地面にすわりこんでいた。ライフルを足元において壁にもたれ、口をあけたまま眠り込んでいるようだった。二人はすばしこい小動物のようにフェンスに這い寄っていった。前方に広がる緑の草原や畑がちらっと二人の少女の目に入った。

周囲はまだ静まり返っている。暑熱と静寂。だれかに見られなかっただろうか？　胸をドキドキさせながら、二人は草むらにうずくまった。首をよじって背後を振り返った。人の動く気配はない。音も聞こえない。こんなに簡単でいいのだろうか、と少女は思った。いや、そんなはずがない。こういう毎日に追い込まれて以来、簡単にすむことなど何もなかったのだから。

ラシェルは衣類の束を抱えていた。さあ、これを着て、と少女に促す。これで厚着をしておけば鉄条網にひっかかっても肌を守れるはずだから。少女は震えながら汚れたぼろぼろのセーターを着込み、あちこち擦り切れた、きついズボンをはいた。このセーターやズボンはだれのものだったのだろう？　母親と生き別れになって、ここで死んでしまった子のものなのだろうか？

二人は地面にしゃがみこんで、鉄条網の隙間に近寄っていった。すこし離れたところに警官が立っていた。顔つきまではわからないが、高い筒型の制帽の輪郭がはっきり見えた。ラシェルが鉄条網の隙間を指さした。急がなければ。ぐずぐずしてはいられない。二人は腹這いになって、隙間のほうににじり寄っていった。なんて狭い隙間だろう、と少女は思った。身をくねらせてくぐり抜けようとしても、鉄条網で体を引っかかれてしまいそうだ。たとえこんなに服を重ね着していても。あたしたち、うまくいくなんてどうして考えたのだろう？　だれにも見咎《とが》められずに逃げだせるなんて、どうして考えたのだろう？　あたしたち、頭が変なんだ、と少女は思った。頭がおかしいのよ。

草に鼻をくすぐられた。とてもいい匂いがした。この草むらに鼻をうずめて、青くさい新鮮な匂いを思い切り吸い込みたかった。ラシェルはもう鉄条網の隙間にたどりついて、慎重に首を突っ込もうとしている。

と、突然、草むらを重々しく踏みしめる音がした。呼吸が止まった。見あげると、巨大な人影が立ちはだかっている。警官だ。ブラウスのほつれた襟をつかまれて引っ張りあげられ、体を揺すぶられた。恐怖のあまり、体中の力が抜けていくのがわかった。

「何をしているんだ、いったい？」

警官の低い声が少女の耳朶《じだ》を打った。

ラシェルのほうは、上半身だけ鉄条網の向こうにくぐり抜けたところだった。一方の手で少女の襟をつかんだまま、警官は腰を折ってラシェルの足首もつかんだ。ラシェルは死に物狂いで足を蹴って抵抗した。が、警官の力にはかなわず、鉄条網のこちら側にずるずると引きだされた。顔も両手も血だらけだった。

二人は警官の前に立った。ラシェルはすすり泣いていたが、少女は背筋をまっすぐ伸ばして、顎を上向けていた。内心は怖くてたまらなかったのだが、それは絶対おもてに出すまいと決めていた。それでも、いつ泣きだすかもしれなかった。

警官の顔をまともに見たとたん、少女はハッと息を呑んだ。

あの、赤毛の警官だった。向こうでもすぐこちらに気づいた。喉仏が上下し、こちらの襟をつかんでいる太い手も震えていた。

「逃げだそうったって、無理なんだよ」押し殺した声で警官は言った。「ここにいなくちゃだめだ。いいね？」

まだ若かった。二十をちょっと越えたくらいだろう。大柄で、ピンク色の肌をしていた。厚手の黒い制服の下で警官が汗ばんでいるのに少女は気づいた。額も汗で光り、上唇もしめっていた。ぱちぱちと瞬きしながら、体の重心を左足から右に、右足から左に、移し変えている。

もう自分が怖がっていないことに、少女は気づいた。目前の警官に対して奇妙な憐れみのようなものまで湧いてきて、それが自分でも不思議だった。少女は警官の腕に手をかけた。警官は驚きと困惑の入りまじった顔で、その手を見下ろした。

「あたしのこと、覚えているわよね」少女は言った。

問いかけではなく、事実を述べている口調だった。

警官はうなずいて、鼻の下の濡れた部分を指でこすった。少女はポケットから鍵をとりだして、彼に見せた。その手はすこしも震えていなかった。

「あたしの弟を覚えてるでしょう」少女は言った。「金髪の巻き毛の、小っちゃな男の子を？」

警官はまたうなずいた。

「お願いだから、見逃して、おまわりさん。弟をね、救いださなきゃならないの。いま、パリにいるのよ。たった一人で。あたしがね、納戸に閉じ込めてきちゃったの。だって、あのときはあたし――」つい声がうわずっていた。「あの納戸にいるほうが安全だと思ったから！　あたし、あそこにもどらなくちゃ！　お願いだから、この鉄条網をくぐらせて。あたしたちの姿なんか見なかったことにすればいいじゃない。ね、おまわりさん」

警官は首をよじって、背後の小屋のほうをちらっと見た。だれかがこちらにきやしないか、この場の光景を見られやしないか、この少女たちとの会話を聞かれやしないか、と恐れているように。指を唇に押し当てると、警官は二人の少女のほうを振り返り、顔をしかめて首を振った。

「そんなことはできない」低い声で言った。「命令にはそむけないよ」

少女は片手を警官の胸に押しつけて、静かに言った。「おねがい、おまわりさん」隣りではラシェルがすすり泣いている。その顔には血と涙がこびりついていた。警官はもう一度背後の小屋のほうを振り向いた。判断に窮したような、深い苦悩がその顔には刻まれていた。あの一斉検挙の日に目と目が合ったとき、彼が浮かべていた不思議な表情が、いままたその顔に浮かんでいることに少女は気づいた。それは、憐憫と羞恥と怒りが入りまじったような表情だった。

鉛のように重く時間がすぎてゆく。またしてもパニックに襲われて泣きたくなり、涙がこみあげそうになってきた。もしラシェルと一緒にあの小屋につれもどされたらどうしよう？　それからどうやって生きていけばいいのだろう？　本当にどうやって？　絶望にとらわれそうになったとき、少女はなんとか気持を立て直した。そうなったら、また逃げだせばいいんだわ。そうよ、何度でも逃げだせばいいんだ。成功するまでくり返せばいいんだ。

突然、少女は自分の名を呼ばれ、警官に手を握られた。彼の手は熱くじめついていた。

「わかった、いけよ」くいしばった歯のあいだから押しだすように、警官は言った。青白い頬に、汗がしたたっていた。「さあ、いけよ、早く！」

一瞬、面くらって、少女は金色の目を見あげた。警官はすぐに少女を鉄条網の隙間のほうに押しやり、背中を押さえてかがみこませた。それから鉄条網をもちあげると、少女を強引に後ろから押し込んだ。少女の額が鉄の爪にむしられた。次の瞬間、すべてが終わっていた。少女は夢中で立ちあがった。そこは鉄条網の向こう側だった。自由の身になったのだ。

じっと成り行きを見守っていたラシェルが懇願した。「あたしもいかせて」

警官はラシェルのうなじを片手で押さえた。

「だめだ。おまえはここに残るんだ」

ラシェルは泣き叫んだ。

「そんなの、ずるい。どうしてあたしはだめなの、ねえ、どうしてよ？」

警官はもう一方の手を振りあげて、ラシェルを黙らせた。鉄条網の向こう側で、少女はその場に凍りついたように立っていた。どうして？　どうしてラシェルは一緒にこられないの？　どうしてラシェルは後に残らなければならないの？

「おねがい、その子も一緒にいかせて」少女は言った。「お願いだから、おまわりさん」落ち着いた、静かな声で少女は言った。それは、子供というより、一人の若い女性の声だった。

警官は、どうしていいか迷っている様子だった。が、逡巡は長くはつづかなかった。

「わかった。じゃあ、いけよ」ラシェルの背中を押しやった。「さあ、早く」

再び鉄条網をつかんで、ラシェルをくぐり抜けさせた。ラシェルは息をはずませて、少女の隣りに立った。

警官はポケットをまさぐった。と思うと、何かをとりだして鉄条網ごしに少女に渡した。

「ほら、これを持っていくといい」命令するように言った。

自分の掌に押しつけられた分厚い札束を、少女は見つめた。次の瞬間、それをポケットの中の、あの鍵の隣りにさっと突っ込んだ。

警官は眉をひそめて小屋のほうを振り返った。

「さあ、逃げろ。お願いだから、急いで。思い切り走るんだぞ、二人とも。もし見つかったら、おれは……そうだ、胸の星もむしりとって捨てるんだ。そして、だれかに助けを求めるといい。くれぐれも用心して！　幸運を祈ってるから！」

少女は警官にお礼を言いたかった。助けてくれてありがとう、このお金もありがとう、と。その場で警官に手を差しだしたかった。が、ラシェルに腕をつかまれて、一緒に駆けだした。全速力でまっしぐらに走った。高く繁った黄金色の麦のあいだを二人は息せききって駆け抜けた。肺が破裂しそうになるのもかまわず、手と脚をがむしゃらに動かし、はるか収容所を後に、できる限り遠くを目ざして、二人は無我夢中で走りつづけた。

わが家に帰り着いたとき、この二、三日感じていた吐き気をあらためて意識した。それまでは、〝ヴェルディヴ〟の記事の取材に熱中していて気にならなかったのだ。先週はマメのアパルトマンに関する新事実が明らかになったりしたし。でも、乳房が妙に感じやすく、疼くので、しつこい吐き気に初めて意識が向いたのだった。生理の周期はどうなっていたっけ。計算してみると、たしかに遅れている。ただ、こういうことは過去にも何度かあった。念のため、大通りの薬局までいって妊娠検査薬を買うことにした。

さっそく調べてみると——やっぱり。うっすらと青い線が現われた。妊娠しているのだ。妊娠。信じられなかった。

キッチンの椅子に腰を下ろしたものの、息もまともにできなかった。

五年前、二度の流産の後で妊娠したときは、悪夢のような体験をした。初期の痛みと出血。そして、子宮外の卵管の一つで卵子が育っているという事実の発見。難しい手術を受け、終わってからは精神的にも肉体的にもひどく辛い思いをした。それを乗り越えて、なんとか立ち直るまでには長い時間を要したのだった。卵巣の一つが摘出され、医師からは、将来の妊娠は難しいかもしれない、と言われた。そのとき、私はすでに四十になっていたのである。ベルトランが浮かべた失意と悲しみの表情は忘れられない。ベルトランはそれを決して口にすることはなかったけれど、私は直感的に感じとっていた。彼が本音を口にしないという事実自体が、私にとっては重荷だった。ベルトランは悲しみを私には語らず、自分の胸の奥に封じ込めた。決して語られない言葉は、しかし、しだいに大きくなって、いつしか二人のあいだの垣根になった。私は自分の気持を精神科医にしか打ち明けなかった。それと、ごく少数の親友たちにしか。

つい最近の週末、イザベル一家をブルゴーニュに招いてすごしたときの事を覚えている。イザベル夫婦にはゾーイと同い年の娘マティルドと、その弟のマテューがいた。四つか五つになる、あの元気な男の子を眺めるベルトランの表情が忘れられない。ベルトランは終始あの子を目で追い、一緒に遊び、笑いながら肩車をしてやっていた。が、その目にはどこか物欲しげな、悔しげな表情が宿っていた。それを見ているのが、私には耐えがたかった。みんなが庭でキッシュ・ロレーヌを食べ終えようとしているとき、私が一人キッチンで泣いているところを、イザベルに見つかってしまった。イザベルは私をきつく抱きしめてからグラスにワインをついでくれた。それからCDをかけ、古いダイアナ・ロスのヒット曲を大音量で流しておいて、私を慰めてくれた。「あなたが悪いんじゃないわ、ジュリア、本当にあなたが悪いんじゃないんだから。忘れないでね」

それから長いあいだ、自分が役立たずの人間になったような思いにさいなまれた。テザック家の人たちはとても気をつかってくれて、その一件を口にすることはなかった。それでも私は、ベルトランが何より欲しがっていたものを与えられなかったという無力感に苦しめられた。彼が何より欲しがっていたもの、それは二番目の子供、それも男の子であることははっきりしていた。ベルトランには二人の妹がいるが、男の兄弟はいない。このまま息子が生まれなければ、テザックの名は途絶えてしまう。この一家にとってそれがどんなに重要なことか、私はよくわかっていなかったのだ。

ベルトランの妻ではあるけれど、自分としてはいままでどおりジュリア・ジャーモンドを名のりたいと、テザック家の人々に明言したとき、私は驚きのこもった沈黙に迎えられた。義母のコレットはこわばった笑みを浮かべて説明した、このフランスでは、そういう姿勢はモダンすぎると受けとられますよ、と。たしかにこのフランスでは、フェミニスト的なスタンスはあまり受けがよくない。フランスの女性は夫の姓を名のるのが当然であり、私も生涯マダム・テザックを名のるべきなのだ。私はそのとき、白い歯をひらめかせて義母に笑みを返し、でも、わたしはジャーモンドを名のっていこうと思います、と陽気な口調で言ったことを覚えている。義母は何も言わず、それ以降、彼女と義父のエドゥアールは私をだれかに引き合わせるとき、マダム・テザックではなく、〝ベルトランの妻です〟と紹介するようになった。

妊娠検査薬に現われた青い線を、あらためて見下ろした。赤ちゃん。赤ちゃんがまた生まれる！　心の底から喜びが、歓喜の情が湧いてきた。そう、私は赤ちゃんを産むのだ。見慣れたキッチンをゆっくりと見まわした。窓際に立って、キッチンが面している埃っぽい、薄暗い中庭を見下ろす。男の子か、女の子か、なんてどうでもいい。ベルトランが望んでいるのは男の子だけれど、女の子が生まれたって、喜んでくれるにきまっている。二番目の子供。こんなに長いあいだ待ち望んでいた子供。もうだめだろうと諦めていた子供。ゾーイだって、口には出さなくても欲しがっていた妹か弟。最近はおくびにも出さないけれど、かつてはあれほどマメも関心を持っていた赤ちゃん。

ベルトランにはどうやって打ち明けようか？　受話器をとって、電話であっさり伝えたりはしたくない。まず顔を合わせて、二人きりになったところで教えなければ。だれにも知られない、二人だけの場をセットしなければ。そうしてベルトランに知らせた後も、注意が肝心だ。すくなくとも妊娠三ヶ月になるまでは、だれにも知らせないほうがいい。エルヴェやクリストフ、イザベルや私の妹、そしてアメリカにいる両親には、ぜひ知らせたい。でも、それも思いとどまった。だれよりもまず、夫に知らせなければ。それから、娘のゾーイに。いい考えが浮かんだ。

受話器をつかむと、ベビーシッターのエルザに電話をした。今夜、ゾーイの相手をしてもらえるかしら？　いいですよ、という返事だったので、こんどはお気に入りのレストランに予約の電話を入れた。サン・ドミニク通りのブラッスリーで、結婚したての頃よく通っていた店だ。最後にベルトランに電話をかけ、ヴォイス・メールで、今夜九時きっかりにトゥミユーにきてほしい、と伝えておいた。

ゾーイの鍵が玄関の扉のロックをカチッとはずす音がした。扉が勢いよく閉まったと思うと、重たいバックパックを手にゾーイがキッチンに入ってきた。

「ただいま、ママ。きょうはいい日だった？」

私は微笑した。毎度のことだが、ゾーイの姿を目にするたびに、なんて美しい子だろう、と惚れ惚れしてしまう。あのすらりとした肢体、澄んだ金褐色の瞳。

「ここへいらっしゃい」招き寄せると、両手をひらいてぎゅっと抱きしめた。

ゾーイは身を引いて、まじまじと私の顔を見つめながら言った。

「じゃあ、いい日だったんだね？　ママの抱き方でわかるもん」

「当りだわ」いっそのこと、ゾーイに何もかも打ち明けてしまおうか。「とても、とてもいい日だったの」

じっとこちらを見返して、ゾーイは言った。

「よかったね。だって、この二、三日のママはちょっと変だったもの。あの子供たちのせいかな、と思ってたんだ」

「あの子供たち？」ゾーイの顔にかかった、なめらかな茶色の髪を払いのけながら、私はたずねた。

「ほら、あの子供たちのことよ。〝ヴェルディヴ〟の子供たち。お家に帰れなかった子供たち」

「実はそうなのよ」私は言った。「あの子たちのことを考えると、気持がふさいできて。それはいまも変わらないわ」

ゾーイは両手で私の手をとって、結婚指輪をぐるぐるまわした。それはゾーイがまだ幼児の頃からの癖だった。

「それからね、先週、ママが電話でしゃべっていたこと、聞いちゃったの」こちらを見ないようにしながらゾーイは言った。

「本当？」

「あたし、もう眠っちゃったと思ったでしょ」

「そうね」

「ところが、起きてたんだ。もう遅い時間だったよね。ママ、エルヴェと話してたんじゃない？マメから聞いたことについてしゃべってたんだよね」

「あのアパルトマンについて？」私は訊いた。

「そう」とうとう私の顔をまともに見て、「あそこに以前住んでた家族のことを話してたでしょう。それから、その家族がどうなったか。それから、その後マメがずっとあそこで暮らしてきたのに、そのことをあまり気にしてないみたいだ、っていうようなこと」

「じゃあ、何から何まで聞いてたのね」

ゾーイはうなずいた。

「ねえ、その家族について何かわかったことでもあるの、ママ？　その人たちがだれで、その後どうなったのか？」

私は首を振った。

「ううん、まだ何も」

「ママが何も気にしてないって、本当？」

ここからは、慎重に言葉を選ばなければ。

「あのね、ゾーイ、そりゃママも気にしてたと思うわ。ただ、具体的にどういうことが起きたのか、そこまではわからなかったんだと思うの」

ゾーイはまた私の結婚指輪をまわした。こんどはもっと速く。

「その家族がどうなったのか、ママはこれからさぐるつもりなの？」

結婚指輪を神経質そうにまわすゾーイの指先を押さえて、私は答えた。

「ええ、ゾーイ。そうするつもりよ、わたしは」

「パパは面白くないかもしれないね。ママに対して、そんなこと考えるのはもう止めろ、ってパパが言ってるの、聞いちゃったんだ。そんなことは気にするな、って言ってたよね。すごく怒ってる感じだった」

ゾーイを引き寄せると、その肩に私は顎をのせた。自分の体の中で育くまれている素晴らしい秘密のことを考えた。今夜のトゥミユーでの語らいのことを考えた。ベルトランはきっと信じられないような表情を浮かべて、喜びの声をあげるだろう。

「大丈夫よ、ゾーイ」私は言った。「パパは気にしないから。絶対に」

へとへとに疲れて、二人はとうとう立ち止まり、大きな繁みの陰に倒れこんだ。喉が渇いて、息も乱れていた。少女は脇腹に刺すような痛みを感じた。すこしでもいいから水を飲みたい。そしてひと休みすれば、元気をとりもどせるだろう。だが、ここでぐずぐずしているわけにはいかない。それはわかっていた。もっと先にいかなければ。そしてパリにもどるのだ。なんとかして。

胸の星はむしりとって捨てるんだ、とあの警官は言っていた。二人は体をくねらせて、余分に着込んだ服を脱ぎ捨てた。鉄条網に引っかかって、あちこちがちぎれていた。少女は自分の胸を見下ろした。あの星が縫いつけてある。夢中でむしりとろうとするのを見ていたラシェルも、自分の星を爪で剝がしにかかった。ラシェルの星はすぐに剝がれたが、少女の星はしっかり縫いつけてあって、なかなか剝がれない。ブラウスを脱いで、星を顔に近づけた。きれいに揃った小さな縫い目。積み重ねた衣服にかがみこむようにして、それぞれの胸の部分に忍耐強く星を縫いつけていた母親の姿が甦った。思いだしているうちに涙がこみあげてきた。思わずブラウスに顔を埋めると、底知れぬ絶望感に圧倒されて泣きだした。

ラシェルの腕が抱きしめてくる。血まみれの手が少女の背中を撫で、ひしと抱きかかえる。ラシェルは言った。「あなたの弟の話、本当なの？　本当に納戸に残されているの？」少女はうなずいた。ラシェルはますます強く抱きしめて、ひたすら少女の頭を撫でた。

お母さんはいまどこにいるのだろう、と少女は思った。そして、お父さんは？　二人はどこにつれていかれたのだろう？　いまも一緒にいるのだろうか？　無事でいるのだろうか？　もし、いまの自分の姿をお父さんとお母さんに見られたら……道に迷い、垢まみれでおなかをすかし、藪の陰で泣いている自分の姿をお父さんとお母さんに見られたら……。

少女はしゃきっと背筋を起こし、涙で濡れた睫毛をラシェルに向けて、なんとか笑みを浮かべようとした。たしかにあたし、垢まみれでおなかをすかし、途方にくれているけど、でも、怖がってはいないわ。汚れた指先で、少女は涙をぬぐった。自分はすっかり大人になったんだ、もう何も怖くはない。もう赤ちゃんじゃないんだ。いまの自分を見たら、お父さんもお母さんも、きっと誇りに思ってくれるだろう。そうであってほしいと少女は願った。自分があの収容所から逃げだしたことを、誇りに思ってほしい。これから弟を救いにパリにもどろうとしていることを、もう何も怖がってはいないことを、誇りに思ってほしい。

少女は星に口を寄せ、母親の手になる丹念な縫い目に歯をくいこませた。黄色い星はとうとうブラウスから剝がれ落ちた。〝ユダヤ人〟という黒い大きな文字も一緒に。少女はその布切れを掌の中で丸めた。

「こうすると、急に小さくなったわね?」ラシェルに向かって言った。

「これ、どうしようか?」と、ラシェルが応じた。「ポケットに入れておいて見つかったら、もうおしまいよ」

余分に着込んだ服と一緒に、星は繁みの下に埋めることに決めた。土は柔らかく、さらっとしていた。ラシェルが穴を掘り、星と衣類を投げ込んでから茶色い土で覆った。

「これでいいわ」上気した声でラシェルは言った。「星は埋めちゃった。もう死んだのよ。お墓の中で。永遠にね」

少女もラシェルと一緒に笑った。それから、恥ずかしくなった。その星を誇りに思いなさい、とお母さんは言っていたっけ。ユダヤ人であることを誇りに思いなさい、と。

だが、いまはそのことを深く考えている余裕はなかった。事情は変わったのだ。すべてが変わったのだ。いまはとにかく水と食べ物と隠れ場所を見つけるのが先決だ。それから、なんとかしてパリの家にもどらなければ。でも、どうやって？　わからなかった。ここがどこなのかもわからない。でも、少女にはお金があった。あの警官からもらったお金。あの人は結局、そんなに悪い人ではなかったのかもしれない。だとすると、この世には自分たちに助けの手を差し伸べてくれる人が他にもいるかもしれない。自分たちを憎んでいない人、自分たちを〝違う人間〟だとは思っていない人が。

そこはあの村からまだ遠く隔たってはいなかった。繁みの陰から道路標識が見えた。

「ボーヌ・ラ・ロランド」ラシェルが声に出して読みあげた。

だが、あの村にはいかないほうがいい、と二人は本能的に覚っていた。あそこにいっても、助けてはもらえまい。村人たちは収容所のことを知っていたのに、だれも助けにきてくれなかった。一度だけ、農婦たちが食べ物を差し入れようとしてくれたときを除いて。それに、あの村は収容所に近すぎる。だれかに見つかったら、すぐ収容所につれもどされてしまうかもしれない。二人はボーヌ・ラ・ロランドに背を向けて歩きだした。道端の丈の高い草から離れないようにして歩いていった。何か飲むものが見つからないかしら、と少女は思った。喉が渇いて、おなかもすいて、気が遠くなりそうだった。

二人は休みなく歩きつづけた。ときどき自動車の音がしたり、農夫が牛を家につれ帰る気配がしたときは、立ち止まって身を隠した。果たして方角は正しいのかどうか、パリの方角に向かっているのかどうか、少女にはわからなかった。ただ、収容所からどんどん遠ざかっているのは確実だった。少女は自分の靴を見下ろした。靴底に穴があきかけていた。でも、それは二番目にいい靴、誕生日とか、映画にいったり友だちを訪ねたりとか、特別なときにはく靴だった。去年、母親と一緒に共和国広場の近くで買ったのだ。あれはもうずいぶん昔、別世界の出来事だったような気がする。いまではかなりきつくて、爪先のあたりが痛かった。

夕方近くになって、二人は森にさしかかった。すずしげな緑の茂みがかなり先までつづいていた。しっとりした甘い香りが周囲に漂っている。もしかすると、野いちごやブルーベリーに出会えるかもしれない。二人は道路を離れて森に入っていった。しばらく進むと、ブルーベリーが群生している場所に出て、ラシェルが歓喜の声をあげた。二人はその場にしゃがみこみ、ブルーベリーを摘むそばからむしゃぶりついた。以前、川のほとりで楽しい日々をすごしたとき、父親と一緒にブルーベリーを摘んだことを少女は思いだした。あれはもう遥か昔のことのような気がした。

こういう贅沢は久しぶりのことだったので、胃がびっくりしたのか吐き気がこみあげてきた。少女はおなかを押さえて、未消化のブルーベリーの塊を吐きだした。口の中がすっぱかった。ねえ、水が飲めるところを見つけましょうよ、とラシェルに言った。なんとか自分を励まして立ちあがると、ラシェルと一緒に森の奥深くに分け入っていった。そこはところどころに黄金の木漏《こも》れ日が差し込む神秘的な緑の世界だった。一頭のノロジカがシダの繁みを通り抜けていく。少女は目を丸くして息を呑んだ。生粋の都会っ子だった少女は、野生の自然には慣れていなかったのだ。

さらに奥に踏み込んでいくと、澄んだ小さな池の前に出た。水面に指先で触れると、ひんやりとして心地よい。少女はごくごくと水を飲み、口の中をすすいでブルーベリーの味を洗い流した。それから、静かな水中にそっと両足を沈めた。あの川のほとりで遊んだとき以来泳いだことはなかったので、池に完全につかるのは怖かった。ラシェルはそれを知って、入っておいでよ、あたしが体を支えてあげるから、と言ってくれた。少女は池の中に体をすべらせて、ラシェルの肩をつかんだ。父親がよくそうしてくれたように、ラシェルは少女のおなかの下と顎の下に手を添えて支えてくれる。肌に触れる水の感触は素晴らしかった。まるでビロードのようになめらかな布に撫でられている感じ。丸坊主にされた頭にも水をかけた。そこにはまた髪が生えかけていて、黄金色の生えかけの毛は父親の顎の無精ひげのように、さわるとチクチクした。

にわかに疲労が襲ってきた。柔らかな緑の苔の上に横たわって眠りたかった。ほんのすこしでいい。ひと休みするくらいでいい。ラシェルも反対しなかった。そうね、すこし休憩しようか。ここなら、安全だろうし。

二人は互いに寄り添って、かぐわしい苔の匂いを心ゆくまで吸い込んだ。収容所に敷かれていた藁の、吐き気を催す臭いとはなんという違いだろう。

少女はすぐに眠り込んだ。それは久しく訪れることのなかった、夢も見ない深い眠りだった。

いつもの私たちのテーブルだった。古風なバー・カウンターと薄く色づけされた鏡の前を通って右側の、隅のテーブル。赤いベロアの椅子がL字型に配されている。腰を下ろして、白い長いエプロン姿でせわしげに動きまわるギャルソンたちを眺めた。彼らの一人がキール・ロワイヤルを持ってきてくれた。今夜も込み合っている。もうずいぶん昔、最初のデートでベルトランにつれてこられたのが、ここなのだ。あれから、このお店はほとんど変わっていない。低い天井、アイボリー・カラーの壁、青白い球状のライト、そして糊のきいた真っ白いテーブルクロス。料理のほうも、以前と同じコレーズ県やガスコーニュ地方風で、それがベルトランの好みだった。知り合った頃のベルトランは、この近くのマラール通りに住んでいた。最上階の風変わりなアパルトマンで、夏の間など、私には耐えがたかった。エアコンの効いた家で育ったアメリカ人の私からすれば、どうしてあんな暑苦しい部屋で暮らせるのか、不思議でならなかった。その当時、私はまだベルト通りであの〝二人組〟と暮らしていた。パリ独特の蒸し暑い夏、あの薄暗くて涼しい小さな部屋は天国のように思えたものである。ベルトランと二人の妹は、パリのこの区域、貴族的で洗練された七区で育てられた。彼の両親はなだらかなカーヴを描いているユニヴェルシテ通りで長年暮らしてきたのだが、家族で経営する骨董店も、やはり近くのバック通りでいまも繁盛している。

いつもの私たちのテーブル。ベルトランに求婚されたのは、まさしくこのテーブルで向かい合っているときだった。ゾーイをみごもっていることを彼に打ち明けたのもやはりここだったし、アメリの存在に気づいたことを告げたのもここでだった。

アメリ。

今夜は彼女の件に触れたくない。いまはいやだ。アメリの件はもう終わったのだから。でも……

果たしてそうだろうか？　本当に終わっているのだろうか？　正直なところ、わからない。でも、いまは知りたくない。これから大切な赤ちゃんが生まれるのだから。この素晴らしい出来事の前には、アメリなんか敵ではない。すこし苦い思いで私は微笑した。目をつぶる。夫の浮気に対しては〝目をつぶる〟。それが、フランス流の対処法だとされている。私に、それができるだろうか？　わからない。

十年前、ベルトランの浮気を初めて知ったとき、私はかなりの修羅場を演じたのだった。あのときも、私たちはここにすわっていた。そして私は、いまここで事実を突きつけてやろうと決めた。ベルトランは何ひとつ否定しなかった。いささかも取り乱さず、組み合わせた指に顎をのせて、私の言い立てることを平然と聞いていた。証拠はいくらでもあった。クレジット・カードの伝票。カネット通りのオテル・ド・ラ・ペルル。ドランブル通りのオテル・ルノックス。クリスティーヌ通りのオテル・ル・ルレ・クリスティーヌ。ホテルの伝票が次々と。

ベルトランが用心に用心を重ねた気配はなかった。伝票に関しても、彼女の香水に関しても。その香りはベルトランの服に、頭髪に、運転しているアウディの助手席のシートベルトに、まとわりついていた。最初の徴候、最初の手がかりはその香りだったのだ。ルール・ブルー。ゲランの香水の中でもいちばん濃厚で、強烈で、あとを引く香り。女の身許を割りだすのも、簡単だった。それは私の知っている女性だったのだから。彼女には、結婚直後にベルトランから紹介されていたのである。

三人のティーンエイジャーの子持ちの、離婚した女性。年齢は四十くらい。銀色がかった茶色の髪。非の打ちどころのないパリジェンヌを絵に描いたような容姿。小柄で、ほっそりしていて、装いにもまったく隙がない。いつも、その場にぴったりの靴をはき、ぴったりのバッグを持っている。仕事ぶりは優秀で、トロカデロ広場を見下ろす広いアパルトマンに住んでいる。そして、あの有名なワインを思わせる響きを持つ、由緒あるフランスの姓。左手にはシグネット・リング。

アメリ。ずっと昔ベルトランが通ったヴィクトル・デュリュイ校以来の彼のガールフレンド。ベルトランがずっと会いつづけてきた女性。私と結婚し、子供ができても、ベルトランがずっと抱きつづけていた女性。「いまは単なる友だちなんだ」と、ベルトランは請け合った。「ただの、いい友だちにすぎないんだから」

あの日、レストランを出て車に乗り込むや否や私は雌ライオンに変身し、牙と爪をむきだした。さすがのベルトランも辟易したのだろう。私に向かって約束と誓いをくり返した。愛しているよ、本心から愛しているのはおまえさ、おまえしかいないんだ。彼女はなんでもない、ただの浮気相手なんだから。長いあいだ、私はその言葉を信じていた。

でも、この頃、私の気持は揺らぎはじめている。ときどき、ふっと疑念が湧くのだ。特にこれといって具体的な証拠があるわけではない。単なる疑いにすぎないのだが。私は本当にベルトランを信じているのだろうか？

「そうだとしたら、きみはちょっとおかしいよ」と、エルヴェやクリストフは言う。「ベルトランに直接疑問をぶつければいいのよ」と、イザベルは言う。「彼を百パーセント信じているなんて、頭がどうかしてるんじゃない」と、チャーラや母やホリーやスザンナやジャンは言う。

でも、今夜、アメリのことを持ちだすのはよそう。私はそうきっぱりと決めた。今夜はベルトランと二人きりで、素晴らしいニュースを愛《いと》おしむのだ。私はゆっくりとキール・ロワイヤルをすすった。ギャルソンたちがこちらを見て微笑する。いい気分だった。元気が出てきた。アメリなんかなによ。ベルトランはこの私の夫なのだ。そして私はこれから、彼の子供を産むのだ。

レストランは満員だった。私は周囲のにぎやかなテーブルを見まわした。二人並んで、それぞれワイングラスを脇に、料理の上にかがみこむようにして食べている老夫婦がいた。かと思うと三十代の女性のグループがこらえようもなく笑い崩れていて、近くで独り食事をしているうるさ型の女性がそっちを見て眉をひそめている。悠然と葉巻に火をつけているグレイのスーツのビジネスマンたちもいれば、フランス語のメニューをなんとか解読しようとしているアメリカ人の観光客もいる。十代の子供づれのファミリーの姿もあった。店内はかなりの騒音に包まれていたし、タバコの煙も相当なものだった。それでも私は気にならなかった。それには慣れっこになっていたからだ。

ベルトランはいつものように遅れてくるだろう。それもかまわない。私はゆっくりと着替える暇があったし、ヘアをととのえる余裕もあった。きょうはベルトランの好みのチョコレート・ブラウンのパンツに、体の線を生かした淡い黄色のブラウスでまとめている。それにアガタの真珠のイヤリングとエルメスの腕時計。左手の鏡をちらっと覗いてみた。目がいつもより青く、大きく見える。肌も輝いていた。妊娠している中年の女にしてはいい線いっている、と思った。ギャルソンたちがにこやかに笑いかけてくるところを見ると、彼らもそう思っているのではないだろうか。

バッグから予定表をとりだした。何をおいても、明日の午前中には産婦人科を受診しなければ。早急に予約をする必要がある。たぶん、いろいろな検査を受けることになる。羊水穿刺は必須にちがいない。私はもう〝若い母親〟ではないのだ。ゾーイの誕生ははるか昔のことに思えた。

突然、パニックに襲われた。あれからもう十一年たっているのだ。あの一連のプロセスに、いまの私は耐えられるだろうか？　妊娠、出産、眠れない夜、哺乳瓶、夜泣き、おむつの取替え……そういう営みに、いまの自分は耐えられるだろうか？　もちろんよ、きまってるじゃない。私は胸の中でうそぶいた。この十年間、私はこれを心待ちにしていたのだ。もちろん、心の準備はできている。ベルトランだって、そうにきまっている。

だが、ベルトランを待っているうちに、また不安が頭をもたげてきた。それを押し殺そうとして手帳をひらき、最近書きとめた〝ヴェルディヴ〟関連のメモを読みはじめた。そこに意識が向かうとすぐ、私は引き込まれていった。客の笑い声、テーブルの間を行き交うギャルソンたちの足音、椅子の脚が床をこする音――そういう周囲のざわめきがいつのまにか遠のいていった。

ふと顔をあげると、夫が目の前にすわってじっとこっちを見ていた。

「あら、いつからそこに？」私は訊いた。

ベルトランは微笑して、私の手に自分の手を重ねた。

「かなり前からさ。すごくチャーミングだぞ、今夜のおまえ」

ベルトランはダーク・ブルーのコーデュロイのジャケットに真っ白なシャツという出で立ちだった。

「チャーミングなのはあなたのほうよ」

もうすこしで、ぽろっと言ってしまいそうになった。でも、だめ。まだ早すぎる。あせらないほうがいい。私はなんとか自分を押さえつけた。ギャルソンがベルトランにキール・ロワイヤルを持ってきた。

「それで？」ベルトランが言った。「このデートの目的は？　何か特別なことでもあるのかい？

何か嬉しいサプライズとか？」

「そうなのよ」私はグラスをかかげた。「とびっきりのサプライズ。さあ、飲んで！　サプライズに乾杯」

カチッとグラスを合わせた。

「それを当てろっていうんだな？」

突然、少女のような悪戯心を覚えた。

「でも、絶対に無理ね。ええ、絶対に」

ベルトランは面白そうに笑った。

「なんだ、ゾーイみたいだな！　ゾーイは知ってるのかい、そのとびっきりのサプライズとやらを？」

首を振りながら、私はますます気持が浮き立ってくるのを覚えた。

「ううん。知ってる人はいないわ。知ってるのは……わたしだけ」

手をのばして、夫の手をとった。こんがりと日焼けした、なめらかな肌。

「実はね、ベルトラン――」

ギャルソンがそばに立っている。まず料理のオーダーをすることにした。一分もかからずに決まった。私には鴨のコンフィ、ベルトランにはカスレ。最初はアスパラガス。

ギャルソンの背中が調理場の方角に遠のくのをじっと見守ってから、私は言った。すごい早口で。

「あのね、赤ちゃんが生まれるの」

じっと夫の顔に目を凝らした。彼の口の端がぎゅっと上向き、目が喜びで大きく見ひらかれるのを待った。が――ベルトランの顔の筋肉はぴくりとも動かなかった。まるで仮面のように。その目はこちらを向いたまま、ぱちぱちとまばたきした。

「赤ちゃんが？」ベルトランは言った。

私はその手を握りしめた。

「素晴らしいでしょう？　ね、あなた、素晴らしいでしょう？」

何も言わない。どうしてだろう。

「妊娠して、どれくらいたつんだい？」ベルトランはとうとう訊いた。

「あたしも気づいたばっかりなのよ」彼の反応の鈍さが気になって、私はつぶやいた。

ベルトランは目をこすった。疲れているときや動揺しているときによくする仕草だ。そのまま何も言わない。私も黙っていた。

沈黙は靄《もや》のように私たちのあいだにわだかまった。それを指先でさわれそうなくらいだった。

ギャルソンが最初のコースを運んできた。二人とも、アスパラガスには手をつけていない。

「ね、どうしたの？」沈黙に耐えられなくなって、私は訊いた。

ベルトランはふうっと息を吐きだし、頭を振ってからまた目をこすった。

「きっとびっくりして、喜んでくれると思っていたのに」泣きそうになりながら、私はつづけた。

ベルトランは顎を手にのせて、こちらを見た。

「おれはもう諦めていたんだよ、ジュリア」

「わたしだってそうよ！　完全に諦めていたわ」

ベルトランの目の色は深刻だった。そこに表われている、断固とした感じが気に入らなかった。

「何を言いたいの。もう諦めていたからって、あなたは……？」

「あと三年で、おれは五十歳になるんだ、ジュリア」

「だからなんだっていうの？」頬がかっと火照ってきた。

「年寄りの父親にはなりたくないんだよ」ベルトランは静かに言う。

「そんな、ひどい」

沈黙。

「いまから赤ちゃんを持つのは無理だよ、ジュリア」おだやかな口調だった。「以前とはちがってるんだから、おれたちの暮らしは。ゾーイはもうすぐ十二だろう。おまえはいま四十五だ。暮らしそのものが変わってきてるんだから。新しい赤ん坊はその暮らしに馴染まないよ」

涙がどっとあふれてきて頬を伝い、料理の上にぽたぽた落ちた。

「じゃあ、あなたは」声をつまらせて私は言った。「中絶しろというの？」

隣りのテーブルの家族があからさまにこちらを見た。が、かまいはしない。

ピンチに陥ったときはいつでもそうなのだが、私は母国語に切り替えていた。こんなときはフランス語ではしゃべれない。

「三度も流産したあとで、中絶しろというの？」身を震わせながら私は言った。

ベルトランの顔は悲しげだった。悲哀と優しさが入りまじっていた。その顔を、私はひっぱたいてやりたかった。蹴飛ばしてやりたかった。

でも、できなかった。ナプキンを顔に押し当てて泣くのが精一杯だった。ベルトランは私の髪を撫でながら、愛してるよ、と何度もくり返しつぶやいた。

私はその声を意識からしめだした。

二人が眠りから醒めると、日はとっぷりとくれていた。その日の午後二人がさ迷い歩いたときとちがって、森はもはや草葉の繁る平和な場所ではなかった。それは果てしのない荒涼とした場所で、あちこちで薄気味悪い物音がした。二人は手をつなぎ、妙な物音がするたびに立ち止まってはシダをかき分けてゆっくりと進んだ。夜はますます暗く、ますます底知れぬものになった。二人は歩きつづけた。疲れ切って、もう歩けないと少女は思ったが、ラシェルの温かい手が励ましてくれた。

そのうちとうとう二人は、平坦な草原を縫って延びる幅広い道にさしかかった。森影はぼんやりと背後に遠ざかった。月のないどんよりとした空を二人は見あげた。

「ねえ、見て」ラシェルが前方を指さした。「車がくるわ」

夜の闇を衝いてヘッドライトが近づいてくる。車体が黒く塗装されているせいか光線も薄ぼんやりしていて、暗い闇をかろうじて切り裂いている。騒々しいエンジン音も近づいてきた。

「どうしようか?」ラシェルが言った。「止めてみる?」

じっと見ていると、ぼんやりしたライトがまた一対、さらに一対と進んできた。接近しつつあるのは何かの長い車列だった。

「伏せて」少女はささやいて、ラシェルのスカートを引っ張った。「早く」

周囲には身を隠せる繁みもない。少女は地面に腹這いになって、土中に顎をうずめた。

「どうしてよ? 何をしてるの?」ラシェルが訊く。

が、彼女もすぐに事態を覚った。

兵士たち。ドイツ軍の兵士たちが夜間の哨戒をしているのだ。

ラシェルも慌てて少女の隣りに腹這いになった。

エンジンの音を轟かせながら、車列が接近してくる。ぼんやりしたヘッドライトの光に、円形のきらきら輝く鉄兜が浮かびあがった。見つかっちゃう、と少女は思った。隠れようとしても無理だわ。隠れる場所がないんだもの。きっと見つかっちゃう。

先頭の軍用車が目の前を通過した。つづいて、二台目、三台目。もうもうたる白い砂埃が少女の目を襲った。咳き込んじゃだめ、動いてもだめ。少女は土中に思い切り顔を埋めて両手で耳を押さえた。車列は切れ目なくつづいた。埃だらけの道端に伏せている二人の黒いシルエットに、兵士たちは気づくだろうか？　いつ叫び声とともに車が止まり、ドアがばたんとひらいて足音が近づいてきたとしてもおかしくない。そうして、首根っこを荒々しくつかまれるのだ。少女はじっと身がまえた。

が、最後の車も夜闇に轟音を響かせて通過してしまい、静寂がもどった。二人は顔をあげた。未舗装の道路には人も車の姿も見えず、白い埃がもくもくと渦巻いているだけだった。すこし間を置いてから、二人は道路の反対の方角に這っていった。樹木をすかしてちらちらと瞬いている光が見えた。二人を差し招くような白い光。道路の端から離れないようにしながら二人は近寄っていった。ゲートをあけると、足音を忍ばせて奥の家に近づいていく。農家のようだわ、と少女は思った。窓の一つがあけ放たれている。そこからこっそり中の様子をうかがった。暖炉の前で本を読んでいる女性と、パイプをふかしている男性が見える。何か美味しそうな料理の匂いが二人の鼻先をかすめた。

ラシェルが躊躇なく入口の扉を叩いた。閉じているほうの窓の木綿のカーテンが、さっと引かれた。こちらを見た女性は頬骨の目立つ長い顔をしていた。二人をじっと見据えると、ぴしゃっとカーテンを閉めてしまい、入口の扉もあけてくれない。ラシェルはまた扉を叩いた。

「お願いです、ほんのすこしでいいですから、食べ物と水を分けてくれませんか」

カーテンはぴくりとも動かない。二人はあけ放たれているほうの窓の前にまわった。パイプをふかしていた男が椅子から立ちあがった。

「うるさい」低い恫喝するような声で、男は言った。「どっかにいっちまえ」

男の背後で、頬骨の張った女が無言で眺めている。

「おねがい、水だけでもいいですから」少女は言った。

窓がばしんと閉じられた。

少女は泣きたくなった。どうして農家の人たちはこんなに冷たいのだろう？　テーブルにはパンがのっているのを少女の目はとらえていた。それと、水差しものっていたのに。ラシェルが少女の手を引っ張った。二人は曲がりくねった田舎道にもどった。両側には農家が点在していた。が、何度試みても結果は同じだった。二人はすぐに追い払われ、そのたびに逃げだした。

もう遅い時間だった。二人は疲れ果てて、ひもじさがつのり、足も思うように動かなくなった。そのうち、道路をすこしはずれたところに建つ一軒の大きな古い家の前にさしかかった。高い電灯柱が立っていて、その明かりが二人を照らしだした。家の壁は一面蔦で覆われている。二人はもう玄関の扉を叩く気になれなかった。家の前に大きな犬小屋があるのが目に入った。犬の姿はない。二人は四つん這いになって、そこにもぐり込んだ。中は清潔で暖かく、気持の和むような犬の匂いがした。水のボウルが置かれていて、骨も一本転がっている。二人は代わる代わる、そのボウルの水をぴちゃぴちゃと飲んだ。いつ犬がもどってきて、嚙みつかれるかもしれない。少女は急に怖くなって、ラシェルに注意した。が、ラシェルはもう小動物のように体を丸めて眠り込んでいた。やつれたその顔を、少女は見下ろした。頰がこけ、眼窩《がんか》がくぼんで、実際よりずっと年をとった女性のように見えた。

ラシェルにもたれかかって、少女もいつしかうとうとしはじめた。落ち着かない浅い眠りで、奇妙な恐ろしい夢を見た。秘密の納戸で弟が死んでいる姿が浮かび、警官に打ちすえられている両親の姿がそれに代わった。少女はうめき声をあげた。

突然、獰猛な犬の吠え声がした。少女はハッと目を覚まし、ラシェルの体を強く小突いた。男の声がして、足音が近づいてくる。ざくっざくっと砂利を踏みしめる音。もう外に逃げだそうとしても間に合わない。二人はただ恐怖に打たれて、互いにしがみつくしかなかった。もうおしまいだ、と少女は思った。二人とも殺されてしまう。

犬を引き止めているのは、飼い主のようだった。その手が犬小屋の中を探って、少女とラシェルの手をつかんだ。二人はずるずると外に引きだされた。

飼い主は禿げ頭の小柄な老人で、白い口ひげをたくわえていた。

「さてさて、どういうお客さんかな、これは？」小声で言って、電灯柱の明かりに照らされた二人の顔を覗き込む。

ラシェルの体がこわばるのを感じて、きっとウサギのように逃げだすつもりなのだろう、と少女は思った。

「どうしたね、道に迷ったのかい？」老人は訊いた。心配そうな声だった。

二人はびっくりした。てっきり脅されたり殴られたりするだろうと思っていたのに、親切な声をかけられるとは。

「おねがいです、とてもおなかがすいてるの」ラシェルが言った。

老人はうなずいた。

「そうらしいね」

腰を折って、唸っている犬を黙らせてから老人はつづけた。「さあ、おいで。わたしの後についておいで」

二人とも、動かなかった。この老人は信頼できるだろうか？

「大丈夫だよ、あんたらを痛めつけたりする者など、ここにはいないから」老人は言った。

二人はまだ怖くて、抱き合っていた。

老人の顔に、優しい温和な笑みが浮かんだ。

「ジュヌヴィエーヴ！」母屋のほうを振り返って、老人は呼んだ。

青いガウンをまとった年配の女性が大きな戸口に現れた。

「あなたのお馬鹿な犬は何に吠え立てているの、ジュール？」気遣わしげにたずねた。次の瞬間、二人の女の子の姿に気づいて、彼女は両手を頰に当てた。

「まあ、驚いた」

呟くように言って、近くに寄ってきた。温厚そうな丸顔の女性で、ふさふさとした白髪を三つ編みにしていた。憐れみと驚きの入りまじった顔で、彼女は二人を見つめた。

少女は胸がドキドキしていた。目の前の女性はポーランドの祖母の写真にとてもよく似ていた。明るい色の目もそっくりだし、白髪も、人をなごませる小太りの体つきも、そっくりだった。

「ジュール」年配の女性はささやいた。「この子たちは――」

老人はうなずいた。

「きっと、そうだろう」

年配の女性はきっぱりと言った。「じゃ、家に入れてあげなくちゃ。早く隠さないと」

小走りに表の道路のほうに出ていって、左右を確かめた。

「さ、いらっしゃい、二人とも」両手を差しだして呼びかけた。「もう大丈夫よ。わたしたちといれば大丈夫」

みじめな夜だった。朝起きると寝不足で目が腫れていた。せめてもの救いは、ゾーイがもう学校にいっていたことだ。こんな顔をあの子に見られたくはない。ベルトランは昨夜、終始優しく親切に振舞った。もう一度話し合おうじゃないか、と彼は言った。あすの晩、ゾーイが寝入ってから話し合おう。ベルトランの口調は平静そのもので、こまやかな気配りを見せていた。けれども、気持がもう固まっているのは明らかだった。この先何が起きようと、だれが口説こうと、彼に翻意させることはできないだろう。

私はまだこの件を親しい友人や妹に話す気にはなれなかった。ベルトランの反応があまりに意外だったので、すくなくともこの先しばらくは、この問題を自分の胸だけに秘めておきたかった。けさはいつもの日課をこなすのが苦痛だった。何をするのも面倒で、億劫《おっくう》だった。昨夜の光景が、ベルトランの放った一言一句が、くり返し甦ってくる。こういうときは仕事に全神経を集中させるに限る。きょうの午後はフランク・レヴィのオフィスを訪ねて、インタヴューすることになっていた。が、〝ヴェルディヴ〟は突然、遥か遠く隔たった事柄のように思えてきた。一夜でいくつも歳をとってしまったような気分だった。いまの自分にとって重要なことなど何もないように思えてきたのだ。そう、いま自分のおなかにいて、夫に望まれていない赤ちゃん以外のことは、何も。

オフィスに向かう途中、携帯が鳴った。ギヨームからだった。〝ヴェルディヴ〟関連の本で、私が読みたがっているのに絶版になっているものが何冊か、彼の祖母の家で見つかったのだという。それを私に貸してくれるというのだ。きょうの夜か午後にでも一杯やらないか、と誘ってくれた。明るい、親しげな声だった。ええ、いいわ、と私はすぐに答えた。午後の六時に、モンパルナス大通りのセレクトで会うことにした。そこだと、私の家から歩いて二分ほどの距離だった。じゃあ、そのときにまた、と言って電話を切ると、すぐにまた鳴った。

こんどは義理の父からだった。これは驚きだった。義父のエドゥアールが電話をかけてくることなどめったにないからだ。私と義父とは、あの、フランスならではの慇懃《いんぎん》な流儀でうまく付き合っていた。私も義父も、さりげなく世間話を交わす術に長けていたからである。でも、私は義父と一緒にいて心から寛げたことが一度もない。この人は本音を隠しているのではないか、私に対して、いや、他のだれに対しても、本心を明かすことは決してないのではないか、という気がいつもしていた。

こちらが常に敬意をもって接し、その話を傾聴する——そういうタイプの人なのだ。彼が怒りや、誇りや、自己満足以外の感情を吐露するところなど想像もできない。ジーンズをはいているエドゥアールなど、一度も見たことがない。たとえばブルゴーニュの別荘での週末、庭のオークの木の下でルソーを読んでいるときにしたってそうだった。そもそも、ノーネクタイでいる彼の姿を見たことなど、絶えてなかったように思う。初めて会ったときの彼はよく覚えているけれど、以来十七年間、ほとんど変わっていない。銀髪、鋼鉄のような目の色、自信に満ちた態度。そのエドゥアールがことのほか情熱を注ぐものが一つあるとしたら、それは料理だった。そのときは奥さんのコレットもキッチンから追いだしてしまって、シンプルだが美味しい料理をこしらえてくれる——ポトフとか、オニオン・スープとか、風味に富んだラタトゥイユ、それにトリュフ・オムレツなど。そういうとき、キッチンに入るのを許される唯一の人間はゾーイだった。彼はゾーイに弱いのだ。彼の二人の娘、セシルとロールは、それぞれアルノーとルイという、彼にとっては男の孫を産み育てたのに、彼が溺愛しているのは私の娘なのである。料理のあいだ二人がどんな会話を交わしているのかはわからない。キッチンの閉ざされたドアの陰からは、ゾーイのくすくす笑う声や、野菜が切り刻まれ、お湯が沸騰し、鍋の上でラードがじゅっと溶ける音に加えて、ときどきエドゥアールが放つ低い、深みのある笑い声が伝わってくるだけだった。

電話をかけてきたエドゥアールは、最初ゾーイの様子を訊き、アパルトマンのリフォームは順調に進んでいるかどうかをたずねた。それから本題に入った。彼は前日、母親のマメに会いにいってきたのだという。〝不機嫌な日〟だったがね、と彼はつけ加えた。マメはご機嫌斜めだったらしい。で、テレビに向かって唇をつきだしているマメに別れを告げて帰りかけたところ、突然、やぶからぼうに、マメはこの私の話をしだしたというのだ。

「どんなことを話したんですか？」好奇心に駆られて私は訊いた。

エドゥアールは咳払いをした。

「母はね、サントンジュ通りのアパルトマンについて、あんたが根掘り葉掘り訊いたというんだよ」

ひとつ、大きく息を吸い込んでから私は言った。

「ええ、そのとおりです」義父は何を言いたいのだろう、と思った。

しばしの沈黙。

「サントンジュ通りのアパルトマンのことで、母に何か訊いたりするのは控えてもらえんかな、ジュリア」

義父は突然、英語に切り替えていた。自分の意思が明確に伝わるのを望んでいるかのように。

私はショックを覚えつつフランス語で答えた。

「すみませんでした、お義父《とう》さん。実はいま雑誌の仕事で、〝ヴェルディヴ〟の一斉検挙について調べているんです。あの偶然の一致には驚きましたけれど」

またしても沈黙。

「あの偶然の一致?」エドゥアールはフランス語にもどって訊き返してきた。

「ええ。あなたのご一家が越してくるまで、あそこにはユダヤ人の一家が住んでいたんですってね。その人たちは、あの一斉検挙でつかまった。その話をしてくれたとき、マメはちょっと動揺しているようでした。それでわたしも質問を打ち切ったんですけど」

「それはありがとう、ジュリア」一息ついて、エドゥアールはつづけた。「その話になると、マメはたしかに冷静を失うんだ。だから、もう二度とその話はマメにしないでほしいのだよ」

私は歩道の真ん中で立ち止まった。

「ええ、わかりました。でも、マメを困らせるつもりなど毛頭なかったんです。わたしが知りたかったのは、お義父さんの一家があのアパルトマンに越してきた経緯と、そのユダヤ人の一家についてマメが何か知っているかどうか、ということだけで。お義父さんはどうなんですか? 何かご存知なんでしょうか?」

「失礼。ちょっとよく聞こえなかったな」なめらかな口調でエドゥアールは答えた。「すまないが、用があるのでこのへんで切らせてもらうよ。そのうちまた会おう、ジュリア」

電話は切れた。

つまり、何を言いたかったのだろう? 疑問がにわかに湧いてきて、一瞬、昨夜のベルトランとの一件が脳裏から消えてしまった。マメは本当に、私からいろいろ訊かれたことをエドゥアールに話したのだろうか？　たしかにマメはあのとき、もうその話はしたくないという意思を明らかにした。一度口をつぐんでしまうと、私が引き揚げるまで話に乗ってこなかったのも事実だ。どうしてマメはあのとき、それほど困惑したのだろう？　どうしてマメとエドゥアールは、あのアパルトマンのことを私が訊くのをいやがるのだろう？　私に知られたくないどんな事実があるというのだろう？

しばらくすると、ベルトランとおなかの赤ちゃんのことがまた重く頭にのしかかってきた。きょうはオフィスにいきたくないと、急に思った。いったところで、いまの心理状態が如実に顔に出るに決まっている。すると、アレッサンドラが好奇の眼差しを向けてくるのは間違いない。例によって、彼女は手を変え品を変えて問いを投げかけてくる。親切ごかしに私から真相を聞きだそうとするだろうが、むろん、こちらはその手には乗らない。バンバーとジョシュアも、私の腫れぼったい顔をちらちら眺めるだろう。でも、バンバーは掛け値のない紳士だから、何も言わずに私の肩をさりげなく抱いてくれるはずだ。が、上司のジョシュアは別だ。たぶん、最悪なのはジョシュアだ。〝おやおや、どうしたんだい、冴えない顔をして？　また夫婦喧嘩かい？　フランス人の旦那がまた何かしでかしたのかな？〟くらいは言うにきまっている。コーヒーのカップを手渡しながら私に向ける皮肉たっぷりの笑みが、目に浮かぶくらいだ。やはり、だめ。けさはどうしてもオフィスにいく気にはなれない。

私は凱旋門の方角に引き返した。きょうもシャンゼリゼは観光客でごった返していた。のろのろ歩きながら凱旋門を見あげたり、立ち止まって写真を撮ったりしている観光客のあいだを心せきながら機敏に縫って進んでゆく。アドレス帳をとりだして、フランク・レヴィの協会に電話を入れた。

きょうは午後の約束ですけど、いまからお訪ねしてもかまわないでしょうか、と訊いてみた。ああ、かまわんとも、どうぞいらっしゃい、と、レヴィは応じてくれた。彼のオフィスはそう遠くない。オッシュ大通りをちょっとはずれたところなのだ。十分も歩くと着いてしまった。いったん、シャンゼリゼという結滞した動脈を離れてしまえば、エトワール広場から放射状に伸びている他の大通りは拍子抜けするくらいすいているのだ。

フランク・レヴィの年齢はおそらく六十五、六だろう。その顔にはどこかしら深沈とした、高貴で、しかも物憂げな表情が浮かんでいた。彼につづいて入ったオフィスは天井が高く、書物や各種のファイル、パソコンや写真であふれていた。壁にかかった白黒の写真の数々に、私はしばらく見入った。赤子やよちよち歩きの幼児が多い。みな、胸に星をつけている。

「その子たちの多くは〝ヴェルディヴ〟の子供たちでね」私の視線を追ってレヴィは言った。「もちろん、他の子供たちもまじっているけれども。みんな、フランスから追放された一万一千人の子供たちの一部なんだ」

私たちは彼のデスクを挟んで腰を下ろした。私は前もって彼への質問リストをEメールで送ってあった。

「ロワレの収容所についてお知りになりたいんだったね、あなたは？」レヴィは訊いてきた。

「ええ。ボーヌ・ラ・ロランドとピティヴィエの収容所について。パリに近いドランシーの収容所に関してはかなりの情報が得られるんですが、この二つに関しては情報が乏しいので」

フランク・レヴィは吐息をついた。

「まさしくね。ドランシーと比べると、ロワレの収容所関連の情報は本当にかぎられていてね。現地にいかれればわかると思うが、あそこで起きた出来事を物語るようなものはあまり残っていないんだ。住民たちも思いだしたくないようだし。証言もしたがらない。そもそも生存者の数もごく限られているので」

私はまた壁の写真に、小さないたいけな顔の数々に目を走らせた。

「この一連の収容所の前身は何だったんですか？」

「ドイツ軍捕虜の収容を目的に、一九三九年に建てられた軍事目的の収容所だったんだね、本来。ところが、戦争がはじまってドイツ融和派のヴィシー政権が成立すると、一九四一年以降ユダヤ人が収容されるようになった。一九四二年には、アウシュヴィッツに直行する最初の列車がボーヌ・ラ・ロランドとピティヴィエから出ている」

「〝ヴェルディヴ〟で検挙された家族たちが、パリ近郊のドランシーの収容所に送られなかったのはなぜなんでしょう？」

フランク・レヴィの顔に暗い笑みが浮かんだ。

「あの検挙の後、子供のいないユダヤ人はドランシーの収容所に送られたんだ。ドランシーはパリに近いけれども、他の二つの収容所は列車で一時間以上パリから離れている。静かなロワレの田園地帯の真ん中にあって、人目にもつかない。フランス警察はそこでこっそりと子供たちを両親から引き離したんだね。それをパリでやろうとしたら、かなり面倒だっただろうから。当時のフランス警察の蛮行については、もうお読みになっていらっしゃるかな？」

「資料は限られているんですけれども」

暗い笑みは薄れた。

「そのとおり。資料は限られている。しかし、何が起きたのかはわかっている。二、三冊いい資料があるので、よろしかったらいつでもお貸しするよ。子供たちは無理やり母親から引き離された。逆らうと警棒で殴られ、打ち据えられて、冷水をぶっかけられたんだ」

　私の目はまた写真の子供たちの小さな顔の上をさまよった。ゾーイのことが頭に浮かんだ。あの子が私やベルトランから引き離されて、たった一人になってしまったらどうだろう。おなかをすかし、垢にまみれ、たった一人で生きていくことになったら。私はぞくっとした。

「当時のフランス政府当局にとって、〝ヴェルディヴ〟の四千人の子供たちは頭痛の種だったんだね」フランク・レヴィは言った。「ナチスが要求してきたのは成人のユダヤ人たちの強制移送だった。子供たちではなく。しかも、列車の厳密な運行スケジュールは変更できない。で、八月のはじめ、子供たちは無残にも母親たちから引き離されたんだ」

「その後どうなったんでしょう、子供たちは？」

「彼らの両親は、ロワレ収容所からまっすぐアウシュヴィッツに送られた。一方、子供たちは、劣悪きわまる衛生条件の下に事実上放置された。それから、八月の中旬になって、ベルリンから指令が届いた。子供たちも強制移送しろ、と。そこで、世間の疑惑を招かないように偽装措置がとられた。子供たちはまずドランシー収容所に送られ、見知らぬ成人のユダヤ人たちと合流させられた上でポーランドに送られたんだね。つまり、そうすれば子供たちは家族と一緒にポーランドのユダヤ人労働施設に送られるのだ、と世間の目には映るだろうという思惑で」

　そこで一息つくと、フランク・レヴィは私と同じように壁の写真に目を走らせた。

「子供たちがアウシュヴィッツに到着すると、いわゆる〝選別〟の儀式も行われなかった。男と女に分かれて整列させられることもなかった。体の弱い者、丈夫な者、働けそうな者、働けそうもない者、そういう選別も行われなかった。子供たちは一緒くたに、まっすぐ、ガス室に送られたんだ」

「フランス政府の手でフランスのバスと列車に乗せられたあげくに」私はつけ加えた。

たぶん私が妊娠していて、ホルモンのバランスが崩れていたのに加え、寝不足もたたったのだろう、急に体中の力が抜けていくような気がした。

打ちのめされた思いで、私は写真を見つめた。

そんな私を黙って眺めていたフランク・レヴィは、つと立ちあがると、私の肩に手を置いた。

前に置かれた食べ物に、少女は勢いよくむしゃぶりついた。母親がいたら叱られたにちがいないような、ずるずるという音をたてて、次々に口に詰め込んだ。まるで天国だった。こんなにいい香りの、美味しいスープは味わったことがないと思った。新鮮でふかふかのパンや、クリーミーで濃厚なブリー・チーズ、それにこんなにも水気たっぷりの、柔らかな桃。ラシェルのほうはもっとゆっくり食べていた。テーブルごしにちらっと見て、ラシェルの顔に血の気がないのに少女は気づいた。両手が震えているし、目も熱を帯びているようにうるんでいる。

老夫婦はキッチンをせわしげに動きまわっては、ポタージュをつぎ足したり、コップに冷たい水をついだりしてくれる。二人が低い声で優しく投げかけてくる問いは耳に入っていたのだが、少女はすぐには答えられなかった。なんとか口をきけるようになったのは、そのあと入浴のため、ラシェルと一緒に二階につれていかれたときだった。少女は堰を切ったように、それまでの体験をジュヌヴィエーヴに語った。ほとんど水や食べ物を与えられずに何日間も大きな競技場に閉じ込められたこと。汽車に詰め込まれて田園地帯を走り、収容所に押し込められたこと。そこで両親から無理やり引き離されて、死ぬような思いを味わったこと。そして最後に、ラシェルと二人で逃げだしたこと。

ジュヌヴィエーヴは熱心に耳を傾けながら相槌を打ち、虚ろな目をしたラシェルの服を巧みに脱がしていった。露わになったラシェルのゴツゴツした体を、少女はじっと見た。その表面にはどぎつい赤い斑点がぽつぽつと浮かんでいる。ジュヌヴィエーヴはぞっとした面持ちで頭を振った。

「なんてひどい目にあったのかしらね」彼女はつぶやいた。

ラシェルはほとんど瞬きもしない。ジュヌヴィエーヴは優しく手を添えて、石鹸で泡だったお湯の中にラシェルの体をすべらせた。それから、以前、少女の母親が弟の体をよく洗ってやっていたような手つきでラシェルの体を洗った。

最後にラシェルは大きなタオルにくるまれて近くの部屋のベッドに寝かされた。

「さあ、こんどはあなたの番よ」新しいお湯を浴槽に張りながら、ジュヌヴィエーヴは言った。

「ところで、まだあなたの名前を聞いてなかったわね。なんていうの？」

「シルカです」少女は答えた。

「まあ、美しい名前だこと！」ジュヌヴィエーヴは言って、清潔なスポンジと石鹸を少女に渡した。少女が他人の前で裸になるのを恥ずかしがっているのに気づくと、ジュヌヴィエーヴは背中を向けた。少女は自分で服を脱いで、浴槽にすべり込んだ。熱いお湯につかる喜びを心ゆくまで味わいながら、少女は丁寧に体を洗い、さっと浴槽から出ると、ラヴェンダーの香りのするふかふかのタオルで身をくるんだ。

ジュヌヴィエーヴは大きな琺瑯《ほうろう》びきの流しで、二人の女の子の汚れた衣服をせっせと洗っている。しばらくその姿を眺めていた少女は、やがて老婦人のぽってりとした丸い腕におずおずと手をかけた。

「あのぅ、あたしパリにもどりたいんですけど、手を貸してもらえますか？」

ジュヌヴィエーヴはびっくりして振り向いた。

「なんですって、パリにもどりたい？」

少女の体は小刻みに震えだした。ジュヌヴィエーヴは心配そうに少女を見つめ、洗濯を中断して両手をタオルでぬぐった。

「どういうことなの、シルカ？」

少女の唇がわなわなと震えた。

「あたしの弟のミシェルのことなんですけど。あの子、まだアパルトマンに残っているの。パリのアパルトマンに。秘密の隠れ場所の納戸に、閉じ込められてるんです。警官があたしたちを捕まえにきた日から、ずっと。あたし、あの子はそこにいるほうが安全だろうと思ったの。あの子に約束したんです、必ずもどってきて、そこから出してあげるって」

ジュヌヴィエーヴは気がかりそうに少女を見下ろすと、その小さな筋張った肩に両手を置いて落ち着かせようとした。

「で、弟さんが納戸に隠れてからどのくらいになるの、シルカ？」

「さあ、わからない」少女は物憂げに答えた。「はっきり思いだせない。あたし、思いだせない！」

それまで少女がなんとか胸中にともしていた希望の灯が、突然、はかなく消えうせた。こちらを見るジュヌヴィエーヴの目に、少女は何より恐れていたものを読みとったのだ。ミシェルはもう死んでいる。あの納戸の中で。きっとそうだ。いまとなっては、もう手遅れなのだ。いまからでは遅すぎる。たぶん、ミシェルは生き延びられなかっただろう。やはり、だめだったのだ、きっと。暗闇の中でたった一人、食べるものも水もなく、ただ縫いぐるみの熊と絵本だけを友にして息絶えたのだ。あの子はあたしを信じていた。あたしを待っていた。たぶん、大声であたしを呼んだにちがいない。あたしの名前を何度もくり返し叫んだにちがいない。〝シルカ、シルカ、どこにいるの？どこにいるの？〟と。あの子は死んだ。弟は死んだ。まだ四つだったのに、弟は死んだ。それも、あたしのせいで。もしあの日、あたしがあの子をあそこに閉じ込めなかったら、いま頃はここにいて、あたしがこの手であの子の体を浴槽で洗ってやっていただろう。どうしてあのとき、あの子から目を離してしまったのか。あの子と離れずにいれば、きっとここに、この安全な場所に、つれてこられたかもしれないのに。あたしが悪かったんだ。みんな、あたしのせいなんだ。

壊れた人形のように、少女はくたくたと床にくずおれた。絶望感が波のように襲ってくる。まだ短い人生ながら、それほど耐えがたい苦痛を味わうのは初めてだった。ジュヌヴィエーヴが自分を抱きしめてくるのを少女は感じた。丸坊主の頭を優しく撫でて、慰めの言葉をかけてくれる。少女はぐったりと身を投げだして、自分を抱きかかえてくれる親切な老女の腕にすべてを委ねた。しばらくすると、柔らかなマットレスと清潔なシーツの心地よい感触に身を包まれた。悪夢の割り込んでくる浅い眠りに少女は落ちていった。

翌朝は早く目が覚めた。一瞬、場所の感覚がつかめずに、混乱した。自分がどこにいるのか、思いだせないのだ。あの恐ろしい小屋で幾晩もすごしてから本物のベッドで寝るのは、奇妙な感じだった。ベッドから降りて、窓際に歩み寄った。鎧戸がわずかにひらいていて、そこからかぐわしい芳香に満ちた大きな庭が見えた。芝生の上を雌鶏たちが横切り、それを犬が追いかけてじゃれついている。鍛鉄製のベンチでは、金茶色の太った猫が肢を舐めていた。小鳥のさえずりや雄鶏が時を告げる声が聞こえた。すぐ近くでは雌牛がモウと鳴いている。うららかな、気持のいい朝だった。こんなにのどかで安らかな場所は見たことがないと少女は思った。戦争や憎悪や恐怖とは遠く隔たっていた。庭と草花と樹木。そして動物たち。そのどれ一つとっても、この数週間に少女が目撃した災厄には染まりそうになかった。

自分の着ているものに、目が走った。白いナイトガウンだが、すこし裾が長すぎる。きっとあの老夫婦には子供か孫がいたのだろう。ひろびろとした部屋をあらためて見まわした。簡素だが居心地のいい部屋だった。入口の近くに本棚があるので近寄ってみた。自分の好きな本が並んでいた。ジュール・ヴェルヌ。セギュール夫人。表紙裏の白地の部分に、若々しい生真面目な筆致で署名がしてあった。ニコラ・デュフォール。だれだろう、この人は。

キッチンのほうで聞こえるひそやかな話し声を追って、少女はぎいっと軋《きし》る木の階段を降りていった。その家は質素で地味な造りながら、静かで和やかな雰囲気に包まれていた。赤ワイン色の四角いタイルを、少女の足は踏みしめていった。蜜蠟とラヴェンダーの香りのする明るい居間を、そっと覗いてみる。背の高い振り子式の大時計が厳粛に時を刻んでいた。

忍び足でキッチンに近づくと、少女はドアの隙間から中を覗き込んだ。老夫婦が長いテーブルをはさんで、青い大きなコップで何かを飲んでいた。二人とも、顔をくもらせていた。

「ラシェルのことが心配だわ」とジュヌヴィエーヴは言っていた。「すごく熱があるようだし、食べ物もまったく受けつけないし。それに、あの赤い発疹。あれがひどいのよ。とてもひどいの」深い溜息を洩らして、「あの子たちの有様といったら、ジュール。一人なんか、睫毛にまで虱がたかっているんですもの」

少女はおずおずとキッチンに入っていった。

「あのう……」

老夫婦が少女を見て、にこやかに微笑んだ。

「これはこれは」ジュールが笑顔で声をかけた。「見ちがえてしまったよ、マドモアゼル。ほっぺもほんのり赤くなってるじゃないか」

「あたしの服のポケットに何かが入っていたと思うんですけど」

ジュヌヴィエーヴが立ちあがって棚を指さした。

「ええ、鍵とお金が入ってたわね。あそこに置いておいたわよ」

少女は棚に歩み寄って、大事そうに鍵とお金を両手でつかんだ。

「これ、納戸の鍵なの」低い声で言った。「ミシェルが入っている納戸。あたしたちしか知らない秘密の隠れ場所」

老夫婦は互いに視線を交わした。

「わかってるわ、弟はもう死んでると思ってるのね」つっかえつっかえ少女は言った。「でも、あたしはもどりたいの。はっきり知りたいから。もしかしたら、だれかに助けてもらったかもしれないもの。あたしがあなたたちに助けていただいたように！　あたしがくるのを、弟は待ってるかもしれないんです。だから、知りたいの。はっきり突き止めなきゃ。あのおまわりさんからもらったお金も使えるし」

「でも、どうやってパリまでもどるつもりだい？」ジュールが訊いた。

「汽車でいくわ。パリはここからそう遠くないんでしょう？」

老夫婦はまた目と目を見交わした。

「ここはね、シルカ、オルレアンの南東にあたるんだ。あんたとラシェルはずいぶん長い距離を歩いてきたんだが、パリからかなり遠ざかってしまったんだよ」

少女は身を起こした。でも、どうしてもパリにもどらなきゃ。ミシェルのところにもどらなきゃ。この先に何が待ちかまえていようと、あの子がどうなったか、はっきり確かめなきゃ。

「あたし、絶対にいきます」少女はきっぱりと言った。「オルレアンからはパリにいく汽車が出ているはずだわ。あたし、きょう、出発します」

ジュヌヴィエーヴが近寄ってきて、少女の両手をつかんだ。

「でもね、シルカ、ここにいればあなたは安全なのよ。しばらくここにいたほうがいいわ。うちは農家だから、ミルクもお肉も卵もある。配給切符なんかいらないの。ここで好きなだけ食べて、ゆっくり休養すれば、体調もずっと良くなるから」

「ありがとう。でも、あたし、もう元気をとりもどしたわ。パリにどうしてももどらなきゃ。ついてきていただかなくても大丈夫です。ひとりでいけますから。駅までの道順だけ、教えてくださ い」

ジュヌヴィエーヴが答えるより早く、苦しげな悲鳴が二階で上がった。ラシェルだ。三人は急いで階段を駆けのぼった。ラシェルは苦痛にもだえていた。シーツが、異臭を放つ黒っぽいものでぐっしょり濡れている。

「心配してたとおりだわ」低い声でジュヌヴィエーヴが言った。「赤痢よ、これは。早くお医者さんに見せないと」

ジュールが足をもつらせながら階段を駆け下りた。

「村にいって、テヴナン先生をつれてくるからな」後ろを振り向いて、彼は叫んだ。

一時間ほどして、ジュールはもどってきた——息をはずませながら自転車をこいで。少女はキッチンの窓からその姿を見守っていた。

家に入ってくるなりジュールは言った。「あのおっさん、留守でな。家は空っぽだった。だれに訊いても、事情がわからんのさ。だから、オルレアンのほうに足を伸ばして医者を探したら、一人、若いのが見つかった。すぐきてくれるよう頼んだのだが、こいつ、ちょっと横柄なやつでな、先約があるんで、それをすましたらいく、と言うのさ」

ジュヌヴィエーヴは唇を嚙みしめた。

「とにかく、きてくれるといいわね。一刻も早く」

その日の午後遅くなるまで、医者は現れなかった。少女はもうパリにもどる件を言いだせなかった。ラシェルの病状の重いことがわかっていたからだ。ジュールとジュヌヴィエーヴも、いまはラシェルの身が心配で、少女の頼みを検討している余裕はないようだった。

犬の吠え声につづいて医者の到着した気配がしたとき、ジュヌヴィエーヴは少女のほうを向いて、すぐ地下室に隠れるよう指示した。日頃付き合いのない、まったく馴染みのない医者だから、とジュヌヴィエーヴは早口で説明した。一応、用心しないとね。

少女は跳ね上げ戸から下に降りて、地下室に身を隠した。暗い部屋にしゃがみこんで、上から聞こえてくる声にじっと耳を傾けた。医者の顔は見えなかったけれども、その声には嫌悪感を催した。耳障りな、鼻にかかった声だった。医者はしきりに、ラシェルがどこからきたのかたずねた。ラシェルをどこで見つけたのか、執拗に問いただした。それに対して、ジュールは終始変わらぬ声で応じていた。この子は近くに住んでいる知人の娘で、その知人がパリにいっている間、二、三日預かっているのさ、と彼は説明した。

けれども、医者が信じていないことは、その声音を聞いているだけで少女にもわかった。医者は鼻にかかった声で笑い、しきりに法と秩序の重要性を説いた。ヴィシー政府を率いるペタン元帥とフランスの新秩序について説いた。この痩せた色黒の少女のことを知ったらドイツ軍の司令部はどう思うだろう、などとも口走った。

それからしばらくして、玄関の扉がばたんと閉まる音が地下室の少女の耳にも聞こえた。

次いで、ジュールが暗然とした口調で話す声。

「なあ、おまえ」とジュールは老妻に言った。「なんてことをしてしまったんだろうな、わたしらは?」

「一つ、お訊きしたいことがあるんです、ムッシュー・レヴィ。こんどの記事とはまったく関係のないことなんですが」

こちらの顔をちらっと見てから、レヴィは自分の椅子にもどって腰を下ろした。

「どうぞどうぞ、ご遠慮なく」

私はテーブルにのしかかって言った。

「もし正確な住所がわかっていれば、そこに以前住んでいたユダヤ人の家族のその後を調べていただけるでしょうか？　一九四二年七月十六日にパリで検挙された家族なんですが」

「とすると、〝ヴェルディヴ〟の家族だね」

「ええ。わたしにとっては、とても重要なことなので」

私の疲れた顔を、腫れぼったい目を、レヴィはじっと見つめた。なんだか私の心の内を読みとられているような気がした。私の心中にある新たな悲しみ、あのアパルトマンについて知ったことのすべて、彼の前にすわっている私という人間のすべてを、読みとられているような気がした。

「この四十年間というもの、わたしは一九四一年から一九四四年にかけてこのフランスから強制移送されたユダヤ人すべてのその後を追ってきたんだ、ミス・ジャーモンド。長い、根気の要る仕事だったがね。でも、それはだれかがやらなければならん仕事だった。ああ、その家族の実名も教えてさしあげられるとも。その種のデータはここにあるコンピュータに全部入っているのでね。数秒もすれば名前を割りだせるはずだ。しかし、その前に、あなたがなぜその特定の家族のことを知りたいのか、理由を教えていただけるだろうか？　それは単に、ジャーナリスト特有の好奇心からなのかな？　それとも、何か別の理由があるのかね？」

私はかっと頬が火照ってくるのを感じた。

「ある個人的な理由からなんです。ご説明するのは難しいんですが」

「でも、聞かせていただけんだろうか」

サントンジュ通りのアパルトマンについて、最初はためらいがちに私は話しはじめた。マメの語ったことについて。義父から言われたことについて。そのユダヤ人の家族のことが頭から離れなくなった経緯を説明する頃には、私の口調もずっとなめらかになっていた。その家族がどういう人たちなのか、その後どういう運命をたどったのか、知らずにいられない現在の心境を私はありのままに話した。レヴィはときどきうなずきながら、熱心に耳を傾けてくれた。

それから、彼は言った。「過去を呼びもどす際は苦痛を伴うことがあるものでね、ミス・ジャーモンド。不快な驚きに襲われることもないではない。真実は無知より辛いものだから」

私はうなずいた。

「わかっています。でも、どうしても知りたいので」

レヴィはこちらを向いて、じっと私の顔を見据えた。

「では、名前をお教えしよう。ただし、これはあなたの胸にのみおさめていただきたい。あなたの雑誌向けに公開するわけではないので。約束していただけるかな?」

「はい」レヴィの厳粛な口調に気おされながら、私は答えた。

「で、その一家の住所は?」

私は答えた。

レヴィの指がキーボードの上で踊る。コンピュータからざっざっという音が流れた。心臓の鼓動が速まった。プリンターがぶうんと唸ったと思うと、白い紙が吐きだされてきた。フランク・レヴィが手にとって、無言のままこちらに手渡す。私は目を走らせた。

パリ七五〇〇三、サントンジュ通り二十六番地

〇ヴワディスワフ・スタジンスキ

一九一〇年、ワルシャワ生まれ。一九四二年七月十六日、検挙。ブルターニュ通りの自動車修理工場。〝ヴェルディヴ〟。ボーヌ・ラ・ロランド。一九四二年八月五日移送。第十五次集団移送。

〇リフカ・スタジンスキ

一九一二年、オクニェフ生まれ。一九四二年七月十六日、検挙。ブルターニュ通りの自動車修理工場。〝ヴェルディヴ〟。ボーヌ・ラ・ロランド。一九四二年八月五日移送。第十五次集団移送。

〇サラ・スタジンスキ

一九三二年、パリ十二区生まれ。一九四二年七月十六日、検挙。ブルターニュ通りの自動車修理工場。〝ヴェルディヴ〟。ボーヌ・ラ・ロランド。

プリンターがまたぶうんと唸った。

「写真もある」フランク・レヴィが言う。吐きだされた写真をじっと見てから、こちらに手渡した。十歳の少女の写真だった。キャプションに目を走らせる。〝一九四二年六月。ブラン・マントー通りの学校にて撮影〟。ブラン・マントー通りというと、サントンジュ通りのすぐ隣りだ。明るい色の、切れ長の目。たぶん、瞳の色は青か緑なのだろう。髪の色は薄くて、肩までかかっ

ている。リボンが結ばれていたが、すこし傾いている。はにかんだような可愛らしい笑み。ハート型の顔。教室の机を前にすわっていて、机にはひらいた本が置かれていた。その胸には、あのユダヤの星。

サラ・スタジンスキ。私のゾーイより一つ下の少女。

名前のリストにもう一度目を走らせた。ボーヌ・ラ・ロランドを出発した第十五次集団移送の目的地がどこだったのか、フランク・レヴィに訊くまでもなかった。アウシュヴィッツだ。

「ブルターニュ通りの自動車修理工場、とあるのはどういう意味なんでしょう？」私はたずねた。

「そこは三区に住んでいたユダヤ人の大半が、ネラトン通りのヴェロドロームに連行される前に集結させられた場所なんだ」

サラの名前の項には集団移送された記述がないのに気づいて、それをレヴィに訊いてみた。レヴィは答えた。「それはつまり、アウシュヴィッツに向かった列車のどれにも、その少女は乗っていなかったことを意味しているのさ。われわれの知る限りではね」

「ということは、この子は逃げだした可能性があるということなんでしょうか？」

「それはなんとも言えないね。ボーヌ・ラ・ロランドから逃げだして近隣の農夫たちに助けられた子供たちが何人かいたことはまちがいない。サラよりもっと幼い子供たちの場合は、その身許も確認しないまま移送しているんだね、彼らは。その子たちは、たとえば、〝少年、ピティヴィエ〟というふうに記されている。残念ながら、サラ・スタジンスキのその後については明言できんね。はっきりしているのは、ボーヌ・ラ・ロランドやピティヴィエからドランシーに運ばれた子供たちの中に、サラはいなかったということだけで。ドランシーのファイルに、サラの名前は記載されていないから」

美しい無垢な少女の顔を見下ろして、私はつぶやいた。

「だとすると、この子はどうなったんでしょう？」

「その子の軌跡を明確にたどれるのは、ボーヌ・ラ・ロランドまでだね。もしかするとそこで、近在の家族に助けられたということも考えられる。その後偽名を使って、戦争中ずっと身を隠していた可能性もなくはない」

「そういう例はたくさんあったんでしょうか？」

「ああ、あったんだよ、事実。相当数のユダヤ人の子供たちが生き延びることができたんだ、フランス人の家族や宗教団体の温情や力添えによって」

私はじっと彼の顔を見つめた。

「サラ・スタジンスキも救われたとお思いですか？　この子も生き延びられたと？」

フランク・レヴィは、にこやかに微笑む可憐な少女の写真を見下ろした。

「そうだといいんだがね。いずれにせよ、これであなたのご要望にも答えられた。これからあなたが暮らす予定のアパルトマンに以前だれが住んでいたのか、おわかりになっただろうね」

「はい」私は答えた。「ありがとうございました。ただ、やっぱりわからないのは、どうしてわたしの祖父母一家が、スタジンスキ家の人々が検挙されて間もないうちに、あのアパルトマンに移り住むことができたのか、という点ですね。それがどうしても腑に落ちないんです」

「その点で、ご主人の実家の方々を厳しい目で見るのは、控えたほうがよろしい」フランク・レヴィは注意してくれた。「あの当時、パリ市民の多くが冷淡だったのは事実だ。しかし、当時のパリはドイツ軍の占領下にあったことをお忘れなきように。人々はみな、自分が生き延びられるかどうか、不安に思っていたのだから。本当に厳しい歳月だったのでね」

フランク・レヴィの事務所を辞去したとき、急に脱力感に襲われて涙が出そうになった。たしかに、いろいろな意味で消耗させられた、辛い日だったのだ。周囲の世界が急に押し迫ってきて、四方八方からのしかかってくるような気がした。ベルトラン。おなかの赤ちゃん。私が下さなければならないつらい決断。今夜、夫と持つことになっている話し合い。

そして、サントンジュ通りのアパルトマンをめぐる謎。スタジンスキ一家が検挙されて間もないアパルトマンに、どうしてテザック家の人々は早々と移り住めたのか。しかも、マメとエドゥアールはそのことについて話したがらない。どうしてだろう？　いったい何が起きたのだろう？　私に知られたくないどんなことがあったのだろう？

マルブフ通りに向かって歩きながら、私は何かしらとてつもなく巨きな、自分の力では立ち向かえないようなものに押しつぶされかかっているような気がした。

その晩、打ち合わせどおり、セレクトでギョームと会った。騒がしいテラスは敬遠し、バーのカウンターに隣り合ってすわった。ギョームは何冊かの本を持ってきてくれた。自分ではなかなか入手できなかった資料だったので、嬉しかった。とりわけ、ロワレ収容所に関する資料は貴重なものだった。私は心からギョームに感謝した。

その日の午後知ったことを話すつもりはなかったのに、自然と口からこぼれ出てしまった。私の一言一句にギョームは耳を傾けて、熱心に聴いてくれた。すべてを話し終えると、ギョームは言った——あの一斉検挙の後、ユダヤ人たちのアパルトマンが略奪にあった話は祖母から聞かされたことがあるな、と。警察の手で玄関の扉が封印されたアパルトマンもあったが、持ち主が帰ってこないことが明らかになると、数ヶ月、数年後には扉が押し破られたらしい。当時アパルトマンの管理人たちは警察と密接に連携していて、新しい入居人を口伝てで迅速に確保できたのだとも、ギヨームの祖母は語ったという。たぶん、そういう経緯でテザック家の人々もあのアパルトマンを見つけることができたのだろう。

「どうしてこの件がそんなに重要なんだい、ジュリア？」ギヨームはとうとうたずねた。

「あの写真の少女がその後どうなったのか、とても知りたいのよ」

ギヨームは私の胸のうちを探るような、暗い眼差しをこちらに向けた。

「なるほどね。でも、ご主人の実家の人たちに探りを入れるときは、注意したほうがいいよ」

「でも、義理の父も、そのお母さんも、何かを隠そうとしているの。それが何なのか、知りたいのよ」

「注意したほうがいいよ、ジュリア」ギヨームはくり返した。顔に微笑こそ浮かべていたものの、その目は真剣だった。「あなたはパンドラの箱をいじくっているんだ。この世には、その蓋をあけないほうがいい場合もあるからね。真実を知らないほうがいいときもあるんだし」

それは、フランク・レヴィが別れ際に与えてくれた忠告とまったく同じだった。

十分間というもの、老夫婦はひとことも口をきかず、浮き足だった動物さながら、両手を揉みしだいて家の中を歩きまわっていた。二人は切羽詰っているようだった。ラシェルを抱えあげて階下に移そうにも、衰弱しすぎていて動かせない。とうとう、そのままベッドに寝かせておくことになった。ジュールはなんとか老妻を落ち着かせようとしていたが、うまくいかなかった。ジュヌヴィエーヴはソファや椅子にくずおれてはむせび泣いていた。

少女は不安に駆られた子犬のように二人を追いかけていた。何を訊いても、二人は答えてくれない。ジュールが何度も玄関に目を走らせ、窓からゲートのほうをうかがっていることに少女は気づいていた。不安がつのって、心臓がひきつりそうだった。

日が暮れた頃、老夫婦は暖炉の前にすわって顔を見合わせていた。二人はどうにか立ち直り、冷静さと落ち着きをとりもどしたように見えたが、ジュヌヴィエーヴの両手が震えているのを少女は見逃さなかった。二人とも顔から血の気が引いていて、たえず時計に目を走らせていた。

そのうち、ジュールが少女のほうを向いて静かに語りかけた。いいかね、すぐ地下室にいくんだ。そこにジャガイモの大きな袋があるから、その中にもぐりこんで隠れなさい。わかったかね？　必ずそうするんだよ。だれかが地下室に降りてきたら、絶対に見つからないようにするんだ。

少女はその場に凍りついた。「じゃあ、ドイツ軍がやってくるのね！」

老夫婦が口をひらくより先に、外で犬が吠えはじめた。三人はみなビクッとした。ジュールが少女に合図して、跳ね上げ戸を指さす。少女はすぐに従って、かび臭い、暗い地下室に降りていった。目はきかなかったけれども、奥のほうに積まれたジャガイモの袋をなんとか見つけて、粗い布地を掌でまさぐった。大きな袋がいくつも積まれていた。急いで両側に分けて、隙間にもぐりこむ。袋の一つが破れて、ジャガイモがごろごろと周囲に転がり落ちてきた。少女は慌てて自分の頭上にジャガイモを集めて、たいらにならした。

次の瞬間、足音が聞こえた。リズミカルで大きな足音。その足音はパリでも、深夜、夜間外出禁止令が出た後で聞いたことがあった。それが何を意味するのかはわかっていた。パリにいる頃、少女はそっと窓の外を覗いて、丸い鉄兜をかぶった男たちが薄暗い道路をきびきびと行進してくるのを見たことがあった。

行進してくる兵士たち。十数人の兵士たちの足音が、この家の真ん前まできて止まった。男の声がする。くぐもってはいるが語尾のはっきりした声が伝わってきた。その声はドイツ語を話していた。

ドイツ軍の兵士がやってきたのだ。ドイツ軍の兵士がラシェルと自分をつかまえにやってきたのだ。おしっこが洩れそうになった。

足音はすぐ頭上にまで近づいてきた。何か話し合っている声が低く伝わったと思うと、ジュールの声が言った。「はい、中尉殿、病気の子が一人おります」

「その病気の子はアーリア人かね？」外国訛りのざらついた声が問いただす。

「かなり体調が悪いのです、中尉殿」

「で、どこにいるんだね、その子は？」

「二階ですが」悲しげにジュールが答える。

重々しい足音が天井を揺るがした。はるか上のほうから、ラシェルのかぼそい悲鳴が伝わってきた。ドイツ軍の兵士たちに、力ずくでベッドから引っ張り出されたのだろう。衰弱しきって抗う力のないラシェルの、弱々しい呻き声。

少女は両手で耳をふさいだ。何も聞きたくなかった。聞いていられなかった。周囲の音をしめだしたことで、かろうじて正気を保っていられた。

そのままジャガイモの下でじっとしていると、薄暗い一条の光が暗闇に差し込んだ。だれかが跳ね上げ戸をひらいたのだ。そして階段を降りてくる。少女は両手を耳から離した。

「下にはだれもおりません」ジュールの声が聞こえた。「あの子一人だったんですよ。犬小屋で、あの子を見つけたんです」

ジュヌヴィエーヴが鼻をこすっている気配が伝わった。そして、涙ながらの疲れきった声。

「お願いです、あの子をつれていかないでください！　本当に衰弱しきっているんですから」

ざらついた声が冷ややかに応じた。

「あの子はユダヤ人ですぞ、奥さん。おそらく近くの収容所から脱走したんでしょう。おたくにいなきゃならん理由はないのです」

懐中電灯のオレンジ色の光が地下室の石の壁を伝って降りてくる。少女はじっとそれを見ていた。光はじりじりとせまってきた。と思うと、切り抜かれた影絵のように、一人の兵士の黒い大きな影が壁を覆った。あの兵士は自分を探しているのだ。自分をつかまえようとしているのだ。少女は精一杯小さくちぢこまって、息を止めた。その瞬間、心臓まで止まったような気がした。

あたし、絶対に見つからないから、と少女は思った。こんなに不公平で残酷なことってない。あの連中はもう可哀相なラシェルをつかまえたじゃない。それでもまだ足りないというの？　ラシェルはどこにいるのだろう？　外に止まったトラックに放り込まれて、兵士たちに監視されているのだろうか？　ラシェルは気を失っているのだろうか？　いったい、どこにつれていかれるのだろう？　病院だろうか？　それとも収容所にもどされるのだろうか？　あの血に餓えた怪物たち。人間らしさのかけらもない怪物たち！　あいつらが憎い、と少女は思った。みんな死んじまえばいいんだ。あんな、血も涙もないくそったれどもなんか。自分の知っている限りの悪態、母親から決して口にしてはいけませんと言われていた悪態の数々を、少女は心の中で叫んだ。あの汚らしい蛆虫ども。目をぎゅっと閉じると、少女は胸の中でおもいきり悪態を叫んだ。けれども、オレンジ色の光はなおもじりじりと接近してくる。それは少女が隠れている袋の上まで照らしはじめた。見つかるもんか、と少女は歯をくいしばって心に叫んだ。絶対に見つかるもんか、あんな汚い蛆虫どもになんか。

ジュールの声が再び聞こえた。

「そこにはだれもおりませんよ、中尉殿。あの子はたった一人だったんですから。しかも、立っていられないくらい弱ってましてな。だから、介抱してやったので」

中尉の大きな声が少女の耳にまで響いた。「一応、調べんとな。地下室の調べがすんだら、あんたにも司令部まで同行願うことになる」

懐中電灯の光が頭上をゆっくりまわっているあいだ、少女はぴくりとも動かず、溜息はおろか呼吸すら止めようとしていた。

「司令部へですか？」びっくりしたようにジュールが訊き返した。「それはまた、どうして？」

突き放すような笑い声につづいて、「ユダヤ人がおたくに隠れていたというのに、どうして、と訊くのかね？」

そのとき、ジュヌヴィエーヴの声が聞えた。それは驚くほど平静で、もうすすり泣いてもいないようだった。

「でも、わたしたち、あの子を隠していたわけじゃありませんよ、中尉さん。ただ、ねんごろに介抱していただけです。それだけなんですから。あの子の名前も知りませんし、あの子のほうでも、まともにしゃべることさえできなかったんです」

「そうですとも」ジュールの声がつづいた。「そのために、お医者さんまで呼んだんですからな、わたしらは。あの子を隠すつもりなら、そんなことはせんかったでしょう」

しばしの間があってから、中尉の咳き込む声が聞こえた。

「たしかにギユマンはそう言っていたな。あんたがたはあの子を隠していたわけじゃないらしい、と。たしかにそう言ってたよ、あの見あげた医者は」

頭の上でジャガイモが動いている。少女は彫像のようにじっとして、息を殺していた。鼻がむずむずしてくしゃみが出そうだった。

そのとき、またジュヌヴィエーヴの声がした。明るく、冷静で、毅然とした感じすら漂う声だった。ジュヌヴィエーヴがそういう口調で物を言うのを、少女は初めて聞いたような気がした。

「ワインはいかがかしら、ドイツの兵隊さんたち？」

少女を覆っているジャガイモが静止した。

上の階では中尉が上機嫌で応じる声がした。「われわれにワインを？　そいつはありがたい《ヤヴォール》！」

「それと、パテなども召しあがる？」やはり明るい口調でジュヌヴィエーヴが言う。

足音が階段をのぼってゆき、跳ね上げ戸がばたんと閉まった。安堵のあまり、少女は気が遠くなりそうだった。自分の体をひしと抱きしめているうちに、涙が頬を伝い落ちた。上の階ではグラスがカチンと鳴り、足音が交錯し、愉快そうな笑い声が響いている。これがいつまでつづくのだろう？　果てしがなかった。中尉の哄笑は陽気になる一方で、だらしないげっぷの音すら聞こえた。ジュールとジュヌヴィエーヴの声はまるで聞こえない。二人はまだ上にいるのだろうか？　いったい、あそこでは何が行われているのだろう？　なんとか知りたかったけれど、ジュールとジュヌヴィエーヴが迎えにきてくれるまではここにいたほうがいいということも、少女はわきまえていた。手足の節々が硬くなっていたが、少女はまだ動こうとはしなかった。

そのうち、とうとう上の階の騒ぎが止んだ。犬は一度吠えたきり沈黙している。少女は耳をすました。ジュールとジュヌヴィエーヴはドイツ軍の連中につれていかれたのだろうか？　この家にはもう自分以外だれもいないのだろうか？　なおも耳をすましていると、押し殺したすすり泣きが聞こえた。跳ね上げ戸が呻くような音をたててひらいたと思うと、ジュールの声が上から漂ってきた。

「シルカ！　シルカ！」

痛む足を引きずって、少女は上の階にもどった。涙で濡れた頬には埃がこびりつき、塵の入った目は血走っていた。見ると、ジュヌヴィエーヴは打ちのめされたように両手で顔を覆っていて、ジュールがしきりに慰めている。少女はなすすべもなく見守っていた。ジュヌヴィエーヴがこちらを見た。わずかのあいだにその顔はすっかり老け込んでいて、少女は恐ろしくなった。

「あの子はね」ジュヌヴィエーヴはささやいた。「つれていかれてしまったわ。もう望みはないでしょうね。どこで、どういう目にあうのかわからないけど、もうおしまいだわ。あの連中は頼みを聞いてくれなかった。なんとか酔っ払わせようとしたんだけど、だめだった。わたしたちのことは見逃してくれたけど、ラシェルはさらっていってしまった」

皺だらけの頬に涙がこぼれ落ちた。悲嘆にくれて首を振りながら、ジュヌヴィエーヴは夫の手をきつく握りしめた。

「この国はいったい、どうなってしまったのかしらね？」

それから少女を手招きすると、老いて皺ばんだ手で少女の小さな手を包んだ。少女は考えつづけていた。あたしはこの人たちに救われたんだ。この人たちのおかげで、こうして生きている。もしかすると、ミシェルもこの人たちのような親切な人に救われたかもしれない。そう、お父さんやお母さんも。もしかすると、まだ希望はあるのかもしれない。

「シルカちゃん！」吐息まじりに言って、ジュヌヴィエーヴは少女の指を握りしめた。「あなたはえらかったねえ、地下室で頑張ったんだから」

少女は微笑した。美しい、けなげな笑みは、老夫婦の胸にしみこんだ。

「あのぅ」少女は言った。「あたしのこと、もうシルカって呼ばないで。それ、あたしが赤ちゃんの頃の呼び名なんです」

「じゃあ、これからは何て呼べばいいんだね？」ジュールが訊いた。

少女は胸を張って、昂然と言った。

「あたしの名前は、サラ・スタジンスキ」

アパルトマンのリフォームの進行具合をアントワーヌとチェックしてからの帰り道、私はブルターニュ通りに立ち寄った。あの自動車修理工場は、まだそこに存在していた。そこにかかった銘板は通りかかる人にこう告げていた――一九四二年七月十六日の朝、パリ三区に居住していたユダヤ人の家族はここにいったん集結させられ、そこから〝ヴェルディヴ〟につれていかれた後、死の収容所に移送された、と。サラの苦難の旅はまさしくここからはじまったのだ、と私は思った。それはどこで終わったのだろう？

往来の喧騒も忘れて立ち尽くしているうちに、あの暑い七月の朝、両親や警官たちと共にサントンジュ通りを歩いてくるサラの姿が目に見えるような気がしてきた。そう、私にはすべてが見えた。まさしくここ、いま私が立っている場所まできて修理工場に押し込まれたサラ。あの可憐なハート型の顔にはさぞ不可解な思いと恐怖が浮かんでいたことだろう。リボンで後ろにくくられたまっすぐな髪と、切れ長の青い瞳。サラ・スタジンスキ。いま生きていれば七十になるはずだ。いや、いまも生きているはずがない。あの子は〝ヴェルディヴ〟の他の子供たちと共に、この地上から一掃されたのだ。おそらく、アウシュヴィッツから生還することはなかっただろう。一握りの塵として、あの子はこの地上から消え去ったのにちがいない。

ブルターニュ通りを後にすると、私は自分の車にもどった。典型的なアメリカン・ライフスタイルの申し子である私は、マニュアルの車を運転したことがない。いま乗っているのは、ベルトランの軽蔑の的である小型のオートマの日本車だ。パリ市内の移動にはこの車は使わない。バスと地下鉄のほうが便利だから。そもそも市内を動きまわるのに車は必要ないと思っているのだけれど、その点でもベルトランから軽蔑されている。

きょうの午後はバンバーと一緒に、パリから車で一時間のボーヌ・ラ・ロランドを訪れることになっている。午前中はギヨームと一緒にドランシーを訪ねてきた。ドランシーはパリにほど近い、ボビニーとパンタンの間のさびれた灰色の郊外にある町だ。あの戦争中、フランスの鉄道網の中枢にあるこのドランシー駅からは、六十以上の列車がポーランドに向かったのである。あの出来事を説明する大きくてモダンな彫刻の前を通りすぎるまで、かつての収容所にはいま現在も普通の市民が住んでいることを私は知らなかった。構内では犬をつれた女性が乳母車を押してそぞろ歩き、子供たちがにぎやかに駆けまわっていた。カーテンがそよ風にはためく窓台には植木鉢が置かれている。私はびっくりして言葉も出なかった。あれほどの過去を持つこの場所に、どうしてこんなにのどかに人が暮らせるのだろう？　ギヨームはそのことを知っていたのかどうか、訊いてみた。彼はうなずいた。その表情を見て、ギヨームが深い感慨にひたっていることがわかった。彼の血族はみな、ここからアウシュヴィッツに移送されたのである。この地を訪れるのはさぞつらいことだったにちがいない。それでもギヨームは、ぜひ私に同行したいと望んだのだった。

ドランシー記念博物館の館長はメネツキーという、中年の、どこかくたびれた感じの男性だった。彼は小さな博物館の前で私たちを待っていてくれた。この博物館は、事前に電話予約があったときにのみ開館することになっている。私たちは狭い質素な展示室をまわって、写真や記事や地図を見ていった。あの黄色い星もガラス・パネルに覆われて展示されていた。本物をこの目で見るのは初めてだったので、胸をしめつけられるような痛ましい思いを味わった。

収容所自体は、過去六十年、ほとんど変わっていないという。巨大なU字型のコンクリートの建物は、そもそも一九三〇年代後期に、当時としては斬新な集合住宅として建造され、一九四一年にヴィシー政府に接収されてユダヤ人の収容所になった。それがいまは四百家族が住む集合住宅として再利用されているのだが、それは一九四七年以来のことだという。ここは現在、この近在ではいちばん安い家賃で居住できる施設なのだ。

いまは奇妙なことに、〝物言わぬ者の街《シテ・ド・ラ・ミュエット》〟と命名されているこの団地。ここにはどういういわれがあるのか居住者たちは知っているのかどうか、悲しげな顔をしたムッシュー・メネツキーにたずねてみた。メネツキーは首を振った。ここの居住者の大半は若者で、彼らは何も知らないし、知ろうともしないのだという。私は次いで、この博物館への来館者はどれくらいなのかたずねた。そうですな、よく学生たちが教師に引率されて見学にきますよ、と館長は答えた。それと、観光客もときどき訪れます。

私たちは参観者の名簿を繰ってみた。ある書き込みが目を引いた――〝私のお母さん、ポーレットへ。あなたを心から愛しています。決して忘れません。これから毎年ここにきて、あなたを偲《しの》ぶことにします。一九四四年に、あなたはここからアウシュヴィッツに旅立ち、二度ともどらなかったのです。あなたの娘、ダニエル〟。

目の裏が涙に刺激されるのを覚えた。

私たちは次に、博物館の前の芝生に展示された一輌の家畜運搬用貨車の内部に入ることを許された。その扉は施錠されていたけれど、館長が鍵を持っていたのだ。先に乗ったギヨームが手を貸してくれて、私たちは狭い殺風景な空間に並んで立った。その貨車に大勢の人々が詰め込まれたところを、私は想像してみた。小さな子供たち、中年の両親、祖父母や若者たち。彼らはこの空間で押し合いへし合いしながら死の収容所に運ばれていったのである。ギヨームの顔が蒼白になっていた。

あとで聞いたところ、この貨車に乗り込むのは初めてだったらしい。それまで、とても乗る気にはなれなかったのだという。で、いまはどう、大丈夫、と訊いてみると、黙ってうなずいてみせた。が、かなり動揺しているのは明らかだった。

館長から贈られた何冊かの本とパンフレットを小脇に博物館を後にしながら、私はドランシーについて学んだことを思いださずにいられなかった。そう、あの恐ろしい歳月のあいだに演じられた人道にもとる行為の数々を。ユダヤ人を満載してポーランドに直行した数知れぬ貨車のことを。一九四二年の夏の終わりにここに到着した四千人の〝ヴェルディヴ〟の子供たちについて書かれた、胸をしめつけられるような記述のことも、思いださずにいられなかった。両親から引き離され、病み疲れて悪臭を放ち、ひもじさに呻いていた子供たち。サラもその中にいたのだろうか？　あの子もやはりここからアウシュヴィッツに向かったのだろうか？　両親と生き別れ、見知らぬ人間ばかりの貨車に詰め込まれて、不安におののきながら？

オフィスの前で、バンバーが待っていてくれた。撮影機材を後部シートにのせてから、細い体を折りたたむようにして彼は助手席にすわった。それから、私の顔を見た。とても心配そうに。私の腕にそっと手をのせてバンバーは言った。

「何かあったのかい、ジュリア？」

サングラスは何の役にも立たなかったらしい。昨夜味わったみじめな思いが、歴然と顔に刻まれていたのだろう。深夜遅くまでつづいたベルトランとの話し合い。しゃべるほどにベルトランは頑なになった。いや、赤ん坊は勘弁してほしいな。そもそも、いまの段階では赤ん坊ですらないわけだろう。人間ですらない。小さな種子にすぎないんだ。それだけの存在なんだから。おれはいやだな。おれの手にはあまるよ。勘弁してくれ。驚いたことに、ベルトランの声はひび割れていた。顔も老け込んで、歪んでいた。あの陽気で、自信たっぷりで、傲慢な夫はどこにいったのだろう？私は愕然としてベルトランの顔を見つめた。どうしても産みたいのなら、とベルトランはつづけた――もうおしまいだな。おしまい、って何が？ 私はぞっとして夫の顔に目を凝らした。おれたちの仲さ。それまで聞いたこともなかった、くぐもった、すさんだ声でベルトランは言った。もう夫婦ではいられないってことさ。キッチン・テーブルをはさんで、私たちは黙然と互いの顔を見つめ合っていた。その前に、私はこうも訊いていた――赤ちゃんを産むってことが、どうしてそんなにこたえるの？ ベルトランはそのとき顔をそむけ、溜息をついて目をこすった。おれはいま、どんどん老け込んでいるんだよ、と彼は言った。もう五十が目の前なんだ。それ自体、おれにはこたえるのさ。年をとるってことが。仕事の上では、ずっと若い野心家のやつらと張り合わなきゃならない。そいつらと、くる日もくる日も競い合っているんだ。おまけに、この顔もどんどん衰えていくしな。鏡に映る自分の顔を受け容れるのがひと苦労なんだよ。

それまで、そういう語らいをベルトランと交わしたことは一度もなかった。年をとることがそれほどの打撃を彼に与えているなんて、理解の外だった。「その子が二十になったとき、おれはもう七十だなんて、耐えられないんだ」何度もくり返しベルトランはつぶやいた。「やっぱりだめだ。無理だよ、ジュリア。頼むから、そのことを頭に入れてくれ。その子を産むってことは、おれを殺すも同然なんだ。わかるかい？ おれを殺すに等しいんだよ」

車の運転席で、私は深く嘆息した。バンバーに話すといっても、何を打ち明ければいいのか？

どこからはじめたらいいのだろう？　私たち夫婦と比べれば、バンバーはまだ若いし、人生体験もちがう。果たして、理解してもらえるだろうか？　それでも、バンバーの気遣い、思いやりはありがたかった。私は肩をすくめた。

「あなたには何でも話すつもりよ、バンバー」彼のほうは見ないようにして、ステアリングをぎゅっと握りしめながら言った。「ひどい晩だったのよ、ゆうべは」

「ご主人がらみのこと？」ためらいがちにバンバーは訊いた。

「そう、わたしのご主人さまとの件で」自嘲気味に答えた。

バンバーはうなずいてから、こちらを向いた。

「もし話したいことがあるなら、ジュリア、ぼくはいついかなるときでもお相手するから」あのチャーチルが、〝われわれは決して降伏しない〟とくり返したときと同じ荘重な口調で、バンバーは言ってくれた。

私はつい微笑んでしまった。

「ありがとう、バンバー。頼りにしているわ」

バンバーはにこっと笑った。

「それはそうと、ドランシーはどうだった？」

私は呻き声を洩らした。

「そうね、ぞっとしない場所だったわ。あんなに気が滅入るようなところは見たこともないくらい。だって、あの収容所の建物に、いまも人が住み込んでいるんですもの。一緒にいった知人は、身内の方々があそこからポーランドに移送されたんだけど。ドランシーの写真を撮っても、面白いことなんてないと思う。ネラトン通りより十倍も陰気なんだから」

私はA6号線にのってパリを後にした。この時間のハイウェイは、ありがたいことにさほど交通量が多くない。私たちは沈黙したまま車を走らせた。いまの状況について、いずれだれかに打ち明けなければならないのはわかっていた。おなかの赤ちゃんのことを、この先ずっと自分だけの秘密にはしておけそうにない。妹のチャーラの顔が浮かんだが、いまはまずい。チャーラの住むニューヨークでは、まだ午前六時になったかならないかだろう。もっとも、辣腕で鳴らしている弁護士としてのチャーラの一日は、そろそろはじまろうとしている頃合いだろうけれど。チャーラには別れた夫ベンに瓜二つの子供たちが二人いる。いまは新しい夫、コンピュータ関係の仕事をしている魅力的なバリーと暮らしているのだが、彼のことはまだあまりよく知らない。

急にチャーラの声が聞きたくなった。私からの電話だと知ったときの、〝あら、ひさしぶり！〟というチャーラの声。あの温かい、優しい声が聞きたくなった。チャーラは一貫してベルトランとはそりが合わなかった。仕方がないから付き合っているというふうだった。最初からそうだった。ベルトランがチャーラのことをどう思っているかはわかっている――〝美人で、頭のいい、傲慢なフェミニストのアメリカ女〟と見ているのだ。チャーラはチャーラでベルトランのことを、〝男っぷりのいい、尊大な、男性至上主義のフランス男〟と見なしているのははっきりしている。つくづくチャーラが恋しくなった。あの子の心意気、笑顔、率直さ。ずっと昔、私がパリに向けてボストンを発ったとき、あの子はまだティーンエイジャーだった。最初のうちは、正直言って、それほど懐かしさも感じなかった。要するに、単なる妹だったのだ。でも、いまはちがう。いまは会いたくてたまらない。

「あれ」バンバーが低く言った。「いまの出口を降りるんじゃなかったっけ？」

そうだ。

「いけない！」

「でも、大丈夫」地図を手にとってバンバーは言った。「次の出口でもオーケイだから」

「ごめんなさい」私はつぶやいた。「ちょっと疲れているもんだから、つい」

バンバーは同情するような笑みを浮かべたきり何も言わない。彼のそういうところが私は好きなのだ。

ボーヌ・ラ・ロランドが近づいた。麦畑の真ん中に放置されたような、さびれた小さな町。その中心部にある教会と町役場のそばに車を止めて、周囲を歩きまわった。バンバーがときどきカメラのシャッターを押す。行き交う人は数えるほどしかいない。物悲しくて、閑散とした町だった。

収容所は町の北東にあったのだが、一九六〇年代になって技術学校がその跡地に建てられたことを、私は資料で読んで知っていた。場所は町の反対側、駅から数マイルほど離れたあたり。つまり、ユダヤ人の家族たちはあのとき、町の中心部を通り抜けて駅まで歩かされたことになる。その光景を覚えている人もいるはずよね、と私はバンバーに言った。そう、とぼとぼと歩くユダヤ人の長い行列を、自宅の窓や戸口から眺めていた人々が。

鉄道の駅は、もはや機能してはいなかった。駅舎は託児所に改造されていたのである。その事実にそこはかとない皮肉を感じながら、窓ごしに縫いぐるみの動物やクレヨンで描いた絵を眺めた。建物の右手の、フェンスで囲まれた空き地で小さな子供たちが遊んでいた。

幼児を抱いた二十七、八くらいの女性が出てきて、何かご用ですか、と訊く。自分はジャーナリストで、一九四〇年代にここにあった収容所について調べているのだ、と私は答えた。ここに収容所があったなんて初耳です、と女性が言うので、託児所の入口の上に釘付けされた銘板を私は指さした。

一九四一年五月から一九四三年八月にかけて、数千人のユダヤ人の男女と子供たちが、ボーヌ・ラ・ロランドの収容所からこの駅を経由してアウシュヴィッツの強制収容所に移送され、そこで殺戮《さつりく》された。彼らを決して忘れてはならない。

託児所の女性は肩をすくめて、すまなさそうに笑いかけた。

彼女は知らなかったのだ。こんなに若いのだから、無理もない。悲劇はこの女性の生まれるずっと前に起きたのである。この銘板を読むために訪れる人があるかどうか訊いてみると、一年前からここで働いているのだが、そういう人は見たことがない、とのことだった。

バンバーが写真を撮っているあいだ、私はずんぐりとした白い建物の周囲を歩きまわった。この旧駅舎の両側には、黒い文字で町の名前が記されていた。私はフェンスの向こうに目を走らせた。

繁った雑草に覆われてはいたが、錆びついた線路がまだ残っていて、枕木も元のままだった。この見捨てられた線路を通って、かつて何輛もの列車がアウシュヴィッツに直行したのだ。枕木を眺めているうちに心臓がしめつけられて、急に息苦しくなってきた。

一九四二年八月五日、サラ・スタジンスキの両親を乗せた第十五次集団移送の列車は、ここから死の収容所に旅立ったのである。

その晩、サラはよく眠れなかった。あのラシェルの悲鳴がくり返し聞こえてくるのだ。ラシェルはいまどこにいるのだろう？　体の具合はどうなのだろう？　いまはだれかに介抱されていて、回復するまで面倒を見てもらえるのだろうか？　収容所にいた大勢のユダヤ人の家族はどこにつれていかれたのだろう？　それから、あたしのお父さんやお母さんは？　ボーヌ・ラ・ロランドの収容所にいた子供たちは、みんなどうしているだろう？

ベッドに仰向けに横たわって、サラは古い農家を包む静寂に耳を傾けた。疑問はたくさんあるのに、答が見つからない。サラの父親は、どんな質問にもちゃんと答えてくれたものだった。空はどうして青いのか？　雲は何でできているのか？　赤ちゃんはどうして生まれるのか？　海にはどうして潮の満ち干があるのか？　花はどうして育ち、人はどうして恋に落ちるのか？　父親はいつもじっくりと考えてから、静かに、辛抱強く、わかりやすい明瞭な言葉で、手真似を交えて答えてくれた。いま忙しいから、などとは決して言わなかった。サラから次々に質問を浴びせられるのを、父親はむしろ喜んでいたのだ。サラは本当に頭がいいね、というのが父親の口癖だった。

でも、とサラは思いだした、最近のお父さんは以前のようには喜んで答えてくれなかった。黄色い星についてたずねたときも。映画やプールにいけなくなった理由を訊いたときも。夜間外出禁止令について訊いたときも。それから、いまのドイツの支配者で、ユダヤ人を憎悪しているあの男について訊いたときも。その名前を聞いただけで、サラの体は震えてしまうのだが。そうだ、そういう質問について、最近のお父さんはきちんと答えてはくれなかった。曖昧に口を濁すか、黙っていることが多かった。それから、あの恐ろしい木曜日に警官たちが押し入ってくる前、もう二度目か三度目になる問いを投げかけたときもそうだった。どうして世間の人は、ユダヤ人であるという理由だけであたしを憎むのか。ユダヤ人は他とは〝違う〟人種だから怖がられる、という理由ではないはずだ。そのときも——と、サラはいまさらながら思った——まるでこちらの問いが聞こえないかのようにお父さんは顔をそらしたっけ。でも、聞こえていたのはたしかだった。

お父さんのことを考えるのはもうよそう、とサラは思った。とてもつらいからだ。最後に父親の姿を見たのがいつだったのかも、いまとなっては思いだせない。あの収容所だったのはたしかだ……でも、正確にはいつだっただろう？　わからない。母親の場合は、最後の別れの瞬間の光景がはっきり頭に刻まれている。むせび泣く女性たちと一緒に、あの長い埃っぽい道を駅に向かって歩いていったお母さん。そのとき一瞬こちらを振り向いたお母さんの顔は、まるで写真のようにくっきりと脳裏に貼りついていた。あの蒼白な顔、濃いブルーの瞳。そして、幽《かす》かな微笑。

ところが、父親と最後に別れた瞬間の記憶はまるでない。大事にしまっておける映像がないので、頭に再現することもできない。で、サラは自分がおぼえているお父さんの顔、あの細い浅黒い顔と物思わしげな目を甦らせようとした。浅黒い顔と白い歯。自分はお母さん似だと、いつもサラは聞かされていた。弟のミシェルもそうだ。スラヴ系の色白の顔、隆《たか》い幅広の頰骨、切れ長の目などを、二人は母親から受け継いでいた。どうして子供たちは自分に似ていないんだ、と父親はよくこぼしていた。お父さんの笑顔を、サラは脳裏からしめだした。あまりにも深く胸に突き刺さってくるからだ。

あしたはどうしてもパリにいかなければ、とサラは思った。そう、何がなんでも家に帰らなければ。そして、ミシェルがどうなったか確かめるのだ。もしかすると、いまの自分と同じように、あの子も無事かもしれない。だれか善良で親切な人があの秘密の納戸の戸をあけて、あの子を救いだしてくれたかもしれない。そうだとすると、だれが？　あの子を救いだしてくれた可能性のある人というと、だれが考えられるだろう？　管理人のマダム・ロワイエを、サラは信頼していなかった。あのずるがしこそうな目と、薄笑い。ちがう、あの人じゃない。もしかすると、あの素敵なヴァイオリンの先生かもしれない。あの恐怖の木曜日に、〝その人たちをどこにつれていこうというんだ？　正直で善良な市民なんだぞ、その人たちは！　そんなことをしていいのか！〟と叫んでくれた人。そうだ、あの人ならミシェルを救いだせたかもしれない。いまごろ、ミシェルはあの人の家に無事にかくまわれているのかも。あの人はきっとミシェルのために、ポーランドの民謡をヴァイオリンで弾いてくれているだろう。ミシェルはほっぺたを紅潮させて陽気に笑い、両手を叩いてぐるぐる踊りまわっているだろう。そうだ、ミシェルはこのあたしを待っているかもしれない。あのヴァイオリンの先生に毎朝訴えているかもしれない――〝シルカはきょう帰ってくるの？　いつもどってくるの？　きっともどってきてぼくを出してくれるって、シルカは約束したんだ！〟と言って。

明け方に鶏の時の声で目覚めたとき、枕が涙でぐっしょり濡れていることにサラは気づいた。素早くガウンを脱いで、ジュヌヴィエーヴが用意してくれた服に着替えた。少年用の、清潔でしっかりした、古風な裁ち方の服だった。これはだれのものだったのだろう。あの棚の本すべてに几帳面に署名してあった、ニコラ・デュフォールという人のものだろうか？　鍵とお金をサラはポケットにしまった。

階下《した》に降りると、ひんやりとした大きなキッチンにはだれもいなかった。まだ朝早いのだ。椅子には猫が丸くなって眠っていた。サラは柔らかいパンをかじり、ミルクをすこし飲んだ。片手はずっとポケットをさぐって、鍵とお金が間違いなくあることを確かめていた。
灰色の暑い朝だった。今夜は激しい雨になるだろうな、とサラは思った。ミシェルをいつも怖がらせていた、大きな音をたてる豪雨。鉄道の駅にはどうやっていこうか。オルレアンはここから遠いのだろうか？　わからない。自分一人でいけるだろうか？　どうやって道を見つけたらいいのだろう？　でも、あたしはここまできたんだから、とサラは自分に言いつづけていた。そう、ここまできたんだから、諦めるわけにいかない。どうにかして道を見つけて、駅までいくんだ。絶対に。でも、あのジュールとジュヌヴィエーヴに黙って立ち去ることはできない。で、サラは戸口から雌鶏やヒヨコにパン屑を投げ与えながら待った。

三十分後にジュヌヴィエーヴが降りてきたが、昨夜の事件の痕跡がまだその顔には残っていた。それから数分後にジュールが現れて、すこし毛が伸びてきたサラの頭に優しくキスしてくれた。ゆっくりと慎重な手つきで朝食の仕度をする老夫婦を、サラはじっと眺めていた。この人たちが好きだ、と思った。〝好き〟という言葉では言い表せないくらいだった。きょう、自分が出発することをどう伝えればいいだろう？　きっと悲しむにきまっている。でも、伝えるしかない。絶対にパリにもどらなければならないのだから。

とうとうサラが打ち明けたのは、朝食が終わって、みんなで後片づけをしているときだった。
「まあ、そんな無茶な」ジュヌヴィエーヴは呻くように言った。拭いていたコップを、もうすこしでとり落としそうになった。「道路には巡回の兵士たちがいるし、汽車も監視されてるのよ。それにあなたは身分証明書だって持ってないじゃないの。きっと途中でつかまって、収容所に送り返されてしまうわ」

「あたし、お金を持っています」

「でも、そんなことではドイツ軍の兵士たちは――」

ジュールが手をあげて、妻を制した。もうしばらくここにいたほうがいいよ、と彼は説得しにかかった。静かに、力強く語りかける口調はお父さんに似ている、とサラは思った。ときどき機械的にうなずきながら、サラは耳を傾けた。でも、なんとかしてこの二人にわかってもらわなくては。どうしても家に帰りたいこの気持を、どう言えばわかってもらえるだろう。どうすればジュールのように、静かに、力強く訴えることができるのだろう？

だが、勢い込むあまり、言葉はもつれて飛びだした。もう大人らしく振舞う余裕もなかった。ついには苛立ちがつのって、床を踏み鳴らしていた。

「あたしを止める気なら」暗い顔でサラは言った。「どうしても止める気なら、あたし、逃げだしちゃう」

立ちあがって戸口に向かった。老夫婦は石と化したように身じろぎもせず、じっとサラの顔を見つめた。

「待っておくれ！」ジュールがとうとう言った。「ちょっと待っておくれ」

「いや。もうぐずぐずしていられないの。あたし、駅にいきます」サラはドアの把手に手をかけた。

「でも、駅への行き方も知らんだろうに」

「自分で見つけるわ。自分で見つけて駅までいきます」

ドアの掛け金をはずした。

「じゃあ、さようなら」サラは老夫婦に向かって言った。「さようなら。いろいろと、ありがとうございました」

　くるっと前を向いて、門に向かって歩きだした。簡単だった。なんてことはなかった。けれども、門を通り抜けて、犬の頭を撫でてやろうとかがみこんだとき、自分のとった行動の意味が急に頭に割り込んできた。これからはもう、だれの力も借りられないのだ。何があっても、自分ひとりで切り抜けていかなければならないのだ。ラシェルの甲高い悲鳴が頭に甦った。ドイツ軍の兵士たちが行進する、あのざくっざくっという足音。あの中尉の冷ややかな笑い声。さっきまでの勢いが急に萎えてしまい、思わず振り返って、母屋のほうを見た。

　老夫婦はその場に凍りついたように、まだ窓からこちらを眺めている。と、次の瞬間、二人は同時に動いた。ジュールは自分の帽子をとり、ジュヌヴィエーヴはバッグをつかんだ。外に飛びだすなり、二人は玄関の扉の鍵をかけた。サラに追いつくが早いか、ジュールは少女の肩に手を置いた。

「おねがい、止めないで」顔を紅潮させて、サラはつぶやいた。だが、内心では二人が追いかけてきてくれて嬉しくもあったし、面食らってもいた。

「止めるだって？」ジュールは微笑んだ。「この頑固なお馬鹿さんを止めたりするもんか。わたしらも一緒についていくんだよ」

暑い乾いた陽光の下、私とバンバーは墓地に向かった。急に吐き気を覚えて立ち止まり、息をととのえた。バンバーが気がかりそうに、こちらを見る。大丈夫、心配しないで、寝不足がたたっているだけだから、と私は言った。バンバーはまた疑わしげな表情を浮かべたものの、何も言わなかった。

墓地はこぢんまりとしていたが、二人で時間をかけて見てまわった。何か興味深いものが見つかるかもしれないと思ったのだ。が、これというものは見つからず、ほとんど諦めかけたとき、バンバーが一握りの砂利がのっている墓石を見つけた。砂利を墓石に置くのは、ユダヤ人の風習だ。近くに寄ってみると、ひらたい白い墓石に、こう書かれていた。

当地から移送されたユダヤ人の生還者が、十年後にこの銘板を作った。ヒトラーの蛮行の犠牲者、殉教者を永遠に記憶するために。一九四一年五月―一九五一年五月。

「〝ヒトラーの蛮行〟か！」と、乾いた口調でバンバーが言った。「まるで、フランス人はあの事件とまったく関係がないような口ぶりだな」

墓石の側面にいくつかの人名と日付が刻まれていた。かがみこんで目を凝らした。いずれも二歳か三歳の子供たち。一九四二年七月から八月にかけて収容所で死んだ子供たち。〝ヴェルディヴ〟の子供たちだ。

あの一斉検挙に関する資料の内容がすべて真実であることを承知していた私だが、暑い春の日、その墓石を眺めているうちに、あらためてショックを覚えた。そうして目前に示されたすべてがショックだった。

そして私は覚ったのである、サラ・スタジンスキがその後どうなったのか、テザック家の人々が私から隠蔽しようとしていることが何なのか、それを完全に究明し尽さない限り、自分の心に真の安息は訪れないだろう、と。

町の中心部に引き返す途中、野菜をつめた籠を手に歩いてくる老人と出会った。もう八十はすぎているように見える。丸い赤ら顔で髪は真っ白だった。ユダヤ人の収容所があった場所をご存知ですか、とたずねると、老人は怪訝そうな顔で私たちを見た。

「収容所かね？　収容所がどこにあったか、知りたいのかね？」

私たちはうなずいた。

「収容所のことをたずねる者など、めったにおらんけどな、きょうびは」ぶつぶつとつぶやいて、こちらの視線を避けながら籠の玉ねぎをいじくっている。

「ご存知なんですね、どこにあったのか？」私はくいさがった。

老人は咳払いをした。

「そりゃ、知ってるとも。ここでずっと暮らしてきたんだから。あの収容所が何なのか、子供の頃は知らんかった。話題にする者もいなかったし。みんな、あれは存在してないかのように振舞っていたのさ。ユダヤ人と関係があることはわかっていたが、だれも確認しようとはしなかった。みんな、わが身が心配で、自分と関係のないことには目をつぶっていたんだ」

「収容所について、何か特に覚えていることはありますか？」

「あの頃は十五歳くらいだったかな。でも、一九四二年の夏のことはよく覚えているよ。大勢のユダヤ人が駅からこの道を通っていったんだ。まさにこの道をな」曲がった指先が、私たちの立っている大きな道路をさした。「そう、この駅前通りを。えらく大勢のユダヤ人だった。そのうちある日、すごい騒ぎがあってな。恐ろしいほどのどよめきだった。当時のわが家は収容所からだいぶ離れていたんだが、それでも聞こえたな。大きなざわめきが町中を走り抜けた。それが一日中つづいてな。両親が近所の連中と話している声が聞こえた。なんでも、あの収容所で、母親たちが子供たちから無理やり引き離されたというのさ。何のためかはわからんかった。それから駅まで歩いてゆくユダヤ人の女たちの姿を、わたしも見たよ。いや、あれは歩くなんてもんじゃなかったな。みんな泣きながら、よろよろと道路を進んでいくのさ、警官たちにどつかれて」

当時を思いだすように、老人はいまきた道を振り返った。それから、うんと唸って籠をとりあげた。

「ある日、収容所はからっぽになった。そうか、ユダヤ人はいなくなったのか、と思ったな。どこにいったのかなんて、わからんかった。もう考えないようにしていたのさ。みんながそうだったただろう。いまもみんな、その話はしない。思いだしたくないのだよ、あの頃のことは。いまじゃ、当時のことなど何も知らない者もおるし」

老人は正面に向き直って歩み去った。いまの談話を逐一メモしながら、私はまた胃がむかつくのを覚えた。が、こんどは朝と同じ吐き気が原因なのか、いまの老人の目から読みとった他者への無関心や軽視が原因なのか、どちらとも言えなかった。

二人で車に乗り込むと、マルシェ広場からロラン通りを進んで、収容所跡に建てられた技術学校の前に止めた。バンバーが指さして、その通りの名が〝デポルテ（移送者）通り〟であることを教えてくれた。私はほっとした。それが、たとえば、〝共和国通り〟などと命名されていたら、耐えられなかったと思う。

技術学校は古い給水塔が背後に立つモダンで味気ない建物だった。かつてここに、いまは頑丈なコンクリートの建物と駐車場に占められているこの場所に、あの収容所があったとは想像もできない。門のあたりには学生たちがたむろして、タバコを吸っていた。いまは昼休みなのだ。学校の前の、草が伸び放題の空き地に、反り返った表面に文字の刻まれた奇妙な彫刻のオブジェがいくつかあるのに気づいた。その一つに刻まれた文章はこう読めた――〝友愛精神に則って共に手を携え、互いの利益のために行動しなければならない〟。それしか書かれていない。バンバーと私は面食らって、顔を見交わした。

近くにいた学生の一人に、その彫刻は収容所と関係があるのかどうかたずねてみると、彼は訊き返した。「それって、何の収容所?」仲間の学生がにやにや笑う。私が説明を加えると、最初の学生はすこし真顔になったようだった。するともう一人の学生が――女子学生だったが――町にもどる道をすこしいくと銘板のようなものがあると教えてくれた。ここまで車でくる途中、見逃していたのだ。それは記念碑のようなものかどうか、訊いてみると、そうだと思います、と女子学生は答えた。

記念碑は黒大理石で、色褪せた金色の文字が刻まれていた。ボーヌ・ラ・ロランド市長により、一九六五年に建立されたらしい。最上部にはダヴィデの金色の星が彫り込まれている。そして、犠牲者の名前。果てしない名前。その中から私は、切実な痛苦と共に胸に刻まれた二つの名前を読みとっていた――〝ヴワディスワフ・スタジンスキ、リフカ・スタジンスキ〟。

大理石の柱の基部に小さな方形の骨壺があるのに、気づいた。説明には、〝アウシュヴィッツ・ビルケナウの犠牲者の遺灰をここに納める〟とあった。そのすこし上、犠牲者のリストの下にはこういう一文もあった――〝両親から引き離され、ボーヌ・ラ・ロランドとピティヴィエに収容された後、アウシュヴィッツに移送されて殺害された三千五百人のユダヤ人の子供たちに捧ぐ〟。それからバンバーが、洗練されたイギリス風のアクセントで読みあげた――〝ナチスの犠牲者、ボーヌ・ラ・ロランドの墓地に眠る〟。その下には墓地の墓石に刻まれていたのと同じ名前が刻まれていた。収容所で死んだ〝ヴェルディヴ〟の子供たち。「またまた〝ナチスの犠牲者〟ときたか」バンバーがつぶやいた。「こいつは健忘症の好例だな、ぼくに言わせれば」

バンバーと私は黙然と記念碑を眺めていた。バンバーはすでに何枚か写真を撮り終えていて、カメラはケースにもどされていた。黒い大理石には、収容所を運営していたのはフランス警察であり、そこで起きたことに責任を負っていたのもフランス警察であったことなど、一切書かれていない。

私は村のほうを、左手に建つ教会の不吉な黒い尖塔をかえりみた。

サラ・スタジンスキはまさにあの道路を苦労して歩いてきたのだ。そして、いま私が立っている場所を通りすぎ、左に折れて収容所に入っていった。その数日後、サラの両親は収容所から出て駅につれていかれ、そこから死への旅路についた。とり残された子供たちは数週間ここの収容所ですごしてからドランシーに送られ、ポーランドへの長い旅の果てに、それぞれ孤独な死を迎えた。

サラはあのときどうなったのだろう？　ここで死んだのだろうか？　だが、墓地にも、記念碑にも、サラの名前はなかった。ひょっとして、逃げだしたのだろうか？　私は村のはずれに建つ給水塔の彼方、北のほうを眺めた。サラはいまも生きているのだろうか？

そのとき突然、私の携帯が鳴り、バンバーも私もびくっとした。なんと、妹のチャーラからだった。

「ねえ、元気？」妹の声はびっくりするほど明瞭だった。大西洋を隔てた数千マイル彼方からではなく、すぐ隣りでしゃべっているように聞こえた。「なんとなく、電話したほうがいいような気がしてさ」

私の思いはサラ・スタジンスキからおなかの赤ちゃんに漂った。そして、昨夜ベルトランの放った言葉に。「おれたちの仲はおしまいだな」

私をとりまく世界の重みが再びのしかかってきた。

オルレアン駅は大勢の人が往き交って騒然としていた。灰色の軍服のあふれかえる蟻塚のようだった。サラは老夫婦にぴったり寄り添って歩いた。怖い気持を顔に出さないようにしようと心がけた。なんとかここまでこられたのだから、まだ希望は残っている。パリにも希望は残っているはずだ。だからこそ、しっかりしなければ。気持を強く持たなければ。

「何かを訊かれたら」パリ行きの切符を買う列に並んで待ちながら、ジュールがささやいた。「あんたはわたしらの孫娘のステファニー・デュフォールなんだからな。髪が刈ってあるのは、学校でしらみがたかったせいなんだ」

ジュヌヴィエーヴがサラの襟の皺をのばしてくれた。

「これでいいわ」と微笑して、「とても清潔で、素敵よ。それに可愛らしいし。わたしの孫娘みたい！」

「あの、本当にお孫さんの女の子がいるんですか？」サラは訊いた。「この服はそのお孫さんのもの？」

ジュヌヴィエーヴは笑った。

「うちの孫はね、男の子ばかりよ。ガスパールとニコラ。二人とも、手のつけられない暴れん坊なの。息子はアランといって、歳はもう四十を越えているわ。アンリエットという妻とオルレアンに住んでるの。その服はね、孫のニコラのものよ。あの子はあなたよりちょっと年齢は上かしら。それはまあ、きかんぼうでね！」

サラは老夫婦の振る舞いに感心した。二人ともさりげなくこちらに笑いかけ、いつもとまったく変わらない朝、いつものようにパリに出かけるところなのだ、というふうに振舞っている。だが、その一方で、二人は絶えず周囲に目を配り、周囲の人の動きに警戒を怠っていない。その点もサラは見逃さなかった。そのうち、列車に乗り込むすべての乗客を兵士たちが検問しているのを見て、サラの不安はいや増した。大丈夫だろうか。首をのばして、その光景を観察した。ドイツ軍の兵士たち？　ちがう。フランス人だ。フランス軍の兵士たちだ。自分は身分証明書を持っていない。何も持っていない。あるのはあの鍵とお金だけ。サラは黙ってジュールの手に札束を押しつけた。ジュールはびっくりして手元を見下ろした。サラは乗客たちの検問を行っている兵士たちのほうに顎をしゃくった。

「これをどうしろというんだね、サラ？」ジュールは戸惑ってささやいた。

「きっと、あたしの身分証明書を見せろ、って言うと思うの。身分証明書はないけど、もしかすると、これが役立つかもしれないから」

列車の前に陣取る兵士たちのほうを眺めながら、ジュールはすこしうろたえているようだった。ジュヌヴィエーヴがそんな夫の肱をそっと小突いた。

「あなた！」低い声で言った。「たしかに役立つかもしれないわ。やってみましょう。ほかに方法がないんだし」

老人は気持を引き締めて、うなずいた。また落ち着きをとりもどしたようだった。切符はうまく買うことができて、三人は列車のほうに進んでいった。

ホームはすさまじく込み合っていた。四方八方から乗客が押し寄せている。泣き叫ぶ赤子を抱いた女性。いかめしい顔の老人。スーツを着た、あせり気味のビジネスマン。サラはいい方法を思いついた。あの屋内競技場に押し込められたとき、混乱をうまくすり抜けて逃げだした少年のことを思いだしたのだ。いまこそ、あの子を見習わなければ。押し合いへし合いしている人々。大声で命令を下している兵士たち。騒然としている群集。それを最大限に利用するのだ。

ジュールの手を離すと同時に、サラは人ごみの中にもぐりこんだ。水中を泳いでいくみたいだ、と一瞬思った。密集しているスカートやズボン、靴やくるぶし。それを両手で掻き分けて、前へ、前へと進んでいるうちに、突然、目の前に車輛が現れた。

すぐ乗り込もうとすると、だれかに襟がみをつかまれた。とたん、サラは顔の表情をゆるめ、口元をほころばせてなにげない笑みを浮かべた。ごく普通の少女の笑顔。これからパリに出かけるごく普通の少女。パリから収容所に送られたあの日、いまでははるか昔に思えるあの日に、すこし離れたホームに立っていた、ライラック色の服を着た少女。あの子のように。

「あたし、おばあちゃんと一緒なの」無邪気な笑みをひらめかせて、サラは客車の車内を指さした。兵士はうなずいて、つかんでいた襟を離した。息をはずませながら身をくねらせて、サラは客車に乗り込んだ。心臓がドキドキしていた。窓から外を覗くと、ジュールとジュヌヴィエーヴが人ごみを掻き分けて現れ、びっくりした顔でこちらを見あげた。サラは意気揚々と手を振った。誇らしい気分だった。自分はだれの力も借りずにこの列車に乗り込んだのだ。こわい兵士たちに止められもせずに。

だが、そのとき、一群のドイツ軍将校が同じ客車に乗り込んでくるのを見て、笑みは消えた。大声で野放図に話しながら、将校たちは通路を進んでくる。乗客たちは視線をそらし、うつむいて、できるだけ小さくなっていた。

サラはジュールとジュヌヴィエーヴの間に半ば隠れるようにして、客車の隅に立った。顔だけを老夫婦の間から覗かせて、目をきらきら光らせていた。ドイツ軍の将校たちが近づいてくる。サラは魅せられたように、じっと彼らを見守っていた。なぜか目をそらすことができなかった。見ちゃいけないよ、とジュールに注意されても、見ずにいられなかった。

サラがとりわけ嫌悪を催した将校が一人いた。細身の長身で、白い角ばった顔。瞳はごく淡いブルーで、腫れぼったいピンク色の目蓋の下で透き通っているように見えた。将校たちが三人の横を通りかかった。と、痩身の背の高い将校が、灰色の軍服に包まれた長い腕をつとのばして、サラの耳を軽くつねった。恐怖のあまり、サラはぶるっと体を震わせた。

「どうした、坊や」将校は含み笑いを洩らした。「恐がらんでいいぞ。いずれは坊やも兵隊になるんだろう？」

ジュールとジュヌヴィエーヴはつくり笑いを浮かべていて、それはいささかも揺らぐことはなかった。二人はサラの体をさりげなくつかんでいたが、その手が微かに震えているのをサラは感じとっていた。

「なかなか可愛らしいお孫さんじゃないか」にやっと笑って、将校はサラの坊主頭を大きな掌で撫でまわした。「青い目に、金髪。わが母国ドイツの子供たちに似ているな」

腫れぼったい目蓋の青い目が、感心したように瞬きした。次の瞬間、将校は前方を向いて同僚たちを追っていった。あたしを男の子だと思ったんだ、とサラは胸中につぶやいた。それに、あたしがユダヤ人だということにも気づかなかったみたい。でも、ユダヤ人だということは、すぐに見抜かれてしまうのではなかったろうか？　わからない。サラは一度アルメルにたずねたことがあった。そのときアルメルは、あなたは金髪で青い目だからユダヤ人に見られないわよ、と答えた。とすると、きょうはあたしの頭髪と目の色のおかげで助かったのかもしれない。

　それからの汽車の旅のあいだ、サラはほとんどずっと老夫婦の温かい柔らかな体に寄り添っていた。話しかけてくる者、何かを問いかけてくる者は一人もいなかった。窓の外を眺めながら、自分はいま刻々とパリに近づいている、ミシェルにどんどん近づいているんだ、とサラは思っていた。空を眺めると、灰色の雲が低くたれこめてきた。最初の大きな雨滴がガラス窓を叩いたと思うと、風に吹かれて飛び散っていった。

　やがて列車はオーステルリッツ駅に到着した。忘れもしない、あの暑い埃っぽい日、両親と共に出発した駅だ。老夫婦につづいて列車を降りると、サラは地下鉄に通じるホームを進んでいった。ジュールの足がハタと止まった。三人は前方を見た。青い制服の警官たちが横に並んで乗客を制止し、身分証明書の提示を求めている。ジュヌヴィエーヴが無言で、そっと前に進みだした。丸い顎をあげて、しっかりした足どりで進んでゆく。ジュールがサラの手を握って、その後につづいた。

　サラは列の後尾に並んで警官の顔をじっと眺めた。歳は四十代だろう、太い金の結婚指輪をはめている。大儀そうな顔をしていたが、その目は油断なく手中の証明書とそれを提示した人物の顔とを見比べている。彼は完璧に警官としての役割を果たしていた。

　サラは頭を空っぽにした。これから何が起こるか、考えたくなかったからだ。これから起こるかもしれない場面を想像する気にもなれず、ただ自然に思いが漂うのに任せた。ずっと以前飼っていた猫、抱いていると必ずくしゃみの発作に襲われた、あの猫の顔が頭に浮かんだ。名前はなんだったっけ？　思いだせない。ボンボンとかレグリスとか、馬鹿な名前をつけたはずだ。でも、あの子を抱いていると、決まって鼻がくすぐったくなって、目が赤く充血してくるので、結局人にあげてしまった。とても悲しくて、ミシェルなどは一日中泣いていた。シルカのせいだよ、とあの子は言っていた。

警官が世間ずれした掌をさし出した。ジュールがそこに身分証明書の入った袋を置く。警官はそれを見下ろし、中を揺すぶってからジュールとジュヌヴィエーヴの顔を見た。

それから、

「子供の分は？」

ジュールは袋を指さした。

「そこに入っています。わたしらのと一緒に」

警官は太い親指で封筒の口を広げた。底のほうに、三つに折られた札束が入っていた。警官は驚いた表情も見せなかった。

もう一度札束を見下ろしてから、サラの顔に目を凝らす。サラは静かに彼を見返した。ひるみもせず、哀願もしなかった。ただ黙って警官の顔を見つめた。

凍りついた瞬間が果てしなくつづくように思われた。収容所から脱走したあのとき、見咎めた若い警官がとうとう目をつぶってくれたときのように。

目の前の警官がそっけなくうなずいた。老夫婦の身分証明書をジュールに返すと、封筒をするりとポケットにおさめて、一歩わきにどく。三人を通しながら彼は言った。

「どうも、ムッシュー。よし、次の乗客」

チャーラの声が耳を打った。

「それ、本当、ジュリア？　そんなこと、言えた義理じゃないわよ、彼は。姉さんをそんな風に追い込むなんて。そんな資格ないからね、ベルトランには」

いま耳にしているのは弁護士の声、何ひとつ、だれひとり恐れることのない、タフでアグレッシヴなマンハッタンの弁護士の声だった。

「でも、事実、そう言ったんだから」けだるい口調で私は答えた。「私たちの仲はおしまいだ、って。もし赤ん坊を産む気なら別れる、って。自分はもう年だから子供を持つのは無理だ、年をとった父親になりたくない、って」

沈黙。

「それって、ベルトランが浮気していた相手と関係があるの？」チャーラは訊いた。「なんていったっけ、名前は思いだせないけど」

「それはないわね。彼女の名前は一度も口にしなかったから、ベルトランは」

「とにかく、彼の言いなりになることはないわよ、姉さん。そうでしょう、おなかの子は姉さんの子供でもあるんだから。そのこと、忘れないでよ、いいわね」

それから一日中、チャーラの言葉が私のなかで谺《こだま》していた。〝それは姉さんの子供でもあるんだから〟。私はすでに婦人科の女性医師とも相談していた。私の夫の意向を聞いても、彼女は驚かなかった。もしかするとご主人は〝中年の危機〟というやつを経験しているのかもしれないわね、というのだ。いまの歳で子供を育てるのが耐えがたいほどの負担に思えるんでしょうね、きっと。相当弱気になっているんだわ。よくあることよ、五十を目前にした男性の場合。

でも、ベルトランは本当にそういう危機の渦中にあるのだろうか？　だとすると、そういう徴候を私は見逃していたことになる。そんなことが本当にあるのだろうか？　私はてっきり、例によって夫は利己的に、自己中心的に振舞っているだけなんだと思っていたのだが。事実、私はベルトランとの語らいでもそう指摘した。そのときは、頭に浮かんだことをすべて彼の前に並べたてた。わたしは何回も流産して、そのたびに苦しみ、希望を断たれ、絶望に追いやられた。そしていま、ようやく希望の灯が見えたというのに、あなたは中絶しろというの？　あなたはわたしを愛しているの、いったい？　私は必死の思いでたずねた。あなたは本当に私を愛しているの？　ベルトランはじっと私を見てうなずいた。もちろん、愛しているとも。なんでそんな馬鹿らしいことを訊くんだ？　愛しているにきまってるじゃないか。

彼のひび割れた声、年をとるのが怖いんだと認めたときの堅苦しい口調が甦ってきた。中年の危機。もしかすると、あの婦人科の医師が言ったことは当たっているのかもしれない。この数ヶ月間、気がかりなことが次々に立ち現れたので、私はうっかり見逃していたのかもしれない。やるせない無力感にとらわれた。ベルトランを苦しめている危機感にどう対処していいのかわからなかった。

それと、残された時間はあまりないということを、私は婦人科の医師から告げられてもいた。妊娠はもう六週めにさしかかっているという。中絶するなら、二週間以内にしなければならない。いろいろな検査をする必要があるし、手術を受けるクリニックも見つけなければならない。ご夫婦揃って結婚カウンセラーのカウンセリングを受けてみたらどうかしら、と医師は勧めた。問題をオープンにして、とことん話し合ったほうがいい、というのだ。「あなたが自分の意思に反して中絶したら」と医師は指摘した。「あなたは一生ご主人を許さないでしょう。一方、ご主人はご主人で、お子さんを持つのは耐えがたいと明言していらっしゃる。としたら、禍根を残さないように、お二人で徹底的に話し合われたほうがいいと思うわ。それも、早急に」

そのとおりだった。でも、私はことを急ぐ気にはなれなかった。一分結論を先延ばしすれば、おなかの赤ちゃんは六十秒長生きできるのだ。私はもうこの子を愛していた。まだライ豆程度の大きさにすぎないこの子を、私はもうゾーイに劣らず愛していた。

その日、オフィスからの帰途、私はイザベルの家に立ち寄った。イザベルはトルビアック通りのこぢんまりとした明るい塗装の、メゾネット・アパルトマンに住んでいる。オフィスから真っすぐ帰宅して夫の帰りを待つことに、私は耐えられなかったのだ。勘弁してほしいと思った。で、ベビーシッターのエルザに電話してゾーイの世話を頼んだ。イザベルはシェーヴルチーズのトーストをつくってくれた。それに加えて、二人で手早く小粋なサラダをこしらえた。イザベルの夫は商用の旅に出かけているのだという。

「じゃあ、本題に入ろうか、ジュリア」私の前にすわって、煙が私に当たらないようにタバコをふかしながらイザベルは言った。「まずね、ベルトランがいない暮らしを頭に描いてみて。こまかいところまで想像してみるの。二人は離婚する。弁護士たちが間に入る。その結果はどうなるか。ゾーイにはどういう影響を与えるか。あなた方の暮らしはどうなるか。当然あなた方は別居して、別々に暮らすのよ。ゾーイは渡り鳥のようにあなたとベルトランの間をいったりきたりする。それはもう家族とは呼べないわよね。一緒に朝食をとることもないし、クリスマスやヴァカンスを一緒にすごすこともない。そういう暮らし、あなたにはできる？　そういう暮らしを想像できる？」

私はじっとイザベルの顔を見つめた。そんな暮らしは考えられない。私にはできない。でも、世間ではそういう例はいくらでもあるのだ。早い話、いまのゾーイのクラスでは、両親が十五年間別れずにいる生徒というと、ゾーイくらいしかいないのだから。この話はもうこれくらいにしたいわ、と言うと、イザベルはチョコレート・ムースを出してくれた。それを食べながら、二人で『ロシュフォールの恋人たち』のDVDを見てすごした。

帰宅すると、ベルトランはシャワーを浴びていて、ゾーイはインターネットの子供向けショッピング・サイト、〝ランド・オヴ・ノッド〟に夢中になっていた。私はベッドにもぐりこみ、夫はテレビを見にリビングに移った。彼がベッドに入ったとき、私はもう寝入っていた。

きょうはマメを訪問する日。この習慣がはじまってから初めて、私はもうすこしでキャンセルの電話を入れるところだった。それくらい疲れていたのである。そのままベッドでお昼頃まで寝ていたかった。でも、マメが待っているのはわかっている。きょうはきっと、いちばん素敵な灰色とラヴェンダー色の彩りのドレスを着て、赤い口紅をさし、シャリマールの香水をふりかけていることだろう。マメを落胆させることはできない。

結局、正午ちょっと前に老人ホームに着いたのだが、中庭にシルヴァーのメルセデスが止まっているのに気がついた。義父のエドゥアールの車だ。どういうことなのだろう。

もちろん、義父の狙いは私に会うことなのだ。これまで、彼が私と同じ日に母親に会いにきたことは一度もない。私たちはみんな、ここを訪れる日が決まっていた。ロールとセシルは週末。義母のコレットは月曜の午後。エドゥアールは火曜と金曜。私はたいてい水曜の午後にゾーイと訪れ、木曜の昼に一人で訪れることにしている。そのスケジュールは各自がきちんと守っていた。

やっぱり。マメの部屋にはエドゥアールがいた。背筋をまっすぐのばしてすわって、母親の話に耳を傾けている。マメは、いつもとんでもなく早目に出される昼食をすでに食べ終えていた。急に、何か悪いことをした女子生徒のように不安になった。義父は私に何の用があるのだろう？　私に会いたいなら、電話でそう言えばすむ話ではないか。どうしてこのホームで私を待ち受けていたのだろう？

苛立ちと不安を愛想笑いの陰に隠して、私は義父の両頰にキスした。いつものようにマメの隣りにすわって、彼女の手を握る。もしかするとエドゥアールは私と入れ替えに引き揚げるかな、と思ったのだが、彼はその場に残って、私とマメを優しく見守っていた。なんだか自分のプライヴァシーを侵害されているようで、落ち着かなかった。私がマメにかける言葉の一語一句にエドゥアールが耳を傾け、厳しく吟味しているような気がしたのだ。

それから三十分ほどして、エドゥアールは立ちあがった。腕時計にちらっと目を走らせると、私に向かって妙な笑みを浮かべた。

「実は、話があるんだがね、ジュリア」マメの老いた耳に聞こえないように、声を落として言った。苛立たしげにこっちを見たり、足を揺すったり、エドゥアールの態度が急に落ち着きをなくしたことに、私はすでに気づいていた。で、マメにお別れのキスをしてから、彼の後についてメルセデスの前までいった。まあ、乗ってくれ、とエドゥアールは身振りで示す。自分も運転席にすわって鍵をいじくっていたが、エンジンをかけようとはしない。彼の指の神経質な動きに驚きながら、私は待った。重苦しい沈黙がつづいた。私は舗装された中庭を見まわして、老人をのせた車椅子を押して出入りしている看護師たちを眺めていた。

とうとうエドゥアールが口をひらいた。

「元気かね、最近は？」さっきと同じつくり笑いを浮かべている。

「はい」私は答えた。「お義父《とう》さんは？」

「ああ、元気だよ。コレットもな」

またしても沈黙。

「昨夜、あんたが外出しているときに、ゾーイと話したんだ」正面を向いたままエドゥアールは言った。

私は彼の横顔、その貴族的な鼻や威厳のある顎に目を凝らした。

「それで？」用心深い口調で訊いた。

「ゾーイの話だと、あんたは最近、いろいろと調べてまわっているそうじゃないか——」

そこで口をつぐむと、掌中の鍵をじゃらじゃら言わせた。

「——あの、アパルトマンのことを」とうとう顔をこちらに向けて、私をまともに見た。

私はうなずいた。

「ええ。お義父さんのご一家が越す前に、あのアパルトマンに住んでいた家族を探りだしました。たぶん、ゾーイからお聞きになったでしょうけれども」

エドゥアールは吐息をついて、がっくりと顎を落とした。襟に包まれた首筋に小さな肉のひだができた。

「あんたには警告しておいたね、ジュリア？」

私の心臓の鼓動が速くなった。

「ええ、ママを質問攻めにしないように、とのことでしたよね」何の感情も声にこめずに、私は言った。「で、そのとおりにしていますけど」

「じゃあ、どうして過去をいろいろとほじくり返すんだ？」

エドゥアールの顔は蒼白になっていた。何か苦痛を覚えているように、呼吸も苦しげだった。

やはり、そのことだったのだ。エドゥアールがきょう私と話をしたがった理由がはっきりした。

「わたしが探りだしたのは、どういう人たちがあそこに住んでいたのか、ということです」熱っぽい口調で私はつづけた。「それだけです。それだけはぜひ知りたかったものですから。ほかのことは何も知りません。あなたのご両親をはじめ、ご一家がどういう関わりを持っていたのかも――」

「関わりなどあるもんか！」ほとんど叫ぶような口調で、エドゥアールは遮った。「あの一家が検挙されたこととは何の関係もないのだ、わたしたちは」

私は黙ってエドゥアールの顔を見返した。彼はわなわなと震えていたけれど、それが怒りからきているのか、何か他の感情からきているのか、見定めがつかなかった。

「あの一家が検挙されたこととは一切関係がないのだ、わたしたちは」強い口調でエドゥアールはくり返した。「あの一家は〝ヴェルディヴ〟の一斉検挙の最中に連行されたんだから。なにも、わたしの両親があの一家を密告したわけじゃない。そんなことは一切してないんだ。わかるかね？」

私はショックを覚えて彼の顔を見返した。

「わたし、そんなこと考えもしませんでした、お義父さん。ただの一度も！」

落ち着きをとりもどそうとしてか、義父は震える指先で眉を撫でつけていた。

「あんたはいろんなことを訊いてまわったんだろう、ジュリア。相当に好奇心を刺激されたらしいね。この際、すべてをありのままに話しておこう。いいかね。きっかけをつくったのは、あのマダム・ロワイエという管理人だったんだ。このロワイエは、当時うちの一家が住んでいたテュレンヌ通りのアパルトマンの管理人と親しかった。テュレンヌ通りはサントンジュ通りの近くだからね。ロワイエは母のマメを好いていた。マメは彼女に優しくしてやってたから。あのサントンジュ通りのアパルトマンが空いたことをうちの両親に最初に教えたのは、このマダム・ロワイエだったのさ。家賃も安くて好都合だった。当時住んでいたテュレンヌ通りのアパルトマンより、ずっと広かったし。それが決め手だった。それで引っ越すことになったんだ。それがすべてなんだよ！」

私はそのままエドゥアールの顔を見つづけた。彼はなおも小刻みに震えている。こんなに動揺し惑乱している義父の姿を目のあたりにするのは初めてだった。私はそっとエドゥアールの袖に触れた。

「大丈夫ですか、お義父さん？」

まだ震えている。どこか具合でも悪いのだろうか、と思った。

「ああ、大丈夫だとも」そうは言ったものの、声はしわがれていた。どうしてそんなに興奮し、顔も青ざめているのか、わけがわからなかった。

「マメは何も知らないんだ」声を落としてエドゥアールはつづけた。「みんな、何も知らないんだ。いいかね？　母に知らせちゃいかん。絶対にいかん」

私は呆気にとられた。

「知らせるって、何をですか？　何の話をなさっているんですか、お義父さん？」

「ジュリア」射るような眼差しで彼は私を見つめた。「あんたはあの一家のことを知った。その名前も知っただろう」

「どういうことなんでしょう、いったい」私はつぶやいた。

「もうわかってるんだろう、あの一家の名前は？」吠え立てるように言うので、私はびくっとした。

「何が起きたのかもつかんでるんだ。そうだな？」

私はきっと、途方に暮れたような表情を浮かべていたにちがいない。エドゥアールはふうっと溜息を洩らして、顔を両手で覆った。

私は言葉もなく、ただじっとすわっているしかなかった。いったい、義父は何の話をしているのだろう？　だれも知らないどんな出来事があったというのだろう？

「あの、女の子」とうとう彼の口から漏れた言葉が、それだった。ほとんど聞きとれないくらい低い声で、義父はそう言ったのだ。「あんた、何をつかんだのだ、あの女の子のことで？」

「何をって、どういうことでしょう、いったい？」私は茫然と訊き返した。

義父の声も、目つきも、どこか異様で、怖いくらいだった。

「あの女の子」エドゥアールはくり返した。奇妙な響きを帯びた、くぐもった声で。「あの女の子はな、もどってきたんだ。うちの一家が引っ越した数週間後に。あの子はもどってきたんだ、サントンジュ通りに。わたしはそのとき、まだ十二歳の少年だった。でも、忘れられない。この先も忘れられないだろう、サラ・スタジンスキのことは」

ぞっとしたことに、義父の顔はくしゃっと歪んだ。涙がその頰を伝い落ちた。私は何も言えなかった。黙って待っているしかなかった。目の前にいるのは、もはやあの尊大な義父ではなかった。それはだれか別の人間、長い長い歳月、六十年にわたってある秘密を胸に秘めてきた、別の人間だった。

地下鉄を利用すると、サントンジュ通りまではすぐだった。途中バスティーユ駅で乗り換えて、二つか三つ目で着いてしまった。ブルターニュ通りに折れ曲がった頃から、サラの心臓はドキドキしはじめた。ようやっと家に帰るのだ。あと二、三分で家に着く。もしかすると——と、サラは思った——自分がいない間にお父さんとお母さんは家に帰ってきていて、ミシェルと一緒に自分を待ってくれているかもしれない。あのアパルトマンで、自分の帰りを待ってくれているかもしれない。そう思うのは馬鹿げているだろうか？　頭がどうかしているだろうか？　そう願うのは途方もないこと、許されないことなのだろうか？　でも、サラは十歳だった。そう願わずにいられなかった。そう信じたかった。この世の何よりも、命そのものよりも、そう信じたかった。

ジュールの手を引っ張って、ぐんぐん通りを進みながら、サラは自分のなかで希望がふくれあがってゆくのを感じていた。それはもう手のつけられない、狂った野生の植物のように、どこまでも伸び広がっていった。頭の中で、重々しい声が静かに語りかけた。いかんよ、サラ、むなしい希望は捨てることだ。勝手に信じ込んではいけない。最悪の瞬間に備えるのだ。頭に思い描いたほうがいい、家にはだれもいない、と。お父さんもお母さんもいない、と。家の中は汚れ放題に汚れ、埃まみれで、ミシェルは……ミシェルは……。

前方に二十六番地が現れた。前の通りは何も変わっていなかった。長年見慣れた、静かな、狭い道のままだ。人々の暮らしが激変し、めちゃめちゃにされているのに、どうして道路や建物は元のままなのだろう。

道路に面した重い扉をジュールが押しあけた。中庭もやはり元のままだった。緑の木々の葉も、埃っぽい匂いも、湿り気を帯びた空気も。三人が中庭を突っ切ってゆくと、マダム・ロワイエが管理人室の戸をあけて、首を突きだした。サラはジュールの手を離すが早いか、階段に向かって駆けだした。早く、早く。急いで。とうとう家に帰ってきたんだから。ぐずぐずしないで。

二階まで達したとき、早くも息を切らしているサラの耳に、管理人の問いかける声が聞こえた。

「だれか、お探しですか？」

サラを追ってくるジュールの声が答えた。「スタジンスキ家の人たちを探しにきたんだよ」

マダム・ロワイエの笑い声がサラにも聞こえた。神経を逆撫でするような、ざらついた声だった。

「あら、もういませんよ、あの人たちは、ムッシュー！　消えてしまったんです！　無駄ですよ、あの人たちを探そうったって」

サラは三階の踊り場で立ち止まり、中庭のほうを眺めた。汚れた青いエプロンをしめて、赤ん坊のシュザンヌをおんぶしているマダム・ロワイエの姿が見えた。もういません……消えてしまった……どういう意味だろう？　どこに、いつ、消えたというんだろう？

でも、ぐずぐずしてはいられない。そんなことは後で考えればいい。あと二階。あと二階上までのぼらなければ家にたどりつけないのだ。が、懸命に階段をのぼるサラの耳に、管理人のかん高い声が聞こえた。「おまわりさんがつかまえにきたんですよ、ムッシュー。このあたりのユダヤ人を根こそぎつかまえてったんです。大きなバスに押し込んでね。だから、空き部屋がたくさんあるんですよ、ムッシュー。部屋をお探しなんですか？　スタジンスキさんが入ってた部屋はもう埋まっちまったんだけど、まだ空いてるところはありますから。三階でよろしかったら、いい部屋があるんですけどね。すぐお見せできますよ！」

息をはずませながら、サラは五階までたどりついた。心臓が破裂しそうだった。壁にもたれかかって、痛むほうの脇腹にげんこつを押しつけた。

とうとう懐かしいわが家の前に立った。玄関の扉を掌で激しく二、三度叩いた。答えがない。こんどは両方の掌で、もっと力をこめて叩いた。

と、扉の背後で足音がし、扉がひらいた。
十二、三歳くらいの少年が顔を出した。
「なあに、何の用?」少年は訊いた。

だれだろう、この男の子は? あたしの家で何をしてるんだろう?

「あたし、弟をつれにきたんだけど」サラは口ごもりながら言った。「あなたはだあれ? ミシェルはどこ?」

「きみの弟?」少年はゆっくりと言った。「ミシェルなんて子、いないよ、うちには」

サラは荒々しく少年を押しのけた。玄関ホールにかかっている新しい絵や、見たことのない本棚、赤と緑の奇妙なカーペットなど、気に止める余裕はなかった。びっくりした少年が何か叫んだが、サラは立ち止まらず、見慣れた長い廊下を突き進んで左に曲がり、自分の寝室に飛び込んだ。新しい壁紙、新しいベッドや本、だれか他人のものらしい品々には目もくれなかった。

少年が父親の名前を呼び、隣りの部屋で慌しく動きまわる足音がした。

サラはポケットから鍵をとりだし、壁に仕込まれた施錠装置を掌で押した。隠されていた鍵穴が現れた。

ドアベルが大きく鳴り響き、動揺した声が交錯しながら近づいてくる。ジュールの声、ジュヌヴィエーヴの声、そして、だれだかわからない大人の声。

早く、早く。急がなくちゃ。何度もくり返しサラはつぶやいていた。「ミシェル、ミシェル、ミシェル、あたしよ、シルカよ」指先が震えて、鍵をとり落としてしまった。

さっきの少年が、息を切らして背後に飛び込んできた。

「何してんだよ？」喘ぐように言った。「ぼくの部屋で何してんだよ？」

それには耳も貸さずに鍵を拾いあげると、サラは鍵穴に差し込んだ。気ばかりあせって、指先が定まらない。なんとか手元が落ち着いて、とうとう鍵穴がカチッと鳴った。サラは秘密の戸を引きあけた。

とたん、すさまじい腐臭が襲いかかった。サラは身を引いた。そばにいた少年が顔を歪めて、ぱっと飛びのいた。サラはがくっと膝をついた。

髪に白いもののまじった長身の男が部屋に飛び込んできた。つづいて、ジュールとジュヌヴィエーヴも。

サラは口がきけなかった。ただ、わなわなと震えながら目と鼻を押さえて腐臭をかぐまいとしていた。

ジュールが近寄ってきた。サラの肩に手を置いて、納戸の奥に目を走らせる。サラは感じた。ジュールが自分を抱きかかえて、その場からつれ去ろうとするのを。

耳元でジュールがささやいた。「おいで、サラ。さあ、いこう」

サラはありったけの力で逆らった。歯と爪をむきだしてジュールの顔を引っかき、足を蹴り、納戸の前に駆けもどって、また戸をあけようとした。

わずかな戸の隙間から、納戸の奥がちらっと見えた。膝を抱いてまるくなった、小さな人間の塊。

そして、あの愛おしい、愛おしい、小さな顔。それはすっかり黒ずんで、目鼻立ちもくずれていた。サラはまたがっくりと膝をついた。肺を引き裂くような悲鳴がその口からほとばしり出た。お母さん、お父さん、とサラは叫んだ。ミシェル、と絶叫した。

エドゥアール・テザックはぎゅっとステアリングを握りしめた。指の関節が白くなるほどの力をこめて。私は声もなくその手を見つめた。

「あのときの女の子の悲鳴が、まだ聞こえるよ」ささやくようにエドゥアールは言った。「あれは忘れられない。この先も、決して」

いま知った事実に、私は愕然としていた。サラ・スタジンスキはボーヌ・ラ・ロランドの収容所から脱走していたのだ。そして、サントンジュ通りにもどったあげく、言葉にならないような発見をした――。

私は何も言えず、ただ義父の横顔を見つめていた。しゃがれた低い声で、エドゥアールはつづけた。

「恐ろしい瞬間だった。わたしの父が納戸を覗き込んだので、わたしもそうしようとした。けれども、父に押しやられてね。いったい何が起きているのか、当時のわたしには理解できなかった。ただ、ひどい悪臭が漂っていて……何かが腐った臭いだった。やがて父が、ゆっくりと男の子の死体を引きずりだした。まだ、三、四歳くらいの男の子だった。人間の死体を見たのは、あのときが初めてだったな。本当に痛ましい光景だった。波打つ金髪がまだ残っていた。膝を抱いた手に顔をのせて、体を丸めたまま硬直していたんだ。肌はぞっとするような緑色に変色していた」

そこで、言葉が喉につかえたように、義父は押し黙った。吐き気を催しているのではないかと思って、私は彼の肱にさわった。どうにかして、私の切なる同情の気持、私のぬくもりを伝えたかったのだ。あれは現実とは思えない場面だったと思う。あの誇り高く尊大な義父、いまは身を震わせて涙する一介の老人となった義父を、私が慰めようとしていたのだから。震える指先で目元をぬぐってから、エドゥアールはつづけた。

「わたしたちはみな、虚脱したように突っ立っていた。あの女の子は失神した。どさっと床に倒れたんだ。父が抱きかかえて、わたしのベッドに横たえた。女の子が息を吹き返し、父の顔を見て、叫びながら身を引いた。死んだ男の子についてきた老夫婦と父の話を聞いているうちに、わたしにも事情が呑み込めてきた。死んだ男の子は少女の弟だったんだね。わたしたちの移り住んだアパルトマンは、少女の家だったんだ。七月十六日、あの〝ヴェルディヴ〟の一斉検挙の日に、男の子はそこに隠れたらしい。女の子は、そこにすぐもどってきて弟を納戸から出してやれると思っていた。ところが、パリ近郊の収容所に連行されてしまった」

新たな沈黙。それは果てしなくつづくかのようだった。

「それで？　それからどうなったんですか？」私はようやく声に出すことができた。

「老夫婦はオルレアンからやってきたことがわかった。女の子は近くの収容所から脱走して、夫婦の家にたどり着いたらしい。二人は女の子に手を貸して、パリへ、女の子の家へ一緒にいってやろうと決めたんだ。わたしの父が二人に説明した。うちの一家は七月の末にそこに越してきた。わたしの部屋に隠されていた納戸のことは、まったく知らなかった、と。事実、それに気づいた者などだれもいなかった。ただ、わたしは引っ越した当初から、何かいやな臭いがすることに気づいていた。たぶん、排水管がつまったかどうかしたんだろう、と父は見て、配管工に修理を頼んだ。まさしくその週に、見にきてくれることになっていたのさ」

「で、あなたのお父さんはどうなさったんですか……その男の子の死体を？」

「さあ。この件に関しては自分が一切処理するから、と父が言っていたのは覚えているがね。むろん、父もショックを覚えていた。がっくりきていたと思う。男の子の死体は、あの老夫婦が引きとったんだろう。断言はできないが。そこのところはよく覚えていないんだ」

「で、それからどうなったんですか？」息をはずませて、私はたずねた。

「それからどうなったかって？　ああ、それからどうなったか！」苦く笑って、「あの女の子が引き揚げていったとき、わたしらがどういう心境に陥っていたか、想像できるかね、ジュリア？　帰り際にわたしたちを睨みつけたあの子の目つき。あの子はわたしたちを憎んでいた。憎悪していた。あの子の目からすれば、悪いのはわたしたち一家なんだ。わたしたちは犯罪者も同然と思っていただろう。それも、最低の部類の犯罪者だと。わたしたちは勝手にあの子の家に入り込んだ。そして、あの子の弟を死なせた。そう思ったにちがいないんだ。あのときのあの子の目つき……あれほど深い憎悪、苦痛、絶望は見たことがない。あれは十歳の少女の顔に宿った、成人した女性の目だったな」

　私にも、そのときのサラの目が見える気がして、ぞくっと身震いした。

　エドゥアールは吐息をつき、疲労の滲む、皺の寄った顔を掌で撫でた。

「三人が引き揚げた後、父はどかっと腰を下ろして顔を両手で覆った。父は泣いていた。いつまでも。父が泣くところなど、わたしは見たことがなかった。それ以降も見たことがない。父は剛毅な男だった。テザック家の男は決して泣いてはならない、とわたしは教えられていた。決して感情を表に出してはいけない、と。だからこそ、身の縮む思いだった。こんな途方もないことが起きるとは、と父は言った。自分もおまえも生涯今夜のことは忘れられないだろう、と。それから父は、わたしが初めて耳にするようなことを語りはじめた。おまえももう、こういうことを知っておいていい年頃だ、と父は言った。そして話してくれたのさ——ここに以前どういう人たちが住んでいたのか、自分は引っ越してくる前に、敢えてマダム・ロワイエには訊かなかった、と。あの一斉検挙の際につかまったユダヤ人の家族であることは、うすうす知っていた。でも、自分は目をつぶっていたのだ、と。あの恐ろしい一九四二年に多くのパリ市民がそうであったように、父は目をつぶっていたのさ。一斉検挙の日、多くのユダヤ人がバスに詰め込まれて、いずことも知れずつれ去られたときも、父は目をつぶっていた。あのアパルトマンがどうして空いたのか、連行された一家の残した所持品はどうなったのかも訊かなかった。父はただ、広くて住みやすい場所に移りたがるすべてのパリ市民同様に振舞ったんだね。父は目をつぶっていた。そこへ、あの事件が起きた。女の子がもどってきて、男の子の死亡が確認された。おそらくあの男の子は、うちの一家が移り住んだときにはもう息を引きとっていたと思う。しかし、このことは決して忘れられんだろう、と父は言った。永久に忘れられんだろう、と。そして、そのとおりだったんだよ、ジュリア。以来、あの事件がわたしたちの記憶から消えることはなかった。それはこの六十年間、わたしの胸中に居すわりつづけてきたのだから」

依然として顎を胸に押しつけたまま、義父は口をつぐんだ。それほどの秘密を、そんなにも長いあいだ胸に秘めつづけるのはどんなにか重荷だったことだろう。

「で、マメは？」私はたずねた。エドゥアールに先を促して、この一件のすべてを聞きだそうという欲求に駆られていた。

義父はゆっくりと首を横に振った。

「あの日の午後、母は外出していたんだ。父はあの一件を母には知らせたくなかったんだろう。父は罪の意識に打ちひしがれていた。すべては自分の責任だと思っていたのさ――もちろん、それは父の思いすごしだったんだけれども。いずれにしろ、母に知られたあげく自分が断罪されるかもしれないという思いに、父は耐えられなかったのさ。おまえはもう秘密を守れる年頃だ、と父はわたしに言った。お母さんには絶対に知らせてはならん、と。そのときの父があまりに悲しげで、絶望的な顔をしているので、わたしは秘密を守ることを約束した」

「そしていまも、マメは何も知らないんですか？」私はささやいた。

義父はまた深い吐息をついた。

「それはなんとも言えないんだ、ジュリア。あの一斉検挙のことは、もちろん、母は知っていた。それはだれもが知っていた。わたしたちすべての面前で起きたのだから。あの晩、母が帰宅したとき、父とわたしの態度はすこぶる不自然だっただろうから、何かがあったのだと母は感じたと思う。あの晩のみならず、それから何度も、あの死んだ男の子がわたしの夢に現れた。実際、何度悪夢にうなされたことか。それはわたしが二十代になってもつづいたんだ。あのアパルトマンから出ていけたときは、どんなにほっとしたことか。もしかすると、母は知ってるかもしれんね。父の良心の呵責、苦悩に気づいていたかもしれない。もしかすると、父はすべてを自分一人で負うのに耐えかねて、何もかも母に打ち明けていたかもしれない。しかし、マメは、母は、これまで一度もその話をわたしにしたことがないんだよ」

「ベルトランは知ってるんですか？　それから、あなたの娘さんたちは？　お義母《かあ》さんはどうなんでしょうか、コレットは？」

「何も知らないはずだ、あれらは」

「それは、どうして？」

　エドゥアールは私の手首に触れた。その手は凍ったように冷たくて、私の肌に氷のような冷気がしみとおってきた。

「なぜなら、わたしは父の死の床で約束したからだよ、子供たちや妻には絶対に話さない、と。父は結局、死ぬまで罪の意識を持ちつづけた。それを他の人間と分かち合おうとはしなかった。あのことは、とうとうだれにも話さずに終わった。わたしはそんな父の思いを尊重したんだ。わかってもらえるかな？」

　私はうなずいた。

「もちろん」

　ひと呼吸おいて、私はたずねた。

「それで、お義父さん、サラはその後どうなったんですか？」

　エドゥアールは首を振った。

「一九四二年以降、この世を去るまで、父は一度もあの女の子の名前を口にしなかった。サラは一つの秘密になったんだ。わたしにとっては決して忘れられない秘密にね。父は最後まで察していなかったと思う、わたしがどんなにサラのことを思いつづけていたか。父の沈黙がどんなにわたしを苦しめたか。わたしは正直、サラのことを知りたかったんだ。いまどこにいて、その後どうなったのか。ところが、そのことを父にたずねようとすると、きまってわたしの口に蓋をしてしまう。わたしには信じられなかった、父にとって、もうあの一件はどうでもいいことで、もはや過去の一ページにすぎないなどとは。そう、サラへの関心など完全に失せてしまったなどとは。けれども、父は事実、あの一件を過去の闇の中に塗りこめてしまおうとしているようだった」

「そのことで、反感を覚えました？」

エドゥアールはうなずいた。

「ああ、覚えたとも。許せないと思ったね、父が。それまで父に抱いていた尊敬の念も、すっかり薄れてしまった。しかし、それを父に伝えることはできなかった。事実、伝えたことは一度もない」

私たちはしばらく沈黙した。おそらく通りかかる看護師たちは、ムッシュー・テザックと義理の娘がなぜいつまでも車の中にすわっているのか、不思議に思ったことだろう。

「サラ・スタジンスキがその後どうなったか、お義父さんは知りたくありません？」

エドゥアールは初めて微笑を浮かべた。

「しかし、どこから手をつければいいのか、わからんからな」

私も笑みを返した。

「でも、それがわたしの仕事ですから。お手伝いできると思います」

エドゥアールの顔に張りがもどり、頬にも赤みがさしたようだった。その目も急に明るくなって、新たな輝きを帯びはじめた。

「実は、まだ一つ話してないことがあるんだよ、ジュリア。三十年近く前に父が亡くなったとき、たくさんの秘密書類が貸金庫に保管されていると、弁護士から教えられたんだ」

「で、それをお読みになったんですか？」にわかに心臓の鼓動が速まるのを覚えつつ、私はたずねた。

エドゥアールは目を落とした。

「父の死の直後、ざっと目を通したんだが」

「それで？」息をはずませて私は訊いた。

「骨董店に関する書類とか、絵画や家具、銀器に関する書類が多かったな」

「それだけですか？」

あからさまな落胆の色を浮かべた私の顔を見て、義父は微笑した。

「だと思うね」

「というと？」私は性急に訊き返した。

「それっきり、あの書類の束には目を通してないものだから。あのときはとにかく、さっと目を通しただけなんだ。サラに関する書類が何もないので、腹を立てたのを覚えているよ。父に対する怒りがますますつのってね」

私は唇をかみしめた。

「ということは、サラに関する書類はなかったと、断言はできないということですね」

「そうだな。あれ以来、厳密に確かめたこともないし」

「なぜですか？」

エドゥアールはぎゅっと口を引きむすんだ。

「サラに関する書類が一切存在しないことを、既成の事実にするのが怖かったんだな」

「お父さんに対する反感がいっそう深まってしまうから」

「そうだね」エドゥアールは認めた。

「別の言い方をすれば、その貸金庫に何があるのか、明確にはわかっていない、ということですね。この三十年間、それは曖昧なままだった、と」

「そういうことになる」

私たちの視線がからみ合った。エドゥアールが行動を起こすのに、ほんの数秒もかからなかった。車をスタートさせるや否や、エドゥアールは猛スピードで走りだした——おそらく、取引き銀行のある場所に向かって。あんなスピードで車を走らせる義父の姿など、見たこともなかった。対向車線のドライヴァーは拳を握って悪態をつき、歩行者たちは恐怖に顔を歪めて飛びのいた。疾走する車の中で、私たちはひとことも口をきかなかったけれど、それは暖かい、胸躍る沈黙だった。私たちはいま、共通の目的を持っていた。義父と何かを共有するなんて、初めてのことだった。私たちはときどき顔を見合わせて、微笑を交わした。

けれども、ボスケ大通りに駐車スペースを見つけて銀行に駆けつけてみると、お昼休みに入っていた。これもまた、私にとっては苛立たしい限りのフランスの慣習だが、きょうはとりわけ腹立たしかった。がっかりして、泣きたいくらいだった。

エドゥアールは私の両頰にキスして、そっと私を押しやった。

「あんたはオフィスにいくといい、ジュリア。ここは二時にまたひらくはずだから、そのときに寄ってみるよ。何かわかったら電話をするから」

私はバス停まで歩いていって、九十二番のバスに乗った。これを利用すると、セーヌを見下ろすオフィスに直行できるのだ。

走りだしたバスの中で振り返ると、銀行の前で待っているエドゥアールの姿が見えた。ダーク・

グリーンの上着姿で、たった一人、背筋を伸ばして立っている。貸し金庫の中身は古い名画や陶器に関する書類だけで、サラに関するものは何もないとわかったら、義父はどんなに気落ちすることか。

そう思うと、彼を温かく励ましてやりたくなった。

「お気持は固まったの、ジャーモンドさん？」婦人科の女性医師がたずねた。半月形の眼鏡のレンズから目をのぞかせて、彼女はこちらを見あげた。

「いいえ」私は正直に答えた。「でも、一応、予約は入れておこうと思って」

医師は私のカルテに目を走らせた。

「もちろん、手術の予約はしてさしあげるけど、どうかしらね、あなたご自身、あとで悔やむことにならないかしら」

私の思いは昨夜の夫との語らいに漂った。ベルトランはとても優しく、こまやかに気を配ってくれた。一晩中私を抱きしめて、愛している、と何度もくり返し言ってくれた。おれにはおまえが必要なんだ。でも、わかってくれ、この歳になってもう一人子供を持つ気にはどうしてもなれないんだよ。いまのまま歳を重ねていけば、おれたち、もっと気持が一つになって、あちこち旅行もできるじゃないか。その頃にはゾーイの親離れはもっと進んでいるだろうし。五十を越したときの私たちの暮らしを、ベルトランはまるで第二のハネムーンのように描いてみせた。

暗闇の中で、涙が頰を伝うのに任せながら、私は夫の言葉を聞いていた。なんと皮肉なことだろう。いま耳にしているのは、一言一句に至るまで、まさしく夫に言ってもらいたいとずっと前から願っていたことなのだ。私の望みのすべてがそこにはあった――優しい心づかい、愛の誓い、寛容な気配り。だが、それらの言葉の根底にあるのは、いま、私のおなかにいる赤ちゃんを夫は望んでいない、という事実だった。私が再び母親になれる最後のチャンスが、暗黙裡に否定されているのである。妹のチャーラに言われた言葉を、私はずっと反芻していた――〝それは姉さんの子供でもあるんだから〟。

それまで私は、なんとかベルトランに二人目の子供を与えたいとずっと願っていた。自分にはその力があることを証明したかった。テザック家の人々が理想とする妻に自分はなれるのだということを、証明したかった。けれども、いま、私ははっきり覚っていた、自分は自分自身のためにこの子がほしいのだ、と。それは私の赤ちゃん、私の最後の子供なのだから。私はその子の重みを自分の腕に感じたかった。その子の肌の、乳くさい、甘やかな匂いを吸い込みたかった。それは私の赤ちゃんなのだから。たしかに父親はベルトランだけれど、でも、私の赤ちゃんなのだ。私の肉、私の血なのだ。赤ちゃんの頭が私の体のなかを通って押し出される瞬間、赤ちゃんがこの世にもたらされる、まぎれもなく純粋で苦痛に満ちたあの感覚を、私はもう一度味わいたかった。たとえそれには痛みと涙が伴っていても。いや、私はむしろその痛みを、涙を、もう一度味わいたかった。傷つけられて空虚になった子宮の痛みや涙など味わいたくなかった。

クリニックを後にすると、私はサンジェルマンに向かった。カフェ・ド・フロールでエルヴェとクリストフに会って、一杯やることになっていたからだ。そこで何かを明かすつもりはなかったのだけれど、私を見た瞬間、二人は異常を嗅ぎとって、ハッと息を呑んだ。で、結局、何もかも話してしまうことになった。いつものように、二人の意見は対立した。エルヴェは、何より大切なのは結婚生活なのだから中絶したほうがいい、と言う。クリストフは、赤ちゃんこそが最大のポイントであって、その子を闇に流してしまう法はないと言う。そんなことをしたら一生後悔するぜ、と。

二人の舌戦は熱を帯びる一方で、ついには私がその場にいるのも忘れて口論しはじめた。耐えられなくなった私は、言い争いをやめさせようと、テーブルを拳骨でどんと叩いた。グラスがカチャンと鳴った。二人はびっくりしてこちらを見た。私らしからぬ振る舞いだったからだろう。失礼するわ、いまはその話をつづけたくないの、と言って、私は席を立った。二人は面食らって、まじまじとこちらの顔を見た。かまやしない、と私は思った。この償いは、また別の機会にすればいいのだから。二人は親友中の親友だし、きっとわかってくれるだろう。

リュクサンブール庭園を抜けて、家に向かった。きのうエドゥアールと別れて以来、まだ何の連絡もない。あの貸金庫を再度調べても、サラに関するものは何も見つからなかったということなのだろうか？　エドゥアールのなかでは父親に対する憤りや不満が再燃したかもしれない。それと、落胆も。なんだか自分の責任のような気がして、罪悪感にとらわれた。私は義父の古傷に塩をすりこむようなことをしてしまったかもしれないのだ。

ゆるやかに湾曲している、花々に彩られた庭園の小道を、私はゆっくりと歩いていった。きょうも、庭園を楽しんでいる人たちが大勢いた。ジョギングをしている連中、散歩している男女、老人たち、庭師、観光客、恋人たち、太極拳の愛好者、ペタンクに興じる人たち、ティーンエイジャー、読書にふけっている人、日光浴をしている人。いつものリュクサンブール族だ。そして、数え切れないくらいの赤ちゃん。その子たちを見るたびに、自分のおなかにいるごくごく小さな存在に思いが向かったのは言うまでもない。

実はこの日、クリニックを訪ねる前に、イザベルとも話し合っていたのだった。いつものように、イザベルは私のことをとても気遣ってくれた。とにかく、最終的に決めるのはあなたなんだから、と彼女は指摘した。たとえ何人の精神科医と会い、何人の友人たちと語り合おうとも。そう、私がだれの側に立ち、だれの意見を尊重しようとも。決めるのは私であり、それが基本線であって、まさしくそれ故にこそ私にとってはいっそう厳しいのだ。

ただ、はっきりしていることが一つある。どんな犠牲を払っても、ゾーイだけはこの問題に引き込んではならないということ。幸い、ゾーイは二、三日後にはヴァカンスに出かけることになっている。夏休みに入るのでアメリカに飛び、最初はロング・アイランドでチャーラの子供たち、クーパーとアレックスとすごすことになっているのだ。それからナハントにいって、私の両親とすごす予定だった。それが、私にとっては救いだった。中絶の手術を受けるとき——仮に私が最終的にその道を選んだとして——ゾーイは家にはいないことになるわけだから。

わが家に帰ると、デスクに大きなベージュ色の封筒がのっていた。自分の部屋で友だちと電話していたゾーイが、それ、それ、さっき管理人さんが持ってきたんだよ、と叫んだ。

表に住所は書かれてなくて、私の名前のイニシアルだけが青いインクで走り書きされていた。封をひらいて、色褪せた赤いファイルをとりだした。〝サラ〟という名前が目に飛び込んだ。

ファイルの内容が何なのか、すぐにピンときた。ありがとう、エドゥアールと、熱っぽく胸につぶやいた。ありがとう、ありがとう、ありがとう。

ファイルの中には一九四二年九月にはじまり一九五二年四月で終わる、全部で十二通の手紙が入っていた。青い色の薄い便箋。きちんとした丸まっこい字体。私は注意深く読んでいった。差出人はすべて、オルレアン近郊に住むジュール・デュフォールという人物だった。簡潔な手紙のすべてがサラについて書かれていた。サラの成長ぶり。学校の成績。健康状態。丁寧で短い文章。〝サラは元気です。今年はラテン語を学んでいます。昨年の春は水疱瘡にかかりました〟。〝今年の夏、サラは私の孫たちと一緒にブルターニュにゆき、モン・サン・ミシェルを訪れました〟。

ジュール・デュフォールという人物は、ボーヌ・ラ・ロランドから脱走したサラをかくまって、サラが納戸で恐ろしい発見をした日、パリまで同行した老人なのだろう。でも、どうしてジュール・デュフォールは、サラの動静を伝える手紙をエドゥアールの父親、アンドレ・テザックに書き送っていたのだろう？　それも、こんなにこまごまと？　わからない。アンドレからそうするように依頼されたのだろうか？

答はすぐに見つかった。ファイルには銀行口座の月例通知書も入っていたのだ。それによると、アンドレ・テザックは毎月一定額の金を銀行からデュフォール夫妻宛に送らせていたのである――サラへの仕送りとして。それはかなりの額にのぼっていて、それが十年間つづいていた。

十年間ものあいだ、エドゥアールの父親は彼なりの方法でサラを援助していたことになる。貸金庫にしまわれていたこのファイルを見つけたとき、エドゥアールはどんなにか安堵したことだろう。そのときの様子を、想像せずにいられなかった。この一連の手紙を読み、真実を知ったときの義父の心中を、私は推し量った。彼はとうとう父親の贖罪の証しを見出したのだ。

この一連のデュフォールの手紙がサントンジュ通りのアパルトマン宛ではなく、アンドレがテュレンヌ通りで営んでいた最初の骨董店宛に送られている事実も、私の目を引いた。どうしてだろう？　たぶん、マメの目を慮ったせいではないだろうか。アンドレはマメに知られたくなかったのだ。と同時に彼は、定期的に仕送りしているのが自分だということをサラにも知られたくなかったのではないだろうか。ジュール・デュフォールの几帳面な手紙には、こういう一節もあった――〝お望みどおり、あなたの仕送りの件はサラには伏せてあります〟。

ファイルのいちばん後ろに大判のマニラ封筒があった。中に入っていたのは、数葉の写真だった。見覚えのある、あの切れ長の目。淡い色合いの髪。一九四二年六月に学校で撮られたあの写真のサラとはどう変わっているか。目元に漂う憂愁の色は、見まがいようがなかった。その顔からは陽気さが失せていた。サラはもう少女ではなかった。十八歳くらいの、すらりとした長身の若い女性。微笑んではいるが、目は悲しげだった。バックはどこかの海辺で、同じ年頃の二人の若者が並んで立っている。裏返してみると、ジュール・デュフォールの几帳面な字でこう書かれていた――〝一九五〇年、トルヴィルにて。ガスパールとニコラと一緒のサラ〟。

彼女がかいくぐってきた苦難の数々を、自然に思い浮かべていた。〝ヴェルディヴ〟。ボーヌ・ラ・ロランド。両親との別れ。弟の悲劇。年端のいかない少女には耐えがたい苦しみだったにちがいない。

サラ・スタジンスキへの思いに浸りきっていたので、ゾーイの手が肩に置かれたのにも気づかなかった。

「ねえ、その女の人、だれ、ママ？」

慌てて写真を封筒で覆い、いま締め切りが迫っていて、などとつぶやいた。

「だから、だれなのよ？」

「あなたの知らない人」急いで言って、デスクの上を片づけるふりをした。

ゾーイは溜息をついてから、大人びた早口の声で言った。「ママ、ちょっと変だよ。あたしには何もわからない、何も見えてないと思ってるんでしょう。でも、ちゃんと見えてるんだから、何もかも」

ぷいっと後ろを向いて、出ていった。私は急にうしろめたさを覚えた。すぐに立ちあがって後を追い、ゾーイの部屋でつかまえた。

「ごめん、ごめん。あなたの言うとおりよ。変だったわね、ママ。あなたが怒るのも無理ないわ」

ゾーイのベッドに腰を下ろしたものの、静かにこちらを見返す利発そうな顔を真っ向から見返せなかった。

「ねえ、話してよ、ママ。何が気になってるのか、教えて」

急に頭痛が襲ってきた。かなりしんどいやつだ。

「あたしがまだ十一だから、わからないと思ってるわけ？」

私はうなずいた。

ゾーイは肩をすくめた。

「あたしのこと、信じてないのね？」

「信じているにきまってるじゃないの。でもね、この世にはあまりにつらくて悲しいために、ゾーイには言えない事柄もあるのよ。ママがそれを知って傷ついたようにはゾーイに傷ついてほしくないの」

ゾーイは目をきらめかせて、私の頬に軽く触れた。

「そうだな、あたしも傷つくのはいや。だったら、話さなくていい。眠れなくなったら困るもの。でも、約束して、ママはすぐにいつものママにもどるって」

私はゾーイをかかえて、きつく抱きしめた。私の美しい、けなげな子。私の美しい娘。この子がいてくれて、つくづく幸せだと思う。本当に幸せだと思う。頭痛に襲われながらも、私の思いはまたおなかの赤ちゃんに引きもどされた。ゾーイの妹か、弟。でも、ゾーイは何も知らない。私がいま何に耐えているのかを。唇を嚙みしめて、涙ぐむまいとつとめた。しばらくすると、ゾーイはゆっくりと私の体を押しのけて、こちらを見あげた。

「ねえ、教えて、あの女の人がだれなのか。あの白黒の写真の人。ママが隠そうとした写真の人」

「わかった」私は言った。「でも、これは秘密よ。いーい？　だれにも言わないって、約束できる？」

ゾーイはうなずいた。

「うん、約束する。十字を切ってもいいし、何でもするから」

「サントンジュ通りのアパルトマンのことだけど、あそこにマメが移り住む前にだれが住んでいたのか、調べがついたっていうこと、話したわよね？」

ゾーイはまたうなずいた。

「たしか、ポーランド人の家族だったんでしょう。あたしと同じ歳ぐらいの女の子がいたんだよね」

「その子の名前はね、サラ・スタジンスキっていうの。さっきの写真は、そのサラなのよ」

ゾーイは眉をひそめて私を見た。

「でも、それがどうして秘密なの？　ピンとこないよ」

「それはね、あなたのパパの一家にまつわる秘密なの。あなたのお祖父さんは、それをおおやけにしたくないのよ。あなたのパパも、サラのことは何も知らないはずだわ」

「そのサラっていう子に、何か悲しいことが起きたの？」ゾーイは注意深い口調で訊いた。

「実はそうなの」静かに答えた。「とても悲しいことがね」

「で、ママはこれからその人を探しだすつもりなの？」私の口調が神妙な気持にさせたのか、ゾーイは真顔でたずねた。

「ええ」

「どうして？」

「ママはね、サラに会って伝えたいのよ、うちの一家のことをあなたは誤解しているのではないでしょうか、って。事実を正確にサラに伝えたいの。それとね、ゾーイ、あなたのひいお祖父さんは人知れずサラを援助していたんだけど、そのこともサラは知らないと思うの。その援助は十年間もつづいたのよ」

「どうやって援助したの？」

「毎月、まとまった額のお金をサラに送っていたの。でも、サラには絶対そのことを知らせないようにしていたんだけど」

しばらく沈黙してから、ゾーイは訊いた。

「で、ママはどうやってその人を探す気？」

私は吐息をついた。

「さあねえ。とにかく、探し当てられるといいんだけど。一九五二年以降のサラの足跡を示す資料は、一切ファイルには含まれていないの。手紙もなければ、写真もなし。住所の類もないし」

ゾーイは私の膝にすわって、ほっそりした背中をこちらに押しつけた。艶のある、ふさふさとしたゾーイの髪の匂いを私はかいだ。この甘やかな、ゾーイ特有の匂いをかぐといつも、この子がまだよちよち歩きの幼児だった頃のことを思いだす。乱れた何本かの髪を、私は掌で撫でつけてやった。

思いはサラ・スタジンスキの上に漂った。無残な運命に直面したときのサラは、ちょうどいまのゾーイの年頃だったのだ。

私は目を閉じた。それでも、あのボーヌ・ラ・ロランドで子供たちが強引に母親たちから引き離された光景が頭に浮かんでくる。その場面を頭からしめだすことがどうしてもできなかった。

私はゾーイを抱き寄せた。ゾーイがうっと喘ぎ声を出すくらい力をこめて。

偶然の日付の一致とは奇妙なものだと思う。皮肉ですらある。二〇〇二年七月十六日。〝ヴェルディヴ〟の六十周年記念日。そして、まさにその日に私は中絶手術を受けることになったのだ。場所は十七区にある、これまで一度も足を運んだことのないクリニック。マメのいる老人ホームの近くだ。いずれにしろその日は重苦しい意味のある日なので、別の日を希望したのだけれど、その日しか空いていない、と言われてしまったのだった。

夏休みに入ったばかりのゾーイは、私の古い友人の一人で、彼女の名付け親でもあるアリスンに付き添われて、ニューヨーク経由ロング・アイランドに向け発つことになっている。アリスンはボストン出身で、マンハッタンとパリのあいだをしょっちゅう往き来しているのである。私は二十七日にゾーイとチャーラの家族に合流する予定だった。

ベルトランは八月まで休みをとらない。休みに入ると、ブルゴーニュにあるテザック家の古い別荘で数週間すごすのが慣わしだった。正直に言うと、そこですごす夏を心から楽しめたことが、私はこれまで一度もない。義理の両親は堅苦しい人だし、食事は三度三度決められた時間にとらなければならず、その間あたりさわりのない会話を心がけなければならないからだ。子供たちの姿は見えても、愉しげな声が聞こえることはめったにない。ベルトランが、親子水入らずでどこかにヴァカンスに出かける代わりに、なぜいつもそこですごそうと言い張るのか、不思議でしかたがない。ゾーイがロールやセシルの息子たちと仲良くやってくれるのがせめてもの救いだ。ベルトランは義理の弟たちとテニス三昧なので、私はいつも除け者にされているような疎外感に包まれる。ロールとセシルは、何年たっても私と距離を置こうとする。二人は離婚した女の友人たちを招いて、何時間もプールサイドで甲羅干しをしてすごす。乳房までこんがりと焼くのが彼女たちの喜びなのだ。その嗜好にだけは、十五年たっても馴染むことができない。人前で胸を露わにしたことなど、私は一度もない。だから、陰では〝上品ぶったアメリカ女《プリュド・アメリケーヌ》〟と笑われているような気がする。で、私はたいていゾーイと森を散策するか、近在の地理に精通してしまうくらい自転車で走りまわるか、あるいは、物憂げな顔でタバコをふかしたり甲羅干しをしたりしている義理の妹たちの前で、これみよがしに完璧なバタフライで泳ぐかしてすごした。セシルやロールはエレスのビキニを着ながら、水には決して入ろうとはしないのだ。

「フランスの雌牛どもはね、きみに嫉妬しているんだよ。ビキニ姿のきみのスタイルがきまりすぎてるもんだから」テザック家の別荘ですごす息苦しい夏について私がこぼすたびに、クリストフは蔑《さげす》むように言ってくれる。「もしきみが静脈瘤に悩んでいたり、お尻に脂肪がつきすぎたりしてたら、彼女たちもきっときみに話しかけてくれるさ」私は噴き出してしまうのだけれど、本当にそうかな、と疑う気持もある。が、それはそれとして、あの別荘をとりまく自然の美しさには、私も心を奪われていた。蒸し暑い夏のさなかにもすずやかな、あの古い静かな母屋。オークの老木の繁る、広々とした緑したたる庭。なだらかに湾曲して流れるヨンヌ川を見下ろす眺望。そして、近くに横たわる深い森。私はゾーイと二人でよく長時間そこを歩きまわったものだった。まだよちよち歩きの頃のゾーイは、小鳥のさえずりや、奇妙な形の小枝や、隠れ沼のどんよりとした水面に、どんなに夢中になったことか。

ベルトランとアントワーヌの話だと、サントンジュ通りのアパルトマンのリフォーム工事は九月初旬には終わるらしい。ベルトランのチームはいい仕事をしてくれたのだ。けれども、私はあそこで新生活を営む自分の姿をまだ思い描くことができない。あそこで何が起きたのかを知ってしまったいまは、とても無理だ。あの壁は取り払われたらしいのだが、その奥にあった秘密の納戸のことは忘れられそうにない。そう、小さなミシェルがお姉さんの帰りを虚しく待っていたあの納戸のことは。

あのエピソードは私にとりついて離れない。正直なところ、いまとなっては、あのアパルトマンでの新生活への期待はしぼんでしまっている。あそこで迎える夜が、怖いのだ。どうしても過去を思いだしてしまうだろうし、それを防ぐ術も思いあたらない。

こういうとき、ベルトランとその件で語り合えないのがとてもつらい。こういうときこそ、ベルトランの現実的な対処法が物を言ってくれるのに。たしかに残酷な事件だったけれど、なあに、なんとか乗り越えられるさ、いい方法が見つかるよ。彼にそう言ってもらえればどんなにか気が楽になるのだが、この件を彼に打ち明けることはできないのである。ベルトランには話さない、と彼の父親のエドゥアールに約束してしまったから。ベルトランだったら、この一件のことをどう考えるだろう？　それから、彼の二人の妹は？　三人の反応を私は想像してみた。それと、マメはどうだろう？　でも、所詮、あの人たちの反応を知るのは無理だと思う。こういう場合、フランス人は牡蠣《かき》のように押し黙ってしまうのが普通だから。自分の気持は決して明らかにしない。心の内を見透かされるのを嫌って。そして何事もなかったかのように、波風一つ立てぬまま、すべてが処理される。いまもそうだし、これまでもそうだった。そういう流儀に、私はしだいに馴染めなくなってきている。

ゾーイが予定通りアメリカにいってしまったので、家に帰っても淋しくなった。いきおいオフィスですごす時間が長くなり、九月号向けの特集、若手のフランスの作家たちやパリの文学シーンの、ちょっと気どったレポートに精を出した。それはそれで興味深いし、かなりの労力を必要とする記事でもあった。日がたつにつれ、自分を待つ沈黙の部屋にもどるのが億劫で、オフィスを去りがたくなった。私はわざと遠い道順を選び、ゾーイの言う〝ママの遠まわりの近道〟を通って、夕焼けに染まるパリの美しい眺めを楽しんだ。パリは七月中旬からはじまる、あの甘美にも打ち捨てられた風情を帯びはじめていた。店舗の多くは鉄のシャッターを下ろし、〝ヴァカンスのため、八月末まで閉店〟の看板をかかげている。かなりの距離を歩かなければ、店をひらいている薬局、青果店、お菓子屋、クリーニング店などは見つからない。パリっ子たちはいっせいに夏の大移動を開始して、彼らの街を不屈の観光客たちに委ねてしまった。七月の爽やかな夕べ、シャンゼリゼからまっすぐモンパルナスに向かいながら、私は、パリジャンのいなくなったパリがやっと自分のものになったのを実感していた。

そう、私はパリを愛している。これまでもずっと愛してきたように。でも、夕暮れに、巨大な宝石のように輝く廃兵院の黄金のドームを眺めながらアレクサンドル三世橋のたもとを歩いていると、急にアメリカが恋しくなってきた。おなかに痛みがさしこんでくるほど強烈に、恋しくなってきた。故郷が懐かしかった。たとえ人生の半分以上をフランスで暮らした身でも、故郷と呼ばずにいられないあの国が懐かしかった。あの万事にくだけた雰囲気、自由、広々とした空間、気楽さ、そして言語が懐かしかった。いまだに完璧にマスターできずにイライラさせられる面倒な vous や tu ではなく、you 一語でどんな場合でも事足りる、あの簡潔な言語が本当に懐かしかった。それが正直なところだった。私は妹が、両親が、アメリカが恋しかった。これまでのいつにも増して恋しかった。

パリジャンが嫌いだと公言したがる、味気ない褐色のモンパルナス・タワー——私はどこからでも帰宅の目印になってくれるので好きだったけれど——に手招きされながらわが家の近くまできたとき、ドイツ軍占領下のパリはどんな感じだったのだろう、と不意に思った。サラのパリ。暗緑色の軍服と丸い鉄兜。情け容赦のない外出禁止令と身分証明書。ゴチック体の字で書かれたドイツ語の標識。格調のある石造の建物の壁に漆喰で張りつけられた巨大な鉤十字。

そして、黄色い星を胸につけた子供たち。

高級感にあふれた、洒落たクリニックだった。にこやかに微笑むナースたち。おもねるような受付係。洗練されたフラワー・アレンジメント。手術はあすの朝、午前七時に行われることになっている。私はきのう、七月十五日の晩に個室に入るように指示されたのだった。ベルトランは重要なビジネス案件に取り組むためブリュッセルに出かけていた。私はぜひ付き添ってほしいと、彼に頼むこともしなかった。そばに彼がいないほうが気楽な感じがしたからである。そのほうが、アンズ色の上品な内装の個室にも抵抗感なく落ち着くことができた。別の機会だったら、そういう心理を自分自身奇異に思ったことだろう。ベルトランが自分の日常生活の要《かなめ》であることを考えれば、それは意外なことでもあった。けれども、現実には、人生でもっとも厳しい危機を、私はこうして一人で切り抜けて、ベルトランがいないことに安堵していた。

いったん個室に入ると、私はロボットのように動いた。衣服を機械的にたたみ、歯ブラシを洗面台の棚に置き、窓からブルジョワ的な雰囲気の静かな道路を眺めた。あんたはいったい何をしているの、と朝からずっと無視していた内なる声がささやいた。気はたしかなの？　本当にそこで手術を受けるつもり？　自分の最終的な決断を、私はだれにも明かしていなかった。ただ一人、ベルトランを除いては。わたし、手術を受けるわ、と告げたときにベルトランが浮かべた嬉しそうな笑みを、いまは思い浮かべたくない。あのときベルトランは私をひしと抱きしめると、手ばなしの喜びをこめて頭にキスしてくれたのだが。

狭いベッドに腰を下ろすと、バッグからサラ関係のファイルをとりだした。いまじっくりと対話できる相手はサラしかいない。彼女を探しだすこと、それこそが私の神聖な使命のように思えるのだ。それはまた、昂然と胸を張って、自分の実人生を覆っている悲哀を駆逐する唯一の方法のようにも思えた。

そう、なんとしてでもサラを探しださなければ。でも、どうやって？　電話帳には、サラ・デュフォールという名前もサラ・スタジンスキという名前ものっていなかった。もしのっていたら、あまりにも簡単すぎるというものだ。ジュール・デュフォールの手紙にあった住所は、もう使われていなかった。で、私はジュールの子供たち、もしくは孫たちを追ってみることにした。あのトルヴィルで撮られた写真でサラと並んで写っていた若者たち。ガスパール・デュフォールとニコラ・デュフォール。まだ存命だとしたら、二人はいま六十代半ばか七十代に入ったくらいだろう。

残念なことに、デュフォールという姓はよくある名前で、オルレアン地区に限っても数百名はいるかもしれない。ということは、その一人一人に電話で順にあたっていくしかないことになる。この一週間、私はまさしくその作業に明け暮れたのだった。インターネットを検索し、電話帳をあたり、何時間も果てしなく電話をかけつづけたあげく、袋小路にぶつかってがっかりする毎日だった。

そして、このクリニックに入る当日のけさ電話をかけたのが、パリの電話帳に名前がのっていたナタリー・デュフォールだった。こちらの問いかけに応じたのは、若々しい、陽気な声だった。私はもう何度も見知らぬ人たち相手にくり返してきた自己紹介からはじめた。「わたし、ジュリア・ジャーモンドというジャーナリストなんですが、いま、サラ・デュフォールという女性の行方を追っています。その女性は一九三二年生まれで、ガスパール・デュフォールとニコラ・デュフォールという二人の男性と親しかったことまではわかっているんですが――」

そこまで話したところ、先方の女性が言ったのだ、あら、ガスパール・デュフォールはあたしのお祖父ちゃんだわ、と。いま、オルレアンの近くのアシェール・ル・マルシェに住んでるわよ。電話番号は電話帳にのせてないのよ。

私は息を殺して受話器を握りしめた。あなたはひょっとして、サラ・デュフォールのことを知っていますか、と私はナタリーに訊いた。ナタリーは笑った。素敵な笑い声だった。あたしは一九八二年生まれで、お祖父ちゃんの子供の頃のことはよく知らないの、と彼女はつづけた。だから、サラ・デュフォールという人のことも聞いたことがないわ。とにかく、特別なことは何も。よかったら、お祖父ちゃんに電話して訊いてあげましょうか。お祖父ちゃんは昔気質の人間だから電話が嫌いなの。でも、あたしだったら電話で話せるから、その結果をあなたにお伝えしてもいいですけど。

こちらの電話番号を確かめてから、ナタリーは言った。「あなた、アメリカ人？　アクセントがとっても素敵」

それから終日彼女からの連絡を待っていたのだが、電話はかかってこなかった。私は何度も携帯をチェックした。電池切れではないことを確認し、電源もちゃんと入っていることを確かめた。それでも、かかってこない。ガスパール・デュフォールはサラの件でジャーナリストの取材を受けることに難色を示しているのだろうか、と思った。もしかすると、私の説明不足だったのかもしれない。もしくは、説明がくどすぎたのかもしれない。そもそも、ジャーナリストの身分を明かしたのがまちがっていたのでは。デュフォール家の古い友人だ、とでも言ったほうがよかっただろうか。でも、それはできない。言ったら嘘になる。嘘はつけないし、つきたくない。

アシェール・ル・マルシェ。どのへんに位置するのか、地図で調べてみた。オルレアンとピティヴィエの中間くらいのところにある小さな村だった。ピティヴィエはボーヌ・ラ・ロランドに近く、同じく収容所のあったところだ。アシェール・ル・マルシェは、ジュールとジュヌヴィエーヴが戦争当時住んでいたところではない。サラが十年間暮らした場所でもないだろう。

なんだか居ても立ってもいられなくなってきた。こちらからもう一度ナタリー・デュフォールに電話してみようか？　その是非について考えているところに、携帯が鳴った。さっとつかむなり息をはずませて言った。「アロー？」

かけてきたのは、ブリュッセルにいる夫だった。失望が神経を逆撫でするのを感じた。

いまはベルトランと言葉を交わしたくない、と思った。いったい、何を話せばいいのだろう？


なんだかよく寝つけないうちに朝になってしまった。明け方に貫禄のあるナースが折りたたんだ青いペーパー・ガウンをかかえて現れた。手術に備えてこれをご着用ください、と言う。そして、にこやかに笑った。青いペーパー・キャップとペーパー・シューズもあった。三十分後に彼女がまたもどってきて、私はストレッチャーで真っすぐ手術室につれていかれるらしい。優しい笑みを浮かべたまま、ナースは言った、麻酔に影響があるので何かを飲んだり食べたりなさらないようにね。ドアをそっと閉めて、ナースは出ていった。この朝、あのナースはあの笑顔で何人の女性を起こすのだろう。何人の妊婦が子宮から赤ちゃんをこそぎ落とされるのだろう。私のように。

黙々とおとなしくガウンを着た。紙がじかに肌にさわると、ムズムズした。あとは待つしかない。テレビをつけて、ニュース専門のＬＣＩにチャンネルを合わせた。ぼんやりと画面に目を走らせる。頭がからっぽで、何の感興も湧かない。あと一時間もすれば、すべてが終わってしまうのだ。自分は本当に準備ができているのだろうか？　なんとか切り抜けられるのだろうか？　それだけの勁《つよ》さが自分にはあるのだろうか？　答はすんなりと出てこない。いまできるのは、ただ紙のドレスと紙のキャップをつけて待機するだけ。そして手術室に運ばれ、麻酔で眠らされて、医師の執刀を待つ。私のひらかれた太もものあいだで、体のなかで、医師がどういう動作をするのか、考えたくなかった。すぐにその思いをしめだして、テレビの画面に意識を集中した。金髪の美人が、ところどころに晴れマークのついたフランスの地図の上を、きれいに爪を切りそろえた手で職業的に撫でまわしている。一週間前、セラピストと最後に会ったときのことを思いだした。ベルトランが私の膝に手を置いて言った。「いや、わたしたち夫婦はこんどの子を望んではいない。その点では二人の気持は一致しているんですよ」私は終始黙っていた。セラピストがこちらの顔を見た。あのとき私はうなずいたのかどうか、覚えていない。ただ催眠術を施されたように、ぼうっとしていたのを覚えている。あとで車に乗り込んだとき、ベルトランは言った。「おれたち、正しい決断をしたんだよ、アムール。いずれわかる。すぐに終わってしまうんだし」そして彼は熱をこめて、情熱的に私にキスしたのだった。

テレビの画面から金髪の女性が消えて、ニュースキャスターが現れた。いつもの調子でニュースの報道がはじまった。「きょう、二〇〇二年七月十六日は、あの〝ヴェロドローム・ディヴェール〟の六十周年記念日にあたります。あの日、数千人ものユダヤ人がフランスの警察によって検挙されたのでした。フランスの暗い過去の一ページと言えるでしょう」

急いでテレビのヴォリュームをあげた。カメラはネラトン通りを映していく。いま、どこでどうしているかわからないサラのことを思った。サラはこの日を決して忘れまい。人から指摘されるまでもなく覚えているだろう。絶対に。サラと、愛する者を失った何千という家族にとって、七月十六日は忘れられない日のはずだ。とりわけこの日の朝は、重苦しい思いで目蓋をひらくことだろう。私はサラに、あの人たちに、あの非業の死に追いやられたすべての人たちに言いたかった――でも、どうやって？　自分の無力を、非力を感じながらも、でも――私は叫びたかった、サラに、あの人たちに、あらん限りの声で伝えたかった、私は知っている、覚えている、決してあなたたちを忘れない、と。

数名の生存者が――そのうちの何人かは私自身直接会って取材した人たちだったけれど――〝ヴェルディヴ〟の記念碑の前に立っている姿が映された。そういえば、肝心の私の書いた記事がのっている今週号の『セーヌ・シーン』をまだ見ていないことに気がついた。きょう発売されるはずなのだ。一部をこのクリニック宛に送ってくれないかというメッセージをバンバーの携帯に送っておくことにした。テレビの画面に目を釘づけにしたまま、携帯をオンにした。テレビの画面にはフランク・レヴィの深刻な顔が現れた。彼は記念式典について語った。従来にも増して、きょうの記念日は重要な意義を持つだろう、と。携帯がピーッと鳴って、ヴォイス・メールが入っていることを教えてくれた。一つは昨夜遅く、ベルトランから。おまえを愛している、と告げていた。

もう一つはナタリー・デュフォールからだった。お返事が遅れてすみません、なかなかお祖父ちゃんと連絡がとれなかったもので。でも、いいニュースなんです。お祖父ちゃん、あなたと会ってもいいと言ってるんです、サラ・デュフォールのことなら何でもお話しする、って。

お祖父さんはかなり興奮していたとかで、ナタリーの好奇心もいや増したらしい。フランク・レヴィの淡々とした声をかき消すように、ナタリーの溌剌とした声が耳元で響いた。「よろしければ、あした、火曜日に、アシェールまでおつれしてもいいですよ。あたしの運転する車でおつれしますから。お祖父ちゃんが何て言うか、すっごく興味があるので。電話をいただけませんか、落ち合う場所を決めたいので」

息苦しいまでに心臓が高鳴っていた。テレビの画面には再びニュースキャスターが現れて、他の話題に移っている。いまの時間では、まだナタリー・デュフォールに電話するには早すぎる。もう二、三時間は待たなければ。紙のスリッパをはいた両足が期待に踊った。私は訊くだろう、サラ・デュフォールについてご存知のことを一切合財、お話ししてくださいませんか。ガスパール・デュフォールは何と言うだろう？　どんなことを私は知るだろう？

突然ドアをノックする音がして、ビクッとした。ナースの大袈裟な笑みを見て、私は現実に引きもどされた。

「お時間です、マダム」歯と歯茎を見せて、彼女はきびきびと言った。ストレッチャーのゴムの車輪のきしむ音がドアの外で聞こえた。

突然、頭の中のもやもやが完全に晴れた。そんなに明瞭に、すべてがすっきりと晴れわたったことはなかった。

立ちあがって、ナースに面と向かった。

「ごめんなさい」私は静かに言った。「気が変わったわ」

ペーパー・キャップを脱ぎとった。ナースが目を丸くしてこちらを見る。

「でも、マダム――」

言いかけるのもかまわず、私はペーパー・ガウンを引きむしるようにひらいた。突然現れた私の裸身から、ナースはショックを受けたように目をそらした。

「先生がお待ちなんですよ」

「かまわないわ」きっぱりと言った。「これは止《や》めることにしたの。赤ちゃんをおなかに残しておきたいから」

あんぐりとひらいたナースの口が怒りに震えた。

「すぐ先生を呼んできます」

くるっと背後を向いて出ていった。リノリウムの床を踏んでいくナースのサンダルの音が、憤懣の色も露わにカツカツと響く。私は素早くデニムのドレスを頭からかぶり、靴をはき、バッグを持って部屋を出た。朝食のトレイを運ぶナースの驚いた顔を尻目に、急いで階段を降りていく。身のまわりの物をすべて化粧室に置いてきたことに気がついた。歯ブラシ、タオル、シャンプー、石鹸、デオドラント、化粧セット、それにフェイス・クリーム。だから何よ、と思いながら、私は気どった清潔な玄関から走りでた。だから何よ！　何だっていうのよ！

道路は閑散としていた。いかにも早朝のパリの歩道らしく、路面がすがすがしく輝いていた。私はタクシーを止めて家路についた。

二〇〇二年七月十六日。

私の赤ちゃん。私の赤ちゃんは無事に胎内にいる。自然に笑みがこぼれて叫びたくなった。タクシーの運転手が何度かバックミラーで私を見たが、気にならなかった。私は産むのだ、この赤ちゃんを。

セーヌのたもと、ビル・アケム橋沿いに集まった人々の数を、ざっとかぞえてみた。おそらく二千人は超えているだろう。生存者。その家族。子供たちや孫たち。ユダヤ教のラビ。パリ市長。フランス政府の首相。国防相。数多くの政治家。ジャーナリスト。カメラマン。フランク・レヴィ。数千もの花輪や花束。風にはためく天幕。白い演壇。とても盛大な集会だった。私のかたわらには、厳粛な面持ちのギョームがうつむいて立っていた。

一瞬、ネラトン通りで取材した老女を思いだした。彼女は何と言ったっけ……〝だれも覚えてないんだから。それも不思議じゃないやね。あれはこのフランスでも、真っ暗闇の時代だったんだもの〟。

不意に、あの老女もここにいてくれたら、と思った。そう、ここにいて、私の周囲の、静かな感動をたたえて黙々と立つ数多くの人々を見てほしかったと思う。演壇上で、赤茶色の髪の、美しい中年の女性が死者を悼む歌をうたった。その澄みきった声は近くの交通の騒音をも圧して会場に流れた。そして、首相のスピーチがはじまった。

「いまから六十年前、パリのこの場所で、フランス全土で、恐るべき悲劇が生じはじめました。恐怖への行進が加速したのです。ヴェロドローム・ディヴェールに集められた無辜《むこ》の人々は、ホロコーストの暗い影にすでにして覆われていました。例年のように、今年もまた、本日、われわれは記憶するためにここに集いました。数多《あまた》のユダヤ系フランス人の一斉検挙、彼らに加えられた迫害、彼らに強いられた悲惨な運命を永遠に忘れないために」

左側にいた老人がポケットからハンカチをとりだして、声もなくすすり泣きはじめた。私は身につまされた。この人はだれのために泣いているのだろう？　だれを失ったのだろう？　首相のスピーチを聞きながら、私はひそかに周囲の人々を見まわした。ひょっとしてこの中に、サラ・スタジンスキを知っていた人が、彼女を記憶している人がいるのでは？　いや、もしかすると彼女自身がいるのでは？　いま、この瞬間に。かたわらには彼女の夫や、子供や、孫も付き添って。いま、この瞬間、私の前に、あるいは背後に。私は七十代の女性たちを注意深く選びだし、切れ長の青い目の持ち主がいないかどうか、皺の刻まれた粛然とした顔を見ていった。けれどもすぐに、悲しみにくれる見知らぬ人々の顔をじろじろと見まわす自分がはしたなく思われてきて、下を向いた。首相の声はしだいに力強さと明瞭さを帯びてきて、私たちの頭上に響きわたった。

「そうです、〝ヴェルディヴ〟、ドランシーをはじめとするすべての予備収容所、死への控えの間は、まさしくフランス人によって組織され、運営され、警護されました。ホロコーストの第一幕はまさしくこの地で、当時の〝フランス国〟の複雑な事情とあいまって惹き起こされたのです」

周囲の大勢の顔は真剣な表情で首相のスピーチに聴き入っている。力強い語調を保ちつつ首相が語りつづけるあいだ、私は彼らを見守っていた。どの顔にも悲哀が滲んでいた。そう、決して消し去ることのできない悲しみが。首相のスピーチが終わると、長い拍手がつづいた。人々は泣きながら抱き合っていた。

私はギヨームとつれだって、フランク・レヴィに会いにいった。『セーヌ・シーン』を小脇にかかえたレヴィは、にこやかに挨拶してから私たちを数人のジャーナリストに引き合わせてくれた。しばらくして、私たちは会場を後にした。私はギヨームに、一連の取材の成果をかいつまんで話した。テザック家のアパルトマンにかつて住んでいた一家をとうとう突き止めたこと。その結果、六十年以上にわたって暗い秘密を胸に抱えていた義父との距離が縮まったこと。そして、自分はこれから、ボーヌ・ラ・ロランドの収容所から脱走した少女サラのその後を追うつもりでいること。

三十分後に、私はメトロのパストゥール駅前でナタリー・デュフォールに会うことになっていた。彼女が祖父の住むオルレアンまで車でつれていってくれる手筈になっていたのである。ギヨームは私に優しくキスしてから抱きしめた。幸運を祈っているよ、と彼は言ってくれた。

賑やかな大通りを横断しながら、掌が自然とおなかを撫でていた。もしきょうの早暁あのクリニックから逃げだしていなかったら、私はいま頃あの居心地のいいアンズ色の部屋で、にこやかに微笑むナースに見守られながら麻酔からさめていたことだろう。そして、クロワッサンとジャムとカフェ・オ・レの上品な朝食を出されてから、午後になって一人であのクリニックを後にするはずだ。脚のあいだにナプキンをはさみ、下腹部に鈍痛を覚えつつ、いささか頼りない足どりで。頭も心も空虚なままで。

ベルトランからはまだ何の連絡もない。私が手術を放棄して出ていったことを、すでにクリニック側から電話で知らされたはずなのだが。はっきりしたことはわからない。ベルトランはまだブリュッセルにいて、今夜もどることになっている。

ベルトランにはどう話したものか。彼はどう受け止めるだろう。

ナタリー・デュフォールとの待ち合わせに遅れないよう急ぎ足でエミール・ゾラ通りを歩きながら、ふと思った。いまの自分は夫がどう思い、どう感じるかということを、本気で気にかけているだろうか？　その自問に心が揺らぎ、急に怖くなった。

まだ明るいうちにオルレアンからアパルトマンにもどってくると、室内は蒸し暑かった。窓をあけて身をのりだし、賑やかなモンパルナス大通りを見下ろした。まもなくここを立ち退いて静かなサントンジュ通りに引っ越すのかと思うと、妙な気分だった。私たちはここで十二年間暮らしたのだ。ゾーイはここ以外のところに住んだことがない。ここで夏をすごすのもこれで最後なんだな、とふと思う。このアパルトマンには知らぬ間に愛着が湧いてきていた。毎日午後になると白い大きなリビングに陽光が差し込んでくるのも気に入っていたし、ヴァヴァン通りをちょっといけばリュクサンブール庭園という地の利も嬉しかった。パリで最も活気のある区にあって、この街の鼓動、そのダイナミックで活発な鼓動を居ながらにして感じられる安楽さは、何物にも換えがたかったと思う。

サンダルを脱ぎ捨てて、ベージュ色の柔らかなソファに横たわった。フルに動きまわった一日の重みが鉛のようにのしかかってくる。さすがにぐったりとして目を閉じたとき電話が鳴って、たちまち現実に引きもどされた。妹のチャーラがセントラル・パークを見下ろすオフィスからかけてきたのだ。どっしりとしたデスクを前に、読書用の眼鏡を鼻の頭にちょこんとのせているチャーラの姿が目に浮かんだ。

中絶手術を受けなかったことを、私は手短かに伝えた。

「すごい、すごい、よかったわねぇ」チャーラはふうっと息を吐きだした。「よく思いとどまったじゃない」

「できなかったのよ、わたしには。どうしても」

妹がにっこり笑っている気配が電話を伝わって感じとれた。どんな人間の気持もとろかせてしまう、あの満面の笑み。

「でも、すごいわよ。よく踏ん張った。さすがジュリアだわ」

「ベルトランはまだ知らないの。今晩遅く帰ってくる予定なんだけど。きっと私が手術を受けたと思ってるわ」

大西洋をまたいだ沈黙。

「でも、話すんでしょう?」

「もちろん。折りをみて話さないと」

妹との電話を切りあげると、ソファに横たわって、身を守る盾のように両手をおなかの上で組んだ。しばらくそうしているうちに、すこしずつ元気が甦ってきた。

やはり考えるのはサラ・スタジンスキのこと。そして、きょう、新たに得た情報のことだ。ガスパール・デュフォールから得た証言を、私はテープにとるまでもなかった。メモする必要もなかった。それはすべて、しっかりと頭に書き込まれていた。

オルレアン郊外のこぢんまりとした家。手入れのゆきとどいた花壇。目が弱っているおとなしい老犬。キッチンの流しで野菜をきざんでいて、私が入っていくと軽く会釈してくれた小柄な老女。

ガスパール・デュフォールの野太い声。老犬の頭を撫でる、青い静脈の浮き出た手。そして、彼の語ってくれたこと。

「戦争中に厄介な問題があったことは、弟もわたしも知ってたよ。しかし、あの頃のわたしらはまだ小さかった。それがどういう問題だったのか、知らんかった。祖父母が亡くなってから初めて、父に教えられたんだ、サラ・デュフォールの本当の姓はスタジンスキで、サラはユダヤ人だということを。サラはずっとわたしの祖父母にかくまわれていた。サラにはどこか暗い影があったな。活発で陽気な子供らしさとは無縁だった。あまり人を寄せつけない子でね。戦争中に両親が死んだので、わたしの祖父母の養女になったということは知らされていた。それぐらいかな、わたしらが知っているのは。しかし、なんとも風変わりな子だったな。たとえば、一家揃って教会にいったとする。お祈りのときに、サラは決して唇を動かさんのだ。決してお祈りをしないし、聖体拝領もしなかった。教会では無表情な顔でじっと前を見ているだけで、あの顔はちょっと怖いくらいだったよ。

そういうとき、祖父母は笑顔でわたしらを見て、サラをそっとしておくようにと言う。わたしの両親もまったく同じことを言っていたが。そのうち、サラはすこしずつわたしらの暮らしに融け込んできた。わたしらには血を分けた姉はいなかったんで、サラはいいお姉さんになってくれたよ。それからしだいに成長すると、サラは憂い顔の美しい娘になった。とても真面目で、それは大人びていたがね。戦争が終わると、一家でときどきパリに出かけたんだが、サラは最後まで同行を拒んでいた。パリは嫌いだと言うんだね。あそこには二度ともどりたくないのだ、と」

「じぶんの弟のことについて、何か言っていましたか、サラは？　あるいはご両親のことについて？」私はたずねた。

ガスパール・デュフォールは首を振った。

「いいや、一度も。サラの弟のこと、その子がたどった運命については、四十年前に父から聞かされた。サラがうちにいた頃は何も知らんかったね」

ナタリー・デュフォールが声を張りあげた。

「その弟さんの身に、何があったの？」

興味津々とたずねる孫娘の顔を、ガスパール・デュフォールはちらっと見た。ナタリーは私たちの話を一語も聞き漏らすまいと真剣に耳を傾けていたのだ。ガスパールの視線は奥さんのほうに移った。奥さんはそれまで一度も口をはさまず、終始温かい表情で成り行きを見守っていたのだ。

「それについてはまた別の機会に話してやるよ、ナタリー。実に痛ましい物語なんでな」

長い沈黙がつづいた。

「デュフォールさん」私は言った。「サラ・スタジンスキがいまどこにいるのか、ぜひ知りたいのです。きょう、こうしてお訪ねしたのもそのためなのですから。お力を貸していただけるでしょうか？」

ガスパール・デュフォールは頭を掻いてから、こちらの真意を探るように、鋭い眼差しを向けた。

「わたしが知りたいのはだね、マドモワゼル・ジャーモンド」にこっと笑って彼はつづけた。「それを知ることが、なぜあんたにとってそれほど重要なのか、ということなんだが」

電話がまた鳴った。ロング・アイランドにいるゾーイからだった。とっても楽しくやってるからね、毎日いいお天気ですごく日焼けしちゃった、新しい自転車を買ってもらったし、いとこのクーパーもカッコいいよ。そこまで一気呵成にしゃべってからゾーイはつけ加えた、でも、ママが恋しいよ、とっても。ママだってあなたが恋しいわよ、と私は応じて、あと十日もしないうちにママもそっちにいくから、と伝えた。するとゾーイは急に声を落として、訊いてきた、ねえ、サラ・スタジンスキ探しはうまくいってるの？　あまりに真剣な口調なので、つい笑みを誘われながら私は答えた、ええ、うまくいってるわ、あなたにもすぐ教えてあげるから。

「ねえ、ママ、どんなことがわかったのよ？」ゾーイは息をはずませた。「早く知りたいよ！　いま教えて！」

「わかった」ゾーイの熱意に負けて、私は言った。「実はね、少女時代のサラをよく知ってるという人に、きょう会ってきたの。その人の話では、サラは一九五二年にフランスを発ってニューヨークに向かったんですって、あるアメリカ人の家族から子供の養育係として雇われて」

ゾーイはわあっと喚声をあげた。

「じゃあ、いまアメリカにいるの？」

「そうらしいわね」

しばしの沈黙。

「でも、このアメリカで、どうやってサラを見つけるの、ママ？」すこし熱気の冷めた、明瞭な声でゾーイはたずねた。「アメリカって、とんでもなく広いんだよ、フランスと比べると」

「そうね、本当に」私は吐息をついた。電話線を通してゾーイに熱いキスを送り、心から愛しているから、と伝えて電話を切った。

ガスパール・デュフォールとの会話が甦ってきた。

「わたしが知りたいのはだね、マドモワゼル・ジャーモンド、それを知ることが、なぜあんたにとってそれほど重要なのか、ということなんだが」

私はそのとき、真実をありのままにこの人に伝えよう、ととっさに決めたのだった。そもそもどういう経緯でサラ・スタジンスキが私の人生と関わってきたのか。サラの恐ろしい秘密をどうして知ったのか。サラはどういう形で私の義父の一家と結びついているのか。そして、一九四二年の夏の出来事、〝ヴェルディヴ〟、ボーヌ・ラ・ロランドという歴史的な出来事に加えて、テザック家のアパルトマンでミシェル・スタジンスキの死が確認されたという私的な出来事をも知ったいま、サラを見つけだすのが私の大きな目標、私の全能力を振り絞ってでも達成したい目標になったということ。

私のひたむきさに、ガスパール・デュフォールは驚いたようだった。それでも彼はごま塩の頭を振りながら訊いてきた。しかし、どうしてサラを見つけたいんだね？　いったい、何のために？

私は答えた、サラに伝えたいんです、わたしたちはいまも彼女のことを思っている、わたしたちは忘れていない、と。

ガスパールはたたみかけてきた、〝わたしたち〟とはだれのことだね？　あんたの義父の一家のことかね、あるいはフランス人一般のことかね？

ガスパールが浮かべている笑みにすこし苛立って、私は言い返した、いいえ、厳密に言えば、わたしです、ほかのだれでもない、このわたしです。わたしはサラに謝りたいんです、サラに直接伝えたいんです、自分は忘れない、あの一斉検挙のことも、収容所のことも、ミシェルの死のことも、彼女の両親を永遠に連れ去ったアウシュヴィッツ行きの列車のことも。

謝りたい、というのは何に対してだね、とガスパールは追い討ちをかけてきた。アメリカ人のあんたがどうして謝らなきゃならんのだね？　一九四四年の六月にフランスを解放してくれたのは、あんたの同胞だったじゃないか。あんたが謝らなきゃならんことなど何もないと思うがな。ガスパールは笑みを浮かべてそう言った。

私はひたと彼の目を見据えて答えたのである。

「わたし、自分が何も知らなかったことを謝りたいんです。ええ、四十五歳になりながら、何も知らなかったことを」

それからだった、ガスパール・デュフォールが貴重な証言をしてくれたのは。

サラは一九五二年の末にフランスを出国したのだという。行先はアメリカだった。

「どうしてアメリカだったんでしょう？」私はたずねた。

「とにかくフランスを出たい、フランスとちがってホロコーストと無関係だったところにいきたいんだ、というのがサラの説明した動機だったな。わたしらはみんな慌てたね。とりわけ、わたしの祖父母が。二人はそれこそ、自分たちには授からなかった実の娘のようにサラを愛していたからね。しかし、サラの決意は揺るがなかった。そして、出国してしまったのさ。それっきり、フランスにはもどってこなかった。すくなくとも、わたしの知る限りでは」

「で、サラのその後は？」さっきのナタリーのように真剣に、気負いこんで、私はたずねた。

ガスパール・デュフォールは肩をすくめて、ふうっと溜息を洩らした。立ちあがった彼を、目の悪い老犬が追う。奥さんがとても濃い、苦味のあるコーヒーをまた淹れてくれていた。老夫婦の孫娘のナタリーは、あれからずっと沈黙を守っていた。安楽椅子にすわり込んだまま、年頃の娘らしく目を輝かせて、私とガスパールの動きを追っている。この子はきょうのこの語らいを忘れないだろうな、と思った。たぶん、一生忘れないだろう。

ガスパール・デュフォールがもどってきて、よいしょと腰を下ろし、コーヒーを渡してくれた。それから、小さな部屋を見まわした。壁にかかった色褪せた写真、くたびれた家具。頭を掻いて、また、ふうっと吐息をつく。私は待った。ナタリーも待った。ガスパールはとうとう口をひらいた。

一九五五年を境に、サラからの便りはまったく途絶えてしまったのだという。

「最初は何通か、祖父のところに手紙をよこしたんだがね。一年後によこした葉書には、近々結婚する予定だ、と書いてあった。サラはヤンキーと結婚するらしいぞ、と父が言ったのを覚えているよ」ガスパールは微笑した。「わたしらみんなで、それは喜んだものさ、サラの幸せを祈って。ところが、それを最後に連絡がふっつりと途絶えてしまったのさ。電話もこなければ、手紙もこない。祖父と祖母はなんとかサラと連絡をとろうとした。あらゆる手を使ってサラの行方を突き止めようとした。ニューヨークに電話をかけ、手紙を書き、電報を送った。サラの夫となる男性の住所も突き止めようとした。が、手がかりは何もつかめない。サラは完全に姿を消してしまったんだ。祖父母にとってはすごいショックだった。二人は待った。ひたすら待った。くる年も、くる年も。なんらかの手がかりを、葉書を、電話をな。けれども、まったくのなしのつぶて。そのうち、一九六〇年代の初期に祖父ジュールが亡くなり、その数年後には祖母ジュヌヴィエーヴも後を追った。二人とも、それは落胆していたと思うね」

「あなたのお祖父さんとお祖母さんは、〝正義の異邦人〟に認定してもらえますね」

「なんだね、それは？」ガスパールは訝《いぶか》しげに訊き返した。

「イスラエルにある〝ヤド・ヴァシェム協会〟は、戦争中ユダヤ人を救った非ユダヤ人にメダルを贈って顕彰しているんです。当人の死後でも認定してもらえるはずですよ」

ガスパールは咳払いをして、目をそらした。

「それより、サラを見つけてくれんかな、マドモワゼル・ジャーモンド。わたしが再会を切望している、と伝えてくれ。ぜひ見つけてくれ。弟のニコラも同じ思いだとね。心から愛していると伝えてくれないか」

帰りしなに、私はガスパール・デュフォールから一通の手紙を手渡された。

「これは戦後、祖母からわたしの父に書き送られてきたものなんだ。あんたにとっても、何かの役に立つかもしれん。読み終わったら、ナタリーに返してくれればいいから」


その日遅く、自宅で、古風な文字づかいの手紙を一人で判読した。読むうちに、目がうるんできた。なんとか気持を落ち着かせて涙をぬぐい、鼻をかんだ。

それから義父のエドゥアールに電話を入れ、手紙を電話口で読みあげた。彼も泣いている気配がしたが、それを私に気どられまいと、懸命に努めているようだった。くぐもった声で私に礼を言うと、エドゥアールは電話を切った。

一九四六年九月八日
最愛の息子、アランへ

おまえとアンリエットと一緒に夏をすごして、先週わが家にもどってきたサラは、ピンク色の頬をして……おまけにニコニコしていましたよ。お父さんも私もびっくりして、胸がどきどきしたくらい。いずれサラ自身がおまえに感謝の手紙を書くでしょうけど、とりあえず、おまえたちの手助けと気配りにどんなに感謝しているか、早く伝えたいと思ったの。知ってのとおり、この四年間は苦しみに満ちていました。敵に虜にされ、すべてを奪われた恐怖の四年間。この国にとっても、わたしたち一家にとってもそれは同じ。この四年間はわたしたち夫婦もひどい目にあったけれど、サラは特別だったと思いますよ。一九四二年の夏、あの子に連れ添ってマレ地区のアパルトマンにもどったときの出来事を、あの子が克服できたとはとても思えません。あの日、あの子のなかで何かが壊れたんだと思うの。何かが崩れ落ちたんでしょうね。

何もかも苦しいことだらけで、だからこそおまえたちの支えが何物にも換えがたいほど貴重だったんだわ。サラを敵の目から隠し、あの夏にはじまって解放の日まで無事に守り通すのは、それは大変な仕事でした。でも、サラにはいま家族がいます。おまえの息子たち、ガスパールとニコラはあの子の兄弟も同然ですものね。あの子はいまではデュフォール家の一員よ。そうですとも、わたしたちの姓を名のっているんだから。

サラが忘れることは決してないでしょう。あのバラ色の頬と微笑の陰には、かたくなな気持がひそんでいるの。ごく普通の十四歳の少女にはほど遠いと思うのよ、あの子は。いまのサラは大人の女性みたいだもの。世の中に幻滅している大人の女性。ときどき、あの子はわたしより年上なんじゃないかと思うことがあるくらいだから。いまのサラは自分の家族、自分の弟のことを決して口にしないけど、心ではいつも家族を偲んでいるのはたしかだわ。週に一度、ときにはもっと頻繁に、あの子は墓地を訪ねているの。弟の墓に参るために。墓地には一人でいきたがって、わたしの同行をいやがるんだけど、ときどきはわたしもついていくの、あの子に何の問題も起きないように。サラは小さなお墓の前にすわって、じっとしているわ。ときには何時間もね。必ず、あの真鍮の鍵を握りしめて。あの子の弟が亡くなった秘密の納戸の鍵を握りしめて。墓地からもどってきたときのサラは、表情も硬く、とりつくしまもないくらいで、会話もなめらかに進まない。でも、わたしはあの子に精いっぱいの愛を注いであげたいと思っているの。だって、サラはわたしの娘ですもの。わたしが産むことのなかった娘ですもの。

サラはボーヌ・ラ・ロランド収容所のことを、決して口にしたがらない。わたしたちと車で村の近くにいくようなことがあると、真っ青になってしまうの。顔をそむけて、目をぎゅっと閉じてね。いつの日か、世間に伝わることがあるのだろうか、と思うわ。あの収容所で起きた出来事が白日の下にさらされることがあるのだろうか、と思うわ。それとも、あの出来事は暗い動乱の過去に埋もれて、永久に秘密のままで終わるのかしら。

去年、戦争が終わってから、ジュールは何度も――ときにはサラをつれて――オテル・リュテシアに出かけました。収容所から生還してくる人たちと対面するために。もしやという希望を持って、いつも希望に燃えて。わたしたちはみんな希望をつないでいたの、心の底から。でも、いまではわかっています。サラの両親は決してもどってこないだろうと。サラのお父さんとお母さんはアウシュヴィッツで殺されたんです、一九四二年のあの恐ろしい夏に。

ときどき思うのよ、サラと同じように悲惨な体験をして生き残り、天涯孤独の身で生きていかなければならない子がどれくらいいるんだろうか、って。あれだけの苦しみ、あれだけの痛み。サラはすべてを失ってしまったんですものね。家族も、名前も、宗教も。それを口に出して語り合うことはないけれど、心にぽっかりとあいた穴がどんなに深いか、想像がつくわ。愛する者を失うということが、どんなに無慈悲なことか。この頃サラは、この国から出ていきたいと言ったりするの。これまでに知ったすべてのこと、これまでに味わったすべてのことから遠く離れた、どこか他の国にいって、新しくやり直したい、って。いまのあの子はまだ小さいし、豊かな農作物に恵まれたわが家を出ていけるほどの体力もないけれど、でも、いつかその日がやってくるでしょうね。そのときは、あの子をいかせてやらなければと、わたしもジュールも覚悟を決めています。

ええ、戦争は終わった、とうとう終わったわね。でも、あなたのお父さんとわたしにとって、すべては変わってしまいました。これからは、何もかも変わってしまうでしょう。平和の味は苦いもの。未来も危険に満ちている予感がするし。これまでに起きた出来事は世界を変えてしまったのね。フランスも変化を免れなかったんでしょう。フランスはまだ暗黒の歳月からの回復途上にあるんだわ。果たして、本当に元通りになるのかしら。たしかなのは、この国はもうわたしが子供だった頃のフランスではないということ。それとは別のフランス、わたしには見分けがつかないフランスになってしまった。わたしも年をとって、もう老い先も短いけれど、サラと、あなたの二人の息子、ガスパールとニコラはまだまだ若いわ。みんなこれから、この新しいフランスで生きていかなければならない。そう思うと、あの子たちが不憫《ふびん》だし、この先何があの子たちを待ちかまえているか、怖い気もしますよ。

　こんなじめついた手紙を書くつもりはなかったのに、そうなってしまったわね。ごめんなさい。これから庭の手入れをしなければならないし、鶏に餌を与えなければならないから、このへんでペンを置きます。サラのためにあなたがしてくれたことすべてに、あらためてお礼を言います。あなた方夫婦二人に、その寛大さと信仰に神のお恵みがありますように。あなたの息子たちに神のお恵みがありますように。

あなたを心から愛している母
ジュヌヴィエーヴ

またしても電話。私の携帯に。切っておけばよかった。上司のジョシュアからだった。そうとわかって、びっくりした。彼がこんな遅い時間に電話をかけてくることなど、めったにないからだ。

「テレビのニュースで、きみを見かけたぞ」のんびりとした口調でジョシュアは言った。「えらい美人に見えたね。ちょっと顔色が悪かったけど、実にチャーミングだった」

「ニュースで？」私は息を呑んだ。「どのニュースですか？」

「TF1の八時のニュースをつけたら、われらがジュリアが映ってるじゃないか。首相のすぐ下に」

「ああ、あのときの」私は言った。「〝ヴェルディヴ〟の式典ね」

「首相のスピーチ、なかなか聞かせたと思わないか？」

「そうね、とてもよかったと思います」

沈黙。カチッというライターの音が聞こえた。アメリカでしか手に入らない銀色の箱のマイルド・マールボロに火をつけたのだろう。何の用かしら、と思った。ジョシュアはいつもぶっきらぼうに物を言う男なのだ。そう、ぶっきらぼうすぎるくらいに。

「で、ご用件は、ジョシュア？」用心深く私は訊いた。

「いや、特にないんだよ。いい仕事をしてくれた、と伝えようと思ってね。あの〝ヴェルディヴ〟の記事、あちこちで話題になっているから。バンバーの写真も素晴らしいし。いい記事に仕上げてくれたよ、きみたちは」

「そうですか。それはどうも」

だが、それで終わるはずがないことはわかっている。

「で、ほかには？」慎重にたずねた。

「一つだけ、引っかかってることがあるんだ、実は」

「おっしゃってください」

「あの記事に欠けている要素が一つあると思うんだな。きみは生存者や目撃者たちの証言をとった。

ボーヌ・ラ・ロランドで会った老人の話とか。どれも素晴らしいよ。文句のつけようがない。しかし、取材から洩れている対象もいくつかあるんじゃないかと思ってさ。たとえば、警官だ。フランスの警官」

「というと？」すこし苛立ちを覚えながら私は訊いた。「フランスの警官がどうだと？」

「あの一斉検挙に動員された警官たちの談話がとれていたら、完璧な記事になっただろうと思ってね。二人でも三人でもいい、あの日ユダヤ人狩りに参加した警官を見つけて、彼らの側の言い分を聞きだしていたら、もっと記事に厚みが出ただろうから。ま、いまはもうみんな老人になっているだろうがね。あのときの警官たちは自分の子供にどう説明したのか。そもそも、家族は知っていたのかどうか」

言われてみると、そのとおりだった。そのアングルからのアプローチはぜんぜん思いつかなかったのだ。苛立ちは急速に薄れた。私はがっかりして何も言えなかった。

「おい、ジュリア、いいんだよ、気にしなくたって」ジョシュアは笑った。「きみは立派な仕事をしたんだ。それに、警官たちを見つけたところで、証言を断られたかもしれないしな。リサーチの過程で、警官たちに関する資料にはあまりぶつからなかったんじゃないのかい？」

「ええ。考えてみると、フランスの警官たちの心境を扱った資料には、ほとんどお目にかからなかったわ。あの人たちはただ自分の任務を機械的に果たしていたんでしょうね」

「ああ、自分の任務をね」おうむ返しにジョシュアは言って、つづけた。「しかし、彼らがその後、あの日の体験とどう折り合いをつけたのか、知りたいところだね。そう言えば、ドランシー発のアウシュヴィッツ行き列車を運転していた運転士たちはどうだったのかな。彼らは知っていたんだろうか、自分たちが何を運んでいるのか？　家畜を運んでいるのだと、本当に思っていたのかな？　あのユダヤ人たちをどこにつれていこうとしているのか、そのユダヤ人たちにはどんな運命が待ちかまえているのか、彼らは知っていたんだろうか？　それから、あのバスの運転手たち。彼らは何か知っていたんだろうか？」

当然の指摘だった。私は黙っているしかなかった。有能なジャーナリストだったら、そういうタブーに深く斬り込んでいただろう。フランスの警察。フランスの鉄道。フランスのバス・システム。ところが私は、〝ヴェルディヴ〟の子供たち、なかでも、そのうちの一人の女の子の運命に、心臓をわしづかみにされてしまったのだ。

「大丈夫かい、ジュリア？」ジョシュアが訊く。

「ええ、絶好調というところ」私は嘘をついた。

「このへんで、休養をとったほうがいいな」ずばりと、ジョシュアは言った。「飛行機に乗って、故郷にもどってみたらどうだい」

「まさしくそう思っていたんです、わたしも」


その日最後の電話をかけてきたのは、ナタリー・デュフォールだった。声がうわずっていた。あの妖精のような顔に興奮がみなぎり、茶色い瞳がきらきら輝いている様子が目に浮かんだ。

「ジュリアさん！　あたし、お祖父ちゃんの書類を徹底的に調べてみたの。そうしたら見つかったのよ。サラの葉書が見つかったのよ！」

「サラの葉書が？」一瞬とまどって、私は訊き返した。

「サラがね、近く結婚することを知らせてきた葉書。最後の葉書。そこにね、結婚する相手の男性の名前が書いてあったの」

ボールペンをさっとつかみ、メモする紙を探したのだが見つからない。私は手の甲にペン先を向けた。

「で、その名前は？」

「こう書いてあるわ――わたしはリチャード・J・レインズファードという人と結婚します、って」その名前の綴りを読みあげてくれた。Richard J. Rainsferd.「葉書の日付は、一九五五年三月十五日になってます。住所は書いてないの。他には何も書いてないの。ただそれだけ」

「リチャード・J・レインズファードね」私はくり返して、手の甲に大文字で書きつけた。

ナタリーに礼を言い、この先何かわかったらそのつど連絡するから、と約束した。そして、マンハッタンのチャーラの番号をダイアルした。助手のティナが出て、すこしお待ちください、と言う。それから、チャーラの声が伝わってきた。

「あら、また？　どうしたの、何かあったの？」

私はすぐ本題に入った。

「ねえ、アメリカにいるだれかをつかまえたい、探したいと思ったら、どうしたらいい？」

「電話帳を見てみたら」

「そんなに簡単なの？」

「他にも方法はあるけどね」チャーラは思わせぶりに答える。

「一九五五年に行方不明になった人物を見つけたいと思ったら？」

「その人の社会保障番号、車の免許証の番号、あるいは住所とかは？」

「ゼロなのよ。何もわからないの」

チャーラは低く口笛を吹いた。

「だとしたら、面倒ね。うまくいかないかも。でも、やってみる。何人か頼りになる人間を知ってるから。じゃあ、名前を教えて」

そのとき、玄関のドアがばすんと閉まり、テーブルに鍵束が放りだされる音がした。

ベルトランだ。ブリュッセルからもどってきたのだ。

「また後でかけ直すわ」妹にささやいて、電話を切った。


ベルトランが部屋に入ってきた。げっそりとした顔には血の気がなく、表情もこわばっていた。つかつかと近寄ってきて、私を抱き寄せる。彼の顎が頭に押しつけられるのを感じた。

こちらから先に口火を切らなければ、と思った。

「わたし、手術を受けなかったの」

ベルトランはほとんど体を動かさずに答えた。

「そうだってな。医者から電話で聞いたよ」

私は身を引いて、夫から離れた。

「どうしても、できなかったのよ、あなた」

ベルトランは微笑した。捨て鉢になっているような、奇妙な笑みだった。窓際にアルコール類がのっている棚があるのだが、彼はそこに歩み寄って、コニャックをグラスについだ。頭をぐっとそらして、早いピッチであおる。いつもの彼らしくないぞんざいな仕草に、私の気持も揺れた。

「それで?」ベルトランはばしんとグラスを置いた。「どういうことになるのかな、これから?」

私は微笑《わら》おうとしたのだけれど、空虚なつくり笑いになることはわかっていた。ベルトランはソファにどさっと腰を下ろし、ネクタイをゆるめてシャツの二つのボタンをはずした。

それから、言った。「こんどの赤ん坊の件、おれにはどうしても重荷なんだよ、ジュリア。なんとかわかってもらおうと思ったんだが、だめだったな」

その声の何かに促されて、私はしげしげと夫の顔を見た。憔悴の色の濃い、弱々しい表情を浮かべていた。一瞬、彼の父エドゥアール・テザックが、サラがもどってきた件を車の中で私に打ち明けたときの、あの疲れきった表情を思いだした。

「絶対に産むな、とは言えない。しかし、これだけはわかってほしいんだ。おれの気持はどうしても変わらないんだよ。ここでもう一人子供ができたら、おれ自身が破滅してしまう」

途方に暮れたような、無気力な表情。一瞬、同情の気持を表わそうとしたのだが、代わりに胸に湧きあがったのは憤りだった。

「破滅してしまう？」私はおうむ返しに言った。

ベルトランは立ちあがって、もう一杯コニャックをついだ。それをぐっとあおるあいだ、私は目をそらしていた。

「〝中年の危機〟って文句は、もちろん、知ってるだろう？　おまえたちアメリカ人のお気に入りの言葉だよな。このところおまえは、仕事や知人や娘のことにかまけて、おれがどういう危機を迎えているか、気づいてもいなかっただろう。ありていに言えば、おれのことなどどうでもよかったんじゃないか。そうだろう？」

私はびっくりして夫の顔を見つめた。

ベルトランはゆっくりと、慎重にソファに腰を下ろして天井を見あげた。これまで見たこともない、緩慢な、用心深い動作。顔の皮膚の張りも失われている。私は突然、老いつつある夫を目前にしていた。若々しいベルトランは、もうそこにはいなかった。ふてぶてしいまでに若々しく、活動的で、精力的だったベルトラン。一瞬たりともじっとしていることがなく、いつも覇気に満ちていて、行動は迅速、エネルギーに満ちあふれていた。が、いま目の前にいるのは、以前のベルトランの亡霊のようにすら見える。いつからこうなったのだろう？　どうして私は変化に気づかなかったのだろう？　ベルトランの、あの哄笑。ジョーク。人もなげな大胆さ。人は彼の振る舞いに目を見張り、刺激を受けて、よく私にささやいたものだ、あなたのご主人なの、あの方？　ディナー・パーティでは常に会話を独占していたが、その言動があまりに人を食っているので、気にかける者もいなかった。人を見るときのベルトランの表情。ぱちぱちと自信たっぷりに瞬く青い瞳。あのワルぶった悪魔的な笑み。

今夜のベルトランには身がまえたところ、気負ったところがこれっぽちもなかった。鎧を脱ぎ捨てたようにも見えた。ただぐったりと力なくすわっていて、目は哀しげにくもり、目蓋がたれていた。

「おまえは気づかなかっただろう、おれがどういう試練を迎えていたか。そうだろう？」

抑揚のない、無感動な声だった。私はベルトランの隣りに腰を下ろして、手を撫でさすった。たしかに自分は気づかなかったし、そのことでうしろめたさも覚えていた。それをどうやって認め、どうやって説明すればいいのか？

「どうして話してくれなかったの、ベルトラン？」

彼の口の端が歪んだ。

「そりゃ、話そうとしてみたさ。でも、うまくいかなかった」

「どうして？」

ベルトランの表情が険しくなった。乾いた含み笑いを洩らして、彼は言った。

「おまえは耳を貸さなかったじゃないか、ジュリア」

振り返れば、そのとおりだった。あの恐ろしい晩。ベルトランはしわがれた声で、最大の恐怖、老いてゆく恐怖を打ち明けた。あのとき私は、この人は傷つきやすい人なのだ、と覚った。自分が思っていたよりずっと傷つきやすい人なのだ、と。そして私は顔をそむけたのだ。その発見に私はうろたえ、うとましさを覚えた。ベルトランはそれを感じとったのだろう。でも、その結果どれほど傷ついたのか、私に語ろうとはしなかったのだ。

彼の手をとったまま、私は黙ってすわっていた。二人の置かれている状況の皮肉な側面が頭にひらめいた。意気阻喪した夫。瓦解しそうな夫婦生活。そこへ、生まれてくる子供。

「ねえ、二人で何か食べにいかない、セレクトかロトンドにでも？」私はそっと言った。「そこでゆっくり話し合いましょうよ」

ベルトランは大儀そうに起き直った。

「それは別の機会にしよう。いまは疲れてるんだ」

そう言えばこの数ヶ月、この人が疲労を口実にすることが何度もあったことを思いだした。いまは疲れてるんで、映画にいくのは勘弁してくれ。疲れてるんで、リュクサンブール庭園をまわるジョギングは無理だ。疲れてるんで、日曜の午後ゾーイをヴェルサイユにつれていくのは堪忍してほしい。疲れてるんで、セックスはまたいつか。セックス……最後にしたのはいつだったろう？もう何週間も前だ。重い足どりで部屋を横切っていくベルトランをじっと眺めた。だいぶ太ったように見える。それも気づかなかった。ベルトランは人一倍自分の容姿を気にかけるたちなのに。〝おまえは仕事や知人や娘のことにかまけて、おれがどういう危機を迎えているか、気づいてもいなかっただろう……おまえは耳を貸さなかったじゃないか、ジュリア〟。

恥ずかしさが体を突き抜けるのを覚えた。私は真実に正面から向き合うべきなのだろう。たとえ一つ屋根の下で暮らし、一つのベッドに寝ていても、この数週間、ベルトランは私の人生からしめだされていた。サラ・スタジンスキのことも、エドゥアールとの新たな関係についても、私はベルトランに話していなかった。自分にとって重要なすべてのことから、私はベルトランをしめだしていた。自分の人生から彼を切り離していたのだ。そして皮肉なことに、その私がいま彼の子供をみごもっている。

キッチンでベルトランが冷蔵庫をあける音がした。アルミホイルをひらくカサカサという音。リビングにもどってきたベルトランは、片手にチキンの脚を、もう一方の手にアルミホイルを持っていた。

「一つだけ言わせてくれ、ジュリア」

「なあに？」

「こんどの赤ん坊はどうしても受け容れられない、と言ったとき、おれは本気だったんだ。おまえはおまえなりの決断をしたんだよな。けっこう。こんどはおれの決断を聞いてもらおう。おれは一人になる時間がほしい。一人で自由に考える時間が。夏がすぎたら、おまえはゾーイと二人でサントンジュ通りのアパルトマンに移ってくれ。おれは近くに別の部屋を探す。で、二人の気持がどう落ち着くか、見てみようじゃないか。たぶん、そのときまでにはおれも、おまえの妊娠という事態と折り合いがつけられると思う。もし、それが不可能だったら、別れよう」

私はとくに驚かなかった。前から予期していたことだったからだ。立ちあがってドレスの皺をのばすと、落ち着いた口調で言った。「問題はゾーイね。どういうことになろうと、二人でちゃんとあの子に話さないと。あの子にもある程度、気持の準備をさせておいたほうがいいわ。一歩間違えると面倒なことになるから」

ベルトランはチキンの脚をアルミホイルにもどした。

「おまえはどうしてそんなに気丈なんだい、ジュリア？」その口調に皮肉な色合いはなく、ただ苦々しい思いがこめられているだけだった。「いまの口調なんか、おまえの妹にそっくりだな」

私は答えずに部屋を出た。浴室にいって、お湯の栓をひねる。そのとき、ハッと覚った。自分はさっき、とても重要な選択をしたのだ。ベルトランよりも赤ちゃんのほうを選んだのだから。彼の言い分や内心の不安を聞かされても気持が揺らぐことはなかったし、彼が数ヶ月、あるいは永遠に家を出ると知っても、恐怖心は湧かなかった。それに、ベルトランが完全に私の前から消えることなどありえないのだ。彼はゾーイや、いまおなかにいる子の父親なのだから。私たちの暮らしから跡形もなく消え去ることなどありえない。

とはいえ、蒸気のゆっくりと広がる浴室で鏡に面とむかい、そこに映った自分の姿が湯気の吐息に消されていくのを眺めているうちに、すべてが根底から変わったことを私は覚った。自分はベルトランをまだ愛しているのだろうか？　まだ彼を必要としているのだろうか？　彼を求めずに、その子を求める——その姿勢を貫き通せるだろうか？

泣きたくなったけれど、涙は出てこなかった。


まだお湯につかっているうちに、ベルトランが浴室に踏み込んできた。私のバッグに入っていたはずの、サラ関連の赤いファイルをつかんで。

「これは何だ？」と言って、ファイルを振りまわす。

びっくりして体を起こし、そのはずみでお湯が浴槽からこぼれ出た。ベルトランは顔を真っ赤に紅潮させて、惑乱した表情を浮かべていた。彼は迷わず便器の蓋に腰を下ろした。こういうときでもなかったら、その滑稽なポーズに私は噴きだしていただろう。

「ああ、それはね――」

私が言いかけると、ベルトランは片手をあげて制した。

「おまえはどうしても止められないんだな？　過去をほじくり返さずにいられないんだ」

彼はファイルに目を通した。ジュール・デュフォールからアンドレ・テザックに宛てた手紙を次々にめくり、サラの写真に目を凝らした。

「これはいったい何だ？　だれがおまえに渡したんだ？」

「あなたのお父さんよ」静かに答えた。

ベルトランはまじまじと私の顔を見つめた。

「おれの親父が、これとどういう関係があるんだ？」

私は浴槽をまたいでタオルをとり、ベルトランに背を向けて体をふいた。なぜか自分の裸身を彼の目にさらしたくなかった。

「話せば長くなるのよ、ベルトラン」

「なぜおまえは蒸し返そうとするんだ？　どれもこれも、六十年も前の出来事じゃないか！　もう過去の一ページ、すっかり忘れられた事件だろうが」

私はさっと向き直った。

「それはちがうわ。六十年前、あなたの一家はある事件に直面したの。あなたの知らない事件に。あなたや妹さんたちは何も知らないのよ。マメだってそう」

ベルトランの口があんぐりとひらいた。愕然としているようだった。

「いったい何が起きたというんだ、そのとき？　さあ、話してみろ！」ベルトランはせまった。

私はさっとファイルをとりもどして、胸に抱きしめた。

「あなたのほうこそ話してよ、どういうつもりでわたしのバッグの中身を調べたりしたのか」

まるで休み時間にいがみ合う学童同士のように、私たちは言い争っていた。ベルトランは目をむいて言った。

「おまえのバッグからそのファイルがのぞいていたんで、何だろうと思って見てみた。それだけさ」

「バッグにファイルを入れておくことは、しょっちゅうあるわ。でも、あなたがそれを盗み見したことなんて、一度もなかったじゃない」

「それとこれとは別問題だろう。いったいどういうことなのか、話してくれ。いま、すぐに」

私はかぶりを振った。

「そんなに知りたいのなら、お父さんに電話するのね。ファイルを見つけた、と言って。そして、訊いてみるといいわ」

「おれを信頼してないんだな？」

がっくりときた表情が、ベルトランの顔には浮かんだ。急に、彼が可哀相に思えた。信じられないような、傷心の表情を浮かべているので。

「わたしはね、あなたのお父さんから頼まれたの、あなたには話さないでくれ、って」静かに言った。

ベルトランはけだるそうに便器から立ちあがって、ドアのノブに手をのばした。憔悴しきった顔をしていた。

それから一歩後ずさると、私の頬を軽く撫でた。肌に触れた指先は、温かく感じられた。

「おれたち、なんでこんなふうになっちまったんだろうな、ジュリア。楽しかった日々は、どこにいってしまったんだ?」

それっきり浴室を出ていった。

つい涙があふれてきた。熱い滴が頬を伝い落ちるのに任せた。私のすすり泣く声はベルトランの耳にも届いたと思う。でも、彼はもどってこなかった。


サラ・スタジンスキが五十年前にパリからニューヨークに発ったことを知ってからというもの、二〇〇二年の夏のあいだ中、私はさながら強力な磁石に引っ張られる鉄片のように、大西洋の彼方にもどりたがっている自分を感じていた。パリを発つ日が、ゾーイに会う日が、リチャード・J・レインズファードの探索を開始する日が、待ち切れなかった。予約した飛行機に乗る日が待ち切れなかった。

ベルトランはあれから父親に電話をして、サントンジュ通りのアパルトマンでかつて起きた出来事を、知らされただろうか。それも気にはなったのだが、彼は何も言わない。私には誠実な夫らしく振舞ってくれたけれど、どこかよそよそしかった。ベルトランもまた、私がアメリカに発つ日が待ち切れずにいるのでは、と思った。それは一人で冷静に事態を検討するためだろうか？　それとも、あのアメリに心おきなく会えるから？　わからない。それはもうどうでもいい。どうでもいいことだわ、と私は胸にひとりごちた。

ニューヨークに向けて出発する数時間前、義父のエドゥアールに電話をして別れの挨拶をした。ベルトランと話し合ったかどうかについて、彼は何も言わなかったし、こちらからもたずねなかった。

「サラがデュフォール夫妻との文通を断ち切ってしまったのは、なぜだったのかな？」エドゥアールは訊いた。「いったい何があったんだと思う、ジュリア？」

「さあ、わかりません。とにかく、謎解きにベストを尽くしてみますから」

まさしくエドゥアールが口にした疑問に、私は日夜とりつかれていたのだ。数時間後に飛行機に乗り込んだときにも、その疑問は頭にこびりついていた。

サラ・スタジンスキはまだ生きているのだろうか？

私の妹。あのつややかな栗色の髪、えくぼ、美しい青い瞳。私たちの母そっくりの、引き締まったしなやかな肢体。レ・スール・ジャーモンド。私たち、ジャーモンド姉妹。テザックの家系のどの女性をもしのぐ長身。それを見つめるテザック直系の女性たちの不思議そうな、まぶしそうな笑み。そこにひらめく羨望。あなたたちアメリケーヌはどうしてそんなに背が高いの？　あなたたちの食べ物の成分のせい？　ビタミンやホルモンのため？　妹のチャーラは私より背が高い。二度の出産も、チャーラのすらりとした肢体に贅肉を加えることはなかった。

空港で私の顔をひと目見た瞬間、チャーラは、私が何かしら問題をかかえていること、それは赤ちゃんを産む決断をしたことや、こじれた夫婦仲とは何の関係もないことを覚ったらしい。市中に向う車の中で、チャーラの携帯はひっきりなしに鳴りつづけた。彼女のアシスタント、ボス、依頼人、彼女の子供たち、ベビーシッター。前夫のベンがロング・アイランドからかけてくるかと思えば、現在の夫のバリーが出張先のアトランタからかけてくる。電話は鳴り止むことがなかった。私はチャーラに再会できたことが嬉しくて、そんな電話の嵐も気にならなかった。チャーラの隣りにすわって肩が触れ合う――それだけで幸せだったのだ。

東八十一丁目の細長い褐色砂岩のアパートメント。そのチャーラの部屋に入って、一点のしみもないクローム張りのキッチンに二人で落ち着き、チャーラが自分自身には白ワイン、こちらには――妊娠中なので――アップル・ジュースをつぎ終わると、私はすべてを物語った。

チャーラはフランスの事情にはうといほうだ。フランス語もそう堪能ではない。流暢に話せる唯一の外国語はスペイン語なのだから。もともと占領期のフランス事情などに、あまり関心は持っていないはずだった。それでも彼女は黙って聞いてくれた。私はすべてを説明した。あの一斉検挙、収容所、アウシュヴィッツ行きの列車。一九四二年七月のパリ。サントンジュ通りのアパルトマン。サラ。その弟のミシェル。

チャーラの美しい顔はしだいに青ざめていった。白ワインのグラスにも手を触れずに、口元を指先で押さえて、しきりに首を振っていた。私はサラがニューヨークから送ってきた、一九五五年の日付の最後の葉書の件に至るまで、一部始終を語った。

チャーラが言った。

「驚いたわね」ワインをぐっとあけて、「じゃあ、そのサラという女性探しのためにやってきたわけだ？」

私はうなずいた。

「で、いったいどこから手をつけるつもり？」

「ほら、アメリカで行方不明になった人物を探すにはどうしたらいいか、ってあなたに電話で訊いたでしょう？　その人の夫の名前がわかったの。リチャード・J・レインズファードっていうんだけど」

「レインズファード？」

その綴りを教えた。

チャーラはさっと立ちあがって、コードレス電話をつかんだ。

「ねえ、どうするつもり？」私は慌てて訊いた。

チャーラは片手をあげて、黙ってて、と身振りで命じる。

「ああ、交換台ね。実はリチャード・J・レインズファードという人物を探しているの。ニューヨークに住んでいるはずなんだけど。ええ、そう、R、A、I、N、S、F、E、R、D。のってない？　じゃあ、ニュージャージーを調べてもらえる？　……のってない……コネティカットは？……あった？　すごい、すごい、どうもありがとう、もう一度住所を言って」

メモ用紙にさらさらと何かを書きつけた。それから、得意満面の顔でこちらに渡してよこす。

「ほら、見つかったわよ」誇らしげに言う。

私は信じられない思いで名前と住所に目を走らせた。

ミスター・アンド・ミセス・R・J・レインズファード
コネティカット州ロクスベリー、シポーグ・ドライヴ二二九九番地

「人ちがいじゃない」私はつぶやいた。「こんなに簡単に見つかるはずないもの」

「ロクスベリーか」チャーラは考え込みながら言った。「たしか、リッチフィールド郡じゃなかったっけ？　以前、そこに住んでた男性と付き合ってたことがあるな。お姉さんはもうパリに移住した後だったけど。グレッグ・タナー。いい男だったな。お父さんがお医者さんでね。とてもきれいな町だったわよ、ロクスベリーって。マンハッタンから百マイルくらい」

私は度肝を抜かれてハイスツールにすわっていた。サラ・スタジンスキ探しがこんなにも簡単、迅速に片づくなどとは信じられなかったのだ。こちらはまだアメリカに帰国したばかり。娘とも言葉を交わしていないのに、もうサラの行方がわかるなんて。いまの情報が正しければ、サラは現在も生きていることになる。そのこともまた、現実離れしているように思われた。

「ねえ」私は言った。「その人が間違いなくわたしの探しているサラだということは、どうすればわかるの？」

チャーラはテーブルにすわって、慌しくパソコンのスイッチを入れていた。準備ができるとバッグの中をかきまわし、眼鏡をとりだしてちょこんと鼻にすべらせた。

「すぐにわかるから、待ってて」

私はその後ろに立って、チャーラの指先がきびきびとキーボードの上を走る様子を眺めた。

「何をしているの？」

不思議に思ってたずねると、

「黙って見てて」ぴしっとチャーラは言って、指を動かしつづける。背後から見ていると、もうインターネットに接続していた。

パソコンの画面に大きな文字が現れた――〝コネティカット州ロクスベリーにようこそ。この町の行事、集会、住民、不動産について知りたい方のために〟。

「完璧だわ。これでいいのよ」じっと画面に目を凝らしていたと思うと、私の指先からさっとメモ用紙をとりあげ、また受話器をつかんでメモ用紙に記された番号をダイアルしはじめた。

こんなに急に事が運ぶとは。私は息が止まりそうだった。

「チャーラ！　待って！　あなた、何て言うつもりなの、ねえ！」

チャーラは受話器の送話口を掌で覆った。眼鏡のふちからこっちをのぞく目が怒っている。

「あたしを信頼してるんじゃなかった？」

あの、やり手の弁護士の口調。自信たっぷりの、押しつけがましい声。私は黙ってうなずくしかなかった。どうしていいかわからず、パニックに襲われていた。立ちあがってキッチンの中を歩きまわり、調理用具や調理台のなめらかな表面を撫でまわした。

チャーラのほうを振り返ると、こっちを見てにんまり笑う。

「やっぱりワインでも飲んでいたら。それから、発信者番号通知サーヴィスのことは心配しないで。エリア・コードの212は表示されないから」そこで急に指先を立てて、受話器を指した。「はい、あ、こんばんは。ミセス・レインズファードでいらっしゃいますか？」

鼻にかかった声を聞いて、つい微笑ってしまった。チャーラは昔から声を変えるのが上手なのだ。

「あら、それはどうも……じゃ、いまお出かけなんですね？」

ミセス・レインズファードは外出しているらしい。とすると、そこは本当にミセス・レインズファードの家なのだ。信じがたい思いで、私は耳を傾けた。

「はい、ああ、あの、わたし、サウス・ストリートのマイナー・メモリアル図書館に勤務していますシャロン・バーストールと申します。わたしどものところでひらく夏の最初の集会にご出席願えないかと思って、電話をさしあげたんですが。八月の二日、開催予定なんですが……ああ、そうですか、すみません。はい。あ、そうだったんですか、申しわけありませんでした、ご迷惑をおかけして。ええ、ありがとうございます。それでは」

受話器を置くと、チャーラは満足しきった笑みを私に向ける。

「それで？」息をはずませて、私は訊いた。

「いま電話に出た女性はね、リチャード・レインズファードの付き添いのナースなんだって。彼はかなりの高齢で、病気みたいね。寝たっきりだそうよ。面倒な治療が必要で、彼女は毎日午後にやってくるんだって言ってた」

「で、ミセス・レインズファードは」せかすようにたずねた。

「すぐもどってくるそうよ」

私は呆然とチャーラの顔を見た。

「じゃ、どうすればいいのかしら？　そこへ訪ねていけばいいの？」

妹はほがらかに笑った。

「ほかにいい方法がある？」


ここだ。シポーグ・ドライヴ二二九九番地。車のエンジンを切り、運転席にすわったまま汗ばんだ掌を膝に置いた。

ゲートに立つ灰色の二本の石の円柱の向こうに、家屋が見えた。コロニアル・スタイルのどっしりした建物で、たぶん、一九三〇年代後期に建てられたのだろう。ここにくる途中目にした百万ドル・クラスの広壮な邸宅に比べればさほど目立たないけれど、趣味のいい、調和のとれた家だった。

ここへはルート67を通ってきたのだが、リッチフィールド郡の汚れない田園の美しさには圧倒された。なだらかな起伏を描く丘陵、きらきらと輝く小川、夏の真っ盛りだというのに青々としたた木々。とはいえ、車内は暑かった。夏のニュー・イングランドがどれくらい暑いか、私はすっかり忘れていたのだ。強力なエアコンをきかせても、全身が汗ばんでいた。ミネラル・ウォーターのボトルを持ってくればよかった、と悔やんだ。喉がカラカラに渇いていた。

チャーラの話によれば、ここロクスベリーは富裕層の人々が住む町だという。ほら、よくあるじゃない、個性的で、トレンディで、クラシックな優雅さがあって、だからいつまでも飽きられることがない、そんな町の一つよ、というのがチャーラの解説だった。画家や作家や映画俳優が大勢住みついているらしい。だとすると、リチャード・レインズファードはどういう職業についているのだろう。昔からずっとここに住んでいるのだろうか？　それとも、引退したのを機に、サラと一緒にマンハッタンからここに移り住んだのだろうか？　それと、子供たちはどうなのだろう？　二人には何人の子供がいるのだろうか？　車のフロント・ガラス越しに木造の建物の正面を見て、窓の数をかぞえた。家の後部が見かけより大きければ別だが、寝室の数は二つか三つというところ。子供がいるとしたら、たぶん、私と同じくらいの年頃のはずだ。それと、お孫さんだっているかもしれない。首をのばして、車が何台か止まっているか見てみた。が、目に入るのは独立したガレージだけで、それも扉が閉まっていた。

ちらっと時計を見た。ちょうど二時をまわったところだった。ニューヨークから車で二時間できたことになる。このボルボはチャーラが貸してくれた。彼女のキッチンみたいに非の打ちどころのない車だ。チャーラが一緒にきてくれればよかったのに、と不意に思った。でも、チャーラは仕事のアポイントメントをキャンセルできなかったのである。「大丈夫、うまくいくわよ、お姉さん」チャーラは言って、この車のキーを放り投げてよこしたのだった。「でも、何かわかったら教えて。

いいわね？」

ボルボの運転席にすわってじっとしていると、暑さと共に不安もいや増してきた。サラ・スタジンスキに会ったら、いったい何と言えばいいのだろう？　サラのことはもうスタジンスキとも呼べないのだ。デュフォールとも呼べない。サラはいま、ミセス・レインズファードなのだから。この五十年間、ミセス・レインズファードだったのだから。とにかく、車から降りて玄関に歩み寄り、扉の右側に見える真鍮製のベルを押す……でも、そんなことはできそうにない。「あ、こんにちは、ミセス・レインズファード。はじめまして、わたし、ジュリア・ジャーモンドと申します。実はサントンジュ通りのアパルトマンとそこで起きた出来事について、お話をうかがいたいと思いまして。それから、テザック家と、あの……」

だめだ。話の切り出し方としては唐突すぎて、説得力もない。ああ、私はここで何をしているのだろう？　どうしてここまできてしまったのだろう？　何はともあれ、最初に手紙を書いて、サラの返事を待つべきだったのでは？　ここにいきなりやってくるなんて、馬鹿げている。馬鹿げた考えだ。私はいったい何を期待していたのだろう？　サラが両手を広げて歓迎してくれて、お茶でもてなしてくれ、こうつぶやくのを期待していたのだろうか——〝もちろん、わたし、テザック家の方々に恨みなど抱いていませんわ〟。

いくらなんでも現実離れしている。ありえない。これはまったくの無駄足だ。いますぐ引き揚げたほうがいい。

バックして走りだそうとしたとき、急に声をかけられてドキッとした。

「だれかお探し？」

じめついたシートにすわったまま窓のほうを向くと、三十に近そうな日焼けした女性が立っていた。ずんぐりした体つき。短い黒髪。

「わたし、ミセス・レインズファードに会いにきたんですけど、家を間違えたようだわ」

その女性は微笑した。

「だったら、この家でいいんですよ。でも、ママはいま外出してるんです。買い物にいってるの。二十分ほどしたら、もどってくると思うけど。あたし、オーネッラ・ハリスです。すぐ隣りの家に住んでるの」

目の前にいるのは、サラの娘なのだ。サラ・スタジンスキの娘なのだ。

冷静に振舞うのよ、と自分に言い聞かせながら、私は淑《しと》やかな笑みを浮かべた。

「はじめまして。ジュリア・ジャーモンドと申します」

「はじめまして。あたしで何かお役に立つことでも？」

なんとか適切な言葉で応じようと、私は脳みそを絞った。

「あの、あなたのお母さまにお会いできればと思って。あらかじめ電話をすればよかったんですけど、たまたまロクスベリーを通りかかったので、ご挨拶をしていこうと思いついたんです」

「じゃあ、ママのお友だち？」

「でもなくて。つい最近、お母さまのいとこの方にお会いして、お母さまがここにお住まいだということをうかがったので」

オーネッラの顔がぱっと輝いた。

「じゃあ、きっとロレンツォにお会いになったのね！　ヨーロッパでですか？」

なんとか、戸惑ったような表情を浮かべまいとつとめた。ロレンツォとは、いったいだれなのだ？

「ええ、まあ。場所はパリだったんですけれど」

オーネッラはくすくすと笑った。

「やっぱりね。神出鬼没なんだから、ロレンツォおじさんは。ママにもとっても好かれてるんです。アメリカにはあまりきてくれないんだけど、電話はよくかかってくるわ」

顎をちょっと私のほうに突きだして、

「あの、よかったら、うちでアイスティーでもいかが？　ここはとても暑いし。うちでママをお待ちになったらどうお？　ママが帰ってくれば、車の音でわかりますから」

「でも、そんなご迷惑をかけちゃ……」

「わたしの子供たちは、夫と一緒にボート遊びに出かけてるんです、リリノナ湖に。だから、どうぞ。さあ、遠慮なさらないで！」

ますます緊張しながらも、私は車を降りてオーネッラの後に従い、隣りのレインズファード家と同じ建築様式の家のパティオに向かった。芝生にはプラスティックの玩具、フリスビー、首のちぎれたバービー人形、組み立て玩具のレゴのブロック等々が散らばっていた。涼しい日陰に置かれた椅子に腰を下ろしながら、サラ・スタジンスキはどれくらい頻繁にここを訪れて、お孫さんたちの遊ぶさまを見て楽しむのだろう、と思った。自宅のすぐ隣りだから、たぶん毎日ここにやってくるのではないだろうか。

オーネッラがアイスティーの大きなグラスを差しだしてくれたので、ありがたく受けとった。しばらくのあいだ、二人は黙ってアイスティーをすすった。

「この近所にお住まいなんですか?」オーネッラがとうとうたずねた。

「いいえ、フランスに住んでるんです。パリに。フランス人と結婚したので」

「わあすごい、パリにお住まいだなんて」オーネッラは驚きの声をあげた。「きれいなところなんでしょう、パリって?」

「ええ。でも、わたしはこのアメリカにもどってこられて、とても嬉しいわ。妹がマンハッタンに住んでいるし、両親はボストンに住んでいるので。わたし、この夏を妹や両親と一緒にすごすためにもどってきたんです」

家の中で電話が鳴った。オーネッラが中に入って受話器をとった。低い声でふたことみこと話してから、またパティオにもどってきた。

「ミルドレッドからだったわ」

「ミルドレッド?」私はぼんやりと訊いた。

「パパの付き添いのナース」

チャーラがきのうかけた電話に出た女性なのだろう。たしか、レインズファードは寝たきりの老人だとか言っていたはずだ。

「お父さまの容態は……よろしいの?」私は慎重にたずねた。

オーネッラはかぶりを振った。

「それが、よくないんです。もう末期の癌なので。回復は無理だと思うわ。いまはしゃべることもできず、意識も朦朧としているくらいだから」

「それは、お気の毒に」私はもぐもぐと言った。

「ママが気丈な人なので助かってるんです。あたしがママを支えるんじゃなくて、その反対なんですもの。本当に感心しちゃう。あたしの夫のエリックもしっかりしてるんですよ。あの二人がいなかったら、あたし、どうしていいかわからないくらい」

私はうなずいた。そのとき、車のタイヤが砂利を踏みしめる音が聞こえた。

「ママだわ」オーネッラが言った。

車のドアがばずんと閉まり、砂利を踏みしめる足音が近づいてくる。そして、ややかん高い、優しい声が生垣を越えて伝わってきた。

「オーネッラ！　オーネッラ！」

外国訛りの、軽くうたうような声だった。

「いまいくわ、ママ」

私の胸郭の中で、心臓が跳ねていた。なんとかそれをなだめようと、胸を手で押さえた。左右に揺れるオーネッラのヒップを追って芝生を横切りながら、興奮と期待で気が遠くなりそうだった。

とうとうサラ・スタジンスキに会うのだ。この目で生身のサラを見つめることができるのだ。なんと挨拶をすればいいか、もう成り行きに任せるしかない。

オーネッラはすぐ隣りに立っているのに、その声は遥か遠くから聞こえてくるような気がした。

「ママ、この方、ジュリア・ジャーモンドさん。ロレンツォ叔父さんの友だちで、パリに住んでるんですって。ロクスベリーを通りかかったので、立ち寄ってみたんですってよ」

微笑みながら近寄ってくる女性は、裾がくるぶしまで届く赤いロング・ドレスを着ていた。六十に近い年頃に見える。娘と同じずんぐりした体つきだった。丸みのある肩、肉づきのいい太もも、太いぽってりした腕。日焼けした、なめらかな肌。髷に結った黒髪には白いものがまじっている。
そして、真っ黒な瞳。

黒い瞳。

ちがう。この人はサラ・スタジンスキではない。それだけはたしかだった。

「で、あなたはロレンツォのお友だちなんですって？　シ（そうだわね）？　まあ、ようこそ！」

まぎれもなくイタリア語訛りだった。まちがいない。この女性のすべてがイタリアの匂いを放っている。

私は後ずさって、どぎまぎしながら言った。

「すみません、大変な失礼をしてしまいまして」

オーネッラとその母親はじっと私を見た。しばらく残っていた笑みも、やがて薄れた。

「ミセス・レインズファードちがいをしてしまったようです」

「ミセス・レインズファードちがい？」オーネッラがおうむ返しに訊く。

「わたしが探しているのは、サラ・レインズファードという方なんです。とんでもない間違いをしてしまいました」

オーネッラの母親は吐息をついて、私の腕を撫でた。

「いいんですよ、謝らなくたって。よくあることですもの」

「それではこれで。おいとま致します」顔がかっと火照っているのを感じながら、私はつぶやいた。「申しわけありませんでした、貴重なお時間をさいていただいて」

そこで背後を向き、恥ずかしさと失望で震えながら車のほうに歩きだした。

「お待ちなさい!」ミセス・レインズファードの澄んだ声が追いかけてきた。「ちょっと待って、あなた」

私は立ち止まった。ミセス・レインズファードが近づいてきて、ぽってりした手を私の肩に置いた。

「あのね、あなたは間違ったわけじゃないんですよ」

私は眉をひそめた。

「とおっしゃると?」

「あのフランス人女性のサラだけど、主人の最初の奥さんだったの」

私は穴のあくほど彼女の顔を見つめた。

「じゃ、いまサラがどこにいるのか、ご存知なんですね?」ささやくように言った。

ぽってりした手がまた私を撫でた。黒い瞳は悲しげだった。

「それがね、サラは亡くなってしまったのよ。一九七二年に。とても辛いことなんだけど、お伝えするのは」

その言葉が頭にしみこむまで、長い長い時間がかかった。頭がくらくらした。暑さのせいだったかもしれない。容赦なく陽光が照りつけていたので。

「オーネッラ！　水を持ってきて！」

ミセス・レインズファードに手をとられてポーチにもどり、クッションのついた木製のベンチに、へたりこむようにすわった。ミセス・レインズファードが水を渡してくれる。グラスのふちを歯でカタカタ鳴らしながら、私は飲んだ。全部飲み終わって、グラスを返した。

「本当に悲しいわ、こんなことをお伝えしなきゃならないのは」

「どういう亡くなり方をしたんですか、サラは？」かすれ声で私は訊いた。

「自動車事故だったの。リチャードとサラは一九六〇年代のはじめ頃からロクスベリーに住んでいたのね。冬のある日、サラの運転する車が凍結した路面でスリップしてしまってね。立ち木に激突しちゃったのよ。この辺の道路は、冬はとても危険なの。サラは即死だったと聞いてるわ」

私は声も出なかった。どうしていいかわからないくらい打ちのめされていた。

「ショックでしょうね、本当に」ミセス・レインズファードはつぶやいて、母親が励ますように私の頬を撫でてくれた。

私はかぶりを振って、何かをつぶやいた。体中の力が抜け、頭の中も真っ白になっていた。まるで、からっぽの貝殻のように。これからニューヨークまで車で帰るのかと思うと、泣きたくなった。で、その後は……エドゥアールには、そしてガスパールには、何と言えばいいのだろう？　どう言えばいいのだろう？　ただ、サラは死んだと言うほかないのだろうか？　もう何の手も打ちようがない、と？

サラは死んだ。四十歳のときに。もうこの世を去っていた。亡くなっていたのだ。この地上から消えていたのだ。

サラは死んだ。もう言葉を交わすことはできない。申しわけありませんでした、と伝えることもできない。エドゥアールの思いも、テザック家の遺憾の念も伝えることができない。ガスパールとニコラの兄弟がどんなに彼女を愛しているか、どんなに会いたがっているかも、伝えることができない。遅すぎたのだ。三十年も遅すぎたのだ。

「わたしはね、サラにお目にかかったことは一度もないの」ミセス・レインズファードは言った。「リチャードと知り合ったのは、サラが亡くなって二、三年たったときだったから。リチャードはとても悲しんでいたわ。それから、あの男の子も――」

私はハッと顔をあげて、耳をそばだてた。

「男の子？」

「そうよ。ウィリアムだけど。ウィリアムはご存知？」

「サラのお子さんですか？」

「そうよ、息子さんよ」

「あたしの、母親違いのお兄さんよね」と、オーネッラが言う。

再び、希望の灯がともった。

「いいえ、存じません。そのウィリアムのこと、教えてください」

「可哀相なバンビーノ。ウィリアムはね、お母さんが亡くなったとき、たったの十二歳だったの。とても悲しがっていたわ。わたしはね、実の息子のようにあの子を育てたの。イタリアの愛をたっぷり注いでね。大人になると、あの子はわたしの故郷の村の、イタリア人の女のコと結婚したわ」

自慢そうに、にっこりと笑った。

「やっぱり、ロクスベリーに住んでるんですか、彼は？」

ミセス・レインズファードは微笑して、また私の頬を撫でた。

「いいえ《マンマ・ミーア》、あの子はね、いまイタリアで暮らしているの。二十になったとき、一九八〇年に、ロクスベリーを出ていったわ。そして、その五年後に、フランチェスカと結婚したの。いまでは、二人の可愛らしい女の子のお父さん。ときどき父親に会いにもどってくるわよ、わたしやオーネッラにも会いにね。でも、そうしょっちゅうじゃないわね。ウィリアムはここが嫌いなのよ。死んだお母さんを思いだすから」

　急に、気分が明るくなった。さっきまでの暑苦しさも薄れて、楽に呼吸できるようになった。

「ミセス・レインズファード――」私は言いかけた。

「あら、わたしのことはマーラと呼んでちょうだいよ」

「マーラ」私は素直に従った。「わたし、ぜひウィリアムと会って、お話ししたいんです。どうしても会いたいんです。とても大切な用件がありますので。イタリアでの彼の住所を、教えていただけます？」

電話の接続が悪くて、ジョシュアの声がとても聞きとりづらかった。

「前払いしてくれって？　この夏のさなかにかい？」

「ええ、お願い！」彼の声の否定的な調子にムカッとしながら、私は叫んだ。

「で、いくらほしいんだい？」

私はその額を伝えた。

「いったい何事だい、ジュリア？　あの、あんたのやり手の旦那が急に財布のひもをしめだしたかどうかしたのかい？」

私はじれったくなって、溜息を洩らした。

「ねえ、払ってもらえるの、もらえないの、どっち、ジョシュア？　とても重要なのよ」

「もちろん、払ってあげるさ」ぴしっとジョシュアは言った。「これだけきみと付き合ってきて、前払いを頼まれたのは初めてだからな。ひょっとして、何か厄介な問題に巻き込まれてるんじゃないだろうね？」

「大丈夫、そんなんじゃないから。ちょっと旅に出なくちゃならなくなったんです。ただそれだけ。出発まで、あまり時間がなくて」

「なるほど」ジョシュアのなかで急に好奇心がふくらんできたことが感じとれた。「で、行先は？」

「娘をつれて、イタリアのトスカーナに出かけるの。詳しいことは、あとで説明しますから」

私の口調はにべもなかった。ジョシュアはたぶん、これ以上何かを私から引きだすのは無理だと覚ったことだろう。彼の焦燥感が、はるかパリから生々しく伝わってくる。じゃあ、と彼はそっけなく言った——きょうの午後、きみの口座に前払い金を振り込んでおくから。私は礼を言って電話を切った。

それから、組み合わせた両手に顎をのせて考えに沈んだ。これからやろうとしていることをベルトランに話したら、きっとひと悶着起きるにちがいない。その結果、何もかもこんがらがって、手がつけられなくなってしまうかもしれない。そんな事態だけはご免こうむりたい。ただ、エドゥアールには話しておくという手もあるけれど……やっぱり時期尚早のような気がする。まだ早すぎる。その前に、肝心のサラの息子、ウィリアム・レインズファードと連絡をとらなければ。住所は聞いてあるから、居場所を確認するのは簡単だ。実際に話ができるかどうかは、また別だろうけれども。

問題はゾーイだ。ロング・アイランドでの楽しいヴァカンスが中断されると知ったら、あの子はどう思うだろう？　それに、ナハントにいる祖父母ともしばらく会えないと知ったら？　その点は心配だったけれど、たぶん、あの子はそう気にしないだろう、と思った。イタリアを訪れるのは、あの子にとっては初めての体験だ。それに、あの子には秘密を明かしてもいい。これからサラ・スタジンスキの息子に会いにいくのよ、と明かせば、きっと乗り気になるにちがいない。

残るは私の両親だ。父と母にはどう言おうか？　どこから説明すればいいだろう？　父と母も、私がロング・アイランドでのヴァカンスを切りあげてからナハントを訪れるのを楽しみにしている。いったいどう説明すれば納得してもらえるだろう？

「なあるほどね」あとでチャーラにすべてを説明すると、間延びした声で彼女は応じた。「なあるほど。ゾーイをつれてトスカーナに駆けつける。で、その男性を見つけて、六十年遅れのお詫びをするってわけね？」

その皮肉な口調に、私はすこしたじろいだ。

「ええ、そうだけど。それがどうしていけないの？」

チャーラは溜息をついた。私たちはチャーラの家の二階の、彼女がオフィス代わりに使っている大きな正面の部屋にすわっていた。チャーラの夫のバリーはあとで姿を見せることになっている。キッチンには、チャーラと私でこしらえたディナーの用意ができていた。チャーラはゾーイと同じで派手な色が大好きだった。この部屋がいい例で、まさしくピスタチオ・グリーンとルビー・レッドと鮮烈なオレンジのるつぼといったところ。初めてこの部屋に入ったときは頭がずきずきしたものだけれど、そのうちだんだん慣れてきて、いまでは、すさまじいまでにエキゾティックな部屋、と内心名づけている。私は昔から地味めの中間色に魅かれるほうだった。ブラウンとか、ベージュとか、白とか、グレイとか。ドレスを選ぶ場合でもそうだ。その点、チャーラとゾーイは明るい色をふんだんに使うのが好きで、それをうまく使いこなしている。二人の大胆さに、私は羨望を覚えると同時に感心もしているというのが正直なところだ。

「姉貴風を吹かすのは止めてよ。姉さんは妊娠しているんだってことも忘れないで。いま、こんな時期にイタリアくんだりまで出かけるのは、ほんと、疑問だけどなァ」

私は黙っていた。チャーラの言い分にも一理あるからだ。チャーラはつと立ちあがって、古いカーリー・サイモンのレコードをとってきた。ミック・ジャガーがバック・ヴォーカルでがなっている〝うつろな愛〟。

それをプレイヤーにかけると、くるっと振り向いて、私を睨みつけた。

「それにしても、いま、この時期に、何がなんでもその人を探しださなきゃならない理由でもあるの？　もうすこし待つわけにはいかないの？」

それもまた、うなずける言い分だ。

私は妹の顔を見返した。

「わたしにとってはね、そんなに単純な問題じゃないのよ。やっぱり、待つわけにはいかないわ。とても大切なことだから。いまのわたしにとっては何より大切なことと言ってもいいくらい。おなかの赤ちゃんは別にしてね」

チャーラはまた吐息をついた。

「あのカーリー・サイモンの歌を聞くと、きまってお姉さんの旦那を思いだしちゃうんだな。〝あなたは本当にうつろな人。これはあなたの歌なんだから……〟」

私は自嘲気味に含み笑いを洩らした。

「で、ママやパパには何て言うつもりなのよ？」チャーラは訊いた。「ナハントにいかない理由についてさ？　それから、おなかの赤ちゃんについて？」

「さあ、何て言おうかしら」

「ということは、それももう考慮ずみってことね。慎重に考えた上でのことなんだ」

「そうね、わたしなりに」

チャーラは私の後ろにまわって、肩を揉みはじめた。

「つまり、もう準備万端ととのっているってこと？　早手まわしに？」

「ええ、まあ」

「抜け目がないんだから、まったく」

肩を揉んでくれるチャーラの手が心地よい。ウトウトしそうなくらいだ。派手な色使いの仕事部屋をあらためて見まわす。ファイルや書籍が山積みのデスク。そよ風に揺れている明るいルビー色のカーテン。子供たちがいないので、家の中は静まり返っている。

「で、その男性はどこに住んでるの？」チャーラが訊いた。

「その人にはね、ちゃんとした名前があるの。ウィリアム・レインズファード。ルッカに住んでるの」

「ルッカって、どこ？」

「フィレンツェとピサのあいだにある小さな町」

「その人の職業は？」

「一応インターネットで調べてみたんだけど、彼の継母にあたる方が教えてくれたわ。料理の評論家なんですって。奥さんは彫刻家。子供が二人」

「で、いまいくつなの、ウィリアム・レインズファードは？」

「まるで刑事みたいな口をきくじゃないの、あんた。一九五九年生まれよ」

「で、姉さんはこれから軽やかに彼の人生の中にすべり込んでいって、大騒ぎを引き起こそうってわけ？」

私はうんざりしてチャーラの手を払いのけた。

「とんでもない！　わたしの望みはただ、わたしたちの側の事情を彼に知ってもらいたいだけなんだから。あの出来事をだれも忘れていないということを、彼に知ってもらいたいだけなのよ」

皮肉っぽい笑み。

「彼だって忘れちゃいないんじゃない。たぶん、彼のママは自分の体験を生涯引きずっていたでしょうから。もしかすると、彼は望んでないかもよ、過去の出来事をいまさら思いだささせられるのを」

階下でドアがばしんと閉まった。

「だれかいるのかな？　この家の美しい女主人と、パリからきたその姉君はいずこに？」

階段をどかどかとのぼってくる足音。

私の義弟のバリーだ。チャーラの顔がぱっと明るくなった。バリーを心から愛しているのだろう。それを察して、私も嬉しかった。つらい離婚劇の厳しい試練を経て、チャーラは再び幸福をつかんだのだから。

キスし合う二人を見ながら、ベルトランのことを思った。私たちはこれからどうなるのだろう？私たちの結婚生活はどういう方向に向かうのか？　果たしてうまく立ち直れるだろうか？　そういう思いをすべて頭からしめだして、私はチャーラとバリーにつづいて下に降りていった。

あとでベッドに横たわったとき、ウィリアム・レインズファードについてチャーラの吐いた言葉が甦ってきた。〝もしかすると、彼は望んでないかもよ、過去の出来事をいまさら思いだささせられるのを〟。その夜は輾転反側して、熟睡できなかった。

翌朝、私は胸にひとりごちた、ウィリアム・レインズファードが母親やその過去について語りたがらないかどうかは、すぐにわかるはずだわ。肝心なのは、彼に会いにいくということ。私は、サラの血を分けた息子とじかに語り合うのだ。二日後にはゾーイと一緒にＪＦＫ空港からパリに飛び、そこからフィレンツェに向かうことになっている。

ウィリアム・レインズファードは夏のヴァカンスをルッカですごすのが慣わしになっているらし

い。彼のアドレスを教えてもらったとき、マーラがそう言っていた。そしてマーラはウィリアムに電話して、私が会いたがっている旨を告げてくれたはずなのである。

そう、ジュリア・ジャーモンドという女性から電話がかかってくることを、ウィリアム・レインズファードは承知しているはずだ。それだけは心得ているはずだ。


トスカーナの暑さはニュー・イングランドのそれとは大違いだった。空気が恐ろしく乾いていて、湿気がまるでないのだ。ゾーイを従えてフィレンツェのペレートラ空港から歩きだしたのだが、すさまじいほどの暑熱に、いま、この場で脱水症状を起こして干からびてしまうのではないかと思った。悪いことはみな妊娠のせいにして、私は自分を慰めた。そうですとも、ふつうの体だったら、こんなに喉が渇いて、水が飲みたくなったりしないはずだわ。時差ボケもマイナスに働いているのはたしかだった。サングラスをかけて麦わら帽をかぶっているのに、陽光は容赦なく襲いかかってきて、肌や目に突き刺さってくる。

事前に借りておいたレンタカー、地味な外観のフィアットが、陽光の照りつける駐車場の真ん中で私たちを待っていた。エアコンの効きはまあまあだった。駐車場からバックで出ながら、急に、果たしてルッカまでの四十五分のドライヴをやりとげられるだろうか、と不安になった。日の差し込まない涼しい部屋のベッドで、軽い柔らかな寝具にくるまれて眠りに誘われたい、と痛切に思った。そんな私を鼓舞してくれたのは、ゾーイのスタミナだった。あの子はひっきりなしにしゃべりつづけて、目に入るものを次々に指さした。雲ひとつない紺碧の青空。高速道の両側をふちどるイトスギ。短い列をなして植わっているオリーヴの木々。遥か彼方の丘にちょこんと建っている古びた家々。「ほら、あそこがモンテカティーニなんだよ」得意げに言って指さしながら、ゾーイはガイドブックの記述を読みあげた。「豪勢な温泉とワインで有名な町」

運転に集中する私の横で、ゾーイはルッカに関する説明を声に出して読んでいく。ルッカは中世の城壁がいまに残る、トスカーナでも数すくない町の一つで、その城壁に囲まれた往時のままの町の中心部には限られた数の車しか進入できない。そこでは今日も、とゾーイは読みつづけた、数多くの中世の建物に接することができる。大寺院。サン・ミケーレ教会。グイニージの塔、プッチーニ博物館、パラッツォ・マンシ……ゾーイの上機嫌ぶりが嬉しくて、私は微笑いかけた。ゾーイもこっちを見返した。

「でも、あたしたち、観光見物している暇はないんだよね」ゾーイはにやついた。「だって、仕事があるんだもん。そうでしょ、ママ?」

「ええ、もちろん」私は答えた。

ゾーイはすでにルッカの地図上で、ウィリアム・レインズファードの住所を見つけだしてくれていた。そこは町のメインストリートのフィルンゴ通りの近くだった。部屋を予約してあるプチ・ホテル、カーサ・ジョヴァンナも、この大きな歩道沿いにある。

ルッカと、その周辺の迷路のように入り組んだ環状道路に接近するにつれて、周囲の車の身勝手な運転ぶりに神経をとぎすます必要が出てきた。この地のドライヴァーたちときたら、何の予告もなくバックしたり、止まったり、曲がったりするのだ。パリのドライヴァーたちより始末が悪いじゃない、と思った。腹立ちと苛立ちがつのりはじめた。それと、おなかの奥に鈍く引きつるような、生理の前触れのような奇妙な感じがあるのも気に入らなかった。飛行機で食べた何かが体にさわったのだろうか？　さもなければ、もっと危険な何かの徴候？　警戒感が体を走った。

チャーラの言うとおりだ、とあらためて思った。まだ妊娠三ヶ月にもならない不安定な状態でこんなところまでやってくるなんて、どうかしている。もうすこし先に延ばしてもよかったのだ。ウィリアム・レインズファードを訪ねるのは、半年先にしたって何の支障もなかったのだから。

でも、ゾーイの顔をチラッと見ると、喜びと興奮で輝いている。なんて美しい顔だろう。私たち夫婦が離婚の一歩手前の状態にあることを、この子はまだ知らない。まだいつもどおりのゾーイで、私とベルトランの心中の思いなど何も知らない。この子にとって、この夏は終生忘れられないものになるだろう。

町の城壁の近くの無料駐車場に向かってフィアットを走らせながら、せめてこの旅はこの子にとって素晴らしい思い出になるようにしてあげたい、と切に思った。

しばらく休むからね、と私はゾーイに言った。このプチ・ホテルの主ジョヴァンナは、つやっぽい声の、人のよさそうな、貫禄のある体軀の女性だった。彼女とゾーイがロビーでおしゃべりしているあいだに、私は冷たいシャワーを浴びてベッドに横たわった。下腹部の痛みはすこしずつやわらいでいった。

私たちの部屋は、塔のようにそそり立つ古い建物の上階の小さな続き部屋だったけれど、居心地の良さという点では申し分なかった。頭の隅には、ずっと母の声が響いていた。私はチャーラの家から、事情があってナハントにはいけなくなった、これからゾーイをつれてヨーロッパにいってくる、と母に告げたのである。母がすぐには答えず、軽く咳払いをしたことから、ああ、きっと心配しているんだな、と察しがついた。何も問題はないのね、と母はとうとう訊いてきた。私は陽気な口調で答えた、ええ、何もかも順調よ、これからゾーイをつれてフィレンツェにいってくるの、それからまたアメリカにもどって、パパやママに会いにいくわ。すると母は抗議をするように言ったのだった。「でも、あなたはアメリカに着いたばっかりじゃないの！　チャーラのところに二、三日泊まっただけで、どうしてまた出かけなくちゃいけないの？　それに、せっかくゾーイがここでヴァカンスを楽しんでいるのに、どうして連れ出したりするの？　わけがわからないわ。あなた、アメリカが恋しいって、あれほど言ってたくせに。どうしてそんなに慌しく出かけなくちゃならないのよ」

そのときはさすがにうしろめたさを覚えた。でも、これだけ入り組んだ事情を電話で両親に説明するのは無理というものだ。いずれ機会があるだろうから、とそのときは思った。無理をすることはない、と。そして、かすかにラヴェンダーの香りのする薄いピンク色のシーツに横たわっているいま、うしろめたさはまだ薄れていなかった。それに、母には妊娠の事実も話してない。ゾーイにも話してない。できれば私は二人に秘密を明かしたかった。父にもだ。けれども、何かが私を引きとめたのである。そう、奇妙な迷信じみた思い、これまで感じたこともなかった、根の深い不安が。この数ヶ月のうちに、私の人生は微妙な変化をとげたらしい。

それはやはりサラと、サントンジュ通りのアパルトマンと関係があるのだろうか？　それとも単に、この歳になって私がようやく一人前の大人になったということなのだろうか？　わからない。はっきりしているのは、自分を長いあいだ優しく包んでくれた靄から、私がいま抜けだしつつあるということだけだ。私の感覚はいま鋭くとぎすまされている。もう靄には包まれていない。優しい靄は消えてしまった。あるのは厳しい事実だけ。ウィリアムを探し当てること。そして彼に、テザック家やデュフォール家の人たちは決してあなたのお母さんを忘れはしなかった、と告げること。

とにかく、ウィリアムに会いたかった。彼はここに、この町にいるのだ。こうしているいまも、賑やかなフィルンゴ通りを歩いているかもしれない。この小さな部屋に横たわり、下の狭い歩道で上がる人声や笑いをひらいた窓越しに聞き、ときおり響くヴェスパのエンジン音や、自転車のベルのチリンという音を耳にしていると、サラがとても身近に、いままでになかったくらい身近に感じられた。それはもちろん、これからサラの息子、彼女の血を継ぐ分身に会おうとしているからだろう。あの黄色い星をつけた少女にこれほど近づけたと思えるのは、いまが初めてだった。

さあ、手をのばして受話器をつかむのよ。そして、彼に電話をするの。こんなに簡単でたやすいことなんかないじゃないの。

それでも私は踏み切れなかった。黒い旧式の受話器を虚しく見つめ、弱い自分に苛立ちながら嘆息した。再びベッドに仰臥して、馬鹿なわたし、と思った。恥ずかしさすら覚えた。サラの息子のことで頭がいっぱいで、古都ルッカの美しい景観や魅力などまるで意識にのぼらなかったことに、いまさらながら気づいた。駐車場からここまで、私はゾーイの後から、夢遊病者同然に、とぼとぼと歩いてきたのだ。ゾーイはと言えば、まるで以前からここに住み着いている人間のように、曲がりくねった古い道をらくらくと歩いていた。ルッカの町並みなど、私の目にはまったく入っていなかった。念頭にあるのはただ一つ、ウィリアム・レインズファードと語り合うことだけだったから。それなのに私は、彼に電話をかけることすらできずにいる。

ゾーイが部屋に入ってきて、ベッドの端に腰を下ろした。

「どうお、大丈夫？」

「ええ、たっぷり休めたわ」私は答えた。

ゾーイはじっとこちらを見た。金褐色の目が値踏みするように私の顔を見まわす。

「もうすこし休んだほうがいいんじゃない、ママ」

私は眉をひそめた。

「そんなに疲れているように見える？」

ゾーイはうなずく。

「休んだほうがいいよ、ママ。あたしはさっきジョヴァンナから食べさせてもらったから。あたしのことは心配しないで。万事順調だから」

ゾーイの真面目な口調に、私はつい笑みを誘われた。ドアのところで立ち止まると、ゾーイはこっちを振り向いた。

「あのさ、ママ……」

「ええ、なあに？」

「あたしたちがここにきてるってこと、パパは知ってるの？」

ゾーイをルッカに同行させることは、ベルトランには話してない。もしこのことを知ったら、あの人は激怒するだろう。

「ううん。知らないはずよ、パパは」

ゾーイはドアのノブをいじくっていた。

「ねえ、ママとパパは喧嘩をしたの？」

あの澄んだ、真剣な目に嘘をついても仕方がない。

「ええ、実はそうなの。わたしがサラの周辺を調べつづけることに、パパは反対なのよ。もしこのことを知ったら、パパは面白くないでしょうね」

「でも、お祖父ちゃん《グラン・ペール》は知ってるよ」

私はびっくりして身を起こした。

「あなた、このことをグラン・ペールに話したの？」

ゾーイはうなずいた。

「うん。グラン・ペールもね、サラのことは本当に気になってるみたい。あたし、ロング・アイランドから電話して、サラの子供に会いに、ママとイタリアにいく、って話したんだ。ママもそのうち話すんだろうと思ったけど、あたし、すごく舞いあがってたから、つい話しちゃった」

「で、グラン・ペールは何て言ってた？」娘の思い切った行動に驚きながら、私はたずねた。

「あたしとママがここにくるのはいいことだ、って言ってた。パパがうるさいこと言ったらたしなめてやる、って言ってたよ。でね、ママは素晴らしい人だって」

「グラン・ペールがそう言ったの？」

「うん」

戸惑いと感動を同時に覚えながら、私は頭を振った。

「それからね、グラン・ペールはこういうことも言ってた。ママは無理しないほうがいい、って。ママが疲れすぎないように、あたしがそばで注意してなさい、って」

とすると、エドゥアールは知っているのだ。私が妊娠していることを。たぶん、ベルトランから聞いたのだろう。おそらく、あの父子は長い語らいを持ったのだ。となると、いまはベルトランも、一九四二年の夏にサントンジュ通りのアパルトマンで起きたことを知っているにちがいない。

ゾーイの声が私をエドゥアールへの思いから引きもどした。

「ねえ、ウィリアムに電話してみたら、ママ？　会う時間を決めたほうがいいよ」

私はベッドに身を起こした。

「そうね、そうしましょう」

マーラがウィリアムの電話番号を書いてくれた紙をとりだして、旧式の電話機のダイアルをまわした。心臓がドキドキしていた。なんだか嘘みたい、と思った。私はいま、サラの息子に電話をかけているのだから。

二度、三度不規則な呼び出し音が鳴ってから、留守番電話の音に変わった。女性の声が早口のイタリア語でしゃべりだした。どぎまぎして、慌てて切ってしまった。

「それはないでしょ、ママ」ゾーイが言う。「留守番電話になっても切っちゃだめ。ママ自身、何度もあたしに言ったじゃない」

ゾーイの大人びた勧告に照れ笑いを浮かべて、もう一度ダイアルした。こんどは最初から覚悟して留守番電話を待ちかまえた。その瞬間がくると、何日も前からリハーサルしていたかのように、すんなりしゃべることができた。

「はじめまして。わたし、ジュリア・ジャーモンドと申します。ミセス・マーラ・レインズファードの紹介でお電話をさしあげました。娘と一緒にルッカにきていまして、フィルンゴ通りのカーサ・ジョヴァンナに泊まっています。いま、二、三日滞在する予定なので、ご連絡いただけると嬉しいのですが。それでは、失礼いたします」

安堵と落胆を同時に覚えながら、受話器を黒いフックにもどす。

「うん、よかったんじゃない」ゾーイが言った。「じゃあ、ゆっくり休んだら。またあとでね」

私の額にキスして、部屋を出ていった。

夕食はホテルの背後の、こぢんまりとした愉しい雰囲気のレストランでとった。そこは、アンフィテアトロの近くでもあった。アンフィテアトロとは、何世紀も前の中世に数々の競技が行われていた、円弧状に連なる古い建物に囲まれた大きな広場のことである。十分に休養したので気力も甦り、多様な人々の行き交う通りの眺めを楽しんだ。観光客、土地の人々、街頭の物売り、子供たち、鳩の群れ。イタリア人が子供好きであることもわかった。ゾーイはウェイターや店のオーナーたちから〝プリンチペッサ（プリンセス）〟と呼ばれて可愛がられた。だれもがゾーイに笑顔を向け、耳を引っ張ったり、鼻をつまんだり、髪の毛を撫でたりする。最初は見ていて気になったけれど、ゾーイ本人は大喜びで、覚えたての怪しげなイタリア語で大胆に応じたりしていた。「ソノ・フランチェーゼ・エ・アメリカーナ、ミ・キアーマ・ゾーイ（あたし、フランス人でアメリカ人です。名前はゾーイっていうの）」

暑熱はようやく薄らいで、涼しい夕風が頰を撫でた。でも、道路のかなり上にある私たちの小さな客室はまだ蒸し暑いはずだ。フランス人同様イタリア人も、エアコンの導入には熱心ではない。今夜はエアコンの冷気が懐かしく感じられることだろう。

時差ボケでぼうっとしながらカーサ・ジョヴァンナにもどってくると、客室のドアにメモが貼りつけてあった――〝ペル・ファヴォーレ・テレフォナーレ・ウィリアム・レインズファード〟。ウィリアムに電話してくれ、というのだ。

私はハッと息を呑んだ。ゾーイが歓声をあげる。

「いま電話したほうがいいかしら？」

「まだ九時十五分前だもんね」ゾーイが言った。

「わかった」私は震える指でドアをあけた。黒い受話器を耳に押しつけて、ウィリアムの番号をダイアルする。その番号にかけるのは、その日三度目だった。留守番電話だわ、と声に出さずにゾーイに向かって言う。話したほうがいいよ、とゾーイも口の動きで返事をする。ピーッという音を聞いてから、私はもぐもぐと自分の名前を言い、一瞬ためらってから受話器を置こうとしたとき、男性の声が言った。

「もしもし？」

アメリカ人の訛りがある。ウィリアムだ。

「もしもし」私は言った。「あの、ジュリア・ジャーモンドですが」

「今晩は」彼は言った。「いま、食事をしていまして」

「あ、すみません……」

「いや、いいんです。あしたの昼食前にお会いする、というのはどうでしょう？」

「けっこうです」私は答えた。

「城壁の上の、パラッツォ・マンシのちょっと先に素敵なカフェがあるんですよ。そこで正午に、というのはどうですか？」

「わかりました。それで、あの……どうすればお互いを？」

彼は笑った。

「ご心配なく。ルッカは小さな町ですからね。こちらであなたを見つけますよ」

沈黙。

「それでは、またそのときに」彼は言って、電話を切った。

翌朝、おなかの痛みがぶり返した。そう強くはないのだが、消えたと思うとまた出てくるのが気になった。これはもう無視しようと決めた。昼食をとってからまだ痛むようだったら、ジョヴァンナに頼んでお医者さんを紹介してもらうことにすればいい。カフェに向かいながら考えていた、ウィリアムに会ったらどう話を切りだそうか。そのことは意識的に考えないようにしていたのだけれど、それは間違っていたと思った。とにかく、私は悲しく切ない記憶をかきたてようとしているのだ。それはウィリアムがすでに埋葬した記憶かもしれない。彼はいま、ロクスベリーからも、サントンジュ通りからも遠く離れたこの地で家族と共に暮らしている。平和で牧歌的な暮らしを営んでいる。そこへ私は過去を、死者の記憶を、持ち込もうとしているのである。

この小さな町をとりまく中世の堅固な城壁は、実際にその上を歩くことができるのだということを、私とゾーイは発見した。高い城壁はとても幅が広く、そこには大きな遊歩道が通っていて、両側によく茂った栗の木が立ち並んでいた。人の流れは切れ目なくつづいていた。ジョギングやウォーキングを楽しむ人たち、自転車やローラースケートで風を切る男女、子供の手を引く母親、大声で語り合う老人たち、スクーターを駆るティーンエイジャー、観光客。私たちもその流れに融け込んで歩いていった。

目指すカフェはすこし先、すずやかな青葉の木陰にあった。ゾーイと一緒に近づきながら、何か雲の上でも歩いているように、ふわふわと足元がおぼつかないのを感じていた。テラスは人影もまばらで、アイスクリームを食べている中年のカップルと、熱心に地図を見ているドイツ人らしい観光客が目につく程度。私は帽子を目深にかぶり直して、スカートの皺をのばした。

名前を呼ばれたのは、ゾーイのためにメニューを読みあげているときだった。

「ジュリア・ジャーモンドさん?」

顔をあげると、四十代半ばの、背の高い、どっしりした体格の男性が立っていた。彼はゾーイと私の向かい側の席に腰を下ろした。

「こんにちは」ゾーイが言う。

私は口がきけず、ただ黙って彼の顔を見つめていた。灰色の筋のまじったダーク・ブロンドの髪。後退しかけている髪の生え際。角張った顎。形のよい鼻梁。

「こんにちは」ゾーイに向かって彼は言った。「ティラミスをとってみたら。きっと気に入るよ」それからサングラスを上げ、額の上にずらして頭のてっぺんに落ち着かせた。彼の母親の目が現れた。切れ長の、濃いブルーの瞳。私に向かってにこやかに微笑いかけた。

「ジャーナリストなんですね、あなたは? パリがホームグラウンドなんでしょう? インターネットで調べたんですよ」

私はつい咳き込んで、腕時計をいじくった。

「わたしも調べさせていただいたわ、あなたのこと。最近のご本、『トスカーナの祝宴』、あれは素晴らしい作品ね」

ウィリアム・レインズファードはふうっと吐息をついて、おなかのあたりを軽く叩いた。

「あの本を書くんで相当食べましたから、体重が十ポンド、しっかり増えましてね。そのまま減らないんですよ」

私は明るく微笑んだ。この気楽で楽しい雑談から私の意図している話題に切り替えてゆくのは、かなり難しいかもしれない。ゾーイが意味深長な眼差しをこちらに向ける。

「突然のお願いだったのに、こうして会っていただいて、ありがとうございます……申しわけありません、お手間をとらせてしまって……」

私の声は弱々しく、戸惑っているように響いた。

「別にどうってことありませんよ」彼はにっこりと笑った。指をカチッと鳴らして、ウェイターを呼ぶ。

ゾーイにはティラミスとコークを、自分と私にはカプチーノを頼んだ。

「ルッカは初めてなんですね？」彼は訊いた。

私はうなずいた。ウェイターがまだそばにいる。ウィリアム・レインズファードは早口の流暢なイタリア語で彼と言葉を交わし、二人で笑い合っていた。

「このカフェにはよくくるんです」彼はこちらを見て説明した。「ここでのんびりすごすのが好きなんですよ。きょうみたいな暑い日でも」

ゾーイがティラミスをためした。小さなガラスのボウルにスプーンが当たって、カチンと鳴る。

不意に沈黙が居すわった。

それを破るように、

「で、どういうご用件なんでしょう?」明るい口調でウィリアムが訊いた。「何か母に関することだと、マーラが言ってたけれど」

胸の中でマーラに感謝した。なるべく事が円滑に運ぶように、彼女は取り計らってくれたらしい。

「お母さまがすでに亡くなっていること、知らなかったんです」私は言った。「失礼をしてしまって」

「いいんですよ」ウィリアムは肩をすくめて、コーヒーに角砂糖を一つ落とした。「もうずいぶん昔のことですしね。ぼくはまだ子供でした。母のお知り合いなんですか? それにしては、すこしお若いようだけど」

私は首を横に振った。

「いいえ。お母さまには一度もお会いしたことはないんです。実はこんど、お母さまが戦争中に住んでいらしたアパルトマンに、わたしどもが移り住むことになりまして。パリのサントンジュ通りの。それと、お母さまと親しかった方を何人か存じあげていまして。それでこうして、あなたに会いにきたんですけれど」

ウィリアムはコーヒーのカップをテーブルに置いて、静かに私の顔を見た。物問いたげな、澄んだ眼差しだった。

テーブルの下で、ゾーイが私の裸の膝がしらににじめついた手をのせた。サイクリストたちが通りすぎてゆく。また暑い熱気が容赦なく襲いかかってきた。一つ深呼吸をしてから、私は口をひらいた。

「どこから、はじめたらいいか」つっかえながら言った。「それに、こういうことを蒸し返されるのはご迷惑でしょうけれど、どうしてもお話ししたくて。実は、一九四二年に、私の夫の実家のテザック家の人たちがサントンジュ通りでお母さまにお会いしているんです」

テザックという名前を聞いて、彼は何か思い当たるのではないかと思った。けれども、身じろぎもせずに、じっとこっちを見ている。サントンジュ通りという言葉を聞いても、ピンとこないようだった。

「あの出来事の後、つまり、一九四二年の七月に、あなたの叔父さんが亡くなった、あの悲劇が起きてからというもの、テザック家の人たちがあなたのお母さまを忘れることは一度もなかったということを、私は申しあげたかったんです。なかでも、私の義父はいまも毎日お母さまのことを偲んでいますので」

沈黙。ウィリアム・レインズファードは目を細くすぼめている。

「ごめんなさい」私は急いで言った。「あなたにとっては、さぞつらい記憶でしょうね。本当に申しわけありません」

ウィリアムがようやく口をひらいた。その声は押しつぶされたように、奇妙にしわがれていた。

「その、何のことなんでしょう、悲劇的な出来事というのは?」

「ですから、〝ヴェルディヴ〟の一斉検挙のことですけど」私はつっかえながら言った。「一九四二年の七月に、パリでユダヤ人の家族が一斉に検挙されて……」

「つづけてください」

「収容所に押し込められた後……ドランシーからアウシュヴィッツに送られて……」

ウィリアム・レインズファードは両の掌を大きく広げて首を振った。

「でも、それがぼくの母とどういう関係があるんだろう」

ゾーイと私は不安げにお互いの目を見つめ合った。

一分間がのろのろとすぎた。私はその場にいたたまれないような不安にさいなまれた。

「ぼくの叔父が亡くなったとかおっしゃいましたね？」ウィリアムがとうとう言った。

「ええ……ミシェルが。お母さまの弟さん。サントンジュ通りのアパルトマンで」

沈黙。

「ミシェル？」不思議そうな顔をしている。「母にはミシェルなんて弟はいなかったけど。サントンジュ通りなんて、聞いたこともないし。なんだか、人違いのような気がするけどな」

「でも、お母さまの名前はサラでしょう？」私は狼狽して、口ごもりながら言った。

彼はうなずいた。

「ええ、それは間違いありません。サラ・デュフォールです」

「そうでしょう、サラ・デュフォールですよね」私は勢いこんで言った。「もしくは、サラ・スタジンスキ」

てっきり、彼の目がぱっと輝くだろうと思った。

「なんですって？」眉がさがった。「サラ——なんとおっしゃいました？」

「スタジンスキ。お母さまの旧姓」

ウィリアム・レインズファードは顎をあげて、まじまじと私の顔を見つめた。

「母の旧姓はデュフォールだけど」

頭の中で警鐘が鳴った。何かがおかしい。彼は知らないのだ。

まだ猶予はある。この男性の平和な暮らしをめちゃめちゃにする前に引き揚げるチャンスは、まだ残っている。

とってつけたような明るい笑みを顔に貼りつけるが早いか、私は、すみません、人違いでした、というようなことをもぐもぐとつぶやいて、椅子をすこし後ろに引いた。さあ、もう失礼しましょう、と優しくゾーイを促す。これ以上、彼に貴重な時間を費やさせたくない。これ以上の非礼はおかしたくない。私は立ちあがった。彼も立ちあがった。

「サラちがいでしたね」にこやかに笑いながら、ウィリアム・レインズファードは言った。「でも、ご心配なく。どうぞ、ルッカの観光を楽しんでいってください。こういう結果にはなったけど、お会いできてよかったですよ」

私が何か言うより先に、ゾーイが私のバッグから何かをとりだして、彼に手渡した。

ウィリアム・レインズファードが見下ろしたのは、ユダヤの星を胸につけた少女の写真だった。

「その人、お母さんじゃありませんか？」小さな声でゾーイが訊いた。

一瞬、周囲がしんと静まり返ったような気がした。賑やかな遊歩道からも、何の音も伝わってこない。小鳥たちですら、さえずるのを止めたかのようだった。あるのは暑熱と静寂だけだった。

「驚いたな」彼は言った。

それから、どさっと椅子に腰を下ろした。

写真はテーブルに置かれていた——私とウィリアムのあいだに。彼は写真と私を何度も見比べていた。信じられないような、愕然とした表情で、写真の裏の書き込みをくり返し読んでいた。「たしかに、母の少女の頃にそっくりだな」彼はとうとう言った。「それはたしかだけど」

私とゾーイは沈黙を守っていた。

「でも、わからない。どうしてこんなことが。あり得ない話だ」

神経質そうに両手を揉み合わせている。そのとき、彼が銀の結婚指輪をはめていることに気づいた。長い、ほっそりとした指だった。

「この星……」ウィリアムは頭を振りつづけた。「どうしてこの星が胸に……」

ひょっとして、彼は母親の過去について何も知らないのだろうか？　母親の宗教についても？　もしかするとサラは、夫にも息子にも、自分の過去を隠し通したのだろうか？

ウィリアムの不安そうな、苦悩に満ちた顔を見ているうちに、納得がいった。そうなのだ、間違いない。自分のいちばん身近な家族に対しても、サラは過去を隠し通したのだ。少女時代のことも、自分がユダヤ人であることも、宗教のことも。自分の恐ろしい過去と、サラはすっぱり訣別したのだろう。

急に、どこか遠いところにいきたくなった。この町からも、この国からも、不可解な表情を浮かべているウィリアムからも、遠く、遠く、離れたところに。どうして私の目はこんなにくもっていたのだろう？　こういう結果になることを見通せなかったのだろう？　サラは自分の身分を完璧に隠し通したのだ、きっと。その可能性に、私はまったく思い至らなかった。サラの苦しみはそれほどに深かった。その苦悩に満ちた過去ときっぱり訣別したかったからこそ、サラは恩人であるデュフォール夫妻との文通まで断ち切ったのだろう。自分の真の素性を息子にさえ隠し通したのも、同じ理由からだったのに違いない。アメリカに渡ったサラは、まったく新しい人生をはじめたかったのだ。

そして、彼女の赤の他人である私は、わざわざ大西洋を渡ってきてまで、苛烈な真実をこの男性に明かそうとしているのである。そう、まがまがしい情報の、おせっかいな伝達者として。

ウィリアム・レインズファードは口をぐっと引き締めて、写真を私のほうに押し返した。

「いったい、何なんです、あなたの目的は？」ささやくように彼は言った。

私の喉は渇き切っていた。

「ぼくの母には別の名前があったことを伝えるために、いらしたんですか？　母は昔、何かの悲劇に巻き込まれたことがあったと伝えるために、わざわざここまで？　そのためにやってきたんですか？」

テーブルの下で、私の脚は震えていた。まさか、こんなことになろうとは。苦悩や悲哀は予期していたけれど、こんなことになるとは、これほどの怒りに直面することになるとは、思ってもいなかった。

「わたしはてっきり、あなたが何もかもご承知だと思っていたものだから」思い切って私は言った。「わたしがやってきたのは、お母さまが一九四二年に体験したことを、わたしの家族がいまも覚えているから。だからこそ、やってきたんです」

ウィリアムはまた頭を振り、髪を強くかきむしった。サングラスがカタンとテーブルに落ちた。

「馬鹿な」ウィリアムは息荒く言った。「嘘だ。嘘だ。何もかも馬鹿げている。ぼくの母はフランス人なんだ。デュフォールという名のフランス人なんだ。生まれはオルレアンだしね。母の両親は第二次大戦中に亡くなった。弟なんていなかった。母は一人ぼっちだったんだ。パリになんか、サントンジュ通りになんか、住んだこともない。その写真のユダヤ人の少女は、絶対に母じゃない。あんたは勘違いしているんだ、何もかも」

「おねがい」私はそっと言った。「どうか、説明させて。一部始終を最初から説明させて――」

私を押しのけようとするかのように、ウィリアムは両手を前に突きだした。

「いや、そんなことは聞きたくない。〝一部始終〟はそちらの胸におさめておいてくれ」

お馴染みの、あの痛みが体の奥をつついた。私の子宮を器用にかきむしるような独特の痛み。

「おねがい」私はかぼそい声で訴えた。「おねがいだから、聞いて――」

ウィリアム・レインズファードはさっと立ちあがった。彼のような大柄な人間にしては素早い、しなやかな身のこなしだった。暗い表情で、彼は私を見下ろした。

「はっきりさせておく。ぼくは二度とあなたに会いたくない。この話は二度としたくない。もう電話もお断りだ」

そして彼は去っていった。

その後ろ姿を、私はゾーイと二人、黙然と見送った。いままでのすべてが、水泡に帰してしまった。大西洋を越えての旅、これまでの努力のすべてが、無に帰した。虚しい結果に終わった。サラの物語がこんなふうに、こんなにあっけなく終わるなどとは信じられなかった。まさか、こんな味気ない結果に終わるとは。

ゾーイと二人で、しばらく黙ってすわっていた。それから、こんな暑さなのに震えながら、代金を払った。ゾーイはひとことも口にしなかった。やはり呆然としているようだった。

何をしようにもけだるさを覚えつつ、私は立ちあがった。これからどうしよう？　どこへいこう？　パリにもどろうか？　それともチャーラの家にもどろうか？

足が鉛のように重いのを意識しつつ、とぼとぼと歩きだした。背後でゾーイが叫んでいるのは聞こえたけれど、振り返りたくはなかった。いまは一刻も早くホテルの部屋にもどりたかった。考えるために。次の一歩を踏みだすために。妹に電話をかけるために。エドゥアールとガスパールに電話をかけるために。

ゾーイが必死に、大声で呼びかけている。なんだというのだろう？　どうして涙声になっているのだろう？　気がつくと、通りがかりの人たちもこっちを見ている。私はうんざりして娘のほうを振り返り、早くいらっしゃい、と促した。

ゾーイが私のかたわらに駆けつけて、私の手をとった。顔が真っ青だった。

「ママ……」引き絞るようなかすれ声でささやいた。

「なによ？　どうしたの？」私は叱りつけた。

ゾーイは私の足を指さして、子犬のように泣きだした。

私は下を見下ろした。白いスカートが血に染まっている。さっきまですわっていたカフェの席を振り返ると、椅子の座面が半月形を描いて真紅に染まっていた。太ももを赤い滴がねっとりと伝い落ちた。

「怪我でもしたの、ママ？」ゾーイが声を絞りだした。

私はおなかを押さえた。

「赤ちゃんだわ」ぞくっとして、私は言った。

ゾーイがまじまじと私の顔を見る。

「赤ちゃん？」ぎゅっとこちらの腕を握りしめて、ゾーイは叫んだ。「どうしたのよ、ママ？ 赤ちゃんって、どういうこと？ 何の話をしてるの？」

目を吊り上げたゾーイの顔が、ゆっくりと遠のいていく。両脚から力が抜けた。熱く乾いた路面に、私は顔から先に倒れ込んでいった。

周囲の物音が消え、暗闇が訪れた。


目をひらくと、数インチ先にゾーイの顔があった。周囲にはまぎれもない病院の匂い。緑色の壁の小さな部屋だった。二の腕には点滴の管。白いブラウスの女性がカルテに何か走り書きしていた。

「ママ……」私の手を握りしめて、ゾーイがささやいた。「ママ、何もかもOKだからね。安心して」

若い女性が私のそばにきて微笑し、ゾーイの頭を撫でる。

「ご心配いりませんからね、シニョーラ」驚くほど流暢な英語で言った。「だいぶ失血しましたけど、もう大丈夫です」

　呻くように私は言った。

「で、赤ちゃんは？」

「素晴らしい状態ですよ。一応、スキャンをしました。胎盤にはちょっと問題がありましたけど。ですから、たっぷり休養をとらないと。しばらくは起きあがらないでくださいね」

　看護師は部屋を出て、静かにドアを閉めた。

「あたし、おしっこチビっちゃいそうだったよ、びっくりして」ゾーイが言った。「きょうだけは汚い言葉使ってもいいでしょ。ママも怒らないよね」

　私はゾーイを引き寄せると、点滴の管も忘れて思い切り抱きしめた。

「でも、ママ、どうして赤ちゃんのこと、話してくれなかったの？」

「そろそろ話そうと思ってたところだったのよ」

　ゾーイは私の顔を見あげた。

「パパと喧嘩したのも、その赤ちゃんが原因？」

「ええ、そうなの」

「ママは赤ちゃんがほしくて、パパはほしくないんでしょう？」

「そうね、そういうところかしら」

　ゾーイは優しく私の腕を撫でた。

「パパもね、いまこっちに向かっているから」

「まさか」

ベルトランがやってくる。こんな騒ぎが起きた末に。

「あたしが電話したの」ゾーイが言った。「あと二、三時間で着くよ、きっと」

私の目に涙がふくれあがり、ゆっくりと頬を伝い落ちた。

「泣かないでよ、ママ」ゾーイが言って、私の顔を夢中で手でぬぐう。「大丈夫だから。何もかも心配ないから」

私はうっすらと笑い、ゾーイを安心させるためにうなずいた。けれども、私にはすべてが虚しく感じられた。頭の中には、立ち去ってゆくウィリアム・レインズファードの姿がくり返し浮かんでいた。〝ぼくは二度とあなたに会いたくない。この話は二度としたくない。もう電話もお断りだ〟。丸い肩をがっくりと落とした彼の姿。きつく引き結ばれた口元。

この先には灰色の荒涼たる日々が、週が、月が、待っている。いまほど心細く、途方に暮れたことはない。私という人間の核をなしていた部分が、みごとにそぎ落とされてしまった。そしていま、残されているものは何か？　いずれ別れるはずの夫から望まれていなくて、私が独力で育てることになる赤ちゃん。そしてもう一人。まもなくティーンエイジャーになって、いまのような素晴らしい少女ではなくなるかもしれない娘ゾーイ。突然、こういう状態に陥ったいま、将来に期待をつなげるような何が、私には残されているのだろうか？

ベルトランが到着し、優しく、効率的に、冷静に、すべてをとりしきってくれた。私は自分を彼の手に委ねて、医師と語り合う彼の声に耳を傾けた。ときどき温かい視線を投げてゾーイを力づける彼の姿を眺めた。ベルトランはこまごまとした段取りの一切をとりしきってくれた。私は出血が完全に止まるまでここにとどまり、それから飛行機でパリに向かうことになった。パリでは、私の妊娠が五ヶ月を迎える秋口まで安静を心がける。サラの名前を、ベルトランは一度も口にしなかった。それに関する問いかけも、一度もしなかった。私は願ってもない沈黙の中に身をひそめた。サラのことは、こちらも話したくなかったからである。

ちょうどマメが彼女の〝ホーム〟の慣れ親しんだ領域内であちこち引きまわされるように、私もあちこち引きまわされ、同じ穏やかな笑みに迎えられ、同じ型どおりの善意に包まれていると、自分がなんだか無害で安全な老婆になったような気がしてくる。毎日の暮らしをだれかの手に委ねて暮らすのは、実に気楽だった。いずれにしろ、私にはもう全力で守るべき対象も残されてはいなかったのだ。おなかの赤ちゃんを除いて。

その赤ちゃんのことも、ベルトランはただの一度も口にしなかった。

数週間後にパリの地を踏んだときは、ほとんど一年分の時間がすぎたような気がした。疲労と悲しみはまだ癒えず、私は毎日ウィリアム・レインズファードのことを考えていた。電話の受話器やペンや紙に何度か手をのばした。彼に話しかけるか、手紙を書くか、説明するかしたいと思って。けれども、実行する勇気はなかった。

漫然と日を送っているうちに、夏は秋に変わった。私はベッドに横たわって本を読み、ノート・

パソコンで記事を書いた。ジョシュアやバンバーやアレッサンドラと、家族の面々や友人たちと、電話で話した。その間は寝室を仕事場にしていたことになる。最初は厄介な気もしたけれど、だんだん慣れてきた。特に親しいイザベルやホリーやスザンナが代わる代わる訪れてきて、ランチをこしらえてくれた。週に一度は義妹たちの一人がゾーイと一緒に近くのスーパー、イノやフランプリにいって食料品を買ってきてくれた。小太りで肉感的なセシルはバターがとろけ出る、ふんわりしたクレープをこしらえてくれたし、痩せて美意識の鋭いロールは低カロリーのエキゾティックなサラダをこしらえてくれた。それはびっくりするほど美味しかった。義母の訪れる回数は彼女たちほどではなかったけれど、クリーニング・レディのマダム・ルクレールを何度もよこしてくれた。いつも香水の香りを振りまいている精力的なマダム・ルクレールは、すさまじい勢いで掃除機をかけてくれるものだから、体が縮こまってしまう。私自身の両親も見舞いにきてくれて、ドランブル通りの、お気に入りのプチ・ホテルに一週間ほど泊まっていった。これからまた、おじいちゃま、おばあちゃまになれることに、二人とも有頂天になっていた。

義父のエドゥアールは毎週金曜日に、ピンクのバラの花束を手に訪れてくれた。部屋に入ると、きまってベッドのかたわらの安楽椅子にすわり、私がルッカでウィリアムと会ったときの様子を聞かせてくれと頼む。聞き終わると、頭を振っては溜息を洩らすのが常だった。そして、ウィリアムのそういう反応は当然予想できたのにな、と何度もくり返す。サラは秘密を隠し通したかもしれず、ウィリアムは何も知らない可能性があることを、わたしもあんたも予測できなかったのはなぜだろうな、と。

「彼に電話をしてみたらどうかな？」目を希望に輝かせて、エドゥアールは言う。「彼に電話をして、説明することはできんだろうか？」それから私の顔を見て、つぶやく。「ああ、もちろん、そんなことはできんさ。馬鹿なことを考えるもんだ。滑稽もいいとこだな、わたしとしたことが」

あるとき、産婦人科の医師に訊いてみた、内輪の知人たちとの集いをひらいてもかまわないだろうか、わたしは終始リビングのソファに横たわっているから、と。彼女は許可してくれたが、私は絶対に重いものを持たないこと、あの有名な絵のレカミエ夫人のようにソファに寝そべる姿勢を崩さないこと、の二点を約束させられた。初秋のある夕べ、ガスパール・デュフォールとニコラ・デュフォールがエドゥアールに会いにきてくれた。ナタリー・デュフォールも一緒だった。その面々に加えて、私はギョームも招待した。心を揺すぶられる、魔法のように素晴らしいひとときだった。一人の忘れがたい少女の思い出だけを共通の絆に、三人の老人が一堂に集まったのだから。三人が額を寄せて、サラの昔の写真や手紙に見入る光景を、私は微笑ましく見守った。ガスパールとニコラは私がウィリアムと会ったときの模様をたずね、ナタリーはじっと耳を傾けながらゾーイを手伝ってドリンクや食べ物を配ってまわった。

その温厚そうな丸顔といい、薄い白髪といい、ガスパールをすこし若くしたようなニコラは、サラとすごした若き日の特別な思い出を語ってくれた。口数のすくないサラに黙っていられるのが苦痛で、よく彼女をからかったこと。たとえサラから、軽く肩をすくめるだけのあしらいを受けようと、あるいは軽蔑されたり、蹴飛ばされたりしようと、それはほんの一瞬でもサラが秘密の殻から抜けだしたことを意味したので、大勝利に思えたこと。一九五〇年代のはじめに、サラがトルヴィルの海水にはじめてつかったときの思い出も、ニコラは語ってくれた。そのときサラは心の底から驚嘆したように大海原を眺め、両手を高くあげて歓喜の声をあげた。それから、細い敏捷な足で地を蹴って波打ち際に走り寄ると、楽しそうに叫びながら青い冷たい波に飛び込んだのだという。デュフォール兄弟は初めて見るサラのはしゃぎぶりに負けじと大声で叫びながら、彼女の後を追ったらしい。

「あのときのサラは本当にきれいでしたな」ニコラは追想した。「生命の輝きとエネルギーに満ちあふれた、十八歳の美しい娘でした。わたしはそのとき初めて、サラのなかには歓びも息づいているのだ、未来への希望もあるのだ、と感じたものです」

それから二年後に——と、私は思った——サラはデュフォール家の暮らしと訣別して、秘密を胸にアメリカに渡ったのだ。そして、それから二十年後にこの世を去った。アメリカでの二十年間はどういうものだったのだろう。結婚。息子の誕生。

あのロクスベリーの町で、サラは幸福に暮らしたのだろうか？　その答は息子のウィリアムだけが知っている。私たちに答を教えてくれる人物は、ウィリアムしかいないのだ。私の目がエドゥアールの目と合った。エドゥアールもまったく同じことを考えているのだな、と察しがついた。

ベルトランが玄関の扉の鍵をまわす音がして、私の夫が姿を現わした。浅黒く日焼けしたハンサムな夫。アビ・ルージュの香りを漂わせながらにこやかに笑い、屈託なく握手してまわる夫。その姿を見ているうちに、聴いているとベルトランを思いだすとチャーラの言う、あのカーリー・サイモンの歌の歌詞をつい思い浮かべていた——〝あなたはまるでヨットに乗り込むように、パーティに乗り込んできたっけ〟。

私の妊娠に伴う問題を理由に、ベルトランはサントンジュ通りのアパルトマンへの引越しの延期を決めた。どうしても慣れることのできない、奇妙なバランスを保った新たな日常の中で、ベルトランは親密で何かと役立つ存在感を発揮していた。でも、そこには心がこもっていなかった。ベルトランは旅行がちになり、早朝に家を出て、深夜帰宅した。私たちは依然同じベッドに寝ていたが、それはもう真の夫婦のベッドではなかった。いつのまにかその真ん中には〝ベルリンの壁〟が築かれていたのである。

そういう微妙な変化を、ゾーイはゾーイなりに受け止めているようで、よく赤ちゃんのことを話題に持ちだした。こんどの赤ちゃんが、自分にとってどんなに大切か。そのことで、自分はどんなに夢中になっているか。私の両親の滞在中、ゾーイはよく私の母とショッピングに出かけた。ユニヴェルシテ通りに、ボンポワンという、とんでもなく高価で高級なベビー服を扱うブティックがあるのだが、二人はそこですっかり舞いあがってしまったらしい。

私の妊娠に対して、身内の人間の大半はゾーイと似たり寄ったりの反応を示した。実の両親や妹、義理の両親や妹たち、それにマメ——みな、産まれてくる赤ちゃんに胸を躍らせていた。赤ん坊や出産休暇に懐疑的なことで悪名高い、私の上司のジョシュアですら、興味を抱いているようだった。

「立派な熟年になっても赤ん坊を産めるとは知らなかったよ」と、いかにも彼らしく皮肉たっぷりに言ってはいたが。私たち夫婦が迎えている危機に言及する者は一人もいなかった。危機に気づいている者も、いないようだった。赤ちゃんさえ産まれてしまえばベルトランは正気にもどるだろうと、みなひそかに信じているのだろうか？　そのときベルトランはきっと、両手を広げて赤ちゃんを歓迎するだろうと？

　実のところ、私たち夫婦は互いにしゃべらず、語らずの、身動きのとれない状態に陥っていることに、私は気づいていた。とりあえず、赤ちゃんが産まれる瞬間を二人は共に待っているのだ。そのとき、良きにつけ悪しきにつけ、新しい展望がひらけるだろう。二人はそこで、行動を起こさざるを得なくなる。どっちに転ぶにしろ、決断が下されるはずだ。

　ある朝、体の奥深くで赤ちゃんが動きはじめるのを感じた。よくガスと間違われる、あの最初の小さな足の蹴り。その場で赤ちゃんを体からとりだして、抱きしめたかった。何もできない、この無言の待機の状態がたまらなかった。なんだか罠にかかったような気がするからだ。一足飛びに冬に、来年の初頭に、誕生の瞬間に移動できたら、と思った。

　だらだらと長びく夏の終わりもいやだった。薄れゆく残暑、埃、糖蜜のようにどろりとすぎてゆく隠密な時間。九月のはじまりを意味するフランス語もいやだった。夏が終わって学校にもどり、新たな学期を迎えることを意味する言葉、la rentrée《ラ・ラントレ》。その言葉がラジオやテレビや新聞で、これでもかとばかりにくり返されるので、うんざりしてくる。赤ちゃんにはどういう名前をつけるの、と人から訊かれるのもいやだった。羊水穿刺によって赤ちゃんの性別はもうわかっているのだけれど、それを告げられるのはいやだった。赤ちゃんにはまだ名前はつけていない。といっても、腹案がまるでない、という意味ではない。

一日が終わるたびに、カレンダーでその日を消してゆく。九月がすぎて、十月になった。おなかがぽっこりと丸くふくらんだ。完全な静養の時期がすぎて、普通に動きまわれるようになった。オフィスにももどれたし、学校にゾーイを迎えにいけるようにもなったし、イザベルと映画にいったり、セレクトでギョームとランチを共にすることもできるようになった。

とはいえ、毎日の時間が埋まり、多忙になる一方で、胸に疼く痛みと空虚な思いは変わらずに残った。

ウィリアム・レインズファード。彼の顔。その目。星を胸につけた少女の写真を見下ろしたときの表情。〝驚いたな〟。そう言ったときの彼の声音。

ウィリアムはいま、どういう暮らしを送っているのだろう？　ゾーイと私に背を向けたあの瞬間、彼はすべてを頭から消し去ってしまったのだろうか？　自宅にもどった瞬間、すべてを忘れてしまったのだろうか？

もしくは、その逆も考えられる。私の明かした事実が彼の人生を一変させてしまい、私の言ったことが頭に焼きついて、煩悶している——そんな毎日を、ひょっとして送っている可能性はないだろうか？　とにかく、彼にとって、母親が別人に、彼のまったく知らなかった過去を持つ別人に変わってしまったのはたしかなのだから。

果たしてウィリアムは、妻や娘たちに何かを明かしただろうか？　ある日突然ルッカに、小さな娘を伴ったアメリカ人の女性が現れて、彼に写真を示したあげく、あなたの母親はユダヤ人で第二次大戦中に検挙されたばかりか、弟や両親まで失うという苦しみを嘗《な》めたと告げた。母の弟や両親のことなど、ウィリアムは知らなかったのだが、そのことについて、彼は何かを家族に明かしただろうか？

私の想像はさらに先に進んだ。その後ウィリアムは、〝ヴェルディヴ〟に関する資料などに当たってみただろうか？　一九四二年七月にパリの中心部で起きた出来事に関する記事や書物を、読んだりしただろうか？

夜はベッドで眠れぬままに、母親のこと、その過去、その真実性、いまだにだれの口にものぼらず、闇に埋もれていることについて、考えたりしているだろうか？

サントンジュ通りのアパルトマンのリフォームは、九分通り完成していた。二月に赤ちゃんが生まれたらすぐにゾーイと私が移り住めるように、ベルトランは段取りをととのえてくれていた。仕上がりはとても美しく、部屋の様子は以前とは様変わりしていた。ベルトランのチームは素晴らしい仕事をしてくれたと思う。マメの刻印はきれいに払拭されていた。かつてサラが住み慣れていた住まいとは、似ても似つかぬものになったと言えるだろう。

けれども、塗装されたばかりの部屋や、新しいキッチンや、私の仕事場代わりの部屋を順に見て歩きながら、自分は本当にここに住めるだろうか、と私は自問していた。そう、サラの弟が命を落としたこの家で、自分はのうのうと暮らしていけるだろうか、と。あの秘密の納戸は、二つの部屋を合体させたのに伴って壊されたから、もはや存在しない。それでも、私の不安は変わらなかった。ここはまさしくあの悲劇が起きた現場なのだ。その思いを拭《ぬぐ》い去ることがどうしてもできないのである。ここで起きた悲劇のことを、ゾーイにはまだ話していない。それでもゾーイは、独特の動物的な直感でおおよそのことを察しているようだった。

十一月のあるじめついた朝、カーテンやカーペットをとりつけたり、壁紙を張ったりするために、アパルトマンを訪れた。その準備の過程ではイザベルの熱心な協力を仰ぎ、ショップやデパートめぐりに付き合ってもらっていた。今回は自分の本来の好みの地味で落ち着いたカラーは採り入れず、大胆なカラーを思い切って選択したので、ゾーイは喜んでいた。ベルトランは何のこだわりも見せなかった。「ゾーイとおまえで好きな色を選べばいいさ、おまえたちの家なんだから」

ゾーイが自分の部屋の内装に選んだ色は、淡いグリーンと薄い紫だった。チャーラの好みにあまりに似ているので、つい笑ってしまったのだが。

よく磨かれた裸の床板の上には、各種のカタログの山が積まれて私を待っていた。それを熱心にめくっているうちに、携帯が鳴った。見慣れた番号だった。義母のマメの入っている老人ホーム。最近のマメは疲れやすく、すぐに苛立ち、手のつけられない状態になることがときどきあった。ゾーイが懸命に笑わせようとしても、にこりともしない。相手かまわず文句を言う。いきおい、会いにいくのが重荷に感じられるようになっていた。

「ジャーモンドさんですか？　老人ホームのヴェロニクです。実は、よくないお知らせなんですが、マダム・テザックの容態が悪化しまして。心臓発作を起こしたんです」

私はハッと身を起こした。電気のようにショックが走った。

「心臓発作？」

「ロシュ先生が付き添っているので、やや持ち直しているところです。でも、ぜひいらしてください。あなたの義理のお父さまとは、もう連絡がとれました。でも、ご主人とは連絡がとれなくて」

大変だ、どうしようと思いながら、電話を切った。雨がパタパタと窓ガラスを叩いている。ご主人とは連絡がとれなくて。ベルトランはどこにいるのだろう？　彼の携帯に電話をかけ、ヴォイス・メールをチェックした。マドレーヌ寺院の近くのベルトランのオフィスにも電話を入れてみたが、彼の居場所はだれも知らないらしい。アントワーヌですらも。とりあえずアントワーヌに、自分はいまサントンジュ通りのアパルトマンにいるのだが、大至急私に電話するようにベルトランに伝えてほしい、と告げた。ぐずぐずしてはいられない用件なのだ、と。

「まさか《モン・デュー》、赤ちゃんがらみのことですか？」アントワーヌはつっかえながら訊いた。

「ちがうのよ、アントワーヌ。赤ちゃん《ベベ》じゃないの。お祖母ちゃん《グラン・メール》なのよ」私は答えて電話を切った。

　外を見る。雨は本降りになっていた。灰色に輝くカーテンのように降りしきっている。これでは外に出たら濡れてしまう。いまの体には悪いかもしれないけれど、そんなことはかまわない。マメが危ないのだ。私のマメ。素敵な愛しいマメが。マメにはもっともっと長生きしてほしい。私にはマメが必要なのだ。まさか、こんなに早く……こっちは心の準備もできていない。でも、マメの死を見通した準備なんて、そもそもできたはずがない。私は周囲を、いまいるリビングを、見まわした。マメに初めて会ったのは、まさにこの部屋だったのだ。またしても、ここで起きたさまざまな出来事の重みに圧倒されるのを覚えた。その重みはまた私にとりついて、離れなくなるかもしれない。

とりあえず義妹のセシルとロールに電話して、二人がもう知っているかどうか、ホームに向かっているかどうか、確かめることにした。ロールの応答は事務的で、てきぱきしていた。もう車に乗り込んでいて、ホームで会いましょう、と応じた。セシルはもっと動揺していて、涙声になっていた。

「ああ、ジュリア、まさかマメが……いくらなんでも……こんな恐ろしい……」

ベルトランがつかまらないんだけど、と伝えると、びっくりしたようだった。

「でも、いま話し合ったばかりだけど」

「携帯につながった？」

「いいえ」ためらいがちの声だった。

「じゃ、オフィスでつかまえたの？」

「そろそろ、あたしを拾いにくる時分だわ。彼の車でホームにつれてってくれることになっているので」

「こっちはどうしても連絡がとれないんだけど」

「あら」用心深い口調で言う。「変だわね」

そのとき、ピンときた。急に怒りがこみあげてきた。

「アメリのところにいたのね。そうでしょう？」

「アメリのところ？」ぼんやりとくり返す。

私は地団太を踏んだ。

「とぼけないで、セシル。だれのことか、わかってるくせに」

「あら、ブザーが鳴ったわ。ベルトランよ、きっと」息をはずませて言う。

そして電話を切った。私は携帯を武器のように握りしめて、がらんとした部屋の真ん中に突っ立っていた。ひんやりした窓ガラスに額を押しつける。ベルトランを殴ってやりたかった。許せないのは、だらだらとつづく彼とアメリの情事そのものではない。彼の二人の妹はあの女の電話番号を知っていて、まさしくいまのような緊急事態が起きたとき彼に連絡をとれる。それなのに、こちらはとれない。私たちの結婚が破綻に瀕しているのに、ベルトランは依然として、あの女と関係をつづけていることを私に告白しようとしない。その事実が許せないのだ。例によって、最後に知らされるのはこの私。寄席演芸《ヴォードヴィル》できまって笑いものにされるドジな妻。

長いあいだ身じろぎもせずに立ったまま、赤ちゃんがおなかを蹴るのを感じていた。笑っていいのか、泣いていいのか、わからなかった。

こういう仕打ちをされるとまだこたえるのは、いまもベルトランを愛しているせいだろうか？　それとも、ただ単に自尊心を傷つけられたせいだろうか？　あの女。アメリ。生粋のパリジェンヌの、非の打ちどころのない魅惑的なたたずまい。トロカデロ広場を見下ろす、モダンなアパルトマン。躾けのよい子供たち――〝ボンジュール、マダム〟――そしてベルトランの頭髪や衣服にまとわりついて離れない濃密な香水の香り。ベルトランの気持が私からあの女に完全に移っているのなら、どうして彼はその事実を私に告白するのを恐れるのだろう？　私を傷つけるのを怖がっているのだろうか？　ゾーイを傷つけるのが心配なのだろうか？　いったい何をベルトランは恐れているのだろう？　私が我慢できないのは彼の裏切りではなく臆病さなのだということを、いつになったらわかってくれるのだろう？

私はキッチンに足を運んだ。口がカラカラに渇いていた。水道の栓をひねり、ふくらんだおなかが流し台につかえるのを意識しながら、蛇口からじかに飲んだ。また外を見る。雨はだいぶ小降りになってきたようだった。レインコートをひっかけ、ハンドバッグをつかんで玄関に向かった。

だれかが扉をノックした。短く、三度つづけて。

ベルトランだな、と思って、気分が重くなった。きっとアントワーヌかセシルが彼に連絡して、すぐここに電話をかけるか直接迎えにいくように促したのだ。

下の路上に止めた車の中ではセシルが待っているのだろう、と思った。おそらくは、気まずい思いで。私がアウディに乗り込むと同時に、車内は間の悪い、硬直した沈黙に包まれるにきまっている。

かまわない。こうなったら自分を偽らずに、言いたいことを言ってやろう。もう臆病で善良な、フランス人好みの妻を演じる気はさらさらない。これからは本当のことを隠さずに言ってくれ、とベルトランに言ってやる。

私はさっと玄関の扉をひらいた。

目の前に立っていたのはベルトランではなかった。

身長と肩幅の広さがまず記憶を揺り起こした。雨に濡れて黒ずんだ金髪が、ぺたっと頭に貼りついている。

ウィリアム・レインズファード。

私はびっくりして後ずさった。

「いま、ご都合が悪いですか？」

「いいえ」それだけ言うのがやっとだった。

いったい、どうして？　何の目的でやってきたのだろう？

しばらくじっと互いの顔を見つめ合った。最後に会ったときと比べると、顔つきがすこし変わっていた。頬のあたりがげっそりしている。日に焼けた、陽気な料理評論家の面影は、もはやそこにはなかった。

「実は、お話ししたいことがありまして」彼は言った。「差し迫った用件なんです。電話番号がわからなかったので、失礼だとは思いましたが、こうしてお訪ねしました。昨夜もきたんだけど、お留守だった。それで、午前中ならいらっしゃるだろうと思って」

「どうしてここがわかったの？」私は面食らいながらたずねた。「まだ引越し前だし、住所もオープンになってないはずだけど」

ウィリアムは上着のポケットから封筒をとりだした。

「住所はここに書いてありました。あなたがルッカで言われたのと同じ番地が。ここサントンジュ通りのね」

私は首を振った。

「でも、どういうことなんでしょう」

私は封筒を手渡された。四隅がほころびている古い封筒だった。表には何も書かれていない。

「ひらいてください」

中から出てきたのは古ぼけた薄いノート、色褪せた一枚の絵、それと一個の真鍮の鍵だった。鍵はチャリンと床に落ちた。ウィリアムが拾いあげて掌にのせ、私に見せる。

「どういうことなんですか、いったい？」私は用心深くたずねた。

「あなたがルッカを去ってから、ぼくは一種のショック状態に陥りましてね。あの写真のイメージが頭にとりついてしまって。ほかのことは一切考えられなくなってしまった」

「それで——」動悸が激しくなっていた。

「ぼくはアメリカのロクスベリーに飛びました。父に会うために。ご存知だと思うけど、父はいま死の床についています。末期癌で。もう口もきけない状態でした。で、父の部屋を見てまわって、デスクの引き出しに入っていたこの封筒を見つけたんです。父はずっとこの封筒をとっておいたんですね。ぼくには一度も見せてくれなかったけど」

「で、あなたはどうしてここに？」ささやくように、私は言った。

ウィリアムの目には苦悩の色が濃かった。苦悩と、畏怖の色が。

「あなたにすべてを話してもらいたくて。子供の頃の母が、どういう目にあったのか。何もかも知りたくなったんです。その点で力になっていただけるのは、あなたしかいませんから」

私はウィリアムの掌にのっている鍵を見下ろした。それから、古い紙に描かれた絵に視線を移した。金髪の巻き毛の少年をスケッチした、素朴な絵だった。少年は狭い納戸の中にすわっていて、膝には本が、かたわらには熊の縫いぐるみが置かれていた。裏返すと、薄れた字の説明書きがあった——〝サントンジュ通り二十六番地、ミシェル〟。こんどはノートのページをめくってみた。日付は書かれてない。詩のような短い文章がフランス語で走り書きされていた。これも字が薄れていて、読みづらい。いくつかの言葉が躍りあがってきた——le camp《収容所》、la clef《鍵》、ne jamais oublier《忘れられない》、mourir《死ぬ》。

「これ、お読みになった？」私は訊いた。

「努力はしてみたんですが、フランス語は得意ではないので、部分的にしかわかりません」

そのとき、私のポケットの携帯が鳴って、二人ともビクッとした。ポケットからとりだして、ディスプレイを見る。義父のエドゥアールからだった。

「いまどこにいるんだね、ジュリア？」優しい口調で彼はたずねた。「母の状態が悪化してね。あんたに会いたがってるんだよ」

「これからうかがいますので」私は答えた。

ウィリアム・レインズファードが私を見下ろした。

「外出されるんですか？」

「ええ。いま、身内の者が危篤に陥っていて。夫の祖母なんですけど。心臓発作を起こして」

「それは、お気の毒に」

一瞬ためらってから、ウィリアムは私の肩に手を置いた。

「こんどはいつお会いできますかね？　いつお話を聞かせていただけるでしょう？」

玄関の扉をひらいてから、私は振り返った。肩に置かれたウィリアムの手を見た。ほかでもないこのアパルトマンの入口でウィリアムと顔を見合わせるのは、奇妙に感動的な体験だった。まさしくこの場所で、彼の母親は耐え難いような苦痛と悲哀を味わったのだから。そのことを、ウィリアムはまだ知らない。彼の一族、彼の祖父母、彼の叔父がここでどんな体験をしたのか、彼はまだ知るに至っていない。そう思うと、やはり心が揺すぶられた。

「一緒にいきましょう」私は言った。「会わせたい人がいるので」


マメの衰弱した顔。いまは眠っているようだった。話しかけてはみたのだが、聞こえたかどうかはわからない。が、次の瞬間、感じたのだ、マメの指先が私の手首をつかむのを。そのまま握りしめてきた。私がいるとわかったのだ。

背後には、テザック家の面々がベッドを囲むように立っていた。ベルトラン。その両親のコレットとエドゥアール。ロールとセシル。そして、外の廊下には、ウィリアム・レインズファードが遠慮がちに立っていた。ベルトランが一、二度、不思議そうに彼のほうをかえりみた。私の新しいボーイフレンドではないかと思ったのかもしれない。こういうときでなければ、私は笑っていただろう。エドゥアールも何度かウィリアムを見ていた。眉をひそめて怪訝そうに見てから、説明を求めるように私の顔に視線をもどした。

しばらくして、みんなでマメの部屋から出る段になったとき、私は義父の腕に腕をからめた。主治医のロシュ医師からは、マメの容態は安定しているものの、かなり衰弱している、と私たちは告げられていた。この先、どういう事態になるかもしれず、みなさん、心の準備をされておくように、と。たぶん、別れの時が訪れたのだ、と私たちは互いに納得し合わなければならなかった。

「こんなことになるなんて」

つぶやく私の頬を、エドゥアールはそっと撫でてくれた。

「母はあんたを愛しているんだ、ジュリア。心から愛しているんだよ」

ベルトランが深刻な面持ちで出てきた。ちらっとその姿を見たとき、つかのまアメリの顔が頭に浮かんだ。よっぽど、彼の心にグサッと突き刺さるようなことを何か言ってやろうか、と思ったのだが、やめにした。いずれにしろ、ちかぢか彼とじっくり話し合うときがくるはずだ。いまはそのときではない。いま大切なのはマメのことだ。それと、廊下で私を待ちかまえている背の高いシルエット。

「ジュリア――」背後をちらっと見て、エドゥアールが言った。「だれなんだね、あの男性は？」

「サラの息子さんです」

意表を衝かれたのだろう、エドゥアールは数分ほど、長身の人物をじっと眺めていた。

「あんたが電話で呼んだのかね？」

「いいえ。彼はつい最近、彼のお父さんがずっと隠してきた文書を見つけたんだそうです。サラ自身が書いたものだとか。で、お母さまのすべてを知りたくなって、わたしを訪ねてきたんです。偶然にも、けさ、わたしに会いにいらしたんですけれども」

「彼と話してみたいんだが、かまわんかな」

私はウィリアムを呼びにいった。義父が話したがっているんですけど、と伝えると、あとについてきた。そばにくると、ベルトランやエドゥアール、コレットやその娘たちがずっと小柄に見えるくらいに背が高かった。

エドゥアール・テザックがウィリアムの顔を見あげた。エドゥアールの表情は引き締まっていたが、その目は涙でうるんでいた。

エドゥアールは片手を差し出した。ウィリアムはその手を握った。無言のうちにも、強く心を揺さぶられる瞬間だった。みな沈黙して二人を見守っていた。

「サラ・スタジンスキの息子さんか」エドゥアールがつぶやいた。

私はちらっとコレットやその娘たちのほうに視線を走らせた。三人とも、怪訝そうな好奇の眼差しで、静かにその場の成り行きを見守っている。事情を呑み込んでいたのはベルトランだけだっただろう。彼だけは事の全容を把握していたはずなのだ。あの赤い〝サラのファイル〟を発見した晩以来、彼がその話題を公然と持ちだすことはなかったにしても。そう、数ヶ月前、私たちのアパルトマンでデュフォール兄弟とあいまみえた後も、その話を持ちだすことはなかったにしても。

エドゥアールが咳払いをした。二人の手はまだ握られたままだった。エドゥアールは英語で、強いフランス語訛りの上品な英語で、話しかけた。

「わたしはエドゥアール・テザックです。ちょっと面倒なときにお会いすることになってしまいましたな。わたしの母が死にかけておりまして」

「そうだそうですね、お気の毒に思います」

「すべてはジュリアからお聞きになってください。しかし、あなたのお母さんのサラは――」

エドゥアールは息をついた。声がつまりかけていた。彼の妻と二人の娘が唖然として見守っている。

「いったい、どういうことなの？」コレットが不安そうにつぶやいた。「サラって、どういう方？」

「すべては六十年前に起きた出来事なのだよ」懸命に平静な声を保とうとしながら、エドゥアールが言った。

私は手をのばしてエドゥアールの肩を抱きしめたい衝動と闘っていた。エドゥアールが深く息を吸い込むにつれて、顔にいくぶん血色がもどった。彼はウィリアムに微笑みかけた。これまで見たこともない、おずおずとした笑みだった。

「あなたのお母さんを、わたしは決して忘れないよ。永遠に」

顔がひくついて、微笑みが消えた。代わりに苦悩の色を、私はそこに見た。悲哀に衝き動かされて、エドゥアールは、いつかすべてを私に告白したときのように、また苦しげに息をした。

重く耐えがたい沈黙が深まって、女性たちは戸惑いながら眺めていた。

「ともかくも、きょう、あれからこんなに長い歳月が流れたにしても、あなたとこうして語り合うことができて、本当にほっとしたよ」

ウィリアム・レインズファードはうなずいた。

「ありがとうございます」低い声で彼は言った。その顔も、いまは蒼白だった。「ぼくの知っていることは限られていまして。それで、当時のことを理解したくて、やってきました。母はたしかに苦しんだのでしょう。その理由をぜひ知りたいのです」

「わたしらは、あなたのお母さんのために、できるだけのことはさせていただいたと思う」エドゥアールは言った。「それだけは、はっきり言える。詳しいことはジュリアから聞いてくださらんか。ジュリアがすべて説明してくれるはずだから。あなたのお母さんにまつわる話のすべてを。わたしの父があなたのお母さんのためにしたことについても、ジュリアはお話しするはずだ。それでは、失礼させていただく」

　エドゥアールは引きさがった。その老軀は、突然、小さく縮んだように見えた。ベルトランの、他人を見るような、不思議そうな視線がその後を追う。おそらく、これほど赤裸な感情を露わにする父親を目にしたのは、初めてだったのではあるまいか。ベルトランはそれをどう受け止めるだろう、と思った。それは彼にどういう影響を及ぼすことだろう。

　エドゥアールはそのまま去っていった。後に従う妻や二人の娘から質問攻めにあいながら。いちばん後から息子のベルトランが、両手をポケットに突っ込んで黙々とついていく。果たしてエドゥアールは妻や娘たちに真実を明かすだろうか、と思った。おそらく、すべてを語るつもりだろう。そのとき、彼女たちを見舞うショックの深さが想像できる気がした。


　ウィリアム・レインズファードと私は、老人ホームの廊下に二人きりで立っていた。外のクルセル通りはまだ雨に打たれていた。

「コーヒーでもいかがです?」ウィリアムが言った。

　その顔には美しい笑みが浮かんでいた。

私たちは小糠《こぬか》雨の下を歩いて、最寄りのカフェに落ち着いた。腰を下ろして、エスプレッソを二つ注文する。しばらくは二人とも無言だった。

そのうち、ウィリアムのほうから口をひらいた。「さっきのお年寄りとは、親密なんですか？」

「ええ。とても」

「赤ちゃんが産まれるんですね、あなたは？」

私はふくらんだおなかを撫でた。「来年の二月の予定なの」

彼はとうとう、ゆっくりと言った。「母のことを、聞かせてください」

「あなたはつらい思いをなさると思うけど」

「わかっています。でも、どうしても聞かせてほしい。お願いです、ジュリア」

私は低い抑えた声でゆっくりと話しだした。ときどきウィリアムの顔を見あげつつしゃべりながら、思いはエドゥアールの上に漂った。ユニヴェルシテ通りを見下ろす優雅なサーモン・ピンクのリビングの椅子にすわって、彼もいまごろ妻と娘たちと息子に向かって、いま私が話しているのと同じことを話しているのだと思う。〝ヴェルディヴ〟の一斉検挙。収容所。脱走。もどってきた少女。納戸で死んでいた男の子。死と秘密で結ばれた二つの家族。悲しみで結ばれた二つの家族。私のなかでは、ウィリアムにすべてを知ってほしいという欲求と、彼にショックを与えたくない、無残な現実から守ってやりたいという欲求がせめぎ合っていた。できれば、悲惨な苦しみを嘗めた少女のイメージを伝えずにすませたかった。あの少女の苦しみと喪失感。目の前の男性の苦しみと喪失感。事実を語り、その細部に分け入るにつれ、私は多くの問いかけに答えることになった。そのたびに私の言葉が刃のように彼に突き刺さり、彼を傷つけるのを感じた。

すべてを語り終えると、私はウィリアムを見あげた。その顔と唇には血の気がなかった。ウィリアムは黙って封筒からノートをとりだして、私に手渡した。真鍮の鍵は私たちのあいだのテーブルに置かれた。

両手でノートをつかんで彼の顔を見返した。読んでください、と彼の目が促す。

ノートをひらいた。最初の一行は黙読した。それから、フランス語を直接私の母国語に訳しながら、声に出して読みはじめた。走り書きされた、細い斜めの字は判読しづらくて、ゆっくりと時間をかけて読んでいった。

いまどこにいるの、わたしの小さなミシェル？　わたしの美しいミシェル
いまどこにいるの、あなたは？
わたしを覚えている？
ミシェル
わたしは、あなたの姉のサラ
あなたのところにとうとうもどってこなかった人。あなたを納戸に置き去りにした人。あそこならあなたは安全だろうと思い込んだ人
ミシェル
あれから長い年月がたって、わたしはまだ鍵を持っている
わたしたちの秘密の隠れ場の鍵

わたしはいまもそれを持っていて、毎日それに触れてはあなたを思いだしている
一九四二年七月十六日からずっと、それはわたしの手元にあった
この地の人はだれも知らない。鍵のことも、あなたのことも、だれも知らない
納戸にとり残されたあなたのことも
母や、父のことも
収容所のことも
一九四二年の夏のことも
わたしが本当はだれなのか、ということも

ミシェル
あなたのことを考えない日は、一日としてなかった
サントンジュ通り二十六番地のことを思い浮かべて
わたしは子供を背負うように
あなたの死の重みを背負う
この地上から消える日まで、それを背負う
ときどき死にたくなることがある
あなたの死の重みに耐えられなくなって
父の死や母の死の重みに耐えられなくなって
父と母を死の淵に運び去った家畜運搬列車

あの機関車の音がいまも聞こえる
この三十年、何度もくり返し聞いてきた
もうこれ以上、過去の重みには耐えられない
でも、あなたがひそんでいた納戸の鍵は捨てられない
それは、あなたのお墓は別として、あなたとわたしをつなぐ唯一手で触れられる物だから

ミシェル
もうできそうにない、このまま別の人間のふりをしつづけることは
だれか別の女性だと、この先もみんなに信じさせることは
もう、だめ、わたしには忘れられないから
あの競技場を
収容所を
列車を
ジュールとジュヌヴィエーヴを
アランとアンリエットを
ニコラとガスパールを

わたしの息子への愛をもってしても、わたしに忘れさせることはできない。わたしはあの子を愛している。わたしの血を分けた息子だもの

わたしの正体は夫にも知られていない
わたしがどういう体験を経てきたのかも
でも、わたしは忘れられないのだ
この地にきたのは恐ろしい失敗だった
自分は変われるとわたしは思った。すべてを過去のものにしてしまえると思った
でも、わたしにはできない

みんなはアウシュヴィッツにゆき、そこで殺された
わたしの弟は納戸で死んだ
残されているものは何もない
何かあるはずだと思ったのだが、間違いだった
わが子や夫をもってしても、満たされないものがある
二人は何も知らない
わたしが何者なのかを知らない
この先も知ることは決してないだろう

ミシェル
あなたは夢の中に現れて、わたしをつかまえる
わたしの手をとって、いずこかにいざなう

わたしはもう現世が耐えられない
あの鍵をとりだして、あなたのいた過去を懐かしむ
戦争の前の、穢《けが》れのない平和な日々を懐かしむ
いまにしてわかる、わたしの傷は決して癒えることはないのだ
どうか息子が許してくれればいいのだが
あの子が知ることはないだろう
だれひとり知る者はいないだろう

ザホール。アル・ティシカハ
覚えていて。決して忘れないで

そのカフェは活気のある騒がしい店だったけれど、私とウィリアムの周囲だけは完全な静寂に包まれていた。

二人が共に覚ったことに打ちのめされて、私はノートを置いた。

「母の死は自殺だった」抑揚のない口調で、ウィリアムは言った。「事故なんかじゃなかったんだ。

車を運転していて、自分から立ち木に突っ込んだんでしょう」

私は何も言わなかった。何も言えなかった。何と言っていいか、わからなかった。

手をのばしてウィリアムの手をとりたかったが、何かに押しとどめられた。私は大きく息を吸い込んだ。それでも、言葉は出てこなかった。

二人の間のテーブルには真鍮の鍵が置かれていた。過去の悲劇の、ミシェルの死の、沈黙の証言者。以前ルッカで、ウィリアムは私を押しのけようとするかのように両手を前に突きだしたことがあったけれど、いまもまた、彼が自分だけの殻に閉じこもろうとしている気配を私は感じた。体は静止していても、私から遠ざかろうとしているのがはっきり感じられたのだ。彼にさわりたい、その体を抱きしめたいという圧倒的な衝動に、私はまたしても逆らわなければならなかった。どうして自分は、これほどまでに深い親近感をウィリアムに覚えるのだろう？　彼が他人とは到底思えないし、もっと奇怪なことに、私自身が彼にごく近しい人間のような気がしてならないのだ。いったい何が私たちをここに引き寄せたのだろう？　真実に対する私の渇望、彼の母親に対する共感？ウィリアムのほうは、私のことを何も知らないに等しい。危機に瀕している私の結婚生活、ルッカで危うく流産しかけたこと、私の仕事、これまでの人生、そういうことを、彼は何ひとつ知らない。それは私も同様で、彼の奥さんのこと、子供たちのこと、これまでの経歴等、知っていることは何もない。彼の現在について、私は何も知らない。が、彼の過去、彼の母親の過去は、あかあかと燃える松明《たいまつ》が暗い小道を照らすように、はっきりと私の脳裏に刻み込まれている。そして私はこの男性に、自分は他人ではない、あなたの母親の身に起きた出来事が自分の人生を変えたのだ、と伝えたいのだった。

「ありがとうございました」彼はとうとう言った。「何もかも話していただいて、嬉しく思っています」その口調にはどこか無理をしているような不自然さがあった。私はいっそ彼に泣き崩れてほしかった。赤裸な感情を露わにしてほしかった。なぜか？　もちろん、私自身が胸にたまったものを発散したかったからだ。思う存分涙を流して、苦痛と悲哀と虚しさを洗い流したかったからだ。生の感情を彼と分かち合って、二人だけの親密な交感の秘蹟を共有したかったからである。

ウィリアムは帰るつもりらしく、立ちあがって鍵とノートを封筒にしまおうとしている。こんなにも早く彼に去られるのは耐えがたかった。いま彼が立ち去ったら、もう二度と連絡がとれないだろうという気がした。彼はこの先、私と会いたがらず、言葉も交わしたがらないだろう。私はサラと自分をつなぐ最後の環を失うことになる。彼を失うことになる。そして、いま、この瞬間、ある種自棄的な漠然とした理由から、そばにいてほしいと私の願う唯一の人間は、ウィリアム・レインズファードなのだった。

こちらの表情から何かを読みとったらしく、ウィリアムはすぐには立ち去らず、ためらいがちに立っていた。

「母にゆかりの場所を、訪ねようと思っているんです」彼は言った。「ボーヌ・ラ・ロランドとか、ネラトン通りを」

「よかったら、ご一緒してもいいのよ」

ウィリアムの視線が、じっと私の顔に注がれた。その視線に私はまたしても、自分が彼の中に呼び起こした二つの相反する感情、憤りと感謝の複雑に混じり合った思いを見出したのだった。

「いいえ、一人でいきたいので。でも、デュフォールさんたちの住所を教えていただけると助かるんですが。あの人たちにもお会いしたいので」

「いいわ」手帳をとりだして一枚の紙に住所を走り書きした。

と、ウィリアムが不意に、またどかっと腰を下ろした。

「一杯やりたくなってきたな」

「ええ、そうしましょうよ」私はギャルソンに合図した。ウィリアムにはワインを、私にはフルーツジュースを注文した。

二人で黙々と飲みながら、自分の気持が深く安らいでいるのに私は気づいていた。静かにドリンクを楽しんでいる二人のアメリカ人。なぜか私たちは言葉を交わす必要がなかった。それでいて、何の気づまりも覚えなかった。でも、私にはわかっていた、グラスの底に残る最後の一滴を飲み干したとたん、ウィリアムは立ち去るだろう、と。

そのときがやってきた。

「ありがとう、ジュリア。いろいろと、ありがとうございました」

Eメールを交わしたり、ときどき電話で話したりして、これからも連絡をとり合いましょう、とは彼は言わなかった。そう、彼は何も言わなかった。その沈黙は誤解の余地なくこう語っていた——電話はかけないでください。ぼくにはもう二度と連絡しないでください。ぼくは自分のこれまでの人生の意味をじっくり吟味してみたい。そのために、時間と沈黙と平穏が必要なんです。ぼくは自分が何者なのか知りたいんです。

雨の中を遠ざかって賑やかな往来に溶け込んでゆく長身の後ろ姿を、私はじっと見送った。

それから、まるいおなかの上で両手を組んで、孤独がひたひたと自分の中にしみこんでくるのを感じていた。

その夜帰宅すると、テザック家の全員が私を待ちかまえていた。ベルトランやゾーイも一緒に、みんなでわが家のリビングにすわっていた。一歩そこに踏み込んだ瞬間、私は張り詰めた雰囲気を感じとった。

全員が二つのグループに分かれているようだった。一方はエドゥアールとゾーイとセシル。私のしたことを認めて、〝私の側〟に立つグループ。もう一方は私のしたことに批判的な、コレットとロールのグループ。

ベルトランは何も言わず、奇妙な沈黙を守っていた。口の両端がさがって、浮かない表情を浮かべている。私のほうは見ようともしない。

とんでもないことをしてくれたものね、とコレットが怒りをぶちまけた。あの家族の過去をさぐって、あの人と連絡をとるなんて。あなたに言われなければ、あの人は自分の母親の過去なんて、まったく知らずにすんだんじゃないの。

「可哀相に」ロールが口元を震わせて母親の応援に立った。「おかげで彼は知ってしまったわけでしょ、自分が本当は何者かということを。母親がユダヤ人で、一族はみなポーランドで虐殺され、叔父は納戸で飢え死にしてしまったことを。みんな、ジュリアが余計なおせっかいを焼いたせいじゃないの」

エドゥアールが突然立ちあがって、両手をひろげた。

「何たることだ！」吠え立てるように彼は言った。「わがテザック家の名誉はどうなってしまったんだ、いったい！」ゾーイが怯えて私の腕の中にすべりこんできた。「いいか、ジュリアは勇敢で気高いことをしてくれたんだぞ」怒りに身を震わせながら、エドゥアールはつづけた。「ジュリアの意図は、あの少女の遺族に伝えることにあったんだ。わたしらが彼女のことを思っていたということを。わたしの父はその思いに駆られて、サラ・スタジンスキが養父母の下で幸せに暮らせるように、できるだけのことをした、ということを。サラは周囲のみんなに愛されていたということを、ジュリアは知らせたかったんだろうが」

「でも、お父さん」ロールが遮った。「ジュリアのしたことはやりすぎだと思うわ。過去を甦らせるなんて、とりわけ戦争中に起きたことを甦らせるなんて、やりすぎもいいところよ。だれだって、そんなことは思いだしたくないじゃないの。いまさらそんなことを考えたくはないじゃないの」

ロールはこちらを見ようとはしなかったが、彼女の敵意はずっしりと伝わってきた。ロールの心中の思いが、私には容易に読みとれた。まったく、アメリカ人がやりそうなことだわ、と彼女は思っているのだろう。アメリカ人ときたら、過去を尊重することを知らず、家族の秘密の何たるかもわかっちゃいないんだから。マナーもわきまえず、万事に鈍感。粗野で無教養なアメリカ人。大きな木靴をはいたアメリカ人《ラメリケーヌ・アヴェク・セ・グロ・サボ》。そう思っているのだ。

「あたしはそうは思わないわ！」かん高い声でセシルが言った。「お父さんが何もかも話してくれて、あたしは喜んでいるの。本当よ、お父さん。たしかに恐ろしい話だわ、小さな男の子があのアパルトマンで死んでいたこととか、そのお姉さんがもどってきたこととか。でもね、ジュリアがサラの家族に連絡したのは、正しいことだったと思う。それに、あたしたち一家は、人に恥じるようなことをしたわけじゃないんだし」

「それはそうですよ！」コレットが口を歪めて言う。「でもね、もしジュリアがしつこく詮索してまわらなかったら、あなただって何もかも明かすことはなかったでしょう、エドゥアール？　そうでしょう？」

エドゥアールは妻に面と向かった。その表情も声も冷ややかだった。

「わたしはな、父から万事秘密にするようにと、約束させられたんだよ、コレット。それで、この六十年間、父の意思を尊重してきたのさ。わたしにとっては難儀なことだったがね。しかし、いまはこうして、おまえたちもすべてを知ることになった。わたしはそれでよかったと思っている。たとえおまえたちの中に不快に思う者がいようとも、おまえたちと秘密を分かち合うことができて、ほっとしているのさ」

「こうなると、せめてもの慰めは、マメが何も知らないことね」吐息まじりに言うと、コレットは薄いブロンドの髪を撫でて、乱れを直した。

そのとき、ゾーイのかん高い声が響きわたった。

「でも、マメは知ってるよ」

頰を真っ赤に染めながらも、あの子は勇敢に一同と向き合った。

「あたしに話してくれたんだもん、何もかも。あたしはちっちゃな男の子の件は知らなかったんだけどね。その部分だけは、ママも教えたくなかったらしくて。でも、ママはそのこともみんな話してくれたんだ」

ゾーイはつづけた。

「ママはね、最初からみんな知ってたんだよ。サラがもどってきたことを、管理人から聞かされたんだって。それ以来、グラン・ペールは自分の部屋で死んでた子の夢を見て、よくうなされていたって言ってた。自分はそのことを知っているのに、夫にも、息子にも、家族のみんなに対して知らないふりをするのはとてもつらかった、って言ってた。グラン・ペールのお父さんは、それ以来人が変わっちゃって、すごく悩み苦しんで、そのことをマメにも話せずに、とてもつらい思いをしてたみたいだって」

私は義父の顔を見た。彼は信じられないように私の娘の顔を見つめていた。

「マメは知ってたというのかい、ゾーイ？　最初からずっと知ってたというのかい？」

ゾーイはうなずいた。

「マメは言ってたよ、あれはとても恐ろしい秘密だったって。でも、あの少女のことはずっと考えていた、それをいま、あたしが知ってくれて嬉しい、って。マメは言ってた、そのことはもっと早くみんなで話し合えばよかったって。本当は、あたしのママがしたことを自分たちがしなくちゃいけなかった、もっと早くしなくちゃいけなかったって。あの女の子の家族をもっと早く探さなくちゃいけなかった、あの子のことを秘密にしたのは間違いだった、って。そう言ったんだから、マメは。心臓発作を起こす直前に」

長い、苦痛に満ちた沈黙。

ゾーイは胸を張って、コレットを、エドゥアールを、叔母たちを、父親を見た。それから、私を。「もう一つ、言わせて」ゾーイはフランス語から英語に切り替えて、アメリカ訛りを強調しながらすらすらと言ってのけた。「あたし、みんながどう思っていようとかまわない。ママは間違っている、馬鹿なことをした、と思っていようとかまわない。あたし自身はママのしたことを誇りに思っているから。ママがどうやってウィリアムを探し当てたか。どうやって本当のことを伝えたか。それがどんなに大変だったか、ママにとってどんなに大切だったか、みんな、知らないでしょう。あたしにとっても、どんなに大切だったか。そしてたぶん、ウィリアムにとってだって、どんなに大切だったか。で、あたしがいまどんな気持でいるかというとね、あたし、大人になったら、ママみたいになりたい。自分の子供たちが誇らしく思うような、そんなママになりたいと思ってる。じゃあね、ボン・ニュイ《おやすみなさい》」

さっと小首をかしげてお辞儀をすると、ゾーイはリビングを出て、静かにドアを閉めた。

私たちはしばらく沈黙にひたっていた。見ていると、コレットの顔からしだいに表情が失われ、石のように硬直していった。ロールはコンパクトでメイクをチェックしている。セシルは身じろぎもせずにすわっていた。

ベルトランはただの一言も発しなかった。両手を背中に組んだまま、じっと窓の外に目をやっていて、私のほうはちらとも見ない。だれの顔も見ようとはしなかった。

エドゥアールが立ちあがり、父親らしい、優しい仕草で私の頭を撫でた。薄青い目がこちらを見下ろして瞬《まばた》きする。私の耳元に、彼はフランス語でつぶやいた。

「あんたは正しいことをしたんだ。よくやってくれたね」

けれども、その晩、ベッドにひとり横たわり、本を読むこともできず、頭も働かず、何もできないまま天井を見あげながら、私は考えたのだった。

最初にウィリアムのことを。いまどこにいようとも、彼はたぶん、新たな人生の断片を一つにまとめあげようとしていることだろう。

それから、テザック家の人たちのことも考えた。こんどだけはあの人たちも堅固な殻から出てこざるを得ず、悲しい暗い秘密が公になったいま、他者と心を通わせる必要を感じているだろう。ベルトランのことも私は考えた。終始こちらに背を向けつづけていたベルトラン。

あんたは正しいことをしたんだ《テュ・ア・フェ・ス・キル・ファレ》。よくやってくれたね《テュ・ア・ビアン・フェ》と、エドゥアールは言ってくれた。

エドゥアールの言葉は当たっているのだろうか？　わからない。私はなおも想念を追った。

ゾーイがドアをひらいて、細長い、物言わぬ子犬のようにベッドにすべり込んできて、私にすがりついた。私の手をとってゆっくりキスし、私の肩に頭をのせる。

モンパルナス大通りを行き交う車のくぐもった騒音に、私は耳を傾けた。もうかなり遅い時間だった。ベルトランがアメリのところにいっているのは間違いない。いまや彼は赤の他人も同然に、はるかに隔たった存在に、思われた。そう、まるで見も知らぬ他人のような存在に。

私のせいで、きょう一堂に会することになった二つの家族。二度と再び元にはもどれないだろう二つの家族。

私は正しいことをしたのだろうか？

どう考えればいいのか、何を信じていいのか、わからない。

ゾーイが隣りで寝入ってしまって、ゆったりとした息が私の頬をくすぐる。これから生まれてくる子供のことを、私は考えた。するとようやく、ある種の安らぎに包まれるのを覚えた。しばしのあいだ、ささくれだった私の気持を癒やしてくれる安らぎ。

だが、痛みと悲しみは消えずに残った。

三年後（二〇〇五年）、ニューヨーク

「ゾーイ！」私は叫んだ。「ちゃんと妹の手をつかんでなくちゃだめじゃないの。転げ落ちて、首の骨を折っちゃうわよ！」

私の、すらっと脚の長い娘が顔をしかめてみせた。

「ママの心配性は病的なんだよね」

ゾーイはおチビちゃんのぽってりした手をつかんで、三輪車に乗せ直してくれた。その子の小さな足がすごい勢いでペダルを漕ぎ、ゾーイが後を追いかけてゆく。おチビちゃんは嬉しそうに喉を鳴らし、こちらを振り返って私が見ているのを確かめる。そのすべての動作に二歳の幼児らしい気負いがあふれていた。

誘惑的な春の兆しに包まれたセントラル・パーク。私はゆったりと両足を伸ばして、また太陽を振り仰いだ。

かたわらの男性が頬を撫でてくれる。

ボーイフレンドのニール。私よりすこし年上。離婚していまは独身の弁護士。現在はティーンエイジャーの息子たちとフラットアイアン地区に住んでいる。妹のチャーラに紹介されたのだが、好もしい男性だと思っている。愛しているわけではないけれど、一緒にいると楽しい。知的で教養のある人物だ。ありがたいことに、彼のほうでも私と結婚したがってはいない。ときどき、私の娘たちとも忍耐強く付き合ってくれる。

実は、このニューヨークに住むようになってから付き合ったボーイフレンドは、二、三人いた。

いずれも深い付き合いではなく、気楽な交友を楽しんだ。ゾーイはその男性たちを私への〝求愛者〟と呼び、チャーラはスカーレット・オハラ風に私の〝伊達男〟と呼んだ。ニールの前に付き合っていた〝求愛者〟はピーターという男性だった。トライベッカに隙間風の吹き込むロフトを持っていて、画廊を経営していた。後頭部の円形の禿を苦にしていた。ごくまともで、ちょっぴり退屈な、いかにもアメリカ的な中年男たち。礼儀正しく、真面目で、凝り性な点も共通していた。みないい仕事についている。高等教育を受けていて教養があり、たいてい離婚経験がある。私を迎えにきて、家まで送り届けてくれる。私に腕を貸し、雨が降れば傘をさしかけてくれる。私をランチに誘い、メトロポリタン・オペラや、ニューヨーク近代美術館や、ニューヨーク・シティ・オペラや、シティ・バレエや、ブロードウェイのミュージカルにつれていってくれ、ディナーを共にし、ときどきはベッドに誘う。それはたいてい我慢した。私にとって、いまやセックスは義務感に駆られてするものだった。ごく機械的で、退屈だった。そこでも何かが欠けていた。情熱。興奮。熱狂。どれも失われていた。

私はまるでだれか――私自身だろうか？――の手で、私の人生のフィルムを早回しされているような気がしていた。そこに登場する私はぎごちないチャーリー・チャップリンよろしく、すべてを――そうするほかないように――慌しく、不恰好に演じ、こわばった笑みを顔に貼りつけて、新しい暮らしにすこぶる満足しているように振舞っている。

ときどきチャーラが私の顔を盗み見て、言う。「ねえ、大丈夫なの、お姉さん？」

彼女に小突かれて、私はもぐもぐと答える。「ええ、もちろん。万事順調よ、心配しないで」チャーラは疑わしそうな顔をするだけで、それ以上干渉はしない。

母も、私の顔をしげしげと眺めては心配そうに唇をすぼめて言う。「何か心配事でもあるんじゃない？」

私はとっさに笑みを浮かべ、肩をすくめて母の不安をいなしてしまう。

壮麗で、すがすがしいニューヨークの朝。パリでは決して味わえない、素晴らしい時間。身の引きしまるような、爽やかな空気。紺碧の空。私たちを囲い込むように樹木の上に連なる摩天楼の稜線。正面には青白いダコタ・アパートメントの威容。そよ風にのって漂ってくるホットドッグとプレッツェルの匂い。

しだいに暑くなってくる陽光にさからって目を閉じたまま、私は手をのばしてニールの膝を撫でた。ニューヨークでは季節も峻別されている。うだるような夏の後には凍りつくような白い冬が訪れる。そして、街を包み込む光。私をかつて虜にした、硬質の、明るい、銀色の光。それに比べると、パリのじめついた灰色の雨は別世界から降ってくるかのようだ。

目をあけて、楽しそうにはしゃいでいる娘たちを見守る。ゾーイは、まるで一夜のうちに溌剌としたティーンエイジャーに成長してしまったかのように見える。手足がすらりとしなやかにのびていて、いまでは私よりも背が高い。チャーラにも似ているし、ベルトランにも似ている。人目を引くあの二人の肉感的な魅力を受け継いでいて、ジャーモンド家、テザック家、双方の美質が見事なまでに融け合っているように見える。その点がとても好もしい。

おチビちゃんのほうはちょっと趣がちがう。もっと柔らかで、まろやかで、はかなげだ。同じ年頃だったときのゾーイと比べると、ずっと甘えん坊で、頻繁にキスや抱擁で応じなければならない。父親がそばにいないせいだろうか？　あの子が産まれた直後に、ゾーイや私と一緒にフランスを離れてニューヨークにきてしまったせいだろうか？　わからない。私は最近、面倒な自問を控えるようにしている。

多年暮らしたパリからアメリカにもどって暮らすのは、最初のうち、妙な感じだった。いまでもときどき違和感を覚える。まだ自分の家のような感じがしないのだ。この地にしっくりと馴染むまでにはこの先どれくらいかかるのだろう？　でも、とにかく私はアメリカに帰ってきた。それにはいろいろな困難が伴った。そもそも、決断を下すことからして容易ではなかったのである。

赤ちゃんは早産で、私はかなり慌てたし、苦痛も味わった。あの子はクリスマスの直後に、予定より二ヶ月早く生まれたのだった。私はサン・ヴァンサン・ド・ポール病院の緊急治療室で、長時間の、つらい帝王切開手術を受けた。ベルトランが付き添ってくれた。彼は予期に反して緊張し、興奮したらしい。五体満足の、小さな、小さな女の子。ベルトランはがっかりしただろうか？　わからない。私はがっかりなどしなかった。私にとっては何物にも換えがたい赤ちゃんだった。私はそのために闘ったのだから。一歩も譲らなかったのだから。あの子は私の勝利の証しだった。

出産してまもなく、サントンジュ通りのアパルトマンへの引越しの直前、ベルトランはとうとう勇気をふるい起こして一切を私に告白した。自分はアメリを愛している。これからはアメリのトロカデロ広場のアパルトマンに移って、彼女と共に暮らしたい。もうおまえにも、ゾーイにも嘘はつけない。正式に離婚しなければならないが、なるべく迅速に、事を荒立てずに手続きをすませよう。そのときだった、アメリカに帰ろうという思いが私の頭にひらめいたのは。ベルトランが両手を背中に組み、伏し目がちに部屋をゆきつもどりつしながら、込み入った告白をくどくどとつづける様子を見ているうちに、ゾーイと赤ちゃんをつれてアメリカにもどろうと思い立ったのだ。ベルトランが話し終えるまで、私は黙って聞いていた。ベルトランは憔悴し切っていたけれども、ともかくも告白をしてのけた。私に対して、ようやく正直に本心を明かしたのだ。自分自身に対しても、正直になったのだろう。聞き終わった私は、男の色気の滲むハンサムな夫に向かって、ありがとう、と言った。ベルトランはびっくりしたようだった。もっと辛辣で強烈な反応が返ってくると思っていた、と自ら認めた。怒声、罵倒、いがみあい。私の腕の中の赤ちゃんが唸って、ちいちゃな手を振りまわした。

「いがみあいはなし」私は言った。「罵り合いもなし。いいわね？」

「わかった」ベルトランは私にキスし、赤ちゃんにキスした。

その瞬間、彼はもう私とはまったく無関係な人間、私とは遠く隔たった人間のように思えた。

その晩、おなかをすかした赤ちゃんに授乳しようと起きあがるたびに、アメリカのことを考えた。ボストンがいいだろうか？　いや、自分の過去にはもどりたくない。自分が子供時代を送った街にはもどりたくない。

そして、そうだ、と思ったのだ。

ニューヨークはどうだろう。ゾーイと赤ちゃんをつれてニューヨークに渡るのだ。あそこには妹のチャーラがいるし、両親が住んでいる場所だってそう遠くはない。ニューヨーク。いいじゃないの、と思った。あの街はまだよく知らないし、これまで長期間住んだこともない。一年に何度か、妹を訪ねたことがあるくらいだ。

ニューヨーク。たぶん、あらゆる点でパリとは対照的な故に、パリと並び立つ唯一の街だ。考えれば考えるほど、そのアイデアに魅かれていった。友人たちには、まだその話はしなかった。エルヴェ、クリストフ、ギヨーム、スザンナ、ホリー、ジャン、それにイザベル。みんな、その話を聞いたら猛反対するにきまっている。でも、最後には私の真意を理解して、受け容れてくれるだろう、と思った。

それから、マメがとうとう亡くなった。十一月に心臓発作を起こして以来マメはなんとか持ちこたえて、意識ははっきりしていたのだが、口をきくことはとうとうできなかったのだった。危篤に陥ってからはコシェン病院の集中治療室に移されていた。私は最悪の事態を予期して心の準備をしていたのに、最後の瞬間が訪れると、やはりショックだった。

ブルゴーニュの小さなわびしい墓地で行われた葬儀の後だった、ゾーイが私にこう言ったのは――「ねえ、ママ、あたしたち、これからサントンジュ通りのアパルトマンで暮らさなきゃならないの?」

「パパは、わたしたちがそうすると思ってるでしょうね」

「でも、ママはあそこで暮らしたい?」

「ううん」私は正直に答えた。「あそこで起きた出来事を知ってから、そんな気はなくなっちゃったわね」

「あたしもそうなんだ」

それから、ゾーイは訊いてきた。「でも、あそこに住まないとしたら、どこに引っ越せばいいの、ママ？」

そして私は答えたのである、ゾーイがきっと鼻で笑うだろうと思いつつ、冗談めかした軽い口調で。「そうね、ニューヨークなんか、どうお？」


ゾーイの場合は、それですんなりと片づいた。が、ベルトランは私たちの決断を喜ばなかった。自分の娘がそんなに遠くにいってしまうのは困る、というのだ。それでも、ゾーイの気持は変わらなかった。あたし、二、三ヶ月ごとにパリにもどってくるからさ、それにパパだってあたしや赤ちゃんに会いにアメリカにきたっていいでしょ。

私はベルトランに説明した、これは最終的な決定というわけじゃないのよ。永久にアメリカに住むと決めたわけじゃないの。とりあえずは、二、三年という期間なんだから。それだけあればゾーイは、自分の中のアメリカ人の部分を把握できるでしょうし、わたしも新しい人生に挑むきっかけをつかめるわ。何か新しいことをはじめられるかもしれないし。

ベルトランのほうは、もう公然とアメリとの暮らしをはじめていた。社会的にも、二人は認知されたカップルになっていた。アメリの子供たちはすでに成人して自活していたし、自分たちの父親とも付き合っていたから、ベルトランとアメリの同棲のさまたげにはならなかった。ベルトランにとっては――彼、もしくはアメリの――子供たちの面倒を毎日見るという責任から解放された暮らしが、魅力的だったのだろうか？　たぶん、そうなのだろう。彼は結局、私たちのアメリカ移住を承諾した。それから私は実際の行動を起こしたのだった。

最初のうち、しばらくチャーラの家に厄介になってから、私たちは彼女の手を借りて見つけたアパートメントに引っ越した。アムステルダム・アヴェニューとコロンバス・アヴェニューの間の西八十六丁目。〝広々とした眺望〟とドアマンの常駐が売り物の、簡素な二間のアパートメントだった。ロスに引っ越したチャーラの友人から又借りしたのである。入居者はファミリーが圧倒的で、子供づれの、離婚した親たちも多かった。赤ちゃん、幼児、自転車、乳母車、スクーターなどがかもしだす、蜂の巣のような賑わい。気のおけない、居心地のいい住まいだけれど、私にとっては何かが欠けていた。それが何なのかはわからなかった。

ジョシュアが手をまわしてくれたおかげで、私はフランスの洗練されたウェブサイトのニューヨーク通信員として雇われた。自宅勤務の形をとって、パリの写真が必要なときはまたバンバーにカメラマンとして動いてもらった。

ゾーイの新しい学校も決まった。二ブロック離れたところにあるトリニティ・カレッジの付属校。「あたし、なんだか溶け込めないみたいなんだ、ママ。みんな、あたしのこと、〝フレンチー〟って呼ぶんだもん」ゾーイがぼやくのを聞いて、つい笑ってしまった。

その、わき目もふらぬ歩き方といい、軽口の言い合いといい、気楽な物腰といい、ニューヨーカーは観察していて面白い種族だ。私のアパートメントの住人たちは、エレベーターに乗り合わせれば気軽に挨拶するし、私たちが越してきたときには花束とキャンディをプレゼントしてくれた。ドアマンとも気軽にジョークを交わしている。彼らのそういう面を、私はまったく忘れていた。パリジャンのしかめっ面や、同じアパルトマンに住んでいながら、階段ですれちがってもそっけなくうなずき合う程度の挨拶しかしない人々に、慣れ切っていたからだ。

たぶん、いちばん皮肉なのは、旋風に巻き込まれたような刺激的な毎日を送っていながら、私がパリを恋しく思っていたことだろう。毎晩正時に、眩《まばゆ》い宝石で身を飾った女性のようにライトアップされるエッフェル塔が、私は恋しかった。毎月第一水曜日の正午、訓練のために街中に響きわたるサイレンの音が、恋しかった。土曜日の午後、エドガール・キネ大通り沿いの青空市に出かけると、私はたぶんいちばん背高のっぽの女性客なのに、八百屋の店主が〝そこのちっちゃい奥さん《マ・プティット・ダーム》〟と呼びかけてきたものだけれど、あの青空市も恋しかった。正真正銘のアメリカ人なのに、私はゾーイと同じく〝フレンチー〟であるような気がした。

パリから遠ざかるのは、思ったほど容易ではなかった。エネルギーにあふれたニューヨーク、マンホールからもくもくと蒸気がたちのぼるニューヨーク、摩天楼といくつもの橋と交通渋滞の巨大な街ニューヨークは、まだわが家と呼ぶにはほど遠かった。この街にきて素敵な友人がたくさんできたのに、私はパリの友人たちが恋しかった。一連の事件を経てとても身近になったエドゥアール、毎月手紙を送ってくれるエドゥアールも恋しかった。そして何よりも恋しかったのは、フランスの男性たちが女性を品定めするときの目つき、ホリーが口癖のように言っていたあの〝むきつけな〟目つきだった。私はそれにすっかり慣れていたのだが、ここマンハッタンではせいぜいバスの運転手たちが、ゾーイに向かっては〝よお、スリム・ギャル〟、私に向かっては〝やあ、ブロンディ〟と陽気に声をかけてくる程度にすぎない。なんだか自分が、他人の目に見えない人間になってしまったような気がした。どうして私の暮らしはこれほど空虚なのだろう？　まるでハリケーンにでも直撃されたかのように。底が抜けてしまったかのように。

　そして、夜。

　たとえニールと一緒にいても、夜は孤独だった。私はベッドに横たわって、たくましく鼓動する大都市の音に耳を傾け、浜辺に打ち寄せる波のように、過去の映像が次々と脳裏に甦るのに任せていた。

サラ。

どうしても彼女を脳裏からしめだすことができない。彼女のおかげで、私は永遠に変わってしまったのだ。彼女の苦難の物語は常に私と共に在った。彼女は親しい知人も同然だった。子供の頃のサラ、若い娘の頃のサラを私は知っている。凍てついたニュー・イングランドの路上で、立ち木に車を突っ込ませた四十歳の主婦のサラを知っている。サラの顔を、私は完全に頭に描くことができる。あの切れ長の青い目。あの頭のかたち。彼女の姿勢。彼女の両手。めったに浮かべることのない笑み。私はサラを知っている。もしサラがまだ生きていたら、たぶん、道で呼び止めることさえできると思う。

ゾーイは利口な娘だ。私はまんまと現場を見つかってしまった。

そう、ウィリアム・レインズファード関連の情報をグーグルで検索している現場を。

ゾーイが学校から帰ってきたことに、私は気づかなかったのである。ある冬の午後のことだった。ゾーイはコトリとも足音をたてずに私の部屋に入ってきたのだ。

「ねえ、もうどれくらいやってたの、それ？」ゾーイは訊いた。まるで、娘がマリファナを吸っている現場を見つけた母親のような口調で。

私は顔を赤らめて、この一年、ウィリアムのことを定期的に調べていたことを認めた。

「それで？」ゾーイは腕を組み、顔をしかめて私を見下ろした。

「そうね、彼、ルッカから引っ越したらしいわ」

「ふうん。で、いまはどこにいるの？」

「このアメリカにもどってきているみたいなの、二、三ヶ月前から」

ゾーイの視線に耐えられなくなった私は、立ちあがって窓際に歩み寄り、アムステルダム・アヴェニューの往来を見下ろした。

「じゃあ、彼、このニューヨークにいるの、ママ？」

ゾーイの声はやわらかになり、険しさが薄れた。私の背後に立って、愛らしい顔を私の肩にのせかけてくる。

私はうなずいた。ウィリアムもこのニューヨークにいることを最初に知ったとき、どんなに気持が昂ぶったか。それはさすがにゾーイには話せなかった。最後に会ってから二年後に、ウィリアムもまたこの街に住み着いたことを知って、私がどんなに驚き、興奮したか。でも、ウィリアムの父親もニューヨーク育ちであることを私は思いだした。たぶん、ウィリアムも子供の頃、ニューヨークに住んだことがあるのではないだろうか。

彼の住所は電話帳にのっていた。ウェスト・ヴィレッジ。ここから地下鉄でほんの十五分の距離だ。それから何日間、何週間ものあいだ、彼に電話をかけたものかどうか、自問をくり返しては思い悩んだ。パリ以来、ウィリアムは一度も私にコンタクトしてこなかった。連絡を受けたことは、あれ以来一度もないのだ。

しばらくすると、興奮は鎮まった。私は結局、彼に電話をかける勇気をふるい起こせなかった。それでも、相変わらず、毎日、毎晩、ウィリアムのことを考えつづけた。沈黙のうちに、だれにも明かさずに。ひょっとして、公園とか、デパートとか、バーやレストランで、ある日ばったり顔を合わせる可能性だってあるかもしれない。そうも思った。ウィリアムの奥さんやお嬢さんたちも、このニューヨークに一緒にきているのだろうか？　そもそも、どうしてウィリアムは私のようにアメリカにもどってきたのだろう？　いったい、どんな事情があったのだろう？

「彼には連絡をとったの？」ゾーイが訊いた。

「ううん」

「するつもり？」

「わからないわ、ゾーイ」

急に、涙があふれてきた。

「ああ、ママ、お願いだから」ゾーイが吐息をついた。

自分の愚かしさに腹が立って、私は涙をぬぐった。

「ねえママ、彼のほうだって、ママがここに住んでいること、知ってると思うよ。絶対、知ってると思う。彼だって、ママのこと調べたんじゃないかな。ママがどこに住んでて、どんな仕事をしているか、もう知ってると思う」

そういう可能性は、ちらとも頭をよぎらなかった。ウィリアムのほうでもグーグルで私のことを検索し、私の住所を調べているかもしれない……。ゾーイの言うことは当たっているだろうか？私もニューヨークに住んでいることを、この街のアッパー・ウェストサイドに住んでいることを、彼は知っているだろうか？　だいたい、私について考えることなどあるのかどうか。もしあるとしたら、そんなとき、どういう思いを抱くのだろう？

「忘れたほうがいいよ、ママ。もうすぎ去ったことにしてさ。ニールに電話して、どんどんデートすればいいのに。自分の人生をもっと楽しんだほうがいいよ」

私はゾーイのほうを振り向いた。それから口をついて出た声は大きく、切実に部屋に響いた。

「それが、できないのよ、ゾーイ。ママはね、自分のしたことがウィリアムのためになったのかどうか、知りたいの。それをどうしても知りたいのよ。それは欲張りすぎかしら？　満たせるはずのない願望かしら？」

隣りの部屋でおチビちゃんが泣きだした。私があの子の眠りをさまたげてしまったらしい。ゾーイが隣りの部屋にいって、しゃくりあげている、ぽってりした妹を抱いてきた。

おチビちゃんの巻き毛ごしに手をのばして、ゾーイはそっと私の髪を撫でた。

「でも、その答えはわからないと思うよ、ママ。あの人がママにそういうことを話すとは思えないもの。だって、ママはあの人の人生を変えてしまったんだからね。あの人の人生をひっくり返してしまったんだから。ウィリアムは、もうママには会いたがらないと思うけどな」

ゾーイの腕からおチビちゃんをとりあげると、私はぎゅっと胸に抱きしめて、おさな子のぬくもりを、ぽってりした肉づきの心地よさを味わった。ゾーイの言うとおりだと思った。私はきっぱりと次のページをめくって、新しい人生を切りひらかなければ。

そのために何をするかは、また別の問題だった。

私は忙しく立ち働いた。付き合う相手が多すぎて、自分の殻に閉じこもる暇などなかった。ゾーイ、ゾーイの妹、ニール、両親、甥たち、仕事、チャーラとその夫のバリーが招いてくれる切れ目ないパーティ。私は敢えて逃げようとはしなかった。パリ時代の全期間を通じて知り合った人の数より、この二年間に知り合った人の数のほうがずっと多かったと思う。国際的な人種のるつぼ、ニューヨーク。そこでの暮らしに、私はわれを忘れた。

そう、私はとうとうパリの魔力から解き放たれたのだ。ところが、仕事の関係やら、旧友やエドゥアールに会うためやらでパリにもどると、必ずマレ地区にいってしまう。まるで私の足がどうしてもそこにつれ帰ろうとするように、何度もくり返しあの街に引きもどされてしまう。ロジエ通り、ロワ・ド・シシル通り、エクフ通り、サントンジュ通り、ブルターニュ通り。私は新たな目で、自分の生まれる前とはいえ一九四二年にそこで起きたことを承知している目で、それらの街区を見つめ直すのだ。

サントンジュ通りのアパルトマンでは、いまだれが暮らしているのだろう。窓際にはいまだれが立って、青葉の繁る中庭を見下ろしているのだろう。なめらかな大理石のマントルピースを、いまだれが掌で撫でているのだろう。新しい住人は、そこでかつて小さな男の子が死に、ある少女の人生がそれを境に永遠に変わってしまったことを、すこしでも知っているのだろうか。

私は夢の中でもマレ地区に帰った。夢の中で、ときどき、自分で目撃したわけでもない過去の悪夢があまりにも生ま生ましく展開されるので、私はそれから逃れようと明かりをつけなければならなかった。

そうした寝もやらぬ虚ろな夜のさなか、社交的な語らいに疲れ果て、つい誘惑に負けて飲んだワインの余分な一杯のために口中が渇いているのを意識しながらベッドに横たわっているときだった、忘れたはずの苦痛が甦って、再び私をさいなむのは。

ウィリアムの目。私がサラのノートを声に出して読んだときの彼の表情。それが再び現れて眠りを追い払い、私の心に深く入り込んでくるのだ。

ゾーイの声が私をセントラル・パークに、のどかな春の日に、私の太腿に置かれたニールの手に、呼びもどした。

「ママ、このちびっこモンスターときたら、アイスキャンディをほしがってるみたいだよ」

「だめよ」私は言った。「アイスキャンディはだめ」

おチビちゃんが芝生に突っ伏して泣きわめく。

「頑張り屋だね、あの子は」ニールが言った。

二〇〇五年一月、私は幾度もくり返しサラとウィリアムにつれもどされた。この年はアウシュヴィッツ解放六十周年とあって、その大見出しが世界中を駆けめぐった。ホロコーストを意味する〝ショアー〟というヘブライ語がこれほど頻繁に人々の口にのぼった年もなかっただろう。

そして、その言葉を耳にするたびに、胸苦しい思いでウィリアムとサラのことを考えた。テレビでアウシュヴィッツの記念式典を見ながら私は思った、ウィリアムもあの言葉を耳にしたとき、私のことを考えてくれただろうか、と。テレビの画面をよぎる酸鼻な過去のモノクロームの映像、うずたかく積まれた人骨の山、死体焼却場、焼かれたあとの灰、それらの悲惨な映像を目にしたとき、私のことを思いだしてくれただろうか、と。

あのおぞましい場所で、彼の祖父母は命を落としたのだ。そう、彼の母親サラの両親が。そのことに、ウィリアムはきっと思いを凝らさずにいられないだろう。ゾーイとチャーラと並んで、私はテレビの画面に見入った。かつての収容所に降る雪。鉄条網。ずんぐりとした監視塔。集まった人々。スピーチ。祈り。ろうそく。ロシア軍の兵士たちと、彼ら独特の踊るような歩調。

そして、日が暮れたときの忘れがたい映像。鉄路が燃えるように照らしだされ、悲哀と追憶が分かちがたく渾然となって、闇を燦然と染めあげたあの輝き。

その電話は五月のある日の午後、思ってもみないときにかかってきた。

私はデスクに向かって、新しいパソコンの気まぐれな変調ぶりと格闘していた。受話器をとって〝もしもし〟と応じた自分の声は、私自身の耳にもそっけなく響いた。

「もしもし、ウィリアム・レインズファードですが」

ハッと身を起こした。にわかに動悸が速まるのを覚えながら、なんとか冷静になろうとした。

ウィリアム・レインズファード。

愕然として、受話器を耳に押しつけたまま、何も言えなかった。

「ジュリアさんですね？」

私は息を呑み込んだ。

「ええ。いまパソコンの故障を直そうとしていたところなの。お元気、ウィリアム？」

「ええ」

しばしの沈黙。でも、そこには緊張も、気づまりな思いもなかった。

「しばらくね」おそるおそる私は言った。

「ええ、本当に」

沈黙。

「いま、ニューヨークにお住まいなんですね」彼はとうとう言った。「調べさせてもらったんですよ」

やっぱり、ゾーイの読みは当たっていたのだ。

「しばらくぶりに、お会いしませんか？」ウィリアムは訊いた。

「きょう?」

「ええ、ご都合がよければ」

隣りの部屋で寝ている子のことを考えた。あの子は、午前中預けていた託児所からつれ帰ったところなのだ。でも、これから一緒につれていってもいい。昼寝を中断されて、ご機嫌斜めになるだろうけれども。

「大丈夫、いけるわ」

「よかった。あなたがお住まいのところに、こちらから出かけますよ、地下鉄で。どこかいいお店をご存知ですか?」

「そうね、カフェ・モーツァルトはどうかしら? ブロードウェイの西七十丁目なんだけど」

「知ってます。あそこならいい。じゃあ、三十分後にあそこで」

私は電話を切った。胸がドキドキしていて、息苦しいくらいだった。隣りの部屋にいっておチビちゃんを起こし、むずかるのもかまわず服を着替えさせると、ベビーカーに乗せて、出発した。


着いてみると、ウィリアムがもう先着していた。最初に背中が見えた。逞しい肩。金色の毛がいまは一本もまじっていない、ふさふさした銀髪。新聞を読んでいたけれど、こちらが近づいていくと、私の視線を背中で感じとったようにくるっと向き直った。そして、立ちあがった。握手すればいいのか頬にキスすればいいのか、互いに判断に迷う、バツの悪い滑稽な瞬間。ウィリアムは笑い、私も笑った。彼はとうとう両手を広げて、私の顎が彼の肩にぶつかるほど力強く抱きしめてきた。私の背中を軽く叩くと、こんどはベビーカーの上にかがみこんで、私の娘を覗き込む。

「可愛いお嬢さんだな」あやすように言う。

娘は威張った顔でお気に入りのゴムのキリンを彼に手渡した。

「名前はなんていうの？」

「あのね、ルーシー」舌足らずの声で娘は答えた。

「それはキリンさんの名前でしょう――」私が言いかけたときには、ウィリアムはもうキリンのおなかを押していて、キイッときしむような音が私の声をかき消した。娘は嬉しそうに叫んでいる。

いい席が見つかったので、娘をベビーカーに乗せたまま私たちは腰を下ろした。

ウィリアムがメニューに目を走らせた。

「アマデウス・チーズケーキ、食べたことあります？」片方の眉をつりあげて、ウィリアムがたずねる。

「ええ。あの美味しさは殺人的ね」

彼はにこっと笑った。

「すごくあでやかですよ、ジュリアさん。きっとニューヨークの水が合ったんですね」

私はティーンエイジャーのように顔を赤らめた。ゾーイが見ていたら、あきれて目をぐるっとまわしてみせたことだろう。

そのとき、ウィリアムの携帯が鳴り、彼はそれに答えた。しゃべっている表情から、相手は女性だな、と察しがついた。いったい、だれだろう？　奥さんだろうか？　娘さんたちの一人だろうか？　会話が長びいて、ウィリアムは恐縮している様子だった。私はベビーカーの上にかがみこんで、キリンと遊んだ。

「どうも失礼」ウィリアムが携帯をしまった。「ガールフレンドからだったんです」

「あら」

私はどぎまぎした声を出したらしい。ウィリアムは鼻を鳴らして笑った。

「ぼくはいま独り者なんですよ、妻とは別れたので」

それから表情を引き締めて、まっすぐ私の顔を見た。

「あなたのお話を聞いてから、何もかも変わってしまいましてね」

とうとうだ。彼はとうとう私の知りたかったことに触れようとしている。その後の経過。さまざまな余波。

私はどう応じていいか、わからなかった。ほんの一語でも見当違いのことを言ったが最後、ウィリアムはこの語らいを切りあげてしまうのではないかと、それが怖かった。私は娘の相手をしつづけた。水のボトルを渡し、中身をこぼしたりしないように注意して、ペーパー・タオルをいじくった。

ウェイトレスがオーダーを聞きにきた。アマデウス・チーズケーキを二つに、コーヒーを二つ。娘にはパンケーキ。

ウィリアムが言った。「何もかも根底から崩れてしまって。目も当てられなかった。ひどい年でした」

　しばらくはどちらも口をきかず、周囲の活気に満ちたテーブルを見まわしていた。店内は明るく、賑やかで、人目につかないスピーカーからクラシックが流れている。娘は機嫌よく独り言をいっては私やウィリアムの顔を見あげたり、おもちゃで遊んだりしていた。オーダーしたものを、ウェイトレスが運んできた。

「で、いまはもう大丈夫なの？」私は控えめにたずねた。

「ええ」彼は素早く答えた。「なんとかね。自分のなかの新しい部分に慣れるには、しばらくかかりましたよ。母の人生行路を理解して、それを受け容れるには。その痛みと折り合いをつけるのに苦労したな。ついめげてしまうことが、いまもときどきあるんだけど、なんとか乗り越えています。どうしてもしなければならないことを、いくつか実行に移したし」

「たとえば、どんなことを？」パンケーキの粘ついたかけらを娘に与えながら、私は訊いた。

「わかったんですよ、もう自分だけでこの重荷を担うことはできないと。無力感にうちのめされて、自分はだれにも理解されていないと思っていましたからね。ぼくが耐えしのんでいることを、妻は理解してくれなかったし。ぼくもうまく説明ができず、妻と心を通い合わせることができなかった。で、去年、娘たちをつれてアウシュヴィッツを訪れたんです、六十周年記念行事が行われる前に。娘たちのひいお祖父さん、ひいお祖母さんがどういう最期をとげたのか、ぼくはどうしても説明しておきたかった。といっても、それはたやすいことではなく、結局、娘たちをあそこにつれていくしかない、という結論に落ち着いたんです。娘たちにあそこを見せるのが最良の方法だと。心にずしんと響いた、涙ながらの旅でした。でも、ぼくはとうとう心の安らぎを得た。娘たちも理解してくれたようでした」

ウィリアムの顔には、感慨深げな、一抹の悲哀が浮かんでいた。私は黙って、彼が話すのに任せていた。娘の顔をぬぐい、また水を飲ませた。

「この一月には最後の懸案を果たしました。パリにもどったんですよ。ご存知だと思うけど、マレ地区にホロコーストの新しい記念碑ができましたね」私はうなずいた。それはつとに耳にしていたので、自分もこの次パリにいくときはそこを訪れようと思っていたのだ。「一月の末に、シラク大統領が除幕式を行った。入口のすぐそばに、犠牲者の名前を刻んだ壁ができていました。灰色の大きな石の壁に、七万六千名の名前が刻まれているんです。フランスから強制移送されたすべてのユダヤ人の名前が」

私の視線は、コーヒー・カップの縁をいじくるウィリアムの指に注がれていた。彼の顔はまともに見ていられなかったからだ。

「ぼくは祖父母の名前を探しにいったんです。ちゃんと刻まれていました。ヴワディスワフ・スタジンスキとリフカ・スタジンスキ。ぼくの祖父と祖母。そのとき、アウシュヴィッツで得たのと同じ安らぎを、ぼくは感じました。それと、同じ苦痛をね。でも、そういうかたちで二人が記憶されていること、フランス人がそういうかたちで二人を記憶し、表敬していることに、ぼくは感謝しました。そのとき、壁の前で泣いている人たちを見ましたよ、ジュリア。年老いた人、若い人、ぼくと同年齢くらいの人たち。みんな、壁の名前をさわりながら泣いていました」

そこで口をつぐむと、慎重に口で息をした。私はコーヒー・カップに、彼の指先に、目を据えていた。キリンのおもちゃがキイッという音を立てたけれど、私たちは気にしなかった。

「シラクがスピーチをしましたね。フランス語なので、もちろん、ぼくには意味がわからなかった。あとでインターネットで調べて、英語に翻訳されたものを読みました。いいスピーチだったと思うな。〝ヴェルディヴ〟の一斉検挙とそれにつづく事態の中でフランス人が果たした役割に対する責任を忘れないようにと、フランス人に促していました。ぼくの母がノートの末尾に記したのと同じ言葉を、シラクも口にしていましたよ。ザホール。アル・ティシカハ。記憶せよ。決して忘れるな。ヘブライ語で発音していました」

そこでかがみこむと、足元のバックパックから大きなマニラ封筒をとりだして、こちらに渡した。

「母の写真です。それをあなたに見せたくて。ぼくは突然気づいたんだな、自分は本当の母を知らない、と。もちろん、母の外見は覚えています。顔も覚えているし、笑顔も覚えている。でも、母の内面は何も知らない、と気づいたんです」

私は写真を汚さないように、指先のメイプル・シロップをぬぐいとった。それから写真を見ていった。結婚式当日のサラ。ほっそりとした長身。ほのかな笑み。秘密を隠した目。赤子のウィリアムを抱いているサラ。よちよち歩きのウィリアムの手を引いているサラ。エメラルド色の夜会服を着た三十代のサラ。そして、死の直前のサラ。こちらは大判のカラーのクローズアップ写真だった。まず目がいったのは、灰色の髪だった。年齢にしては早いほうだが、彼女には奇妙に似合っている。いまのウィリアムの髪のように。

「ぼくの記憶にある母はすらっと背が高く、寡黙だった」静かな感動が昂まるのを覚えつつ、一枚一枚写真を手にとる私に、ウィリアムは言った。「めったに笑うことがなかったけれども、激しい感情を内に秘めていて、ぼくにはとても優しい母親でした。その母が亡くなったとき、自殺を疑う人などいなかったんですよね。ただの一人も。父ですらそうだった。あのノートを、父は一度も読んだことがなかったんだと思う。だれ一人読んだ者はいなかったはずです。おそらく父は、母の死後だいぶたってからあのノートを見つけたんでしょう。周囲の人間はみんな、あれは事故だと思っていましたからね。結局、ぼくの母親が何者だったのか、知る者は一人もいなかったんですよ、ジュリア。このぼくを含めて。ぼくをいまも苦しめるのは、まさしくその点なんです。あの寒い雪もよいの日に母を死に追いつめたのは、いったい何だったのか。どうして母はそれほどの決意をしたのか。どうして周囲の人間は母の過去について何も知ることができなかったのか。なぜ母は、父にすら本当のことを語らずじまいだったのか。なぜ母は、すべての苦しみ、すべての苦痛を、自分だけの胸にしまいこんでいたのか」

「どれもみんな、美しい写真ね」やっとのことで、私は言った。「持ってきてくださって、ありがとう」

そこで、ひと息ついた。

「実は、どうしてもお訊きしたいことが、一つあるの」写真をしまってから、私は思い切ってウィリアムの顔に正面から向き合った。

「なんでしょう」

「あなた、わたしのことを憎んでいない？」心細げな笑みを浮かべて私は訊いた。「わたし、あなたの人生を台無しにしてしまったような気がずっとしていて」

ウィリアムはにこっと笑った。

「憎んでいるなんて、とんでもない、ジュリア。ぼくがあなたから遠ざかったのは、考える時間が必要だったからです。理解する時間、はめ絵の断片を一つにまとめる時間がね。それにはだいぶ時間がかかった。それでいままで、あなたに連絡できなかったんです」

安堵の思いが一気に胸にひろがった。

「でも、その間ずっと、あなたの居場所をつかんでいたんですよ」ウィリアムは微笑した。「かなりの時間をかけて、あなたの後を追っていたんです」

ゾーイの言葉が甦った――〝ねえママ、彼のほうだって、ママがここに住んでいること、知ってると思うよ。絶対、知ってると思う。彼だって、ママのこと調べたんじゃないかな。ママがどこに住んでて、どんな仕事をしているか、もう知ってると思う〟。

「正確にはいつ頃ニューヨークに越してきたんですか？」ウィリアムは訊いた。

「赤ちゃんが生まれたすこし後だったわ。二〇〇三年の春ね」

「パリを離れた理由は？　お差し支えなかったら、教えてください……」

私はうっすらと、自嘲するような笑みを浮かべた。

「夫との仲に決定的なひびが入ってしまって。この子を産んだ直後だったんだけど。サントンジュ通りのアパルトマンで何が起きたのかを知ってからは、もうあそこに住む気になれなかったし。それでアメリカに渡りたくなったのね」

「で、住むところなどはどうやって？」

「しばらくはアッパー・イーストサイドの妹のところに厄介になって。それから妹が、友だちの一人がまた貸ししてくれるアパートメントを見つけてくれたの。仕事のほうは、元のボスが私に似合いの口を見つけてくれたし。あなたのほうはどうだったの？」

「似たようなものかな。結局、ルッカでの暮らしも壁にぶつかってしまいましてね。妻とは……」声が薄れたと思うと、別れたことを示すように、さようなら、の仕草を指先でして見せた。「ぼくはもともと、小さい頃、ここで暮らしたことがあるんですよ、ロクスベリーに落ち着く前に。で、しばらく頭の中に、アメリカで暮らそうか、という思いが浮かんでは消えていたんです。最終的には決断がついて、渡ってきたんですけどね。最初はブルックリンの古い友だちのところに転がり込んでいました。そのうち、ヴィレッジに格好な住まいが見つかって。仕事のほうは、前と同じ料理評論家で食べています」

ウィリアムの携帯が鳴った。またガールフレンドらしい。私は彼が気にしないようにわきを向いていた。とうとう携帯を切ると、ウィリアムは気恥ずかしそうに言った。

「ちょっと独占欲が強い女性でして。しばらく電源を切っておきます」

彼は携帯をいじくった。

「付き合ってどれくらいになるの？」

「二、三ヶ月というところかな」こっちの顔を見て、「あなたのほうは？　付き合っている人がいるんですか？」

「ええ」私はニールの慎ましやかな、穏やかな笑顔を思い浮かべた。万事に慎重な仕草。型通りのセックス。私はもうすこしでこう付け加えそうになった——でもね、本気で付き合ってるわけでもないの。ただ、一緒にいてくれる人がほしくて。なぜって、一人ぽっちでいるのが耐えられないから。そう、なぜって、この二年半というもの、一夜としてあなたとあなたのお母さんのことを思わずにいられたことはなかったから。でも、私は口をつぐんで、こう言うにとどめた。「彼、素敵な人なの。弁護士で、やはり離婚していて、いまは一人」

ウィリアムがまたコーヒーをオーダーした。私のカップについでくれる手元を見て、ほっそりとした美しい指だな、とあらためて思った。

「あなたと最後にお会いしてから六ヶ月くらいたったたとき」ウィリアムは言った。「ぼくはサントンジュ通りにもどったんです。あなたにどうしても会いたくて。あなたとぜひお話ししたかったから。でも、連絡のとり方がわからなかった。電話番号がわからないし、ご主人の名前も覚えていない。だから、電話帳で調べるという手も使えませんでした。でも、あなたはまだあそこに住んでらっしゃるだろうとは思っていた。引っ越されたとはまったく思わなかったので」

一息つくと、ウィリアムはふさふさとした銀髪を指ですいた。

「ぼくはすでに、〝ヴェルディヴ〟の一斉検挙について書かれたものは、ほとんど目を通していた。ボーヌ・ラ・ロランドにもいってみたし、あの競技場があった街区にもいってみた。ガスパールとニコラのデュフォール兄弟にも会ってきたんです。あの人たちは、オルレアン墓地にあるぼくの叔父ミシェルのお墓にもつれてってくれました。本当に親切にしてもらいましたよ。でも、そうした一連の行動を一人でやりとげるのはとてもつらかった。あなたが一緒にいてくれたらな、と何度も思いましたね。どだい、あれは一人でやるべきことではなかった。よかったら一緒にいってあげてもいい、とあなたが言ってくれたとき、ぼくは、お願いします、と応じればよかったんだ」

「こちらももっと強く言えばよかったんでしょうね」

「いや、あなたの言うことに、ぼくが素直に耳を傾ければよかったんですよ。本当につらかったから、一人でやりとげるのは。そして最後に、ぼくはサントンジュ通りを再び訪ねたわけです。で、見も知らぬ人たちがあのアパルトマンの扉をあけたときには、なんだか、あなたに肩すかしを食らったような気がしてしまって」

ウィリアムは目を伏せた。私はコーヒー・カップを皿にもどしながら、憤りが湧いてくるのを覚えた。私が肩すかしを食わせた？　これだけの時間をかけて、苦痛や虚しさに耐えながら彼のためにできるだけのことをしてきた私に、どうしてそんなことが言えるのだろう？

私の表情から何かを読みとったらしく、ウィリアムは慌てて私の袖を押さえた。

「ごめんなさい、失礼なことを言ってしまって」

「わたし、あなたに肩すかしを食わせたつもりなんてないんだけど」

私の声はこわばっていた。

「わかってます、ジュリア。失礼しました」

よく通る、深みのある声だった。

私は肩の力を抜いて、なんとか微笑を浮かべた。私たちは黙々とコーヒーをすすった。ときどきテーブルの下で二人の膝頭が触れた。こうしてウィリアムと向き合っているのが、私にはとても自然に感じられた。そう、もう何年も前から、たびたび会っているように。こうして会うのがまだ三度目にすぎないなどとは、とても信じられなかった。

「あなたがお子さんたちとここに住むことについて、別れたご主人は同意したんですか？」

私は肩をすくめて、ベビーカーに乗ったまま寝入ってしまった娘を見下ろした。

「そうすんなりとはいかなかったわ。でも、彼には愛している女性が他にいるの。ずいぶん前から関係がつづいていていて、そのことも結果的にはいいほうに働いたわね。でも、彼はそう頻繁に娘たちと会うわけじゃないの。ときどきアメリカにやってくるけど。ゾーイはよくフランスで休暇をすごすんですけどね」

「ぼくの別れた妻も、似たようなもんだな。彼女もつい最近、別の男性の子供を産みましてね。男の子なんですが。ぼくは可能な限りルッカに出かけて、娘たちと会っています。娘たちがアメリカにやってくることもあるけど、そうちょくちょくではなくて。もう大人ですからね、娘たちは」

「おいくつなの、娘さんたち？」

「ステファニアは二十一、ジュスティーナが十九です」

私は口笛を吹いた。

「じゃあ、あなたがだいぶお若いときに生まれたのね」

「若すぎましたね、たぶん」

「さあ、どうかしら。わたしはわたしで、この年で赤ちゃんを産んだことに戸惑いを覚えることがあるわ、ときどき。もっと早く産んでいたらな、と思ったりするの。ゾーイとの年の差がひらきすぎているので」

「でも、可愛い子だな」ウィリアムは一口、いきおいよくチーズケーキを頬ばった。

「そうね。陳腐な表現だけど、目に入れても痛くないくらい」

二人でくすくすと笑った。

「男の子がいなくて、残念に思うことってありますか？」

「いいえ。あなたは？」

「ぼくもないな。ま、娘たちを愛していますしね。いずれ、あの子たちが男の子の孫をつくってくれるでしょう。で、この子の名前はルーシーなんですね？」

ちらっと彼の顔を見てから、私はベビーカーの娘を見下ろした。

「いいえ。それはおもちゃのキリンの名前」

すこし間を置いてから、私は静かに言った。

「この子の名前は、サラっていうの」

ウィリアムが食べるのを止めて、フォークを置いた。目の表情が変わっていた。彼は無言で私を見、眠っている子供を見た。

それから、両手に顔を埋めた。どれくらいそうしていただろう。私はどうしていいかわからず、彼の肩に手を置いた。

沈黙。

私はまたしても、やましさを覚えた。許されないことをしたような気がした。でも、私にはわかっていたのだ、この子はサラと呼ばれることになるだろうと。誕生の瞬間、女の子ですよ、と告げられたときから、私にはわかっていたのである。

他の名前など、考えられなかった。この子はサラ。私のサラ。もう一人の、別のサラの谺《こだま》。あの黄色い星をつけた、私の人生を根底から変えた少女の谺。

ウィリアムはとうとう両手を引いた。私は彼の顔を、悲しみに打ちひしがれた美しい顔を、見た。その目には痛切な悲哀が、言葉にならない感情が、こもっていた。彼はそれを私に見られることを恐れていなかった。あふれる涙を押さえようともしなかった。自分の人生の美しさと悲しみ、そのすべてを私に見せたがっているようだった。喜びと感謝と痛みを、私に見せたがっているようだった。

彼の手をとって、強く握りしめた。それ以上彼の顔を見るに耐えなかったから、私は目を閉じて彼の手をとり、私の頬に押しつけた。私は彼と共に泣いた。彼の手が私の涙で濡れるのがわかったけれど、頬に押しつけたまま離さなかった。

私たちは長いあいだ、そこにすわっていた。周囲の客の姿が消え失せるまで。日が傾いて、光線の色が変わるまで。そして二人が、涙なしに、再び互いの顔を見つめ合えるときまで。

感謝の言葉

だれよりもまず、エロイーズ・ドルメッソンとジル・コーエン‐ソラルにお礼を申しあげなければならない。二人の才能、エネルギー、熱意がなかったら、この本は刊行できなかっただろう。

私の素晴らしい夫、ニコラ・ジョリーの忍耐と助力にも心から感謝したい。ありがとう、アンドレア・ステュアート、ヒュー・トマス、ピーター・ヴァーテル、カトリーヌ・ランボー、そしてロール・デュ・パヴィヨン。彼らは最初からこの本の価値を信じてくれた。

セント・マーティンズ・プレス社では、以下の方々が一致結束して支援してくださった——ジェニファー・ワイス、ライザ・センツ、サラ・ゴールドスタイン、ステファニー・リンズコーグ、エリザベス・ワイルドマン、ヒラリー・ルービン・ティーマン、そしてコリーン・シュウォーツ。みなさん、本当にありがとう。

チャーラ・カーター‐ハラビ、ジャン・ファイファー、そしてジュリア・ジャーモンドの生身のモデルであるキャロル・デュフォールにも熱い感謝をささげる。

ありがとう、ホリー・ダンド、ジュリア・ハリス‐ヴォス、サラ・ハーシュ、タラ・コーフマン、エレーヌ・ル・ボー、エマ・パリー、そしてスザンナ・ソーク。あなた方の助力と熱意を私は忘れない。

最後に、マリリン・エイマーソン、ローラ・ダーネル、マリー・エドワーズ、サンディ・フリッターマン‐ルイス、マリオン・ヒギンズ、ドクター・マーシャ・ホーン、リアン・ジェデイキン、アイザック・レヴェンデル、そしてバーバラ・ミックスのみなさん。『サラの鍵』の価値を信じてくださって、本当にありがとう。

訳者あとがき

最初に、歴史の闇に埋もれかけた、ある事件のことに触れておこう。

第二次世界大戦がはじまって四年目、一九四二年七月十六日の早暁のことだった。パリとその近郊に住むユダヤ人一万三千百五十二人が一斉に検挙され、ヴェロドローム・ディヴェール(略称ヴェルディヴ)という屋内競技場に連行されて押し込められた。そこには四千百十五人の子供たちも含まれていた。トイレも使えず、満足な食事も与えられないいま、六日間この競技場に留め置かれたのち、彼らのほぼ全員がアウシュヴィッツに送られた。戦後、生還できた者は約四百人にすぎなかったという。

当時パリを占領していたナチス・ドイツの意向が裏ではたらいていたとはいえ、この一斉検挙を積極的に立案し、実行したのはまぎれもないフランス警察だった。一九四〇年、ドイツに敗北した後に誕生したフランスのヴィシー政権は、あらゆる面で親独的な政策を推し進め、ユダヤ人身分法を成立させるなどしてユダヤ人を迫害していたのである。

戦後、共和制が復活すると、この事件は〝自由フランス〟の忌まわしい汚点としてタブー視された。戦後生まれの世代が増えるにつれ、事件そのものを知らないフランス人が大勢を占めていったのは自然の成り行きでもあったのだろう。

であればこそ、一九九五年七月十六日に、当時のシラク大統領が行った演説は画期的な意義を持っていた。その日彼は、五十三年前の同日、四百五十名のフランス人警官がユダヤ人の一斉検挙を行って彼らを無残な死に追いやったことをはっきり認め、国家として正式に謝罪したのである。

その演説を聴いて、犠牲になった〝ヴェルディヴの子供たち〟のことを初めて知ったフランス人はかなりの数にのぼった。母国フランスもまたナチスと同列の〝犯罪的狂気〟に染まっていたことに、彼らは深い衝撃を受けたという。

本書の生みの親、タチアナ・ド・ロネもまたその一人だった。あるインタヴューに応えて彼女は語っている。

シラク大統領の演説は本当にショッキングでした。〝ヴェルディヴ〟のことは学校でも教えられず、ほとんど知りませんでしたから。あの演説を機に、〝ヴェルディヴ〟についてもっと詳しく知りたいという欲求が猛烈に湧いてきて、可能な限りのリサーチを重ねたんです。それからですね、あの子たちのたどった悲惨な運命を決して埋もれさせてはいけないという使命感が私のなかでふくらんでいったのは。

その熱い思いこそが、本書『サラの鍵』を生む原動力になったのだった。まえがきにも記されている通り、ド・ロネは本書を単なる歴史書にするつもりはなかった。その悲劇を現代に生きるわれわれの胸に甦《よみがえ》らせ、われわれのドラマとして共有したかったのである。

その願いは見事に果たされて、本書は戦争をテーマとした多くの小説の中でも屈指の作品に仕上がったと言えるだろう。

まず素晴らしいのは、本書の中盤に至るまで、過去と現代を巧みに交錯させながらストーリーを展開させている点だ。作者はそこに二つの視点を用意する。一つは、思いもしない悲劇に巻き込まれ、恐怖に直面しながらも健気《けなげ》に生き抜いていく少女の視点。もう一つは、それから六十年後の現在、自らの暮らしの不協和音に悩みながらも、少女の運命に肉薄していこうとする女性ジャーナリストの視点。両者の織りなす立体的な構成が作品に奥行きを生み、過去と現在がしだいに接近するにつれてただならぬサスペンスが読者を包み込んでゆく。そしてとうとう少女とジャーナリストの軌跡がある一点で交わるとき、物語は前半の衝撃的なクライマックスを迎えるのだ。それは、時空間を自在に往き来できる、小説という表現形式のみが持ち得る魔法のなせる業にちがいない。

物語は後半、少女のその後を現代に追うジャーナリスト、ジュリア・ジャーモンドの視点に収斂されてゆく。

その段階に移っても物語が緊張を失わないのは、ジュリアの日常にひそむもろもろの陥穽と、それにたじろぎながらも前に進もうとする彼女の心理が、実にきめ細かく描写されているからだろう。フランス人の夫との結婚生活の破局を予感し、婚家の抱える秘密に動揺しながら、〝ヴェルディヴ〟の犠牲となった少女との接点をひたむきに追い求めてゆくジュリア。そのプロセスが彼女自身の生き方の探求と表裏一体となって重なってゆくあたりに、この本を単なる歴史書にしたくないという作者の抱負が十全に生かされている。悲劇は正しく〝われわれの物語〟へと深化していることを読者は知るはずだ。

そして物語は最後に、ある語らいを通して、静かな鎮魂の祈りに昇華する。そのとき少女の名前は未来への梯《かけはし》となって、希望の谺《こだま》を読む者の胸に響かせるにちがいない。

並々ならぬストーリー・テリングの才である。

タチアナ・ド・ロネとはどういう作家なのだろうか——一九六一年、フランス人の科学者である父と、イギリス人の外交官の娘である母とのあいだにパリ郊外で生まれた。最初はフランス、次いでアメリカのボストンで教育を受けたのち、イギリスの大学に学んで英文学の学位を取得した。好きな作家はダフネ・デュ・モーリアだという。

二十三のときに母国フランスにもどり、フランス版『ヴァニティ・フェア』誌の編集に十年間携わってからフランス語で小説を書きだした。

本書『サラの鍵』は、彼女が九作目にして初めて英語で書いた小説である。英語に切り替えた理由を問われて、〝アメリカ人であるジュリアの述懐をフランス語で書くのには抵抗があったから〟と、ド・ロネは語っている。深切なメッセージは英米の読書人の胸にしみわたったと見えて、本書は彼女の著作としては初めてベストセラーとなった。ペーパーバック版はいまなお――六十週にわたって――『ニューヨーク・タイムズ』のベストセラー・リストの一角を占めつづけている。現在フランスで、クリスティン・スコット・トーマスの主演による映画化が進行していることも付け加えておく。

ド・ロネは夫君と二人の子供と共にパリで暮らしていて、フランス版の『エル』誌への寄稿等、ジャーナリストとしても働きながら創作をつづけている。本書につづいて書きあげた『ブーメラン』は中年の男性を主人公に据えた現代小説だが、ストーリー・テリングの才がますます冴えて、サスペンスフルなファミリー・ドラマに仕上がっている。昨年フランスで刊行されて好評を博し、まもなくアメリカでも出版される予定だが、やはり幅広い共感を集めるにちがいない。

二〇一〇年四月

高見　浩

Sarah's Key

Tatiana de Rosnay

サラの鍵《かぎ》

著 者

タチアナ・ド・ロネ

訳 者

高見　浩

発 行

2010 年 5 月 30 日

8 刷

2018 年 9 月 5 日

発行者　佐藤隆信

発行所　株式会社新潮社

〒162-8711 東京都新宿区矢来町 71

電話 編集部 03-3266-5411

読者係 03-3266-5111

http://www.shinchosha.co.jp

印刷所

株式会社精興社

製本所

大口製本印刷株式会社

乱丁・落丁本は、ご面倒ですが小社読者係宛お送り下さい。
送料小社負担にてお取替えいたします。
価格はカバーに表示してあります。
©Hiroshi Takami 2010, Printed in Japan

ISBN978-4-10-590083-0 C0397

CREST BOOKS
Shinchosha